EL VIAJE DE LA EMPERATRIZ

JOSEPH KOPEL

CONTENTS

PUESTO
ECUATORIAL

BASTOK

KOKORK

MONTAÑAS CASAKNIAS

KE-TOK
IDEX

MAR
DEL
MÁS ALLÁ

COSTA OESTE

PRADERA
DE
ESTOS

ESTOI

SONOIK

EL ESTRECHO

KATAIL

PASTIKA

ISLAS DEL SUR

EL DOMINIO
DE
CASAK
TIELO PRIMERO DE NIHIL

EL DOMINIO
DE
BÉRREM
TIRIO PRIMERO DE NIHIL

LA COSTA

PORT OF DARNIM

MOLKE

AKARA

ELIAGO

LAS TIERRAS BAJAS

GARRET PASS

STADDERIM

CARRITEM

LOS BANCOS

DIRT

LAS TIERRAS MEDIAS

GOLFO
DE
TRIEM

LAS PLANICIES

ARRASEM

LAS TIERRAS ALTAS

MONTAÑAS SAGRADAS

LAS TIERRAS
VÍRGENES

ISLA
GARTERREM

SALED
POST

SALTER

EL PASO DE LA EMPERATRIZ

TORRET
POST

TRUNKE

CORDILLERA CAÍDA

FENN

GESHA

Muchas historias sobre la Gesha se difundieron por todo Sánkaris. Referido en distintos relatos, pero un mismo desenlace.

Aunque restringida a medio continente, la influencia llegó a todo el mundo.

Ninguna de las cuatro lunas fue visible esa noche mientras nubes oscuras se acumulaban sobre el enfermo Reino de Aranka.

Un reino tan maldito por la peste y la muerte repentina de dos monarcas en poco tiempo.

Después vino la tormenta.

Un rugido masivo resonó desde las nubes, incluso en lugares distantes de tres continentes. El sonido era demasiado extraño para ser el estruendo de un trueno.

El relámpago blanco ardiente, imposible de ver, cayó al suelo en algún lugar de Aranka.

Una reverberación ardiente resonó, chillando.

El poderoso terremoto hizo temblar el subsuelo.

Vientos rápidos, retorcidos y masivos bailaron junto con el fuego.

Duró un momento en el tiempo pero pareció una eternidad.

Entonces, nada. Silencio, oscuridad.

Sin dejar rastro, las nubes se desvanecieron dejando al descubierto el cielo nocturno con las imponentes lunas de No Sak y No Nunn.

Por la mañana, cuando salió el sol, Aranka ya no existía.

Nada.

Toda la existencia de un reino desapareció.

La vida quedó muerta.

Arena solo arena.

Desierto.

Un reino destruido.

Todos sabían que la mañana se sentía extraña.

Un equilibrio dañado mutiló inmutablemente a Sánkaris.

I

MADRES

Fue el *Tiklo 627 de Kahen el Segundo* cuando ocurrió la Gesha. Así, la Era de los Reyes se consumó en cenizas.

Desde entonces han pasado ocho años, equivalentes a dos tiklos.

El presente era *el Tiklo Tercero de la Gesha*.

El rostro de Lakia tenía sudor y lágrimas mientras observaba a la destrozada Venka.

Afectada por la locura y la peste, la mujer solitaria bebió repetidamente de una cantimplora de cuero. Buscando consuelo, se balanceó rítmicamente de atrás hacia adelante. Arrodillada en el suelo desnudo, Venka se calentaba junto a una pequeña hoguera en su cabaña de pieles.

En un rincón, la niña de nueve años de piel morena clara, ojos color avellana y cabello negro revuelto observaba a la enferma moribunda, sintiendo una profunda aflicción en sus entrañas mientras apretaba con fuerza sus piernas.

El episodio de desolación más intenso y devastador que vivió Venka la dejó en un dolor inmenso e insoportable. Su alma estaba tan agitada que incluso Lakia podía sentir empatía por ella.

Ella era la madre de Lakia, aunque no de sangre, una Molkana, una elfa de piel ámbar, ojos amarillos, orejas puntiagudas y cabello rubio. La herida abierta de su desgracia le destrozó el corazón, incluso después de dos tiklos.

Incapaz de soportar, Lakia salió de la choza y se despidió en silencio de la mujer que la había criado.

Con el corazón apesadumbrado, Lakia corrió a través de la pradera tan rápido como sus pies descalzos le permitían hasta que se detuvo.

Sus ojos húmedos miraron a su alrededor.

En medio de las pintorescas colinas de pasto rosado, se centró en la circular y rústica ciudad de Akiaba. Rodeada de torres de vigilancia, la ciudad era un pequeño punto comparado con la enorme línea de montañas conocida como la desconcertante Karekall.

Reconoció una colina más alta al otro lado con rocas, una zona prohibida.

Las respiraciones de Lakia salían en rápida sucesión. Por su rostro, el sudor goteaba, causando que su cabello negro se mojara y manchara partes de su deforme y delgado atuendo de piel waki, gritó tan fuerte como sus pulmones se lo permitieron, y en ese instante, una poderosa ráfaga de viento vino a perturbar los pastos con una ola invisible. Luego, en silencio, paz e inmovilidad, se arrodilló, relajó su cuerpo y los latidos de su corazón volvieron a la normalidad.

Un anciano molkano, que cojeaba, se apoyaba en un extendido palo de madera mientras caminaba. Su apariencia era bastante distintiva, con una larga barba blanca, pies descalzos y ropa hecha de piel.

Se acercó a la niña agachada: Uskam, el Hechicero.

Con lágrimas en los ojos, Lakia lo observó mientras su sombra la envolvía. — ¿Le diste la bebida Lilas de Pradera? — preguntó con un nudo en la garganta. — ¿Puede aliviar su dolor?

— Sí —, respondió asintiendo.

— ¿Cuánto tiempo?

— Ella partirá hacia la Gakia pasada la noche.

Sumida en sus pensamientos, volvió a mirar hacia las montañas Karekall y habló en tono serio. — No puedo pensar en mí misma sin Madre Venka —, exhaló con tristeza. — Dime, hechicero. ¿Hay alguna razón por la que todos se vean afectados por la plaga menos yo?

La intrincada pregunta azotó a Uskam con sorpresa a pesar de su edad. Encontró una enorme roca a solo unos pasos de él, tomó asiento, exhausto por su avanzada edad, y dejó escapar un suspiro de alivio. — ¿Recuerdas esa lección que enseñé con el Falte?

— Sí, ese juego circular con piedras blancas y negras.

— Como te enseñé, todos están en las posiciones correctas —, asintió, moviendo la mano. — Después de que la Madre Venka muera, estarás en otra posición, tu postura de vida.

— ¿Cuál es mi postura en la vida?

— Puedes encontrar tu respuesta allá.

Uskam usó su palo como puntero. Mostró el conglomerado de rocas en la colina.

Cuando ella se giró para verlo, una oleada de emociones de sorpresa la invadió, una mezcla de miedo y una sospecha profundamente arraigada brotó de su interior. — Nunca me permitiste ir.

— Ahora es el momento.

En respuesta a su pedido, Lakia lo ayudó a levantarse y luego, con mucha paciencia, guió su brazo izquierdo hacia el conglomerado natural.

Aunque les tomó algo de tiempo, llegaron.

Una vez que Lakia llegó a la superficie rocosa, exploró el conglomerado alto pero compacto. Sin embargo, su atención la atrajo hacia un peculiar latido rápido que resonaba desde la entrada de una cavidad que contenía sólo un pequeño recinto. Mientras exploraba el interior, su atención se centró en una pieza en particular: una lápida, de forma deformada, con escrituras antiguas meticulosamente talladas en ella.

Se sintió atraída, familiar y, extrañamente, tenía algo de calidez. La infinidad de emociones abrumó a Lakia, dejándola entumecida por el miedo mientras estaba de pie ante la lápida.

— Ella era tu madre, tu madre de sangre —, reveló Uskam, acercándose a ella con su distintiva cojera. - Se lee: *Aquí yace la Princesa Natahel de los Territorios del Norte, portadora de la Joya, amada hija del Rey Vihen de Aranka y querida cónyuge de Sir Cassandro Eskar de Casak. Que las diosas reciban su alma.*

Asustada, Lakia asintió, incapaz de expresar una palabra. Sus ojos color avellana se dirigieron a la lápida.

— No podía creer las posturas que se estaban adoptando, pero todo estaba claro—, él continuó. — Sin caballo, una princesa embarazada llegó sola desde un reino lejano. Yo era la única persona que ella conoció en Molke y me pidió ayuda.

— ¿Por qué suplicó?

— Ella estaba con dolores y cansada. No hubo tiempo para llevarla a mi choza. Así, ella dió a luz. Te recibí en las praderas, pero ella lamentablemente falleció. No estoy seguro de si ella realmente te vió.

— No lo hizo, y esa es la parte triste—, dijo Lakia, mirando la lápida con aflicción. — Ella falleció después de que yo llegué.

— ¿Hablas con los muertos? — Uskam, con una expresión confusa en su rostro, preguntó.

— No, no tengo palabras para expresar lo que tengo —. Se giró para mirar al hechicero con lágrimas en los ojos.

— Pero puedo sentir algo dentro. Está ardiendo. Es ligero pero fuerte.

— ¡No dejas de sorprenderme! — afirmó, jalando de su barba suavemente.

— Tengo la sensación de que hay más que deseas revelar. ¿Has olvidado? — dijo con la mirada fija. — ¿Cuál es mi postura en la vida?

— Sí, Lakia—, sonrió con aprensión. — Naciste como la Promesa de Jyistereerk, una emperatriz encargada de traer el equilibrio a este mundo enfermo.

La niña, sintiendo una sensación de tranquilidad, volvió su mirada hacia las majestuosas montañas Karekall. Comprendió lo que había más allá de las formidables montañas y conoció su propósito. Aun así, detrás se escondía una esencia de misterio escalofriante.

La noche parecía interminable bajo el resplandor de la luna carmesí de No Ta. Cuando el sol acababa de salir sobre las Karekall, Lakia todavía pudo sentir cuando el espíritu de la Madre Venka partió y asintió para reconocer su transición a la Gakia, la otra vida venerada en la creencia Molkana.

Uskam cerró los ojos para reconocer su fallecimiento.

— Madre. . . —, murmuró con tristeza.

De hecho, no pudo estar a su lado en sus últimos momentos, y eso le causó a Lakia una gran angustia y tristeza. A pesar de su inmunidad, el hechicero le advirtió contra cualquier contacto con Venka.

Lakia y Uskam permanecieron toda la noche junto a la hoguera cerca de las chozas del hechicero. Permanecieron junto a la hoguera, justo al lado de las chozas que eran propiedad del hechicero. Uno de ellas tenía dentro el cadáver de Venka.

Ayudado por su palo de madera, el hechicero se puso de pie y luego, con prisa, cogió una vara cercana y la pasó con cuidado por entre las llamas para convertirla en antorcha. Cojeando, se acercó y deliberadamente prendió fuego a sus dos chozas.

Horrorizada y sorprendida, Lakia se levantó del suelo. Ella no creía que él destruyera su casa, especulando dónde encontrarían un nuevo lugar para vivir.

Uskam tomó la decisión de deshacerse de la antorcha y optó por arrastrar una gran bolsa de cuero con sus pertenencias con la mano izquierda mientras con la derecha agarraba el palo. Con una expresión seria en su rostro, miró hacia Lakia y habló sin detenerse en sus pasos. — Vamos a encontrarnos con el comerciante Peken en Akiaba.

Ella lo siguió.

Mientras caminaba por el largo y tranquilo camino hacia Akiaba, Lakia sintió en él una abrumadora sensación de profunda tristeza, acompañada de una oleada de arrepentimiento por todas sus acciones pasadas y un vacío inexplicable dentro de su alma.

Ella no entendía sus entrañas. Por alguna razón desconocida, la alguna vez formidable magia de Uskam se debilitó y últimamente se desvaneció, pero ella era consciente de su pasado como un poderoso hechicero. Ahora era un hombre mayor normal y enfermo.

Lakia no había visitado Akiaba, la rústica capital del territorio Molkano y antiguo asentamiento del clan élfico de los Kannestes, durante aproximadamente diez meses. Nunca le atrajo porque, con cada visita que hacía, las condiciones empeoraban.

Se sentía débil y sucia. Lakia apenas había comido algo de carne seca y frutos del árbol de Yalta y no podía ir a ningún estanque para asearse o lavar su ropa de piel. Los dos últimos días fueron inquietos.

Cerca de Akiaba, en las afueras, descubrió todo el suelo cubierto de huesos de animales con algo de carne, especialmente wakis, desperdiciados y abandonados a pudrirse bajo el sol abrasador mientras miles de moscas sobrevolaban. Lidió por caminar descalza entre los huesos sin lastimarse. Los cazadores, llevados por su codicia y deseo de destrucción, habían perdido todo respeto por la fauna.

Lakia observó las torres de vigilancia que solían tener guardias en los puestos, ahora parecían vacías, descuidadas y abandonadas.

Mientras pasaba por una improvisada calle inmunda frente a la entrada, Lakia siguió a Uskam, que arrastraba su bolso cubierto de polvo. La inmundicia cubría toda el área. En un instante, su corazón se aceleró al observar las chozas parcialmente quemadas y los cadáveres abandonados sin funerales adecuados, sintiendo la oscuridad. La mayoría de las personas que vio estaban semidesnudas, afectadas por la peste, demacradas y con los ojos vacíos, lo que la inquietaba.

— No les hagas caso, Lakia —, sugirió Uskam mientras avanzaba hacia una choza de madera grande y bien cuidada.

Tan pronto como entraron a la choza, Lakia descubrió asombrada ropas, armas, artefactos y otros artículos de todos los rincones de Sankaris que llenaban el interior. A pesar de la limpieza, había una total falta de orden, como un lugar amontonado. Sentado en una pequeña silla entre un grupo de cajas de madera y cofres metálicos estaba un elfo de mediana edad. Llevaba un atuendo distintivo compuesto por elegantes prendas de cuero y lino verde, junto con un sombrero de plumas y un par de botas bien confeccionadas, ajenas a la cultura molkana.

Había colocado un mandoble de hierro entre sus piernas contra el suelo.

Lakia estaba tan fascinada que no pudo evitar intentar observar cada objeto a su alrededor.

Uskam abrió su bolso y con cuidado sacó una bolsa del interior. Luego arrojó la bolsa hacia los pies del elfo, asegurándose de que aterrizara cerca de su espada. Hizo un sonido metálico.

Con seriedad, los ojos élficos pasaron de la bolsa al anciano. — Todo lo que necesites es gratis —, asintió. — Las monedas no sirven de nada cuando la muerte está sobre nosotros.

Lakia lo había oído. Cuando se colocó junto a Uskam, supo sin lugar a dudas que él tenía razón.

— Gratis o no, necesito a Lakia lista para un largo viaje —, dijo el hechicero, presentándola.

La inesperada petición la sobresaltó.

Peken observó a la chica sin hacer ningún gesto, pero asintió. — ¡Esa niña casaraka es adecuada como sirviente en la casa de un noble en Bérrem!

— ¡Cuida tu lengua y aprende a dirigirte a ella correctamente! – Uskam demandó, irritado.

El comerciante siguió mirando a la niña sin reacción aparente. — ¿Quién es ella para que me hayas exigido el respeto digno de una realeza?

La falta de respuestas provocó una atmósfera tensa, con los tres compartiendo miradas silenciosas. Peken, por fin, dejó su espada a un lado y caminó hacia un cofre que abrió. Buscaba prendas nuevas, pero baratas y de baja calidad.

Sorprendidos, tanto Uskam como Lakia miraron al comerciante con interés.

— Si mi suposición es correcta. Ella tendrá que ir a Bérrem de cualquier manera —, murmuró Peken mientras escogía las prendas adecuadas. — Sin embargo, este reinado posee peligros indeseables para una niña de su edad. Tendrá que disfrazarse de niño.

— ¿Por qué debes mandarme lejos? — Lakia preguntó preocupada, pero nadie la escuchó.

— Haz lo que sea necesario —, respondió Uskam.

Peken seleccionó cuidadosamente algunas prendas y las comparó con el cuerpo de Lakia, asegurando el ajuste perfecto. Una vez satisfecho, le puso la ropa en los brazos antes de conducirla detrás de las elegantes cortinas de seda. Previamente con una una explicación concisa y paciente le enseñó a Lakia la manera correcta de usar cada prenda.

— Te conozco desde que eras niño, Peken —, asintió Uskam y, cansado, se sentó en la misma silla donde antes estaba el comerciante. — Pero seguiste una vocación y rechazaste las costumbres de los Kannestes.

— ¿Valió la pena aprender las costumbres de un clan que ya estaba condenado desde la ejecución de Kasana?

Silencio.

— Como sabes, la muerte viene por nosotros —, continuó Peken sombríamente. — Pronto, los Kannestes dejarán de existir.

Uskam comprendió y respondió jalando de su barba blanca. — Tu has estado ahi. ¿Estoy en lo cierto?

Con un repentino temblor, el comerciante pronto se dirigió hacia un rincón, donde sirvió vino de una cantimplora en una copa metálica. Lo bebió desesperadamente, buscando relajación, todo bajo la atenta mirada del viejo. Con miedo en los ojos, miró fijamente, todavía con la copa en la mano. — ¡No sabes qué diablos hay más allá de las Karekall! — respondió con agitación. — Tú no...

— Lo sé, Peken. *Frelee Dee* me reveló mientras estaba en Salter —, luego señaló a Lakia, todavía cambiándose detrás de las cortinas. — ¿La vas a enviar sólo con ropa?

El comerciante asintió y abrió una caja de madera para extraer más artículos: una brújula, un morral y mapas. Al parecer, dejó sus miedos a un lado.

Lakia había salido y tenía una apariencia distinta que antes. Su atuendo constaba de una camisa de lana color canela, un chaleco marrón, pantalones de cuero y un sombrero que ocultaba su largo cabello negro atado, dándole una apariencia completamente única. Era difícil identificarla como una niña y fácilmente podía pasar por un niño.

— ¡Ahí está ella! — Peken exclamó con admiración.

— Ve al sur. Mantén las Karekall a tu izquierda —, le ordenó Uskam a Lakia en medio de la pradera. — Llegarás a Las Tierras Bajas una vez que dejes Molke. Continúa hasta llegar a las Montañas Sagradas. Después de El Paso, Salter estará a tu alcance. Allí, solicita una audiencia con el Gran Archimago.

Con sus llorosos ojos color avellana, la niña asintió con la cabeza mientras el viejo le daba instrucciones.

— Que tengas un viaje seguro —, concluyó.

El Hechicero del Clan Élfico de los Kannestes no mostró ninguna emoción mientras rápidamente le daba la espalda, comenzó a caminar cojeando y, con la ayuda del palo, Uskam comenzó su regreso a la ciudad condenada de Akiaba.

Mientras Lakia lo veía alejarse, sostuvo su morral de cuero, asegurándose de no perder los artículos que le suministraron antes. Vestida de niño y con determinación, se dio la vuelta para iniciar su viaje hacia el sur, y sollozó desconsolada mientras ráfagas de viento movía los altos pastos rosados que se dirigían en su dirección.

2

CASAKANOS

El calibre de su nueva espada en la mano derecha asombró a Alessandro. Era tan reflejante que revelaba perfectamente su rostro bronceado.

Una fina espada de giefo.

Enfocó sus ojos oscuros y penetrantes únicamente en su oponente, una adversaria formidable llamada Marissa. Colocada en una postura lista para el combate, la chica de piel oscura, cuya arma estaba diseñada con tanta delicadeza como el suyo, se preparó para la próxima confrontación.

Él también hizo lo mismo y se preparó para la próxima pelea.

El enfrentamiento fue, al principio, visual. Nadie se atrevió a dar el primer paso.

Mientras asumían una posición de batalla y preparaban sus delgados cuerpos para la pelea inminente, ella luchó por un momento antes de que finalmente pudiera blandir su espada hacia Alessandro. Él dió un paso atrás, distanciándose para evitar cualquier contacto. Sin embargo, la colisión de las espadas produjo un impacto contundente que fue casi lo suficientemente fuerte como para hacerlas rebotar, lo que les hizo agarrar con fuerza las empuñaduras con ambas manos durante la siguiente acción.

Como ambos eran estudiantes de la prestigiosa Academia, los dos jóvenes combatientes se habían involucrado en múltiples falsos duelos de espadas antes, como este.

Con gran agilidad, esquivó la espada de Marissa, impidiendo que ésta hiciera contacto con su hombro derecho.

Alessandro intentó derribarle los pies agachándose por completo, pero su puntería falló cuando ella saltó.

— ¡Suficiente!

Un hombre negro de pelo gris con túnica oscura gritó y se acercó a los jóvenes.

Los combatientes lo miraron fijamente, bajando sus armas.

— Mis disculpas, padre. Me dejé llevar por mi emoción —. Alessandro respondió, arrepentido.

— Como yo, tío —, respondió ella.

— No importa, muchachos. Por favor, devuélvanlas.

— ¡Me alegro de no tener que usar más este traje ajustado! — Marissa chilló, irritada, desabotonándose la camisa por el cuello mientras vestía un uniforme militar blindado oscuro.

Ella se dirigió hacia una gran mesa de madera. Se acercó a una funda de cuero abierta y con gracia guardó la espada.

Pero Alessandro quedó impresionado y examinó cada aspecto de su arma.

— ¿Está todo bien, hijo? — Preguntó Orssandro, el hombre mayor.

— Aún me sorprende ver que no tiene ningún rasguño. ¡Está perfectamente impecable! Respondió, devolviéndolo al estuche al lado de la otra espada.

— Es el resultado de un excepcional trabajo artesanal. ¡Y demasiado caro!

— ¡Caras serán nuestras nupcias aquí! — Exclamó Marissa con una sonrisa, extendiendo ambos brazos y bailando para mostrar el lugar donde se encontraban, un espacioso salón de baile que se encontraba en el último piso de tres del Palacio Vykar.

— ¡Vale la pena cada moneda siempre y cuando ambos puedan tener una unión próspera!

Ella asintió antes de desabotonarse la rígida camisa de su prometido.

Dessidere, un joven alto vestido con elegantes ropas grises, apareció y los interrumpió. Orssandro Vykar lo vio con gesto molesto y disculpó a la joven pareja para que se le acercara.

— Mis disculpas, señor regente—, dijo con una voz temblorosa y suave. — Hemos recibido una paloma con noticias alarmantes.

— ¿Qué es?

— Cassandro.

Orssandro palideció y miró angustiado a la joven pareja, ambos de dieciséis años, enfrascados en un juego de bromas. — ¿Está el aquí?

— No señor. Era un polizón que llegó en un barco mercante. Él afirma conocer a Cassandro y tiene un mensaje para el joven Alessandro.

Tan pronto como Marissa Taskar entró en el bosque, montada en su semental blanco llamado Fantasma, la encantadora vista y el delicioso aroma de las orquídeas moradas que florecían en los árboles la cautivaron. La impresionante puesta de sol a la orilla del lago la dejó asombrada. Recibió la suave brisa que le frotaba la cara y no pudo evitar notar el cambio gradual de una brisa cálida a una fresca, presagiando una noche fría.

Al amanecer de la tranquila oscuridad, apreció los destellos que iluminaban la cautivadora vista de Estolk, la capital. Su deseo de ver la verdosa No Nunn, la Luna de la Vida, en el cielo no se cumplió, ya que en su lugar solo vio la helada No Sak.

Al desmontar de su caballo, la recibió un hedor desagradable pero familiar. Las olas del lago provocaron que llegaran a la orilla peces muertos, demasiado podridos incluso para que no lo comieran los animales del bosque. Los pescadores se enfrentaron a un problema importante mientras luchaban por sobrevivir. La escasez afectó a algunos sectores de Estolk.

Un rápido ritmo de galope la hizo darse la vuelta. Vio emocionada la llegada de su prometido Alessandro en su yegua negra llamada Song, quien se detuvo y desmontó.

Ella llamaba su atención con su atuendo, el vestido de seda claro que llevaba en un rojo vibrante, que combinó con botas especiales para montar. Sin embargo, a medida que avanzaba la noche y la temperatura bajaba, empezó a frotarse los brazos desnudos para mantenerse caliente. Anticipando que se congelaría, Alessandro tomó unas gruesas pieles de waki de la silla de la yegua y las usó para cubrirla desde los hombros hasta la cintura.

Como agradecimiento, ella reaccionó dándole un suave beso en los labios.

— ¿Cuántas veces te he dicho que te vistas adecuadamente? – él la regañó. — ¡Te vas a resfriar!

— ¿Y cuántas veces dejarás de regañarme? — Ella respondió con una sonrisa seductora mostrando sus atractivos dientes. — Estoy satisfecha por sus preocupaciones hacia mí.

Ella lo besó de nuevo.

Él la rodeó con sus brazos y ambos contemplaron el lago. La pareja se abrazó con pasión, perdida en su propia burbuja.

Sin embargo, algo le preocupó y se detuvo sorprendiéndola.

— ¡Mis disculpas, Marissa! Acabo de recordar que mi padre me ha llamado.

En un momento de irritación y desesperación, ella se distanció de él, bajó la cabeza y apretó los puños, luego mostró su rostro con algunas lágrimas apenas brotando de sus ojos marrones, mirando exasperada a su hombre.
— Le tengo cariño a mi tío. ¡Pero no seas irrazonable! — exclamó, negando con la cabeza. — No me opuse a sus deseos cuando fuimos a la Academia, ya que estamos juntos. . . ¡Pero quiero estar contigo sin involucrarlo!

— Lo entiendo, pero sabrás que él me acogió cuando mi madre ya no estaba, y le debo mi vida —, asintió. — No tengo ningún deseo de empañar la confianza que ha depositado en mí.

— Se lo debes a él, sí. ¡Pero diablos con esa confianza! ¡Estamos comprometidos!

— ¿Debo recordarte que tú también le debes algo y obedeces sus demandas?

El silencio de Marissa le impidió una respuesta adecuada.

— Es difícil. ¿Cierto? Padre ha logrado ser el más poderoso en Casak después de mi madre —, asintió, tomándola por los hombros. — Los tiempos no son como antes de la Gesha. La reputación es importante para él y no tenemos toda la determinación que deseamos.

Ella le quitó bruscamente las manos de los hombros con lágrimas dibujando a través de sus mejillas negras, sin atreverse a ver sus ojos.

— ¡Vete! — gritó ella, sobresaltándolo. — ¡No dejes que mi tío espere mucho! ¡Vete ahora!

Frustrada y enojada, se quitó las pieles de waki que llevaba sobre los hombros, con la intención de arrojarlos. Sin embargo, ella cambió de opinión y se los devolvió en sus manos.

En una mezcla de tristeza y sorpresa, Alessandro volvió a colocar las pieles en la silla, luego montó en su yegua, impulsándola a galopar rápidamente.

Con un toque de tristeza en su mirada, Marissa observó a su amado alejarse por el bosque, desapareciendo en la distancia entre los vibrantes árboles de orquídeas de color púrpura.

Apoyó su mano sobre el pecho izquierdo, sintiendo una extraña e inquietante anticipación.

Sumido en sus pensamientos, el regente Orssandro se encontró perdido en la contemplación, mirando su escritorio desordenado cubierto de papiros que contenían declaraciones oficiales de la Asamblea.

Sabía que era hora de dar los últimos pasos hacia su codiciado fin.

En la cámara, un grupo de velas irradiadas proporcionaba la iluminación cuya cera derretida caía sobre la superficie de los muebles o sobre el suelo, según su ubicación. A pesar de esto, la habitación también se beneficiaría del resplandor adicional proporcionado por la luna helada y blanqueada No Sak cada vez que su luz pasara a través de la ventana grande.

Debido a su clima tropical, Casak era típicamente cálido. Sin embargo, las noches eran frías, especialmente después de la ocurrencia de la Gesha, lo que lo obligó a ponerse una gruesa piel de waki para mantenerse abrigado.

A pesar de sentirse tenso, intentó relajar su cuerpo en la enorme silla de madera en la que estaba sentado. Sintió que una ansiedad aprensiva se acumulaba en su interior y dejó escapar un suspiro, esperando encontrar algo de paz interior. Su mirada se posó en un objeto colocado en la esquina derecha del escritorio. El difunto rey Vihen de Aranka entregó un regalo único a Orssandro en un evento celebrado en la frontera ecuatorial. El gran volumen de color áureo, que contenía los secretos del *Ykarte* , era un objeto exquisito que sirvió como recordatorio de su encuentro durante sus años de juventud.

El volumen era el tesoro amado de Orssandro.

Ocupó el cargo como un simple miembro electo de la Asamblea y él fue enviado como emisario de Casak ante el rey de Aranka.

A pesar de su deseo compartido de calidez y amistad, los humanos encontraron diferencias diplomáticas que resultaron difíciles de resolver. Sin embargo, prevaleció la paz.

De pronto la melancolía lo consumió y una profunda sensación de nostalgia inundó sus pensamientos. Hoy en día echa de menos el vecino Reino de Aranka, ahora un desierto que se encuentra al norte de la frontera.

A pesar de esto, la destrucción del reino vecino lo elevó a ser el hombre más influyente de Casak contra todo pronóstico, y agradeció a la Gesha en silencio.

Sorprendido por la repentina llegada de Alessandro, Orssandro rápidamente miró hacia la segunda silla ubicada frente al escritorio. Observó al joven soltar su cuerpo sobre el mueble mientras el frío que se infiltraba por la ventana le agradaba, aunque estaba cubierto de pieles de waki.

— ¿Recuerdas las noches cálidas que tuvimos en el pasado, padre?

— Sí —, respondió, asintiendo mientras se levantaba de su asiento con una leve sonrisa. — Recuerdo el verano cuando todos se quejaban de dormir empapados de sudor.

Orssandro se acercó a una pequeña mesa junto a una gran estantería llena de libros viejos y sucios. Sirvió vino tinto de una botella de vidrio oscuro en dos copas de madera y luego le ofreció una a su hijo adoptivo. Tomó un sorbo de su bebida y luego se apoyó contra el escritorio para estar más cerca de él.

— ¿Por qué querías verme esta noche?

El Regente, con una mirada grave, tomó otro sorbo antes de poder dar una respuesta. — Dime, hijo. ¿Qué recuerdas de tu infancia?

Alessandro bajó los ojos y jugueteó con su copa con ambas manos, mientras se perdía en sus pensamientos, con la mirada fija en el vino. Al principio intentó recordar mientras su padre lo esperaba pacientemente. — Recuerdo a una mujer que estaba más ausente, mi madre, y había un niño mayor que yo, mi hermano Cassandro —, suspiró mirando a Orssandro. — Tengo recuerdos vívidos de las limitaciones que enfrentamos, una de las cuales fue acompañar a nuestra madre a la taberna donde trabajaba como servidora.

— ¿Qué recuerdas de Cassandro?

— No mucho, padre. Mis recuerdos son bastante vagos.

— Estoy seguro de que tus recuerdos son más fuertes con Marissa.

— En efecto —. Dijo asintiendo.

Dejando escapar un profundo suspiro, Orssandro regresó a su cómoda silla, colocó con cuidado su taza sobre el escritorio antes de finalmente encontrar su voz y hablar. — La Gesha nos dejó en una situación caótica, y mi hermana gemela Tasarissa fue urgentemente a buscarte cuando recibió la noticia del fallecimiento de tu madre.

— Recuerdo que fue Marissa quien vino a mi casa.

— Sí, Marissa estaba preocupada —, respiró y continuó. — Tenías ocho años entonces.

— Pero éramos amigos desde los cuatro, padre —, señaló.

— Sí, y encontraste consuelo en ella. Así es como ambos se volvieron inseparables desde entonces.

— ¿Me has convocado para hablar de Marissa y de mí? — preguntó incómodamente.

— Voy a ir al punto ahora —, respondió Orssandro con seriedad. — Tu madre, como líder antes que yo, nombró a tu hermano emisario.

— Por favor continúa, padre.

— Cassandro efectivamente se había reunido con la princesa Natahel de Aranka, quien ya había guiado a su pueblo a un lugar seguro de la plaga que había afligido a su reino —, asintió. — Ante su solicitud de asilo, generosamente le concedimos permiso para establecerse en nuestra isla de Katalk.

— ¿Entonces?

— Cassandro y la princesa desaparecieron inesperadamente sin explicación, después de enredarse en pasiones prohibidas —. Orssandro tomó otro sorbo de su bebida. — No había noticias disponibles sobre tu hermano, lo que nos hizo contemplar la posibilidad de su muerte. Hasta ahora, soy consciente de la existencia de un polizón que tiene un mensaje destinado únicamente a tí.

Alessandro vació apresuradamente todo su vino y puso su copa vacía sobre el escritorio con cierta agitación. — —

— ¡No me involucraré con alguien que se fue cuando yo tenía cinco años! — se levantó y miró dubitativamente a su padre adoptivo. — Sé que no es culpa tuya ni de él, ni mía, pero a veces es mejor dejar que el agua corra.

— Podría estar de acuerdo contigo. Pero ¿y si se trata de nuestro dominio?

— Como Regente. ¿No podrías nombrar a alguien más adecuado que yo? —, hizo un gesto con las manos. — Estoy seguro de que podrá encontrar a alguien de gran experiencia entre nuestros leales miembros de la Asamblea.

— El sinvergüenza no hablará con nadie más que contigo.

— ¿Tengo otra opción?

— No, no la hay —, concluyó.

3

SARAK

La brisa gélida chocó contra el rostro de Alessandro durante la madrugada. Se encontrabaa bordo de un ferry medio vacío propulsado por vapor. Apoyado en la barandillade madera, sus ojos oscuros permanecían fijos hacia su próximo destino. A lo lejos, pudo distinguir una sombra que parecía demasiado lejana, oscurecida por una ligera neblina. A su lado, sostenía las riendas de su yegua negra, Song, manteniéndola cerca. Casi había completado su viaje a la isla de Katalk através del Estrecho.

Tuvo la previsión de traer consigo una óptima chaqueta de cuero y una elegante capa con capucha de terciopelo oscuro, las cuales servirían para protegerlo del aire frío de la mañana y garantizar su comodidad hasta que los rayos del sol trajeran una temperatura más agradable.

Con un movimiento rápido, Alessandro giró la cabeza para mirar hacia atrás, donde vio un grupo de comerciantes y sus carros, cargados con diversas mercancías que vendían o planeaban exportar. Mientras observaba, notó en la parte trasera a un piloto anciano que manejaba expertamente tanto dirigir el barco como depositar troncos en el horno ardiente del motor para mantener el funcionamiento de la rueda de paletas. Una vez más, desvió su mirada hacia el horizonte.

Song, sintiéndose aprensiva, comenzó a golpear el suelo de madera con uno de sus cascos. Con una mano agarrando las riendas, Alessandro le acarició tiernamentela cabeza.

— ¡Tranquila, chica! Sé que odias el agua, pero ya casi llegamos —, susurró para calmarla.

Alessandro, que había salido del Palacio de Vykar poco después de medianoche desde Estolk, llegó a tiempo al ferry de Sostolk, que ya había pasado al amanecer. De acuerdo con las órdenes dadas por Orssandro, no tuvo más remedio que partir rápidamente para encontrarse con el polizón en la Fortaleza.

A pesar del irritable encuentro en el lago, ni siquiera tuvo la oportunidad de despedirse de su prometida Marissa.

Pronto reconoció un lugar conocido, pero diferente.

El puerto marítimo de Sarak estaba repleto de una multitud de barcos estacionados, comerciantes bulliciosos y una multitud diversa de personas de diversos orígenes étnicos que se movían en desorden a lo largo del puerto. Desde un gran número de casas de madera y edificios de piedra, las chimeneas expulsaban al aire espesos humos negros.

Mientras el ferry se dirigía tranquilamente hacia el puerto, un olor fuerte y desagradable emanaba de las aguas contaminadas que rodeaban los barcos, lo que le obligó a taparse la nariz.

Alessandro observó las palmeras moribundas que alguna vez fueron exuberantes y prósperas en el clima tropical, ahora obligadas a soportar las duras y frías condicionesde la noche.

El caos parecía haberse apoderado de todo el lugar. En el pasado, concretamente hace ocho años, Sarak era un pintoresco pueblo de pescadores conocido por su tranquilidad y prosperidad. El impacto significativo de la plaga de Aranka y la Gesha pronto eclipsaron a los pocos barcos del este, alterando potencialmente el lugar para siempre.

Alessandro observó cómo el piloto maniobraba hábilmente el ferry, acercándolo cada vez más al pequeño muelle ubicado entre dos enormes barcos. Los centinelas casakanos habían impedido que personas no casakanas accedieran al barco mientras custodiaban fuertemente el muelle. El piloto apagó el horno un momento atrás y luego se dirigió al frente para tirar las cuerdas a un receptor para anclar.

Desde que llegaron la princesa Natahel y su grupo hace años, personas de diferentes etnias han podido ingresar a Katalk e incluso establecerse con los permisos adecuados. Cualquier intento de ingresar al continente iba contra las leyes de la Asamblea, a menos que la persona perteneciera a la raza casakana.

Tan pronto como se abrieron las puertas, Alessandro no perdió el tiempo y montó a Song. Salió navegando entre los pasajeros hasta llegar al muelle. Desde allí confió y cruzó la fila de centinelas y la pequeña multitud que esperaba ansiosamentela llegada del ferry. Su intención era llegar lo antes posible a las estrechas y pavimentadas calles de Sarak. Al recordar su infancia, recordó el momento enque su padre adoptivo, acompañado de Marissa y Lady Tasarissa, lo llevó porprimera vez a la ciudad en un carruaje cubierto. Aunque sus recuerdos eran vagos, había una parte de él que aún guardaba algún recuerdo de la ciudad.

Mientras iba recto, no pudo evitar notar la suciedad de las calles, en particular la basura esparcida en las aceras.

La gente del Barrio Breken eran inmigrantes desterrados de un dominio que carecía de prácticas de higiene adecuadas. Los individuos eran altos y tenían enormes barrigas, musculosos, y escaparon de una vida de estricto rol militar para llevar una existencia más pacífica. En medio de la calle, un grupo de mujeres con sus manos enormes e hinchadas arrojaban cubos de agua sucia y nauseabunda, mientras un par de hombres, utilizando las mismas hachas largas que antes utilizaban como armas, cortaban leña.

Mientras Alessandro cabalgaba, con la mirada fija hacia adelante, la visión de las hachas salpicadas de sangre lo inquietó, pensando que tal vez las hubieran empuñado en batallas anteriores.

Aunque había perdido a sus padres biológicos y había soportado los desafíos de la Gesha, además de completar una rigurosa educación militar en la Academia, nunca había sido testigo de las crueldades de la guerra, solo había oído hablar de ellas a través de libros y de boca en boca.

A medida que avanzaba, se encontró en un canal en particular donde tendría que cruzar el puente que lo llevaría a la Plaza de los Pescadores. En el lado izquierdo se encontró con la catedral local, que era una iglesia de piedra no demasiado grande y tenía un diseño simple y carente de arquitectura artística.

Cuando el sol se puso en lo alto del cielo, proyectando su cálido resplandor sobre la plaza, el clima pasó de frío a cálido. Alessandro, sintiendo el cambio, se quitó la capa y la colocó en la silla entre sus piernas, anhelando aunque fuera un momento fugaz de refrescante frescor en la atmósfera. A medida que la temperatura subía, notó que el sudor se acumulaba en su frente.

Song y su jinete galoparon a través de la plaza vacía, comenzando desde la catedral y llegando al lado opuesto. Llegaron a una inmensa y robusta estructura de piedra conocida como la Fortaleza. El edificio, que constaba de cuatro niveles, contaba con una amplia presencia de seguridad. Más de cincuenta centinelas estaban en la azotea y dentro de cada nivel, vigilando los alrededores a travésde las ventanas. Justo delante de la gruesa puerta de madera, la yegua se detuvo.

Cuatro guardias con uniformes escarlata colocaron sus manos en las empuñaduras de sus espadas envainadas. Montados sobre sus caballos, las miradas de los guardias se fijaron en el reciente visitante con suma discreción.

— ¡Soy Alessandro Eskar y Vykar! — Gritó a los centinelas con autoridad. "¡Vine en nombre del Regente para ver a un prisionero!"

Pero sólo prevaleció el silencio. Los guardias mantuvieron su mirada penetrante, con una inmensa desconfianza hacia él.

— He dicho que...!

— ¡Te escuchamos! — interrumpió.

Avanzando hacia Song a pie, un distinguido hombre mayor de rango superior, como se notaba por su pecho adornado con una colección de emblemas, lo sorprendió asintiendo.

— Por favor, indique su nombre y su puesto.

— Soy Trasso, Guardián de la Ciudad.

Alessandro estuvo de acuerdo y, metiendo la mano en su chaqueta, le entregó un papiro enrollado.

El guardián rompió el sello encerado del Regente y desdobló el documento para leer su contenido. — Entonces viniste a ver a ese prisionero...—, suspiró Trasso con un poco de decepción.

— ¿Hay algún problema, señor?

— Una carga, diría yo, amo —, asintió mientras enrollaba el papiro. — Es un fennisto, un felino asqueroso que exige hablar con el hermano de Cassandro Eskar.

— Llévame con él ahora.

— Llegó como polizón a bordo de un barco mercante Berremete—, Trasso guió a Alessandro por las estrechas y erosionadas escaleras hacia el oscuro subsuelo debajo de la Fortaleza, sosteniendo una antorcha encendida en su mano para iluminar el camino. — Esa porquería estaba escondido detrás de unas cajas de provisiones, pero un miembro de la tripulación lo descubrió.

— ¿Era necesario encerrarlo aquí abajo?

— Sí, amo. En el pasado, estas mazmorras albergaban criminales peligrosos. Creí que era seguro mantenerlo bajo tierra.

— ¿Seguro para quién? — preguntó con duda.

— ¡Tengo la intención de proteger a mis soldados de ese animal!

Ambos hombres llegaron a un pasillo. Siguieron caminando en la oscuridad, solo iluminados por la antorcha, mientras las ratas corrían hacia las grietas abiertas de las paredes a sus pasos. Se detuvieron ante una puerta metálica que el guardián abrió con la llave gigante que colgaba de su cuello. Con un fuerte ruido la abrió.

— Realmente dudo que haya atacado a tus soldados sin ningún motivo —. Alessandro afirmó con cautela. — Mi padre había conocido a algunos fennistos y fueron corteses. O tenía una razón válida para defenderse o es que le fabricaron una mentira injusta para difamarlo.

Trasso, sintiéndose insultado, pareció no haber prestado atención, mostrando su enfadoa través de su expresión facial. Luego agarró una varilla de madera que descubrió colgada en la pared y la utilizó para producir una nueva antorcha, que luego se la entregó a su compañero.

— Adelante, amo. Es la tercera celda a la derecha —, dijo con expresión grave. — Si consideras necesario abrir e ingresar, ubicarás las llaves cerca. Sin embargo, debo advertirle que no asumiré ninguna responsabilidad en caso de que ocurra algo ante el Regente.

Alessandro asintió y entró al pasillo con precaución, encontrándose al principio con celdas vacías.

A pesar de admitir su miedo y desconfianza hacia Trasso, su formación en la Academia le dotó de la capacidad de gestionar y superar dichas emociones.

Se encontrócon la referida celda. Al principio, la celda parecía oscura y vacía, pero la antorcha que se acercaba reveló una figura con ojos brillantes. A pesar de sus esfuerzos, no pudo verlo claramente, por lo que no tuvo más remedio que arrojar la antorcha a través de los barrotes y al suelo para poder ver mejor al prisionero.

El cautivo fennisto era una criatura felina con un pelaje de color naranja claro adornado con rayas negras que cubrían todo su cuerpo. Sus ojos, que eran de un tono verde, poseían pupilas verticales, característica inherente a su especie. Sin embargo, cuando Alessandro lo examinó, no pudo evitar notar que estaba completamente desnudo y con heridas no tratadas acompañadas de sangre seca. Tenía algunas cicatrices que apenas se notaban debajo del cabello, y también lo encadenaban las manos y los pies. Con su cuerpo apoyado en el cruel suelo, el felino permaneció en silencio y fijó sus ojos en el visitante.

— Soy Alessandro Eskar. ¿Qué me tienes que decir?

Aunque el fennisto había escuchado sus palabras, no hubo respuesta de su parte. Por fin, pudo soltar su voz profunda. — Nací en Finnerr, fui trabajador esclavo en las Minas de Tiunnff durante más de dos tiklos. Mi nombre de pila es Corr —, sin ningún movimiento visible, hizo una pausa. — Al igual que yo, tu hermano también era un esclavo, e hice un voto solemne de entregar un mensaje antes de su desafortunada muerte.

— Estoy aquí ahora. Dime el mensaje —, exigió, un poco entristecido por la suerte de su hermano.

— Cassandro expresó su deseo de que usted cuidara de su hijo y de su pareja, la princesa Natahel.

Alessandro se quedó sin palabras, congelado.

Se dio cuenta de que Orssandro no aprobaría la noticia del nacimiento de un niño de una realeza arankana y de un casakano. Un recién nacido real mixto, un casarako. No estaba seguro de si decírselo a su padre.

— ¿Donde puedo encontrarlos?

— La princesa fue hasta el norte, hasta la tierra de las praderas.

— ¿Eso es todo?

— Sí. Terminado con mi voto, puedes irte para que mi alma pueda abandonar este cuerpo.

— ¡No no!

Gentilmente, tomando las llaves que colgaban cerca, Alessandro se dirigió hacia Corr después de abrir la puerta de la celda. Una vez evaluado el estado de debilidad del felino, lo liberó de sus ataduras utilizando la misma llave. Agarró una cáscara de coco de un cubo adyacente que estaba lleno de agua y se la ofreció a Corr para aliviar su sed.

— ¿Por qué me liberaste?

— ¡Nadie merece morir solo en una celda! — Alessandro exclamó mientras lo animaba aponerse de pie. — ¡No te dejaré morir!

Exactamente al mediodía, una paloma rubí aterrizó delicadamente en la base de la ventana. Estaba esperando que las manos lo agarraran y extrajeran el compacto papel enrollado sujeto a un pie. Al leerlo, Orssandro lo desdobló y sus ojos se abrieron con sorpresa.

— ¿Fue de Alessandro? — Preguntó Marissa mientras se relajaba en la silla detrás del escritorio, aunque él le estaba dando la espalda.

Él sólo asintió, pero nunca mostró su rostro. Un largo silencio llenó la habitación, dejando a su sobrina en un estado de completo suspenso. Sin embargo, finalmente volvió su mirada hacia ella. El Director colocó su mano sobre su preciado volumen dorado que descansaba sobre el escritorio. — Te confiaré una misión especial. Pero nadie tiene por qué saberlo, ni siquiera él.

Sorprendida, Marissa reaccionó rascando suavemente los brazos de madera de la silla. — Si lo considera necesario —, respondió vacilante.

— Irás a Sostolk, donde comenzarás.

4
ARCHIMAGO

Cuando Alessandro entró en la biblioteca del santuario, no pudo evitar sentirse abrumado por su inmenso tamaño, especialmente cuando iba detrás del archimago, que vestía una túnica marrón arenosa y sandalias de cuero, caminando a un ritmo relajado. La observación inicial que llamó su atención fueron los techos excepcionalmente altos, velados por la oscuridad hasta donde la extensión de su altura permanecía infinita.

Contra toda lógica, docenas de medallones dorados, gigantes metálicos idénticos flotaban misteriosamente en el aire. Eran círculos que rodeaban a los Akareens, las estrellas de ocho puntas que representaban el símbolo místico de la omnipotencia de Mudiuhfaser en el mundo de la magia.

Mientras los dos hombres atravesaban la habitación, pasaron por decenas de mesas de madera donde un pequeño grupo escaso de magos estaba sentado en completo silencio. Completamente absortos en los grandes volúmenes delante, estaban sentados en bancos dispuestos a lo largo de la sala. El polvo cubría a menudo los libros, los impresos modernos y los antiguos escritos a mano.

Los magos podían dedicarse a un estudio diligente de sus textos, gracias a los candelabros iluminados colocados en varias superficies y las lámparas estratégicamente ubicadas dentro de las inmaculadas columnas de mármol blanco. Estos soportes, meticulosamente mantenidos por un devoto joven novicio, se aseguraron de que las llamas nunca se extinguieran con sus nacientes habilidades mágicas de fuego.

Cuando se acercaron a la última mesa, que estaba vacía, el Archimago Yasstro cortésmente pidió a su visitante que esperara un momento mientras se aventuraba en una red laberíntica de pasillos que parecía extenderse sin fin. Un número incalculablede imponentes estanterías de madera flanqueaban estos pasillos, todos repletos de libros de proporciones predominantemente colosales.

El profundo silencio y la inquebrantable dedicación de los hombres mágicos, combinados con el extraño ambiente de tranquilidad y misticismo, impresionaron a Alessandro mientras esperaba algo.

Cuidar las heridas de Corr era una necesidad, pero Alessandro sabía bien que encontrar un médico o un alquimista en Sarak que ayudara a un fenniste como él sería difícil. Los fennistes eran una especie que enfrentaba un rechazo generalizado en la mayoría de los reinos, principalmente debido a la ignorancia que prevalecía entre la gente común. Al necesitar ayuda, no tuvo más remedio que buscar ayuda del Archimago Yasstro, su antiguo tutor, que casualmente vivía en el Santuario junto a la Fortaleza.

Yasstro tuvo la amabilidad de recibir a Corr, junto con sus compañeros. Tan pronto como los magos notaron su condición, lo escoltaron a la enfermería, donde recibió la atención adecuada.

Alessandro se sorprendió cuando el archimago regresó, levitando un pesado volumen de cuero rojo y colocándolo sobre el mueble con un toque de satisfacción.

Yasstro aplaudió dos veces.

Con un movimiento colectivo de afirmación, los magos salieron de la biblioteca a un ritmo pausado, dejando sus libros abiertos para marcar las páginas exactas donde habían detenido su lectura. El novicio también los siguió.

Cuando se encontraron solos, el archimago de larga barba hizo un gesto hacia su antiguo alumno, reconociéndolo con un movimiento de cabeza. — Lo que me has dicho es un asunto delicado que sólo un pequeño círculo sabrá.

— Soy consciente de eso, tutor. Sólo le he enviado la noticia a mi padre, Orssandro.

El archimago, extrañamente, se sobresaltó y cerró los ojos, revelando una expresión solemne que comprendía algo que sólo él sabía. Sin embargo, disimuló su decepción con una sonrisa, asegurándose de que su antiguo alumno permaneciera ajeno a su sorpresa.

Con un toque de su mano mágica, Yasstro abrió el libro y movió las hojas a las páginas exactas que necesitaba.

El volumen mostraba un gran mapa con algunos manuscritos en arankano. Usando sus dedos alargados, trazó la tela áspera de las hojas.

Elarchimago asintió para sí mismo. — Esa tierra de praderas de la que habla Corr está muy al norte del continente Ryza. Conocida como la región de los pastizales rosas, Molke, un territorio élfico cuyas fronteras no están bien establecidas con Bérrem —, luego miró a Alessandro con sus viejos ojos cansados. — Si mi memoria no me falla, eso ni siquiera es un dominio, y existen dos ciudades, pero sólo una de ellas está habitada mientras que la otra está muerta.

— ¿Qué pasó ahi?

— Al comienzo de los Tiklos del rey Kahen, hubo un sangriento conflicto civil, la *Guerra Élfica*. Hoy en día, Molke no puede ser un dominio adecuado y no floreció debido a una extraña maldición.

— ¿Crees que la princesa Natahel y el niño están en esa ciudad habitada? — Alessandro no estaba seguro, pero preguntó. — Quizás tenga que viajar allí.

— ¿Akiaba? De hecho, es el único lugar habitable en Molke, pero si está pensando en visitarla, le sugiero los recursos y las personas adecuadas. Sería mejor si no fueras solo y sin preparación —. Él asintió, abriendo mucho los ojos. — Debidoa la inmensidad del territorio, se necesita bastante tiempo para viajar, especialmente considerando que la ciudad está relativamente cerca de lasmontañas Karekall.

— Corr vendrá conmigo y estoy seguro de que me será de ayuda —, respondió Alessandro, adoptando una postura pensativa. — Pero necesito un arankano, uno digno deconfianza, leal a la princesa.

— Puedes confiar y hablar con Lady Fabehel para que pueda proporcionarte alguien que te acompañe en estos largos viajes.

— ¿Quién es ella?

Sentado en el banco, el archimago colocó los brazos cruzados sobre la mesa. — Fabehel solía ser la hermana pequeña de la princesa Natahel, aunque no de sangre. Se decepcionó cuando la princesa se fue con Cassandro —, suspiró y asintió. — Pero no dejes que sus limitaciones y su edad engañen tus ojos. Ella es brillante, como no te imaginas. Desde muy joven, ella sola estableció y construyó un asentamiento con la gente que vino con la princesa, el Barrio Arankano dentro de los muros de las propiedades vacacionales del antiguo Regente, y a través de mi mediación logró un acuerdo duradero con Trasso para que pudieran vivir en paz.

— ¿Vamos a verla?

Ya había llegado el segundo día en Sarak, y ya era más del mediodía cuando Alessandro se dio cuenta de cuánto tiempo llevaba allí. Después de su encuentro con el fennisto Corr en la Fortaleza, pasó la mayor parte del primer día explorando el santuario y luego durmió en el mismo lugar.

Después de la investigación en la biblioteca, partió por la puerta del santuario, montado en su amada yegua llamada Song y acompañado por su antiguo tutor, el archimago, que iba sobre una joven mula.

Con desconfianza, Alessandro dirigió su mirada hacia la Fortaleza al lado del santuario. Los centinelas, asustados, los vigilaban atentamente y tenían las manos en los mangos de sus espadas. Al sentir una amenaza potencial tras su desacuerdo con Trasso, llevó su espada en su funda de cuero negro. Al reconocer Yasstro su nerviosismo, sugirió que siguieran caminando por la Plaza de los Pescadores, y más tarde, al pasar por la simplista catedral de piedra.

Ambos hombres atravesaron el puente sobre el canal frente al puerto, el más cercano a las montañas de la isla.

Llegaron al mercadillo de las afueras del Barrio Arankano.

El contraste entre la rica diversidad y los abundantes recursos de su ciudad natal, Estolk, y las limitadas ofertas de los comerciantes locales sorprendieron a Alessandro. No sólo escaseaban una amplia gama de bienes, sino que también faltaba la calidad de sus productos, dejando a la población en general sólo con lo más básico. Sin embargo, muchas personas, tanto comerciantes como patrones, estaban bien con lo que tenían. El producto estaba demasiado verde o demasiado maduro. También vendían ropa usada del continente. Los vendedores distribuían la carne limitada de una vaca vieja que había sido descuartizada en muchos pedazos. También ofrecían cuchillos de cocina oxidados que necesitaban ser afilados.

La mayoría de las personas presentes eran arankanos, de piel blanca y cabello rojo, pero entre ellos también estaban presentes casakanos, aunque en cantidad mucho menor.

Alessandro encontró que la mayoría de los niños, como los niños pequeños juguetones, pertenecían a un grupo étnico desconocido. Su color de piel no sólo era único, sino que su cabello también era excepcional.

Yasstro notó su asombro mientras iba en su mula a su lado. — Son casarakos —, aseguró. —Nacidos de arankanos y casakanos.

— ¿No estaban prohibidos los casarakos?

— No después de la Gesha. La Asamblea suprimió la ley e hizo una excepción con Katalk bajo ciertas condiciones.

— ¿Que condiciones?

— Ningún casarako puede ir al continente.

Justo cuando ambos caballos se detuvieron, cortaron la conversación. Todo tuvo lugar justo delante de las robustas e imponentes puertas del barrio, que estaban rodeadas por un alto muro de piedra. Vestidos con uniformes de cuero marrón y equipados con lanzas, un par de centinelas arankanos estaban de pie en el punto más alto de guardia. Sin embargo, tan pronto como los guardias notaron al archimago, dieron la orden de abrir la puerta para ambos hombres. El distintivo sonido de las trompetas anunció a los visitantes. Un vecindario pintoresco y animado reveló captar su atención mientras la gente se movía ocupada con sus tareas diarias.

Como afuera, la mayoría eran arankanos pelirrojos, con algunos casakanos presentes, especialmente mujeres y niños casarakos jugando.

Mientras avanzaban por las estrechas calles empedradas con la indiferencia de los ocupados habitantes, Alessandro reanudó la conversación. – ¿Por qué las mujeres casakanas viven aquí entre los arankanos?

— Como emisaria del rey Vihen, la princesa Natahel trajo consigo un gran séquito de más de cien norteños de la ciudad de Byarte. Sin embargo, más tarde solicitó el exilio debido a la creciente plaga. La mayoría eran hombres casados y tenían sus propios hijos —, respondió. Mientras tomaba las riendas de su mula con una mano, señalaba el barrio con la otra. — Después de la Gesha, los viudos optaron por unirse con las hijas de los pescadores como sus novias.

Con cierta sensación de asombro, el joven compañero miró al archimago antes de asumir una postura meditativa y guiar a Song en su camino. — Basándome en mis lecciones de historia, me di cuenta de que el Reino de Aranka estaba condenado incluso antes que Gesha.

— Explícame —, pidió, como acostumbraba cuando daba lecciones a su antiguo alumno.

— Como sabes, tutor. El reino tuvo la plaga y, en última instancia, la Gesha. ¿No crees que una fuerza de la naturaleza importante o alguien de gran poder causó su destrucción?

Yasstro lo miró fijamente durante un largo rato en silencio, mostrando sólo una ligera sonrisa cuando sus ojos reconocieron la respuesta. – Sé que fué lo que causó.

Su respuesta sorprendió a Alessandro.

— ¿Cómo? — exhaló.

— Conozco muchos secretos del universo a través de mi conocimiento de *Frelee Dee* en Salter como lo hacen los magos y hechiceros de alto rango —, suspiró el archimago antes de mirar hacia adelante una vez más. — Entre los secretos que hemos recibido, la causa del Gesha es uno de ellos. Sin embargo, es importante señalar que estamos bajo voto de silencio, que prohíbe estrictamente cualquier discusión al respecto.

Yasstro hizo un gesto sutil, señalando que finalmente habían llegado a su destino.

Otros centinelas ya habían oído los cuernos junto a la finca. Lo rodeaba un pequeño muro blanco pero en estado de descomposición. Abrieron la puerta.

Los dos hombres, acompañados de sus equinos, se dirigieron a la siguiente zona.

Después de ver a un trabajador que se acercaba para cuidar a Song y la mula, desmontaron.

Continuaron su curso y cruzaron un magnífico jardín lleno de abundantes rosas rojas vibrantes. Los dedos de Yasstro chasquearon con una suave sonrisa y una multitud de mariposas de colores emergieron de la nada, creando un espectáculo mientras rodeaban las flores abiertas.

Alessandro caminó detrás del archimago por un estrecho sendero de tierra y en poco tiempo llegaron a una espaciosa casa de dos pisos que tenía una apariencia rústica y atractiva. Nada más entrar, descubrieron un extenso espacio abierto rodeado de claustros adornados con decoraciones arqueadas. El lugar albergaba muchas habitaciones cerradas, cada una con puertas pequeñas y resistentes.

Apareció un hombre corpulento y con la cara hinchada. Era un arankano con una daga enfundada en su cintura. Su vestimenta estaba compuesta por una camisa azul oscuro, pantalones de cuero y botas gastadas. Pidió esperar antes de irse apresuradamente.

Mientras esperaba, Alessandro observó los numerosos centinelas apostados en los tejados. Al observar las aljabas de flechas sujetas a sus espaldas, notó que eran arqueros. También recordaba a los otros centinelas apostados en ambas puertas y en varios lugares del barrio, armados con lanzas y espadas.

Era extraño que el barrio mantuviera su milicia separada de la Fortaleza, especialmente cuando la Asamblea Casakana no concedió el permiso.

La explicación previa del archimago sobre un acuerdo le recordó los acontecimientos en curso entre Trasso y los arankanos. Pero la preocupación residía en la fragilidad de esa paz.

El hombre de la cara hinchada empujaba una silla de madera con ruedas de hierro. Esto sorprendió a los visitantes. Para su sorpresa, desconocían la existencia de una silla de ruedas diseñada para transportar a una chica de dieciséis años. Un cinturón la sujetaba a la silla de ruedas, garantizando su seguridad y evitando caídas indeseables.

Alejandro la examinó. Su piel parecía más suave y pálida en comparación con la de la mayoría de los arankanos. Su cabello largo y enredado era de un tono rojo oscuro, sus ojos eran expresivos y color avellana, y llevaba un vestido blanco combinado con un chaleco fucsia oscuro. Sin embargo, ella no tenía pies debajo de su falda.

Avanzando con confianza, hizo una reverencia, preparado para introducirse. — Permítame presentarme. Mi nombre es. . .

— ¡Ahórrame tu saliva porque sé quién eres! — interrumpió con actitud hostil. — Amo Alessandro Eskar, no estoy seguro del motivo de su presencia aquí, pero si fuera únicamente por mí, ¡No le daría acceso a este barrio!

— ¿Podemos saber el motivo de tu malestar? — preguntó Yasstro.

— Siempre te doy la bienvenida, archimago, ya que te he conocido como un hombre sabio y bueno —, señaló luego al joven. — ¡Pero éste representa los caminos retorcidos del Regente!

— Realmente te aseguro que mis intenciones son buenas y vine aquí con sinceridad —, habló Alessandro suavemente, intentando convencerla.

En respuesta, ella le lanzó una mirada resentida. — ¡No me importan tus malditas intenciones y tu sinceridad! — Respondió Fabehel, exasperada. — Le agradecería que abandonara pacíficamente mi habitación, si no desea que mis guardias lo escolten.

Alessandro comprendió que era inútil tratar con Lady Fabehel y renunció a la idea de pedirle un arankano adecuado para su abrupto viaje. — Si tuvieras la amabilidad de dedicar un momento para escucharme, entonces partiré en paz como deseas —, exhaló, inseguro. — Recientemente descubrí el paradero de la princesa Natahel y su hijo. Han estado en Molke, que está en la región norte de Ryza.

Mientras agarraba con fuerza los brazos de la silla de ruedas, la chica abrió mucho los ojos, experimentó una rápida palpitación en el pecho y tembló, viéndose incapaz de articular una sola palabra. Miró al archimago, esperando una respuesta.

— De hecho, lady. El amo Alessandro dice la verdad —, respondió Yasstro.

— Con su permiso, partimos en paz.

Con estas última palabras, Alessandro le comunicó al archimago que era hora de partir.

Fabehel, incapaz de encontrar palabras, observó cómo se alejaban, mientras el hombre de la cara hinchada permanecía detrás de la silla de ruedas, ajeno a la conversación en curso.

Mientras los centinelas sellaban las oscuras puertas del Barrio Arankano, los vigilantes centinelas desde sus posiciones en lo alto de las murallas observaron a Alessandro mientras se alejaba en su yegua. El Archimago Yasstro mantuvo un ritmo constante mientras seguía a su antiguo alumno hacia el mercado callejero.

La decepción se apoderó de Alessandro mientras luchaba con la idea de que su padre adoptivo, Orssandro, o incluso la Asamblea pudieran haber actuado en contra de los intereses de los arankanos, lo que lo llevó a culparse a sí mismo. Había observado signos de miseria y pobreza, y que incluso el mercado de las afueras se encontraba en un estado lamentable, lo cual era un signo importante de penuria. Escuchó mucho sobre el sufrimiento de los inmigrantes en Sarak, pero era la primera vez que podía verlo con sus propios ojos.

Lady Fabehel tenía razón. El Jefe y la Asamblea torcieron los caminos. Mientras Alessandro crecía, se encontró con rumores e historias sobre actos de engaño perpetrados contra la gente común y corriente que los había elegido para representarlos en el gobierno. Aunque no tenía ningún interés en la política, encontraba placer en entretenerse con su amiga Marissa en juegos inocentes, creando una burbuja propia.

A pesar de las especulaciones, respetaba a Orssandro.

Dejó de reflexionar y planeó su viaje a Ryza. Luego, habló con el archimago. — Creo que sólo iremos Corr y yo —, dijo desesperado. — La parte más difícil es encontrar un barco que acepte pasajeros fennistos.

Yasstro detuvo su mula.

Alessandro intentó descubrir los motivos de Yasstro, sosteniendo a Song.

El archimago reveló su cabeza bajándose la capucha y señaló al joven, dibujando una extraña sonrisa en su rostro.

— ¡La conocerás! — asintió con la cabeza. — Y Fabehel será importante para ti.

— ¿De qué estás hablando? — respondió, asombrado.

— Mi estimado alumno, tendrás una gran responsabilidad como Borsen —, hizo una reverencia y luego susurró. — Tienes mi perdón.

De la nada, una veloz flecha atravesó el corazón de Yasstro después de la última palabra, y la muerte lo abrazó.

Su cuerpo sin vida cayó sobre el frío pavimento.

La mula se escapó lo más rápido que pudo.

Alessandro tuvo que contener a Song, asustada y amenazadora, sorprendido y agitado.

Con miedo, la multitud que los rodeaba se dirigió hacia el Barrio Arankano, sólo para encontrarse con decepción al encontrar la puerta cerrada. A pesar de las desesperadas súplicas de la multitud para que se les permitiera la entrada, los centinelas de Aranka, que estaban más preocupados por la posibilidad de un ataque imaginario, ignoraron sus peticiones.

Alessandro recuperó el control de su yegua.

Desde el otro lado de los canales, escuchó gritos.

— ¡Fuego! — alguien gritó.

Una nube de humo negro ascendía junto a la Plaza de los Pescadores.

La biblioteca del santuario estaba en llamas.

5

LAIMET

Después de varios días, Lakia llegó al noreste de Bérrem en su décimo aniversario. En lugar de conmemorar su cumpleaños, se sintió cautivada por el encantador entorno mientras viajaba desde las praderas rosadas de Molke hasta los verdes valles de las Tierras Bajas.

Su fascinación fue aún mayor cuando en algún lugar del valle casi plano, acompañada por el lejano Karekall al este, pero antes de las colinas del sur, encontró una formación alineada de cientos de perales en su esplendor, brillando bajo el brillante sol en un cielo azul claro. Lakia se acercó a un árbol y sonrió al descubrir peras verdes caídas sobre la hierba. Cogió un poco, se puso en cuclillas, puso la fruta en una roca mediana, sacó una pequeña daga del interior del morral y cortó las peras.

Se llevó un trozo a la boca y saboreó con sorpresa la dulzura. Las peras eran jugosas y azucaradas, más sabrosas que la fruta ácida del árbol molkano yalta.

Lakia se giró, miró los arbustos a mediana distancia y sonrió. — ¡No puedes esconderte para siempre! — gritó, divertida. — ¡Prueba esto!

No recibió respuesta.

Mientras los arbustos crujían, una figura emergió del interior. Era Peken, el comerciante élfico de Akiaba, vestido con un conjunto de prendas de cuero, una hoja afilada asegurada en su funda y una bolsa de tamaño mediano colgada a la espalda. Lakia asintió y siguió comiendo las peras cortadas.

El asombro y la decepción del elfo consigo mismo crecieron mientras se acercaba a la chica con una mirada increíble.

— ¡¿Cómo pudiste saber que estaba escondida allí, muchacha?!

— Sentí su presencia, señor— , respondió con la boca llena.

— ¿Aquí detrás de los arbustos?

— No, sé que me has seguido desde Akiaba.

Sacudió la cabeza con incredulidad, mostrando asombro.

Sentado en el suelo, se deleitó con unas rodajas de pera. — El hechicero Uskam me ha pedido que te siga hasta que llegues a tu destino final.

— Lo sé —, respondió tranquilo mientras tomaba otra fruta para cortar.

Mientras Peken mordía el último trozo entre los dientes, la miró para asegurarse de que su ropa la disfrazara de niño, pero sus ojos amarillentos notaron que Lakia estaba descalza y sus pies tenían cortes y rasguños como consecuencia de su viaje de días. — Recuerdo que te regalé unos bonitos mocasines en mi choza—, señaló sus pies.

— No eran de mi agrado. Me dolían los pies y no podía caminar bien—, dijo con un gesto de disgusto. — Estaré bien. Nunca usé zapatos.

— Molke es de pastos y terrenos blandos, pero en este reino y en los demás, son diferentes, y andar descalza te hará más daño.

Levantándose, el elfo inspeccionó el valle, tomándose un momento para mirar a su alrededor, divisando el este, hacia el Karekall, mientras él mismo estaba de acuerdo.

— ¿Qué estás haciendo?

— Si no me falla la memoria, Carret Post está ahí. Un artesano debería vender sandalias cómodas que puedas usar.

Dejaron atrás el valle de los perales, Lakia y Peken llegaron a un antiguo y quebrado camino de piedra que se encontraba entre pequeñas colinas adornadas con densos y resistentes robles. La vista de los carros abandonados llamó la atención del elfo. Peken comenzó a sospechar mientras caminaba por la carretera vacía, que durante el día está llena de agricultores y sus familias. Puso su mano en la empuñadura de su espada y la otra en su pecho, dejando caer su bolso, temiendo que el lugar pudiera esconder criaturas que acechaban entre los arbustos.

Lakia experimentó un dolor intenso mientras atravesaba la superficie áspera e implacable del camino y recordó los comentarios del elfo sobre sus pies. Aunque Peken se ofreció a cargarla en su espalda, ella rechazó su ayuda.

Por coincidencia, justo delante de ellos, descubrieron un carro abandonado lleno de diversas mercancías y bienes. Peken dejó su bolso y se apresuró hacia él, generando un ritmo rápido y resonante con sus botas resistentes, mientras buscaba ansiosamente su contenido. Lakia se detuvo y se sentó en el suelo para frotarse los pies doloridos.

Inspeccionó y encontró un par de sandalias de cuero que le dió a Lakia. Con su ayuda, se los puso y se puso de pie, tenía una sensación de alivio mientras caminaba. Aunque las sandalias eran más grandes que sus pies, aun así eran útiles.

— Me siento mejor. Las prefiero a los mocasines —, dijo agradecida.

— Sigamos adelante, muchacha —, sugirió. — No creo que debamos estar afuera en la oscuridad.

Peken tomó su bolso y caminó, pero se detuvo cuando descubrió a Lakia de pie, mirando hacia algún lugar del sureste.

— ¿Hay algo mal? — Preguntó Peken, aturdido.

— Siento oscuridad allí. . . su alma pide ayuda. . . — respondió ella con un gesto grave.

El elfo estaba en total silencio, atónito. Volvió a tocar el cofre. — ¿Qué eres? ¿Una hechicera?

— ¡Tenemos que darnos prisa! — Lakia caminó y luego apresuró sus pasos, agarrando la mano de Peken para ir más rápido. No podía entender el motivo de su urgencia.

No tardaron mucho en llegar a su destino: la entrada de la guarnición, Carret Post. La puerta estaba extrañamente abierta y las torres de vigilancia estaban vacías. Con precaución en cada paso, Peken soltó a Lakia y desenvainó su espada. Le indicó a la chica que esperara mientras se dirigía al lugar.

Encontró todos los edificios abandonados y descuidados. Los cuarteles con las literas caídas, el tiro con arco con las dianas destrozadas por los cuervos, los establos con suelos cubiertos de heno seco, el centro de mando abierto con escritorios cubiertos de papiro, las herrerías con hornos fríos, y otros en similar situación. Todo, junto con herramientas, armas y objetos únicos en su lugar o tirados al suelo, está desierto, pero no hay señales de ningún ataque o conflicto.

Peken siguió tocándose el pecho. Sabía que un acontecimiento perverso obligó a todos a abandonar la guarnición y sus alrededores.

Con más preguntas que respuestas, Peken devolvió la espada a su funda. Cuando volvió a salir, descubrió que Lakia estaba mirando un señal de madera con doble flecha colocado en un tramo de carretera. — Continuaremos hasta las Tierras Medias, muchacha —, señaló hacia el sur.

— ¡No, al revés! — —preguntó, gesticulando con ojos color avellana.

Peken notó la flecha hacia el sureste. — ¿Laimet?

— ¡Sí, él está ahí pidiendo ayuda!

Se agarró el pecho con firmeza.

Se miraron a sí mismos.

Peken, con expresión escéptica, se puso las manos en la cintura y sacudió la cabeza en señal de negación.

A sólo unos pasos de la ciudad amurallada de Laimet, se encontraba un burgo fortificado y rodeado por una muralla robusta y altísima. En lo alto del muro, los guardias mantenían una vigilancia atenta, con los ojos fijos en los dos visitantes con cautela, mientras se aseguraban de que la amplia puerta permaneciera bien cerrada. Aunque solo eran dos visitantes, Lakia y Peken, ambos se vieron acosados por docenas de centinelas que les apuntaban con sus ballestas.

El elfo había notado la creciente desconfianza de los soldados, dejó caer su bolso y levantó los brazos en señal de paz. — ¡Escuchame! ¡Solo somos dos viajeros que pasan! — Gritó con esperanzas. — ¡Debemos pasar la noche en una posada para continuar nuestro viaje a la mañana siguiente!

Durante un rato no obtuvo respuesta.

— ¡Ese no es asunto nuestro, y váyanse, orejas puntiagudas y apestosas! — Un soldado respondió con desdén al mismo tiempo que algunos se burlaban entre carcajadas.

Peken, sintiéndose disminuido y avergonzado, no supo responder y se encogió de hombros.

Un poco ofendida, Lakia dio pasos adelante y habló con determinación a los guardias, levantando la cabeza. — ¡Déjanos entrar porque tu señor está en grave peligro y necesita ayuda!

— ¡Toma a tu mascota y vete, muchacho casarako!— Respondió otro centinela, seguido de una risa molesta. — ¡Nadie entra y nadie sale!

Enojada, Lakia miró fijamente a los centinelas, sintiéndose insultada por su comportamiento. Sus emociones hervían dentro de ella. Sin previo aviso, una repentina ráfaga de viento surgió en ese preciso momento, haciendo que las ramas de los robustos robles se balancearan con fuerza y creando un constante crujido por el movimiento de sus hojas. El polvo repentino que surgió creó una apariencia brumosa que se extendía a lo largo de largas distancias.

La repentina ráfaga de aire que chocó contra sus rostros sorprendió a los centinelas, dejándolos perplejos y cuestionando el inesperado suceso materializado de la nada.

Aunque asombrado, Peken, con una mirada fija en Lakia, comprendió claramente que el viento provenía de ella.

Deliberadamente desvió su mirada hacia la imponente puerta, con sus ojos color avellana fijos en ella, notando que una robusta viga de madera la bloqueaba firmemente detrás de ella. Al principio, las puertas emitieron fuertes golpes, lo que causó miedo entre los guardias. De manera gradual, la puerta empezó a vibrar, inicialmente a un ritmo lento pero luego rápidamente, como si una fuerza invisible estuviera decidida a abrirla. Finalmente, esta fuerza resultó tan fuerte que rompió la viga, provocando que la entrada se abriera hasta la mitad y exponiendo los rostros petrificados de los lugareños que pasaban por la calle principal. En una muestra de cobardía, los centinelas huyeron apresuradamente, dejando sus puestos desatendidos.

— ¡Un korbeen! — Un soldado con miedo gimió mientras corría.

Lakia había desatado su fuerza mística oculta por primera vez, acompañada por el viento fuerte y constante.

— ¡Que las diosas tengan piedad! — Exclamó Peken, aturdido, paralizado, extrañamente incapaz de reaccionar.

Con gesto solemne y mirada decidida, Lakia caminó y entró en el burgo.

Al soplar el viento, todos los vecinos pudieron sentir sus efectos mientras observaban el paso de una pequeña pero poderosa figura, y la multitud, completamente hipnotizada, la seguía.

Un joven capitán montado en un sólido caballo castaño interrumpió a Lakia en su camino. Tenía la piel oliva clara y ojos pequeños, pero musculoso. El funcionario vestía un uniforme verde limpio que le sentaba bien. Su agarre permaneció en la empuñadura de la espada. — ¡Detente! ¡Declara tu propósito, muchacho!

— ¡Llévame con tu señor ahora!— Ella respondió con absoluta autoridad. — ¡Necesita mi ayuda!

Por lo general, el oficial no le habría creído, sin embargo, la había visto usar su fuerza mística para abrir la resistente puerta y también se tomó el tiempo para escuchar su explicación.

El capitán se dio cuenta de que ella era genuina.

Se acercó a ella con el caballo y le tendió la mano.

— Te llevaré con él ahora.

El capitán, con un agarre firme, jaló a Lakia y la colocó en la silla frente a él, luego ordenó al caballo que galopara por una calle lateral mientras la multitud hipnotizada corría frenéticamente para seguirlos.

Y el viento se calmó.

En la boca de la cueva, afuera, Lakia estaba allí, decidida, implacable en su resolución. Detrás, el capitán la escoltaba.

En medio de los robles, un gran número de individuos intrigados, incluidos niños esparcidos entre las ramas, observaban en silencio cómo la niña disfrazada de niño esperaba su momento, experimentando una mezcla de emociones y miedos.

— ¿Cuánto tiempo ha estado así? — preguntó, mirando fijamente la oscuridad de la cueva.

— Seis meses. El señor había subido al Karekall, pero lo encontramos enfermo —, respondió el capitán.

Ella asintió. — Entremos.

— Yo te cubro —. El capitán desenvainó su espada.

A medida que Lakia avanzaba hacia la cueva, notó cómo la luz del día desaparecía a su alrededor. No necesitó luz ni antorcha ya que sus sentidos la guiaron incluso en la oscuridad total, sintiendo las pequeñas piedras bajo sus pies mientras daba los primeros pasos. Sereno aunque cauteloso.

En contraste, escuchó la rápida respiración de miedo del capitán que aún la acompañaba.

Como estaban en completa ausencia de luz, en pura oscuridad, la calidez del ambiente se volvió espeluznantemente fría.

De repente se detuvo y le suplicó al capitán que permaneciera quieto.

Maldad en el aire.

El horror también estuvo presente.

El sonido de cadenas arrastrándose.

Una espeluznante luz roja iluminó la cueva.

Lakia experimentó muchos sobresaltos cuando un demonio veloz y agudo de cuernos grisáceos, con las garras extendidas, intentó atacarla. Era ventajoso que las grandes rocas inamovibles sujetaran al demonio con cadenas. Moviendo constantemente su boca de dientes largos, desordenados y afilados, la miraba con frustración con sus ojos llameantes.

El demonio, a pesar de sus continuos gritos y rugidos, seguía incapaz de ponerle una mano encima. Con su espada desenvainada, el capitán que estaba detrás observó a la criatura temblando de terror.

Pero Lakia, en total paz, se limitó a mirarlo.

Luego señaló con el dedo la cabeza del demonio con una mirada decidida.

— ¡Te ordeno que abandones este cuerpo! – le gritó con autoridad imponente.

Una estrella Akareen ardiente se dibujó en la frente de la entidad.

La criatura cayó, chilló de dolor y su cuerpo cambió. La cueva volvió a la oscuridad cuando la luz roja desapareció.

El capitán salió de la cueva y corrió hacia su caballo ante la multitud curiosa. De la bolsa de la silla, sacó un estandarte verde de tamaño considerable con un castillo dorado que representaba al Señorío de las Tierras Bajas y se apresuró a cubrir la desnudez de un hombre que acababa de descubrir.

Mientras se acercaba a él, la multitud murmuraba asombrada.

Una mujer de largo cabello oscuro y ropa elegante se abrió paso entre la gente y corrió a abrazar al hombre cubierto con el estandarte, llorosa de alegría, besándolo por todo el rostro.

La multitud quedó en silencio cuando Lakia, claramente exhausta, salió.

Entonces, el hombre miró a la niña con una ligera sonrisa. — ¡Fui condenado como lo fue este Señorío! ¡Y ella vino a liberarnos! – Proclamó el Señor de la Casa de Lai.

— ¡Siempre estaré en deuda con la Promesa de Jyistereerk!

El señor se arrodilló para inclinarse ante ella, seguido por su esposa y el capitán. Al final, el pueblo de Laimet mostró su reverencia por la Promesa.

Lakia, aunque tranquila, se sintió abrumada por su adoración y sorprendida. No esperaba que sus acciones místicas revelaran su verdadera identidad como Promesa y como niña, incluso disfrazada. Sus intenciones eran obvias: no buscaba reverencia ni gratitud de los demás.

Porque el señor, siendo un demonio, un korbeen, podía ver su alma.

Y reveló el propósito del viaje a Lakia.

La pequeña No Ta roja y la gran No Nunn azul verdosa aparecieron con breve retraso en la fría noche. Debajo de ellos, Peken se encontró sentado en el mismo lugar junto a su bolsa de pertenencias, a pocos pasos de la puerta donde soportó las constantes burlas de los centinelas durante el día. Su rostro parecía estar lleno de desánimo, decepción y una perpetua tendencia a mirar hacia abajo.

Adoptando una postura resignada, colocó los brazos sobre las rodillas de sus largas y dobladas piernas.

Cuando notó los pies color moreno claro, arañados, con suciedad debajo de las uñas, usando las mismas sandalias que había encontrado en la carreta, sus ojos amarillentos se movieron y descubrió a Lakia de pie mirándolo con las manos en la cintura. Desde una distancia considerable, notó que el capitán, montado en su caballo, estaba apostado cerca de la puerta, dentro de los confines del burgo, vigilando visualmente a la chica. — Escuché a la gente, muchacha —, dijo con consternación. — Todo el mundo sabe que no eres un niño. . . y eres una emperatriz. Ahora entiendo por qué el Hechicero Uskam te exigió un respeto digno de un miembro de la realeza.

— ¿Es por eso que está triste y engañado, señor? — preguntó, negando con la cabeza.

— A partir de ahora, nos separamos. Conseguiste a ese apuesto capitán para que te acompañara en tu viaje hacia Salter —, dijo con un poco de celos. — ¡Soy un cobarde como esos centinelas!

— No señor. Puedes mentir sobre todo lo que desees, pero yo sé la verdad. Puedo sentir y sentir tu pasado.

Peken se quedó mirando, atónito. Notó en ella un gesto de desaprobación. — ¿Que verdad?

— Hace mucho tiempo, amabas a una joven gentil y de corazón puro. Ella era tu amiga de la infancia.

Mientras las lágrimas corrían por sus mejillas ambarinas, el elfo volvió a bajar la cara. — ¡Ella se ha ido! Venka. . . —, habló mientras un nudo casi le ahogaba la garganta. — Ella era la razón de mi vida hasta. . . ¡Se enamoró de ese cazador!

— Sí señor. Pero no fue culpa suya ni tuya. Así, abandonaste a Molke y tu futuro, desconsolado, y viajaste por medio mundo intentando buscarlo por ti mismo. ¡Porque te sentías perdida!

Lakia se arrodilló y tomó a Peken por su rostro húmedo con compasión y comprensión, mirándolo a los ojos.

— ¡Todavía te sientes perdido y disminuido! — dijo dulcemente. — ¡Pero te aseguro que no estás perdido si te quedas conmigo!

— ¿Qué deseas de mí, este elfo indigno, muchacha? ¿Por qué?

— ¡Ven conmigo! — ella se levantó y tiró de sus manos, haciéndolo ponerse de pie. — ¡Continúa conmigo en mi viaje y ayúdame a construir la Jyistereerk!

Peken quedó atónito por sus palabras y asintió mientras se limpiaba las lágrimas.

— ¡Te ves pequeña, muchacha! ¡Pero dijiste las palabras más sabias!

— ¡Vamos! ¡El capitán nos espera!

— ¿Por qué razón?

— ¡El señor nos ha invitado a quedarnos en su casa! Ofreció habitaciones con camas para dormir. ¡Y baños calientes para limpiarnos!

6

MÁNTIDO

S u rostro brillaba y sudaba a pesar de que se recogió
el cabello oscuro y rizado para darse frescura mientras el sol abrasador estaba en su cenit. Marissa seguía
puliendo su larga espada de hierro sobre la barandilla
con un viejo trozo de lino humedecido con aceite de
pescado.

La lejanía del azul Más Allá Mar la molestó. En su
corazón anhelaba regresar a la ciudad de Estolk, a los jardines del Palacio Vykar, donde se imaginó cabalgando jun-

to a su amado caballo, Ghost, mientras lucía cómodos vestidos de seda adornados en tonos vibrantes y llamativos.

Aún incómoda, estaba dentro de una armadura pesada e impenetrable.

En una fragata oficial casakana llamada *El Senescal*, Marissa Taskar se embarcó en una búsqueda a petición de su tío Orssandro Vykar. Este magnífico barco contaba con tres majestuosos mástiles y abundantes velas.

Marissa soportó los inconvenientes del viaje.

Una vez que aceptó la tarea del Regente, tuvo que abandonar las costumbres indulgentes y aprender las dificultades que implicaba. Comía carne seca, bebía agua y evitaba el vino. Luchó por encontrar privacidad, no pudo limpiarse durante días y durmió junto a su caballo, Fantasma.

Y durmió con la espada en el pecho para defenderse de los ladrones entre la tripulación.

Sin embargo, las privaciones que enfrentó no tuvieron para ella tanta importancia como deberían, dado que llevaba una carga más pesada que sus circunstancias: su culpa. Deseó no haberse separado de Alessandro como lo hicieron ellos, sin despedidas ni peleas, en el momento en que la preocupación recayó sobre Marissa.

Fue hace una semana cuando se quedó en la posada de Sostolk, esperando la llegada de *El Senescal* . Fue durante ese tiempo que escuchó, de boca de los residentes, la angustiosa noticia del incendio de la biblioteca del santuario en Sarak y el trágico asesinato del Archimago Yasstro, quien era el antiguo tutor de Alessandro. Una vez que se enteró de los acontecimientos, tuvo un fuerte deseo de renunciar a su misión para reunirse con su prometido en Katalk.

Pero ella recordó la severa advertencia de Orssandro, y a él no le importaba la sangre común que tenían tío y sobrina. Si Marissa, en algún momento, decidiera abandonar o fracasar en la misión que se le había confiado, sería un acto de alta traición y el castigo por tal acción sería la decapitación.

Mientras pulía su brillante espada, sus preocupaciones persistían, pero no tenían importancia en ese momento.

El arma que tenía en sus manos sirvió como recuerdo, representando la recompensa que recibió por ser reconocida como la mejor estudiante de la Academia en Armería el año pasado. Se especializó en el uso de armaduras de placas y cadenas de malla, así como espadas y escudos. Era poco común que una joven sobresaliera en estas disciplinas, que eran elegidas por los muchachos.

Por el contrario, Alessandro se especializó en técnicas de esgrima y espada.

Aunque fuera innecesario, seguía pasando el trozo de lino a lo largo de su espada, provocando un resplandor total en su superficie.

A pesar del intenso calor, se detuvo por un momento. Marissa se llevó la mano a la cintura, donde colgaba su cantimplora, y tomó un refrescante trago de agua. Bebió con una sensación de alivio mientras el agua fluía desde su boca hasta su garganta.

De la nada, apareció un capitán maduro, vestido con un distintivo uniforme negro y verde adornado con varias insignias.

Al principio, Marissa se atragantó con el líquido, sorprendida por su repentina presencia, pero se recuperó y esbozó una sonrisa vergonzosa.

— Pasado mañana por la mañana fondearemos en la isla de Garterrem —, notificó. — Creo que te limpiarás y descansarás.

— Agradezco la información, Capitán Irsso —, respondió con una ligera reverencia. — Con suerte, el tiempo pasará rápidamente para el puerto de Sarrem después.

— Si el tiempo nos lo permite —, sonrió el capitán, mostrando sus dientes amarillos y desordenados.

Ella asintió con la cabeza, se frotó la boca para secarse y luego se ató la cantimplora a la cintura, sujetándola al cinturón metálico.

Marissa notó que los marineros uniformados parecían jóvenes. Los niños más grandes manejaban barriles pesados, mientras que los más pequeños hacían tareas más ligeras. Su gran número la intrigaba. — Dígame, capitán. ¿Qué edad tienen esos niños? – les señaló.

— Los jóvenes sinvergüenzas tienen doce años, los mayores dieciséis —, reconoció.

— ¿Vinieron por voluntad propia?

— Sólo unos pocos, señora —, asintió. — La mayoría de ellos tuvieron que elegir entre la prisión o servir en nuestra Marina.

— ¿Qué crimen cometieron?

— Vienen de los suburbios bajos y, como puedes ver, no tienen educación y desprecio por el trabajo —, respondió con soberbia. — Van a las casas y a los mercados a robar todo lo que encuentran, incluso un trozo de pan.

Un funcionario llamó al capitán. Tuvo que disculparla y se fue apresuradamente.

Estaba otra vez sola, pero deslumbrada. A Marissa, que estaba acostumbrada a una vida cómoda como hija de Lady Tasarissa, le sorprendió descubrir que la tripulación de *El Senescal* recurrió al trabajo forzado debido a su pobreza y su desesperada necesidad de sobrevivir, incluso si era ilegal.

La fragata experimentó una repentina y breve sacudida que infundió miedo a todos, aunque hubo importantes movimientos suaves.

El buque volvió a su rumbo habitual. Los marineros, incluidos tripulantes inactivos y personal armado, así como los funcionarios, se reunieron cerca de la barandilla y buscaron en las aguas, pero no pudieron encontrar nada.

Marissa reaccionó agarrando su devota espada. Ella puso su arma en su funda una vez que volvió la paz.

A pesar de la falta de tierra cercana, notó una peculiar bandada de cuervos negros deslizándose por el cielo sobre el medio del mar.

— ¿Qué crees que fue? — le preguntó un niño a una niña a su lado.

— ¡Quizás una ballena ciega chocó contra el barco!

— ¡No escuché ningún sonido!

— ¡Cállate y concéntrate en tu trabajo! — Lo regañó y volvió a fregar la sección del piso.

Una vez más, Marissa se recostó sobre el suave heno junto a su amado semental Fantasma, admirando sus robustas patas y observando a los otros caballos que permanecían en el nivel inferior de *El Senescal*, donde estaba situado el establo.

Mientras esperaba dormir esa noche, sus pensamientos fluían mientras veía la lámpara de aceite que colgaba del techo mientras su movimiento era el resultado de las olas que mecían el barco.

Con las manos apoyadas en el pecho, no pudo evitar quedarse dormida debido a la incomodidad de la armadura de placas que llevaba puesta desde hacía una semana, aunque ya se había acostumbrado.

Desde que se enteró de la condición de la tripulación, optó por mantener su espada en su funda, expresando su voluntad de no oponerse a nadie que pudiera intentar robarle debido a su compasión por los niños.

Marissa descubrió que estaba en el bosque, rodeada de los majestuosos árboles de las orquídeas moradas, ubicada justo al lado del sereno lago de Estolk. En el momento del atardecer, luciendo su querido vestido de seda rojo, se volvió para descubrir a Alessandro.

Estaba sonriendo con esos encantadores ojos oscuros, simplemente de pie.

— ¡Por favor, perdóname! — suplicó, con un nudo en la garganta. — ¡No volveré a pelear contigo!

No habló, sólo asintió.

Él se acercó a ella y la abrazó, haciéndola sonreír y ella lloró de alegría.

Una violenta convulsión interrumpió el sueño de Marissa, descubriendo que las lágrimas corrían por su rostro. Para su sorpresa, se dio cuenta de que Fantasma, junto con los demás caballos, soltó un relincho aterrorizado y saltó, sin poder escapar. Intentó levantarse y recibió un golpe inesperado que la impulsó contra la resistente pared de madera.

Marissa luchó contra sacudidas implacables y brutales mientras le resultaba difícil seguir corriendo. Para mantenerse, se aferró a columnas, paredes y otros objetos fijos que encontró en el camino.

Una cacofonía de gritos aterrorizados resonó por todas partes, y lo que siguió fueron gritos contundentes, acompañados por el estruendoso rugido de cien cañones disparados.

A pesar de los poderosos espasmos que experimentó la nave, Marissa intentó ascender los dos subniveles usando las escaleras con valentía, a pesar de que tuvo que esquivar objetos que caían desde el exterior, los cuales evitó usando su brazo blindado.

Afuera, fue testigo de un calamar gigante rojizo, mucho más grande que la fragata, envolviendo sus tentáculos alrededor de *El Senescal*. La criatura arrojó los tres mástiles principales antes. Debido a la cabeza alargada inclinada del monstruo hacia el lado izquierdo, el barco se ladeó, pero persistió temblando como si estuviera siendo jugado por un niño.

Marissa sabía que el comportamiento hostil mostrado por el molusco era inusual. En las profundidades más bajas del mar vivía el calamar gigante, conocido por su tranquilidad, y nunca ascendía al exterior.

Los cañones de *El Senescal* volvieron a disparar pero no dañaron al monstruo.

El gélido resplandor de la luna No Sak permitió a Marissa presenciar el creciente caos en el barco. Atónitos y con horror observaron a los miembros de la tripulación tirados en el suelo arrancado. La mayoría estaban heridos o inconscientes, lo que provocó pánico entre los jóvenes mientras otros intentaban esconderse en el barco.

A pesar de esto, hubo algunos valientes que intentaron usar sus espadas para cortar los tentáculos invencibles.

Los tentáculos se tensaron, haciendo que *El Senescal* crujiera aún más fuerte, rompiendo e inclinando el barco. Este movimiento repentino hizo que Marissa perdiera el equilibrio y se deslizara por la cubierta ladeada hasta agarrarse a una barandilla cercana, evitando así caer al mar.

Muchos jóvenes cayeron al agua y se ahogaron.

En la tercera ocasión dispararon los cañones.

El calamar experimentó el dolor, lo que provocó una reacción inmediata y furiosa. Usando su poder, la criatura rompió la fragata en muchos fragmentos con agilidad, provocando una explosión masiva.

Esa noche pereció *El Senescal*.

Cuando los ojos marrones de Marissa se abrieron se dio cuenta que el sol ya había salido, causándole molestia ya que la molestaba. Se tomó un momento para oler la brisa fresca y escuchó el relajante sonido de las olas rompiendo cerca.

Tan pronto como recuperó la conciencia, recordó la noche anterior y se sentó en la arena para observar su entorno.

Marissa miró a su alrededor. La primera observación que llamó su atención fue el hecho de que había llegado a esta playa desconocida utilizando un trozo de madera que alguna vez perteneció al barco naufragado. La mantuvo a flote, de lo contrario, el peso de su pesada armadura la habría arrastrado a las profundidades del mar, provocando su inevitable ahogamiento.

Contra todo pronóstico, conservó cada parte de su armadura, incluida la espada, lo cual fue sorprendente. Pero había perdido sus pertenencias y la bolsa de monedas.

Mientras estaba sentada allí, se dio cuenta de que faltaba algo más, lo que hizo que se pusiera de pie con el corazón latiendo más rápido de lo habitual. — ¡Fantasma! — Ella gritó, buscando por todas partes con desesperación.

Marissa buscó en la playa a su amado semental, un regalo de su tío en su decimosexto cumpleaños, pero todo lo que encontró fueron restos de *El Senescal* y los cuerpos de la tripulación arrastrados a la orilla que la devastaron. — ¡Tan jóvenes y asesinados! — exclamó para sí misma.

A sus pies se encontró con el cadáver sin vida del Capitán Irsso. Incluso muerto, su rostro revelaba una reacción de terror, con sus inquietantes ojos bien abiertos.

No creía que hubiera nadie que sobreviviera de *El Senescal* , pero por una extraña razón, ya sea por intervención divina o por un destino misterioso, Marissa fue la única superviviente.

La tristeza la invadió al darse cuenta de que no encontraría a Fantasma porque su semental se había ahogado en el mar. Ella podía sentirlo.

Marissa lloró al recordar sus preciados momentos con su amado caballo, su inquebrantable compañero, ahora desaparecido para siempre. Se alejó del cuerpo del capitán, intentando limpiarse la cara con el antebrazo blindado, pero terminó ensuciándose más con arena y creando rasguños cortantes en su piel.

Continuó retrocediendo y descubrió que había llegado a los arbustos verdosos, ocultos bajo la sombra de diferentes árboles semitropicales.

Marissa avanzó hacia el bosque con la mano en la empuñadura de la espada con moderación, observando, alerta, moviendo constantemente sus ojos marrones, y notó que el bosque estaba demasiado tranquilo. No se oía ningún sonido, ni siquiera el aleteo de un pájaro, y eso fue suficiente para hacerla sospechar.

Frente a un denso bosque inexplorado. Marissa, tranquila, recordó los estudios en la Academia. Necesitaba estar relajada y concentrada. Ahora llevaría estas lecciones a la práctica. Hizo suposiciones mentales sobre su ubicación mientras se internaba en la parte más densa.

Marissa creía que estaba cerca de la isla de Garterrem, pero no ésta. De lo contrario, no sería inhóspita. Creía que había llegado a algún lugar de la costa sur del continente Ryza. Quizás el lugar fuera el propio Fenn, pero el bosque no lo parecía. No descartó la posibilidad de estar más al norte de la isla y ya se encontraba en Bérrem.

Si Alessandro estuviera con ella, podría saber su ubicación exacta. Era excelente interpretando cartografías, brújulas y orientaciones del cielo.

Sorprendida por un silbido, Marissa desenvainó su espada y miró a su alrededor con miedo pero permaneciendo alerta. Por primera vez tenía que enfrentarse a situaciones reales en lugar de simulaciones simuladas de su Academia.

Miró entre los árboles y los arbustos con los ojos, no escuchó pasos ni otros sonidos, sólo el constante silbido.

En medio del follaje verde, mezclado, Marissa vio una cabeza puntiaguda poco común con dos ojos negros redondos que nunca apartaban la mirada de ella y se detuvieron cuando el ritmo de los silbidos aumentaba con velocidad.

Era el sonido del miedo.

Movió su espada de un lado a otro, observando como la mirada de la criatura seguía el arma y sus patas delanteras permanecían inmóviles. Siseó, paralizado ante su presencia.

Marissa asintió, sintiendo alivio, y devolvió su espada a su funda, notando que la criatura era una mantis pacífica del mismo tamaño que la suya. Su color verde pálido estaba por todo el cuerpo y las dos patas delanteras y cuatro más traseras revelaban que era de una especie amable y dócil.

Había aprendido sobre diferentes mantis a través de mensajes de texto y se sentía afortunada de no haberse topado con las feroces rojas. Ella reconoció que muchos cazadores furtivos contrabandeaban ninfas de esta dócil especie para venderlas en Bérrem para tareas agrícolas y transporte.

En ese instante, entendió que el lugar era el territorio raramente visitado de Trunke, un reino de mántidos con mantis agresivas y gentiles, y un antiguo tratado prohibía a hombres y felinos establecerse allí. Era la tierra entre Bérrem en el norte y Fenn en el sur.

— No tengo intención de hacerte daño —, dijo, mostrando ambas manos en un gesto de paz. — Sólo deseo ir a Berrem. Quizás puedas indicarme el camino hasta allí.

La mantis mantuvo una mirada fija en Marissa sin reaccionar. El silbido cesó, luego atravesó el bosque, creando un sendero estrecho al despejar los arbustos con las espinas de sus patas delanteras, permitiéndole caminar con facilidad.

Pero fue rápido.

Débil y cansada, interrumpió su camino hacia el interior, pidiendo a la mantis desaparecida que se detuviera porque tenía que correr. Marissa quiso dejarlo y se sentó en un árbol caído, jadeando y sedienta.

Al final la mantis regresó y la encontró exhausta, girando divertidamente la cabeza para mirarla con sus grandes y redondos ojos negros, preguntándose por qué se había detenido.

— Necesito agua y comida— , dijo con una débil sonrisa. — Primero necesito recuperarme.

La mantis movió sus largas antenas comprendiéndola y ella las contempló con deleite.

— ¡Por tus encantadoras antenas, eres un hombre! — aseguró, recordando sus lecciones de biología. — Te llamaré Brisel.

Él siseó contento.

7

SITIO

Habían pasado ocho días, ocho días de luto, ocho días sin magia y una semana de ritos funerarios para el difunto Archimago Yasstro. Nadie podía entrar ni salir del santuario afectado durante siete días. Luego, al octavo día, la puerta se abrió para todos los que desearan dar sus últimos respetos al difunto.

En presencia de la biblioteca quemada, los magos colocaron el cadáver del archimago sobre una pila de madera. Limpiaron el cuerpo, le colocaron las manos sobre el pecho, le cubrieron los ojos con impecables monedas de oro grabadas con símbolos Akareen y lo vistieron con una nueva túnica marrón arenosa. Los magos rodearon el cuerpo de Yasstro en murmullos, mencionando algún hechizo levantando sus manos. La madera con los restos se incendió, produciendo una columna de humo blanco.

Más lejos, Alessandro, en silencio, observaba la quema de su antiguo tutor. Mientras recordaba los momentos que pasaron juntos, se puso la mano en la barbilla y luego las memorias desaparecieron para dar lugar a muchas preguntas y confusiones sobre las últimas palabras y el asesinato del archimago.

Se volvió y miró entre la multitud de cientos de personas que cubrían la mayor parte de los claustros y jardines. Había esperado que Orssandro, su padre adoptivo y amigo de la infancia de Yasstro, asistiera a los funerales. Aún así, para su decepción, él estuvo ausente, y tampoco Marissa, a pesar de que ella también era su alumna.

No sólo era extraño, sino también sospechoso.

Entre la multitud silenciosa, también estaba presente Trasso, pero desarmado por un mandato de los magos de que nadie debería portar armas durante los ritos. El Guardián de Sarak tenía una apariencia dura y fría.

Los Brekens de su barrio también habían venido a presentar sus respetos. Conocían a Yasstro por su caridad con todos, en particular con los inmigrantes que llegaban a Sarak.

Alessandro sintió una presencia aterradora que le heló la sangre, lo que le hizo girar a la izquierda y descubrir a un hombre extraño entre la multitud. Era un anciano. Su apariencia reveló que era de aspecto arankano, con cabello blanco, ojos azules y sin barba, inmaculado y vestía unas extrañas ropas negras.

Molesto, miró a su derecha y encontró, además, inmóvil, al felino Corr que presenciaba el funeral vestido con unas chaquetas grises usadas, pantalones y botas negras gastadas. Los magos habían obtenido sus prendas de una organización benéfica.

Giró nuevamente a la izquierda y el anciano de cabello blanco había desaparecido. El miedo también desapareció.

Preguntándose por su cordura volvió a observar la pila en llamas. Reconocida en el otro extremo, lejos pero cerca del círculo de magos silenciosos, Lady Fabehel también estaba presente para dar el último adiós, junto con el hombre de cara hinchada de nombre Tin detrás de ella para ayudar con la silla de ruedas.

Fabehel notó que Alessandro la estaba mirando y movió sus ojos hacia la pira funeraria para evitar cualquier contacto visual.

Las horas fueron largas. La multitud de cientos se convirtió en decenas y sólo unos pocos cuando el fuego consumió la pila.

Dos de los magos se acercaron a los restos quemados. Con ayuda de su magia, separaron las cenizas del archimago del carbón, levantándolas en el aire, luego las depositaron en una pequeña caja metálica dorada tallada con el símbolo del Akareen. Más tarde, en una pequeña ceremonia especial, depositarían las cenizas de Yasstro en las criptas debajo de la catedral.

Ya estaba anocheciendo, pero aún había día. La cálida brisa se estaba convirtiendo en una ráfaga gélida.

Después de eso, los magos partieron en una procesión especial hacia sus habitaciones, llevándose religiosamente la caja de oro con ellos. Sólo se quedaron Alessandro y Corr. Fabehel y Tin también fueron los últimos. Todos se miraron a sí mismos.

Hizo una petición manual a su ayudante, y él acercó a Fabehel a Alessandro y Corr y sonrió amablemente al felino con una ligera inclinación de cabeza. — Soy Fabehel de las Mareas Rojas, señor.

— Corr de Finnerr, milady — , respondió con su voz profunda, reaccionando con una completa reverencia para saludar.

— Estoy deseando conocerte. Pero por ahora necesito hablar en privado con el amo Alessandro.

El felino asintió y se excusó para marcharse.

Alessandro la vio con desconfianza, Tin se fue a petición suya.

— ¿Qué asuntos tienes conmigo? — preguntó, resentido. — Pensé que creías que yo representaba los métodos retorcidos del gobierno .

— Y todavía lo creo —, respondió con benevolencia. — Pero conozco al Archimago Yasstro desde hace tanto tiempo que pudo contarme lo suficiente sobre su tutor favorito.

— ¿Has venido a decirme eso? — preguntó con amargura, incrédulo.

— De hecho. . . De buena voluntad, le ofrezco mi ayuda para garantizar su escape seguro de Sarak a la isla de Garter-rem.

Alessandro desconfiaba de lo que Fabehel acababa de decir y reaccionó llevándose la mano a la barbilla como postura de pensamiento para digerir sus palabras. Era difícil confiar en alguien que había sido hostil con él ocho días antes, momentos antes del asesinato del archimago Yasstro por una flecha perdida poco clara. Y también sospechoso.

— ¿Por qué deseas ayudar?

— ¿Ves esa baliza?— Señaló la más alta de las dos montañas a su derecha para mostrar una torre de madera en la cima. — Arderá un fuego rojo en menos de cinco días. Cuando eso ocurra, Trasso ordenará un asedio en Sarak a sus centinelas y perseguirá a todos los que no sean casakanos hasta el encarcelamiento.

— Soy casakano e hijo del Regente Orssandro. ¿Lo sabes?

— No seas ingenuo, amo. No vi al Regente por aquí —, respondió negando con la cabeza. — Tú sabes muy bien que el Archimago Yasstro era poderoso y que Trasso le temía. Los ejércitos ni siquiera podían pestañear ante él, o él los derrotaba fácilmente. El regente también le temía.

— No creo que mi padre le tuviera miedo —, respondió todavía con brusquedad. — ¡Alguna vez fueron mejores amigos!

— ¡Sí! ¡Mejores amigos cuando Yasstro ni siquiera era un novato! — exclamó bruscamente.

Alessandro luchó por comprender las circunstancias que lo rodeaban. Reconoció que las palabras de Fabehel contenían una dura verdad, aunque fuera difícil de reconocer.

Más que un antiguo tutor, Yasstro era para Alessandro, el padre ausente que nunca había tenido y el amigo íntimo después de Marissa. A pesar de su avanzada edad, el archimago disfrutaba de la compañía del joven y le ayudaba en el dolor por la pérdida de su madre.

Recordó la sonrisa que acompañaba su larga barba, dando una sensación de seguridad y calidez.

Orssandro pensó al principio que tener a su amigo de la infancia como tutor de Alessandro ayudaría a moldear a su hijo adoptivo a su manera para sus propósitos futuros. Pero pronto desaprobó el vínculo entre el archimago y el joven y, utilizando sus influencias políticas, envió a Yasstro lejos, a Katalk.

A pesar de la angustia, Alessandro dimitió y confió en la decisión de Orssandro.

Alessandro, todavía con amargura, asintió porque Fabehel tenía razón. Con gesto triste, la miró fijamente con una curiosidad que despertó en él. — Cuéntame qué más sabes —, pidió con recelo tras leer su rostro. — Noto que tienes más que decir.

A pesar de su miedo, Fabehel asintió con la cabeza y reconoció la importancia de decir la verdad.

— Tu error intachable fue enviar al Regente una paloma con la noticia del hijo de la princesa. Puedo asegurarles que aceleró las cosas para peor.

El corazón de Alessandro se hundió y apretó los puños con resentimiento y decepción. Sus dientes rechinaron y las lágrimas rodaron por sus mejillas mientras la culpa recaía sobre él porque pensaba que enviar la paloma mató a Yasstro. Su confianza en Orssandro terminó deteriorándose.

— ¡No dejes que la maldita culpa se apodere de ti! — Fabehel tenía una lengua mordaz. — Como sabes ahora, tú también puedes estar en grave peligro y escaparás con Corr y conmigo a Garterrem.

— ¡¿Por qué?!— lloró entre gritos.

Corr y Tin, que se habían convertido en amigos de conversación, escucharon sobresaltados los gritos de Alessandro a pesar de que estaban lejos, cerca de los jardines, pero no se movieron de sus lugares.

Fabehel, con húmedos ojos color avellana, desde su silla de ruedas intentó alcanzar su mano derecha en su emotivo momento. Ella estaba tratando de consolarlo. Dejó de angustiarse y miró a Fabehel.

Su boca temblaba porque quería seguir preguntando. — ¡Dime! ¡¿Por qué?!

— Pido disculpas. Tenía que decírtelo. . .

— ¡No! ¡¿Por qué?!— interrumpió con insistencia.

Sabía que la respuesta real estaba en sus entrañas, pero quería escucharla.

Fabehel dejó su mano con mirada asustada.

El astuto Tin estaba a punto de sacar su daga escondida en su espalda, cubierta por su capa, porque creía en su deber de defender a Fabehel de la supuesta agresividad de Alessandro.

Corr lo detuvo, moviendo la cabeza negativamente y, con una mirada desafiante en sus felinos ojos verdes, le advirtió que no lo hiciera.

— El regente rechaza al niño— , murmuró indecisa. — El niño es la Promesa de Jyistereerk y para él es un obstáculo para sus planes no revelados.

Recordó una predicción que Yasstro había mencionado antes, que involucraba a Orssandro, y asintió con la cabeza. Alessandro se volvió menos agitado, paseó alrededor de Fabehel, exhaló y sintió la fría noche cuando emergió la gran luna azul verdosa No Nunn.

Un novicio usó magia de fuego para encender las linternas alrededor del exterior del santuario.

Alessandro detuvo su paseo y se cruzó de brazos ante Fabehel con sorprendente confianza. — ¡Busquemos al niño y al diablo con ese bastardo!

Una mujer solitaria y esbelta de mediana edad con un atuendo de color sepia claro que mostraba la desnudez de la mayor parte de su piel negra pura desde sus brazos, los aretes largos y el collar de perlas blancas le daban una presencia atractiva. Su vestimenta y joyas formaban parte de las costumbres de su pueblo que debía seguir como Capitana Gobernadora de las Islas del Sur por orden del regente anterior.

Deambuló por el salón principal del Castillo Casakano en Estolk, disfrutando de los adornos y piezas que colgaban en la habitación mientras su mano pasaba de una silla a otra que formaban parte de los once asientos de la Asamblea en la larga mesa de madera oscura. Justo detrás del elevado sillón del regente, al principio de la mesa, más de cien cuadros colgaban de la pared blanca. Todos eran retratos de antiguos regentes.

Sus ojos se detuvieron en ese lienzo específico, el retrato de Lady Larissa Eskar, conocida con el sobrenombre de *La Condenada*. Recordó cómo ascendió de ser una camarera desconocida en una taberna a convertirse en una líder influyente que elevó a Casak para desafiar un reino poderoso, incluso afectado por la plaga, como el Reino de Aranka. Aun así, tuvo un final trágico del que nadie se atrevió a hablar.

Su atención a los retratos se centró en los carteles triangulares recién instalados que colgaban de la parte superior de cada una de las seis grandes ventanas que dejaban entrar la luz de la mañana, con el emblema nacional Casakan: una orquídea de doce pétalos que representa las diferentes regiones casakanas.

Orssandro entró rompiendo su soledad, visiblemente feliz mientras tocaba los hombros desnudos de la mujer y besaba sus mejillas. — ¡Bienvenida, señora Alyssa Taskar! — exclamó con entusiasmo. — ¿Como fue el viaje?

— No estoy muy contenta, señor —, respondió con una ligera sonrisa y una inclinación de cabeza, pero sintiéndose incómoda. — Como sabrás, no me gusta viajar largas distancias.

Él adoptó una postura comprensiva y le tomó la mano. — Pido disculpas por la urgencia de convocar la Asamblea, asintió. — Consideré necesario hablar de una crisis que está ocurriendo estos días.

— ¿Katalk?

Orssandro no respondió debido a la repentina entrada de los restantes asambleístas, que hicieron su presencia saludando al Jefe y a ellos mismos, además de alguna charla informal ajena a asuntos gubernamentales.

Por último, Dessidere, en su misión de Monitor, con traje y capa grises, subió el único escalón para llegar a la tribuna, situado en una esquina cercana a la gran mesa, y luego golpeó tres veces la superficie con un mazo.

Pronto, todos los miembros tomaron asiento.

— ¡En el día veintidós del segundo mes del primer año del *Tiklo Tercero de la Gesha*! — clamó el Monitor. — ¡Por solicitud urgente del Regente Señor Orssandro Vykar de las Islas del Sur, convoco oficialmente esta Asamblea!

Posteriormente, el Monitor desenrolló un papiro en blanco, colocó piedras en las esquinas que servían de pisapapeles, mojó la punta de una pluma larga dentro de un tintero y comenzó a escribir las primeras líneas de la declaración jurada.

Orssandro, al principio de la mesa, hizo un gesto a Dessidere para que le diera las gracias en silencio, juntó ambas manos en la superficie ante las miradas expectantes de los reunidos.

Todos los miembros habían venido a la reunión desde cada región de Casak y el Gran Santuario de Casak y vestían sus atuendos distintivos.

— Colegas, los he convocado a todos porque, como pueden saber, nuestro querido Archimago Yasstro fue asesinado y los arankanos violaron las leyes del acuerdo que mi antecesora, Lady Larissa Eskar, realizó —, hizo una pausa mientras se aclaraba la garganta. — El Guardián

Trasso de Sarak me ha aconsejado iniciar un sitio para encarcelar a todos los que no sean casakanos, y lo he aprobado.

Todos los reunidos se miraron a sí mismos, se tambalearon y luego miraron a Orssandro con incredulidad, incapaces de responder.

— ¿Cuál es la base del sitio? — Preguntó preocupado Possertro Benke, representante de Bestolk. — Llegaron rumores de que una flecha perdida mató al archimago. ¡No hay pruebas de que fueran ellos!

— ¡Apoyo al Señor Benke! — El Archimago Missar del Gran Santuario intervino, exasperado, hablando desde el último asiento a la derecha. — Es realmente dudoso que el archimago más poderoso de todo Casak, casi invencible, sea asesinado fácilmente con el disparo de una flecha.

Orssandro hizo una rápida sonrisa mientras jugaba con sus dedos. — Me temo que va más allá —, asintió, haciendo una pausa incierta. — La Promesa de Jyistereerk, un niño, ya está en Ryza.

Los asistentes murmuraron asombrados.

— ¿Cuál es la relación con el asesinato del Archimago Yasstro? – Missar afirmó con desacuerdo. — ¡Creo que la Promesa no tiene relación con Katalk!

— ¡Deberías saberlo mejor! — gritó enojado, golpeando la mesa y asustando a todos. Incluso el Monitor dejó de escribir. — ¡Yasstro sabía perfectamente que dejarse morir tenía algún oscuro propósito que favorecía la Promesa!

El regente exhaló profundamente para estar más tranquilo, mientras aún podían percibir algo de miedo en él. — Pido disculpas por mi comportamiento, compañeros.

Nos enfrentamos a una crisis como dominio —, continuó Orssandro, tratando de adaptarse.

— ¿Que sugieres? — Ralyssa Vir, de la Costa Oeste, preguntó preocupada.

— Movilización —, propuso Orssandro. — Preparemos a todos los ejércitos y armadas. Reunamos magos de todos los santuarios y cadetes de las academias. Y despleguémoslos a lo largo de la frontera ecuatorial, alrededor de nuestras costas, y expulsemos a los no casakanos de Katalk.

Los asistentes estaban en total silencio.

— ¿Estás seguro de que estos son los pasos? — Alyssa Taskar, preocupada, preguntó. — ¿Cómo sabes que la Promesa pone en peligro nuestro dominio?

— La Promesa es tan omnipotente como lo era el Mudiuhfaser —, respondió Orssandro, mirando descontento al Archimago Missar. — ¿No es cierto, archimago?

— No estamos seguros, señor regente —, respondió con malestar. — Mudiuhfaser fue un hombre que pasó de mago a semidiós, logrando un control total para manipular los planos del tiempo y el espacio. No creo que un niño, ni siquiera la Promesa, pueda tener poderes tan supremos como él.

— ¿Qué pasa si el niño tiene poderes desde que nace y apunta a otra Gesha en nuestro dominio? – preguntó Benke.

— Sugiero que la Asamblea vote la propuesta del regente —, aconsejó Lady Ralyssa, intranquila.

Orssandro asintió y le indicó a Dessidere que coordinara la votación.

El Monitor golpeó la superficie de la tribuna y pidió mostrar las manos a todos los ensambladores.

Al final, nueve votaron a favor de la movilización y sólo Alyssa Taskar y el Archimago Missar se opusieron a la propuesta.

Missar conocía el verdadero motivo de la movilización.

Alessandro y Corr buscaron refugio de la fría noche escondiéndose detrás de la yegua Song en los establos del santuario, ambos vestidos con capas con capucha para protegerse del frío. Después de los ritos funerarios de Yasstro, hicieron la decisión de seguir la fuga de Fabehel.

La oscuridad envolvía el interior del lugar, mientras que el exterior ofrecía una vista fascinante de un delicado brillo plateado, resultado de la luna helada No Sak, vista a través de la entrada. Con una mirada atenta, los ojos oscuros de Alessandro buscaron una carreta que fuera capaz de transportarlos a ambos lejos de su ubicación actual.

Los ejércitos de Pastak y Sostolk habían llegado a Sarak antes y la mayoría había acampado cubriendo la totalidad de la Plaza de los Pescadores. El Guardián Trasso había ordenado a sus centinelas rodear el santuario en espera del inicio del sitio.

Alessandro conocía las intenciones de Trasso. Fabehel ya le había informado.

Escuchó algunos pasos que se acercaban. Con cautela puso su mano en la empuñadura de la espada, adoptando una postura defensiva pero aún escondiéndose detrás de Song y solicitando silencio absoluto a Corr.

Era un muchacho, un novicio, con túnica marrón y sandalias. La joven se acercó a Song para acariciarla. Miró y asintió con la cabeza a los fugitivos, agarró las riendas y sacó a la yegua.

Alessandro salió al exterior, seguido por Corr.

Ambos subieron a un carro con un gran pajar y se escondieron dentro mientras el novicio ataba a Song en la parte trasera. Después, el muchacho se acercó al cochero sentado, un hombre mayor y corpulento de Aranka, quien asintió y tiró de las riendas de sus dos caballos percherones, ordenándoles que avanzaran.

El novicio abrió las puertas con su magia de principiante y el carro salió hacia la concurrida plaza. Mientras avanzaba a través de los límites hacia la catedral, la abarrotada milicia lanzaba miradas furtivas contra el cochero, incluso algunos interrumpían sus pequeñas actividades sólo para mirarlo.

El hombre mayor seguía guiando sus caballos con inusual serenidad e indiferencia. Alessandro y Corr se dieron cuenta del peligro mientras se escondían entre el heno. Una vez que el carro pasó por la catedral, se dirigió directamente al puente del canal. El lugar estaba vacío y oscuro. Probablemente sólo tenían presencia los pasos de los caballos y el sonido repetitivo de las ruedas contra el suelo empedrado.

El vehículo llegó al espacio abierto donde hace nueve días estaba el mercado, calles ahora vacías desde el asesinato de Yasstro.

Cuando el carro se acercó al Barrio Arankano, los centinelas con antorchas en la parte superior del muro hicieron una señal silenciosa y abrieron la puerta.

Sonaron las bocinas y el cochero detuvo sus caballos.

Alessandro descubrió ligeramente su cabeza entre el heno para observar mejor el motivo de la parada repentina. Nuevamente resonaron los cuernos, no de los arankanos sino de los ejércitos casakanos.

Preocupado, miró hacia la montaña.

La baliza tenía un fuego rojo.

Un rápido y profundo estruendo de muchos caballos acercándose hizo temblar el suelo desde lejos.

— ¡Fuera y váyanse!— Gritó el cochero mientras saltaba de su asiento.

Alessandro salió del heno por detrás, desató la yegua y montó sobre ella sin silla. Al oír a los soldados acercarse, preocupado por el destino del barrio desenvainó su espada de hierro con la intención de defenderlo a una distancia considerable del carro.

Corr se había bajado a un lado, preocupado, al presenciar el comportamiento de Alessandro. El cochero quitó el tablón de madera que le servía de superficie de asiento y, de un espacio interior, junto con otros elementos, sacó una cuchilla y se la ofreció al felino. — ¡Nosotros los fennistes no necesitamos armas!— dijo, rechazando la oferta del cochero.

Habían llegado los primeros soldados a caballo. Al principio no tenían más de diez. Sabiamente, Alessandro luchó contra ellos, moviendo a Song con demasiada frecuencia para evitar sus ataques, pero su espada chocó contra sus cuchillas. En un movimiento inteligente, pasó el arma por el pecho de un soldado, matándolo.

Su inocencia desapareció.

Con la primera matanza contra su pueblo, no tuvo tiempo de sentir remordimientos, sino de seguir luchando.

Aún así, lo superaban en número y estaban a punto de llegar más.

Corr se quitó las botas y corrió poderosamente con pies y manos. Al llegar al enfrentamiento, se abalanzó y soltó un rugido, atacando a un soldado a caballo y dejándole profundos rasguños en el rostro con sus afiladas uñas. Luego el felino se dirigió al más cercano.

Los arqueros arankanos se unieron a los centinelas en lo alto del muro y dispararon flechas contra los casakanos, y un par cayó.

— ¡Olvídate y entra! — gritó en vano el cochero a ambos combatientes, al notar la proximidad de más soldados montados.

El hombre mayor liberó a sus caballos percherones. Luego hizo una señal, moviendo ambas manos hacia los centinelas en la pared. Uno de ellos arrojó una antorcha al suelo, que agarró. Del espacio debajo de su asiento, tomó una bola pesada del tamaño de su mano, una bomba de pólvora, y la encendió. — ¡Corre! — gritó el cochero.

Alessandro se giró para notar que el cochero arrojó la bomba al carro, esquivando algunas otras cuchillas, desvió la vista para descubrir que decenas de soldados más habían llegado en una rápida reacción, galopó hacia Corr, quien estaba sobre un soldado asustado tratando de controlar su caballo. Con sorpresa, Alessandro tomó a Corr del brazo, lo colocó detrás de Song y se retiró hacia la puerta mientras la multitud de soldados los perseguía.

La bomba explotó y no sólo se incendió el carro, sino también una gran zona delante del muro, y con ello el cochero también salió volando.

Song saltó sobre el fuego con los dos jinetes mientras los ejércitos resistían. La yegua galopó hacia el barrio de Arankan mientras las pesadas puertas se cerraban. Los arqueros siguieron disparando.

Detrás de la puerta aguardaba un contingente de unos veinte centinelas arankanos con las espadas desenvainadas.

Mientras cabalgaba rápido por las calles, aliviado, Alessandro notó que el barrio estaba oscuro y que todos los edificios estaban vacíos. Creía que habían evacuado a la población con antelación.

La yegua pasó el pequeño muro blanco y aminoró el paso por el jardín de rosas. Alessandro y Corr notaron que alguien sostenía una antorcha y se acercaron a él.

Era Tin, dirigiendo a su derecha.

Song caminó hacia el camino señalado, y los jinetes desmontaron cuando se encontraron con Fabehel en su silla de ruedas, cubierta con mantas en las piernas y luciendo una capa con capucha marrón sobre su vestido de lino color canela, frente a una cueva y con un gesto de preocupación.

Le pidió a Alessandro que se acercara mientras Tin los reunía con la antorcha. — ¡Te ves miserable! — exclamó, a juzgar por su condición después de su intercambio con los soldados.

— Tus preocupaciones no son importantes. ¡Debemos darnos prisa ahora!

— Pero tengo graves noticias que dar — , asintió. — La Asamblea ha votado a favor de movilizar a Casak contra la Promesa.

Resopló, puso sus manos en su cintura y miró hacia el cielo, mirando la fría luna blanca. Alessandro se vio envuelto en un torbellino de indecisiones, angustiado por el bienestar del pueblo casakano, y pensó en Marissa. — Yo . . . - debo volver a Estolk —, exclamó confundido. — ¡Tengo que detenerlos!

— ¡Te matarán si vas!

— Tengo que . . .

— ¡Te lo prohibo! — Ella extrañamente interrumpió con desesperación.

Alessandro notó algo en su súplica cuando sus ojos color avellana tenían algunas lágrimas, tratando de comprender su desesperación por mantenerlo con ella. — Puede esperar —, le asintió, señalando la cueva. — ¿Nos vamos?

Ella asintió, luego dirigió su mirada a Tin con gran tristeza, le pidió la mano y él se la ofreció con dolor.

— Siempre estaré en deuda contigo, Tin —, dijo, temblando. — Me destroza el corazón que tengas que irte.

Tin no podía hablar mientras las lágrimas corrían por su rostro hinchado.

Alessandro y Corr presenciaron el emotivo momento pero no entendieron. Por un instante, hubo silencio y tristeza en el aire.

— Corr, por favor lleva mi silla de ruedas a través de la cueva— , le pidió Fabehel al felino, desviando la mirada y

secándose las lágrimas, para luego hablar con el joven. —
Amo. ¿Puedo montar en tu yegua?

Ambos aceptaron sus peticiones.

Alessandro levantó suavemente a Fabehel de la silla
mientras ella, sin explicación y por un breve instante, encontraba algo de consuelo en él cuando apoyaba su cabeza
en su pecho. Con cuidado, la colocó sobre Song, maravillándose de su habilidad para montar a caballo a pesar de su
falta de pies. Incluso él se ofreció a tomar las riendas, pero
ella amablemente se negó.

Tin se acercó a Alessandro y le dio la antorcha. — Sigue
el camino. No te perderás —, explicó Tin. — Después de
un largo descenso, llegarás a un barco y te esperan personas
a bordo. Espero que antes de la mañana estés navegando en
el Más Allá Mar.

— ¿No vienes con nosotros?

— Alguien tiene que cerrar la cueva— , dijo, tocando el
hombro derecho de Alessandro. — No podría vivir más
allá de la noche una vez que lleguen esos bastardos.

Alessandro comprendió con dolor y le agradeció.

Cuando las tropas se acercaron, Corr lo apresuró a partir, cargándose la silla de ruedas antes de entrar a la cueva.
Fabehel lo siguió con Song.

Alessandro asintió a modo de despedida como el último
en poner un pie dentro.

Con la ayuda de una palanca, Tin movió la puerta redondeada de piedra que cerraba la entrada a la cueva.

Luego, Tin tragó saliva mientras sacaba su daga.

Los soldados casakanos habían llegado al jardín de las
rosas.

8

VAGRANTES

Marissa se despertó con el sonido de pequeños pájaros y sus ojos marrones encontraron la primera luz del sol asomándose entre las ramas de los densos árboles. Percibió el aroma fresco y húmedo del bosque y el frescor de la piscina natural a su lado.

La noche anterior se había quedado dormida y notó su espada en el pecho con ambas manos como un claro comportamiento innato de conciencia.

Ese fue su entrenamiento lo que la hizo tan cautelosa con su entorno.

La Academia le había enseñado bien.

Mientras se sentaba, notó muchas orugas vivas en hojas grandes a su izquierda, movió la cabeza con una gran sonrisa, encantada.

Estuvieron casi una semana juntos, sin embargo la mantis verde Brisel no podía entender que los humanos tuvieran otros hábitos que de los mántidos. Marissa intentó repetidamente explicarle las diferencias en la alimentación, pero aún así fue inútil.

En los días en que estuvo en el territorio inexplorado de Trunke, el sominio mántido tenía que comer pescado crudo de los numerosos estanques para su disgusto o agarrar frutas silvestres en su camino. No deseaba encender fuego para cocinar, y mucho menos calentarse. Si bien las noches eran frías, los días eran calurosos pero insoportables una vez llegada la tarde.

No valía la pena atraer a las mantis rojas.

Marissa no estaba segura de la proximidad a Bérrem. Aún así, con un esfuerzo de las conversaciones de geografía que recordaba de Alessandro años atrás, había estado siguiendo la posición del sol en el cielo. Mientras que el sol estaba a su derecha durante la mañana, es decir, al este, ella sabía que su camino era el norte.

Brisel apareció desde cualquier lugar del bosque, sorprendiendo a Marissa, luego la miró divertido. Empujó las hojas con el lomo de su pata delantera, insistiendo en comerse las orugas.

Ella volvió a sonreír y se puso de pie, colocando su espada en la vaina, revisó que su armadura estuviera completa y en buen estado, aunque sucia.

— Este no es mi tipo de desayuno, pero te lo agradezco —, dijo con dulzura. — Con suerte encontraré cerezas silvestres en el camino.

Marissa se arrodilló y se inclinó para beber el agua fresca de la piscina. Brisel observaba cada movimiento con inocente curiosidad moviendo sus largas antenas. Una vez terminada, se puso de pie y se secó la cara mojada.

— Vamos. Guíame a Bérrem.

Brisel entró entre los árboles y cortó los arbustos para abrirse camino. Por una extraña razón, él sabía adónde ir mientras la guiaba hacia el norte. Todavía era rápido y Marissa tuvo que alcanzarlo a su velocidad.

Los primeros días después de conocerlo le resultó complicado ir tras él, pero lo alcanzó.

En ocasiones, Brisel dejaba en su camino trozos de plantas o madera que impulsaban a Marissa a limpiarlos con ayuda de su espada.

Pasó mucho tiempo antes de que pudiera encontrar algo para comer, pero se detuvo cuando vio una higuera exquisita, agarró frutas, disfrutó comiéndolas, alivió su hambre matutina y recuperó la energía necesaria.

Marissa todavía estaba consumiendo los higos cuando notó la desaparición de Brisel. Ella no lo encontró, pero reconoció sus silbidos cuando los escuchó.

Tenía miedo y trató de comprender el motivo de su temor.

Los silbidos cesaron como mecanismo de defensa porque Brisel no quería ser encontrada.

Sorprendida, Marissa escuchó un fuerte zumbido proveniente de algún lugar del bosque.

Mantuvo su espada con firmeza, con la intención de salvaguardarse.

Una mantis roja estaba cerca.

Marissa había encontrado un orificio en un gran árbol viejo donde se escondió con su espada entre las piernas, lista para usarla si fuera necesario. En silencio, culpó a Brisel por su repentina desaparición y abandono. Estaba asustada. Se sentía como una huérfana abandonada, sola, con frío incluso en un día cálido.

Reconoció que la mantis roja estaba deambulando mientras el zumbido se acercaba y se alejaba.

Había leído muchos libros de biología y había aprendido muchas cosas sobre las especies mántidas, pero, aparte de Brisel, nunca las había visto en persona e ignoraba los hechos. Tuvo entrenamiento de combate y experimentó innumerables peleas falsas con sus compañeros de clase, pero nunca una confrontación real. La Academia le enseñó lecciones prácticas de maestros expertos que participaron en el campo de batalla en persona, pero aprender de ellos no era lo mismo que experimentar el combate.

Marissa siempre tuvo su espada y la pulía con demasiada frecuencia. Pero en realidad nunca lo usó.

El naufragio del *El Senescal* fue sólo una pequeña gota de la experiencia de su vida. Cuando Marissa vio a la tripulación muerta, perdió su inocencia.

Tenía su armadura, pero su miedo seguía presente.

El zumbido se hizo más fuerte como señal de que la mantis estaba cerca. No solo eso, sino que sus ojos marrones también se abrieron aún más cuando Marissa escuchó el continuo batir de sus alas.

Era una mantis voladora, lo que hacía la situación aún más peligrosa.

Su sudor frío le recorrió la cara redonda.

No podría esconderse dentro del árbol para siempre. Al final, no tuvo más remedio que escapar y afrontarlo.

Usó cálculos mentales para encontrar la posición del sol y corrió hacia el norte. Volvió a guardar la espada en la funda.

El zumbido disminuyó hasta que desapareció el silencio y el aleteo.

Marissa salió directamente del árbol y corrió lo más rápido posible. Durante su rápida y continua carrera a través del bosque, escuchó con terror el rápido acercamiento del zumbido que intentaba alcanzarla, pero nunca miró hacia atrás.

En ese momento, la mantis voladora estaba sobre ella. Agarró la empuñadura de su espada, lista para desenvainar.

Marissa cayó en un agujero invisible, lo que le provocó rasguños en la cara y golpes en el cuerpo. Asombrada, se descubrió en una misteriosa abertura bajo tierra, sin explicación alguna para su presencia. Volvió a subir a la superficie aferrándose a las raíces emergentes de los árboles cercanos.

El silencio sugería una supuesta desaparición de la mantis roja.

Cubierta de lodo, se levantó y desenvainó su espada, lista para defenderse. Se retiró hacia el norte, observando los obstáculos en el suelo, especialmente otra cavidad, si la había.

No le gustaba el silencio total. Fue muy sospechoso. No había ningún pájaro ni ningún otro animal presente.

Aún no hay señales de Brisel.

Marissa estaba sola, dependiendo únicamente de su espada.

Ella se volvió.

Nada.

Ella se volvió de nuevo.

Nada tampoco.

Ella tomó la decisión de dar los primeros pasos para continuar su camino.

Un fuerte zumbido repentino y una raya escarlata hicieron que Marissa fuera empujada al suelo mientras la mantis roja batía rápidamente sus alas e intentaba morderle la cabeza con sus largas mandíbulas. Sus espinas la mantuvieron sujeta por los hombros. Asustada, empujó a la criatura con su mano izquierda a pesar de la gran fuerza, y con un esfuerzo excepcional, pasó la espada por su cuerpo con la derecha. Para su sorpresa, incluso con el arma empalada en el interior, la mantis seguía luchando ferozmente sin signos de rendirse.

— ¡Muere, insecto! — gritó desesperadamente, sujetando a la frenética criatura con ambas manos.

Marissa tenía los brazos agotados. Lentamente las mandíbulas se acercaron, casi hasta tocar su rostro mientras su saliva caía en gotas. Estaba segura de que su muerte había llegado.

Ella peleó. La criatura la tenía completamente inmovilizada y se sentía fatigada.

Cerró los ojos y esperó lo peor.

Un corte limpio y rápido decapitó la cabeza de la mantis roja por el cuello. Su cadáver estaba sobre Marissa. Asombrada, sin respirar, abrió los ojos, empujó a un lado a la criatura sin cabeza y se levantó, angustiada, mirando a la mantis asesinada.

Luego, encontró a una mujer fuerte con cabello largo y negro, piel aceitunada y pequeños ojos almendrados. Tenía una espada, un escudo en el otro brazo, una armadura de placas y llevaba un casco que dejaba al descubierto la mayor parte de su rostro. — ¡Cuando mates una mantis roja, córtala por el cuello! — dijo con desaprobación. — ¡Perforar su cuerpo con tu espada aún te matará!

Marissa no creía que hubiera un humano en el bosque. — ¿Por qué estás en Trunke? — preguntó, aturdida, tratando de recuperar el aliento.

La mujer miró estupefacta a Marissa y luego guardó la espada en su vaina. — Estás en Bérrem. En el Señorío de las Tierras Vírgenes —, respondió la mujer. — Estas Mantis amenazan con invadir otros dominios ¿.

Marissa asintió, entendiendo su posición, un poco avergonzada de sí misma. — Yo . . . te estoy realmente agrade-

cida —, dijo, sacando su espada del cuerpo de la mantis. —
Soy Marissa Taskar, de Casak.

— Mi placer. Soy Keleana de Estherleon.

Keleana llegó a una pradera abierta entre el bosque semi-
tropical en el sur hacia Trunke y otro similar en el norte
acercándose al interior de las Tierras Vírgenes montada
en su caballo palomino. Durante el breve viaje, escuchó
los relatos de Marissa, sentada en la parte de atrás, sobre
su encuentro con Brisel y el viaje de una semana juntos
a través del bosque hasta su desaparición. — Las mantis
verdes son las más leales y dóciles que jamás hayas conocido
—, respondió Keleana mientras guiaba a su caballo con
las riendas. — Él conoce tu olor. Utilizará las antenas para
seguirte en este último caso.

— ¿Por qué? ¡No soy su dueña!

— Estoy seguro de que Brisel es huérfano. Desde la Gesha, las mantis verdes y otras especies casi se extinguieron,
las mantis rojas cambiaron un poco para volverse voraces y
feroces, multiplicándose rápidamente —, suspiró y luego
continuó respondiendo. — Algunos de mis compañeros
mercenarios han explorado ese bosque y hay un gran enjambre en el corazón de Trunke.

Marissa se quedó sin palabras al darse cuenta de la proximidad de las mantis rojas en el bosque, especialmente si
la que encontró era aterradora. No quería imaginar cómo
sería estar sola contra muchos. — ¿Eres una mercenaria?

— Contratados por la Reunión, reconocieron los peligros de Trunke a Bérrem —, asintió Keleana. — Pero los señores gastaron su dinero en mercenarios en lugar de invertir en sus obsoletos ejércitos.

— Noté desacuerdo en tus palabras.

— Sí, decidieron que era mejor derramar la sangre de los vagrantes que enviar a sus compatriotas a luchar contra ellos.

— Sin embargo, estás aquí —, enfatizó Marissa.

Ella frunció el ceño y permaneció en silencio durante un largo rato antes de responder. — Yo solía ser un paladín, como miembro de un gremio de sirvientes con habilidades únicas de todo el mundo —, respondió suavemente. — Juramos lealtad al rey Vihen y luego, en medio de las dificultades, servimos a su hijo, el rey Tahen.

Sorprendida, Marissa descubrió cómo Keleana limpiaba discretamente las lágrimas de sus mejillas.

Tranquilidad.

— Ya casi llegamos, Torret Post —, señaló Keleana.

Marissa vio un campamento con tiendas de campaña en su mayoría pequeñas mientras los jinetes del caballo palomino se acercaban. Había edificios robustos como un pequeño aserradero, un almacén, un taller de herrería y un establo para albergar muchos caballos. También descubrió cómo decenas de aserradores habían colocado en el suelo cientos de maderas altas traídas del bosque del norte, listas para construir una fortificación alrededor del puesto.

Nada más llegar al lugar, Keleana ayudó a Marissa a descender del equino, y luego ésta desmontó. Un muchacho se llevó el caballo.

Ambas mujeres caminaron entre las tiendas hacia el centro abierto donde veinte personas con armaduras, la mayoría sentadas sobre tallos, rodeaban expectantes una hoguera donde un cocinero asaba un jabalí con un enorme caldero hirviendo de sopa de verduras. No muy lejos, otra fogata tenía una olla mediana con bebidas calientes.

Una mujer madura con armadura, de quien Marissa especuló si era casakana por el color de su piel morena clara, ofreció una copa metálica que contenía un caudel, una mezcla picante de leche, miel y vino. Ella le agradeció pero no podía dejar de adivinar su origen.

Keleana notó su curiosidad. — Ella es una casaraka —, reveló tras un sorbo de su caudel, tocándose el torso con el puño. — Soy una berremarka, hija de un berremete y una arankana. La mayoría son casarakos y berremarkos —, concluyó señalando a los vagrantes que se encontraban en el lugar.

—¡Keleana! Gritó una voz fuerte, haciéndola girar.

Un hombre bajo desdentado, con una larga barba canosa y una armadura oxidada se acercó emocionado, extendiendo ambos brazos y ampliando sus ojos azul claro.

— ¡Kekten!

Ambos se dieron un poderoso abrazo que hizo chocar ruidosamente sus armaduras y derramó la bebida de la mujer.

Marissa observó el incidente con mirada de asombro.

— ¡Cuánto tiempo sin verte! ¿Cómo está la gente? – Preguntó mientras un olor a alcohol emanaba de su aliento.

— ¡Lo mismo de siempre! — Keleana respondió entre risas. — ¿Qué noticias traes del norte?

— Todo el mundo se está preparando para el Festival Carretem, pero los lugareños, de hecho, están entusiasmados con el torneo de justas —, dijo, tocándole los hombros. — ¡Deberías participar!

— ¡Si estos malditos insectos no irrumpen en nuestro camino! Yo podría ser parte de esto —, asintió, dándole palmaditas en los hombros con afecto. — ¿Los lugareños están hablando de los justistas?

— No, de hecho. La gente habla más de una niña pequeña que liberó a un señor de un demonio —. Abrió mucho los ojos para dar una impresión dramática. — Dicen que ella es la Promesa.

— ¡La Promesa! — Marissa exclamó, asombrada. — ¿Dónde puedo encontrar a la niña?

Kekten adoptó un gesto mucho más severo y miró fijamente a Marissa de pies a cabeza, notando que, a pesar de estar cubierta de lodo, su armadura era costosa, diferente a las que llevaban los vagrantes. Él desconfiaba de ella. — ¿Quién eres, muchacha?

— Marissa Taskar. Tuve que salvarle el trasero de uno rojo —, respondió Keleana, minimizando el incidente. — Ella trató de matarlo por el cuerpo.

El hombre estudió el pomo grabado de su espada envainada y notó un emblema en particular. — La Academia en Estolk. ¿Estoy en lo cierto?

— Sí, señor —, asintió Marissa. — Estoy aquí para cumplir una misión que el Regente me ha confiado.

— No sé qué negocios te traen por aquí, pero no te metas con nuestro asunto aquí. ¿Me escuchaste? — exigió con dureza.

— ¡No lo haré, señor! — Marissa respondió con ansiedad.

— La gente en Ri ha dicho que la niña ha llegado a Laimet, la sede de las Tierras Bajas —, señaló hacia el noreste. — Son dos semanas a caballo parando a descansar en posadas.

— Cuando tu mantis verde regrese a ti —, habló Keleana. — Podrías llegar allí en dos días montándote sobre él, pero mi advertencia es que una vez que la mantis corra lo harás recto, sin curvas, y si no lo detienes a tiempo, podrías caer muerta en un acantilado.

— Las mantis verdes son las criaturas más rápidas sobre la tierra, pero ciertamente impredecibles. Por eso preferimos los caballos, incluso más lentos que ellos, aseguró Kekten.

— No me importa. Iré con Brisel —, concluyó Marissa.

El sol descendió hacia el oeste, pero la luz del día todavía estaba presente. Marissa se había limpiado y, con su armadura recién pulida, sentada sobre un enorme trozo de madera entre la hierba. Miró el bosque conectado con el dominio mántido, esperando el regreso de Brisel.

Necesitaba cumplir la misión de su tío Orssandro.

Marissa disfrutó de su comida mientras se llevaba la cuchara a la boca. La mujer casaraka le había guardado un plato de jabalí con sopa de zanahoria y patatas.

En el poco tiempo que estuvo en Post Torret se dio cuenta del fuerte vínculo que había entre los vagrantes. Eran personas maduras y con experiencia, y ninguno era joven. Tenían una vida de nómadas que viajaban de un dominioa otro, ofreciendo sus servicios a quien necesitara sus espadas. Y se negaban a tener un hogar para entregarse a nuevos emprendimientos.

Tuvieron su gloria durante la Monarquía Arankana. El rey Vihen apoyó firmemente a los gremios, formados por diferentes guerreros de habilidades únicas y de muchos dominios. Le encantaba observarlos en las misiones que su reino les confiaba.

Los tiklos más jóvenes del rey Vihen fueron los mejores tiempos. La presencia de gremios dio una época colorida y llena de floreciente diversidad.

Pero pronto, las garras de la plaga llegaron a todas partes. Debido a la angustia de Arana, el monarca volvió su mirada hacia los alquimistas y médicos, y los gremios declinaron. La Gesha fue el último clavo en el ataúd.

Marissa conocía su historia por boca de sus profesores.

Casi terminando de comer, notó desde lejos una figura inusual. Era un anciano andante vestido con extrañas ropas negras, cabello blanco y ojos azules, sin barba, inmaculado.

Inspiraba miedo. Las manos de Marissa temblaron y dejó caer su plato vacío.

El hombre entró en el denso bosque.

Después, bandadas de pequeños pájaros volaron desde los árboles, asustados.

Una silueta de un dragón negro emergió con un vuelo vertical hacia el cielo, pero la alta oscuridad de la noche debido al atardecer tardío hizo imposible seguirle la pista y se volvió invisible.

Marissa se levantó, asombrada.

Los dragones sólo existían en las mitologías.

Ella creía que su mente se estaba volviendo loca.

Su corazón estaba acelerado.

Oyó los pasos crujir la hierba y, asustada, se dio la vuelta.

Casi sacó su espada.

Brisel había regresado a ella mientras él la miraba divertido, moviendo sus antenas. Su repentina reaparición hizo feliz a Marissa, quien impulsivamente reaccionó abrazándolo por el cuello.

Keleana tenía razón. Su mantis verde había seguido su olor.

Aquella mañana siguiente, ventosa, Marissa estaba lista en la pradera abierta. Los vagabundos montaron en Brisel una silla de cuero especial con riendas. La mantis verde fue lo suficientemente dócil como para permitir que la gente lo equipara adecuadamente. Tomó toda la noche hacer el asiento de la mantis.

Al principio, cuando Marissa montaba su mantis, se sentía extraña pero se dio cuenta de que, salvo pequeñas diferencias, era prácticamente lo mismo que guiar a un caballo. Después de eso, ella tiró de su cabeza con las riendas. Brisel giró para mirarla con antenas siseantes y en movimiento.

Kekten se acercó a la mantis y la movió hasta que su cabeza estuvo hacia la posición norte. Luego habló con Marissa. — ¡Cuídate, muchacha!

A continuación, Keleana se acercó y le entregó un casco usado, algo abollado. — Sé que no es lo mismo que tu elegante armadura, pero protegerá tu cabeza en tu viaje —, sonrió. — ¡Que tengas un buen viaje!

Marissa asintió agradecida, se puso el casco en la cabeza con nerviosismo y se ató firmemente las riendas alrededor de las manos. Exhaló y luego pateó el cuerpo de Brisel, tirando de su cabeza.

La mantis corrió a una velocidad extraordinaria y pronto desapareció en el bosque.

El grupo de vagrantes aplaudió con alegría. Excepto dos.

— ¿Cuál es su negocio con la Promesa? — Kekten susurró con las manos en la cintura. — ¿Sabes?

— Me crecen ciertas sospechas según me dicen mis entrañas —, respondió Keleana con los brazos cruzados. — Esa muchacha es la sobrina del regente casakano, y lo descubriré una vez que esté en Carretem.

9

YKARTE

La mañana empezó cálida, pero a medida que avanzaba el día, la tarde se volvió fresca. Nubes oscuras y grises llenaban el cielo, insinuando un inminente aguacero.

En la finca familiar, Vasso, de catorce años, ayudó con entusiasmo a su padre a cortar flores de sorgo y las guardó dentro de su larga canasta de palma que llevaba consigo. Quería terminar su trabajo diario antes de la lluvia, para poder vender sus productos en el pueblo cercano a la mañana siguiente.

El padre miró a su hijo con orgullo y una sonrisa.

Vasso esperaba terminar la última tanda de sorgo antes de salir a cenar con su madre y sus hermanas menores.

Al oír acercarse un caballo, el padre detuvo su cuchillo en el tallo de una flor. Volvió la cabeza y esperó a que el visitante llegara a su propia finca.

Vasso siguió su ejemplo.

El alguacil de la ciudad apareció montado en su caballo marrón. Vestía su uniforme militar verde y negro y lo saludó con un gesto sombrío.

— ¿Cuál es el motivo de tal visita? — preguntó el padre, sorprendido, ya que no esperaba a nadie.

— Me duele. No me queda otra opción que obedecer las instrucciones dadas por el Regente —, asintió con pesar. — Estoy aquí para cumplir con la movilización y llevar a su hijo al frente.

Abrumado por la sorpresa, el padre soltó el cuchillo que empuñaba.

Vasso permaneció impasible.

— Lo siento de verdad. Debido a nuestro vínculo de amistad, he decidido no llevarme a tus hijas. Sin embargo, podría ir por ti también.

Tarareó una melodía para sí misma. La joven negra arrojó trozos de madera por el agujero del horno y lo cerró con una puerta de hierro. A través de sus gruesos vasos redondos, buscó la vieja tetera llena de agua de un barril cerca de la puerta y la puso a hervir en la estufa. Se secó las manos mojadas con el paño blanco atado a la falda de su vestido granate.

Carlissa comprobó el nivel de aceite de ricino en las dos lámparas que iluminaban la pequeña y oscura cocina. Algunos alimentos no perecederos permanecían en la despensa, pero a menudo estaba vacía, a excepción de algunos ratones corriendo por los orificios. Revisó cada frasco de vidrio con té de hierbas y eligió el más fresco para ponerlo en una bandeja con cuatro tazas.

Volvió a cantar su melodía. Su padre siempre la cantaba todas las noches. Era una canción de amor sobre una doncella que esperaba el regreso de su amante del campo de batalla, una pieza llena de esperanza y alegría.

Apenas usaba la posada.

El Rincón del Lago . En el pasado, era un lugar próspero donde el pescado a la parrilla era popular en Estolk. Su padre era un hábil cocinero, un posadero amigable y muy agradable. Cuando llegó la Gesha, llegó la desgracia. Aunque probaron otras opciones, la posada no pudo retener a sus clientes debido a la falta de idoneidad del pescado. Por lo tanto, quedó desolada. Había que cerrarla irremediablemente.

Su padre murió de tristeza. La posada era su vida.

Carlissa, una experta en herbolaria, se matriculó en una escuela local para convertirse en alquimista y deseaba curar y ayudar a los médicos a través de hierbas.

Sin embargo, ella no estaba estudiando actualmente sino en la posada. La movilización obligó a su escuela a clausurar por el momento.

La posada permanecía cerrada, pero un amigo alquiló el lugar.

Alguien golpeó la puerta trasera y ella respondió con urgencia.

Se encontró con un hombre encapuchado con una bata marrón, todo empapado cuando una fuerte lluvia cayó esa tarde y lo empujó hacia adentro y cerró la entrada. — ¡Dame tu ropa a toda prisa! — se apresuró, alarmada. — ¡No te dejes resfriar!

— No es necesario, Carlissa —, respondió serenamente.

Para su sorpresa, el hombre de la túnica chasqueó los dedos y toda la ropa mojada se secó en un abrir y cerrar de ojos. Se descubrió la cabeza para mostrar su rostro moreno agrandado y esbozó una suave sonrisa.

— ¡Siempre me diviertes, Archimago Missar! — exclamó con una sonrisa.

— ¿Están ellos aquí?

— Sí señor. Esperando por ti.

Mirando hacia las estrechas escaleras de piedra al lado de la puerta, asintió en reconocimiento, expresó gratitud a Carlissa, subió las escaleras y sacó luz de su mano abierta para guiar su camino hacia arriba.

Llegó a una habitación oscura con sólo breves destellos de un par de velas que, molestas, con su magia aumentaron la luz con las mismas llamas hasta iluminar el lugar por completo cuando cerró la puerta detrás.

El archimago Missar encontró a las damas Alyssa y Tasarissa sentadas junto a una mesa redonda. Por la ventana cubierta con cortinas rojas, a pie, con su ropa y su capa grises, Dessidere vio su entrada con los brazos cruzados.

Lady Tasarissa, una mujer cubierta con velos y vestido de seda azul claro, mostró los ojos húmedos en el momento en que Alyssa tocó la mano para consolarla.

El archimago la notó. — ¿Qué pasa, señora?

— Lord Orssandro se niega a contarle el destino de su hija, Marissa —, respondió Alyssa. — Supuestamente, ella está en una búsqueda confidencial que él le confió.

— Lo mismo ocurre con Alessandro Eskar —, añadió Dessidere. — Sus órdenes lo enviaron a Sarak, pero nadie sabe su paradero después del sitio.

— ¡Ese maldito hermano! — Tasarissa exclamó hirientemente. — ¡Nadie me quita a mi hija!

Alyssa intentó calmarla.

El archimago acercó su silla sin tocarla y tomó asiento. Sobre la mesa, juntó las manos y habló. — El Regente ha ido demasiado lejos. Y el asunto de la movilización es una locura —, suspiró. — He visto cómo los ejércitos se llevan a mis alumnos de los santuarios, pero esa tontería también está separando familias.

— Dinos, archimago. ¿Es cierto que la Promesa es peligrosa como sugirió el regente? Preguntó Dessidere mientras unas goteras de agua del techo lo molestaban.

— La Promesa ya hizo su primer movimiento público —, reveló sorprendiendo a todos. — El santuario del Ri ha informado que el infante, una niña, liberó a un señor de ser un demonio.

— ¿Y?— las gotas todavía le molestaban.

El archimago hizo un gesto con la mano y las goteras desaparecieron. — ¿Crees que alguien que libere a un hombre de una entidad maligna sería una amenaza para nuestro reino?

— ¡Creo que la verdadera amenaza es ese bastardo de Orssandro! — Tasarissa se burló con exasperación.

— ¿Qué sugiere que deberíamos hacer para confrontar al regente y convencer a la Asamblea de lo contrario? — Dessidere siguió insistiendo. — ¡Después de todo, fuiste tú quien nos convocó aquí!

— Tienes razón, joven —, asintió. — No estoy sugiriendo sino anunciando que los elfos vendrán aquí.

— ¡Pero están pereciendo!— exclamó con incredulidad.

— No los molkanes. Me refiero a los de Occidente.

— ¡Basta de estupideces! — Tasarissa golpeó la mesa y se levantó. — ¡Mataré a mi hermano con mis manos!

— ¡Escuchemos qué más tiene que decir! — Sugirió Alyssa, agitada, jalándola del brazo.

El archimago mantuvo la paz mientras observaba a Lady Tasarissa regresar a su silla.

— ¿Estas loco? — Dessidere preguntó con escepticismo. — ¡Estos elfos han estado aislados desde quinientos tikls! ¡Nadie ha encontrado su tierra a través de la niebla!

— ¡Ya no! — El archimago sonrió, sorprendiendo a todos. — El archimago Yasstro se sacrificó para convocarlos.

— ¿Cómo? — Preguntó Alyssa.

— Una vez que Yasstro supo que la noticia de la Promesa había llegado al Regente y que había iniciado sus planes, comprendió la necesidad de traerlos. Usando su magia, deliberadamente se disparó una flecha a sí mismo.

— ¡Después de todo, nadie lo asesinó! — Dessideré sacudió la cabeza.

— ¿Por qué los elfos? — Alyssa preguntó de nuevo.

— La espada de Kasana.

— ¿Qué tiene que ver con esa maldita espada después de su muerte? ¡No veo la relación con la Promesa y esta movilización! — Dijo Tasarissa, irritada.

— El arma más poderosa de Sánkaris que puede traer muerte o vida depende de quién la tenga. Está en algún lugar de Casak, escondido —, respondió asintiendo. — El Archimago Yasstro notificó de alguna manera a los elfos del más allá.

— Ahora lo entiendo —, asintió Dessidere con una sonrisa. — ¡Todo tiene sentido!

— ¿Le importaria explicar? – preguntó Alyssa.

— Hace más de quinientos tiklos, un trozo del metal precioso y místico cayó sobre Sánkaris desde No Nunn. Los monarcas de aquella época se reunieron y fabricaron con ella la espada más fina jamás vista, y los salteranos la llamaron *Ykarte* – se sentó en una silla de la mesa. — Los mejores herreros de esa época forjaron la espada— .

— Todos los reyes o reinas probaron el *Ykarte*, pero la carga era demasiado abrumadora para ellos —, continuó con la historia el archimago Missar. — Entonces, habían decidido que la espada debería ser para el guerrero más merecedor del mundo, y organizaron un torneo con los mejores peleadores de todos los puntos de Sánkaris.

— Y ganó una joven y fuerte elfa tribal. Tenía la mística *Ykarte* en sus manos —, dijo Dessidere, golpeando la mesa con el dedo. — Esa fue Kasana.

— Ella comenzó a traer paz y prosperidad a la mayor parte del continente de Ryza. Dondequiera que iba Kasana, todo florecía. Los logros de Kasana llenaron de alegría a los monarcas y al pueblo. Todo el mundo hablaba de lo grandiosa que era la guerrero molkana a la hora de dar vida.

— Pero en Molke, el hermano de Kasana, Renke, de la tribu de los Kannestes, cortejó a una muchacha de los Tannes, hija de un jefe. La gente de ambas tribus no vio con buenos ojos su amor.

— Lamentablemente —, el rostro del archimago se volvió sombrío. — Los Tannes asesinaron a Renke.

— La sed de venganza de Kasana la consumió, llevándola a empuñar la espada mística y ejecutar a los asesinos de su hermano. La creciente furia resultó en una brutal guerra civil que envolvió a todas las tribus de Molke, se extendió a los antiguos reinos de Bérrem e involucró a humanos, felinos y brekens.

— *La guerra élfica* .

— Cuando terminó el conflicto, devastaron la mitad del continente y surgieron terribles epidemias.

— ¿Qué pasó después? — Alyssa preguntó con gran curiosidad. — ¿Qué pasa con Kasana y su espada?

— Los Tannes capturaron y entregaron Kasana a los Kannestes. La vergüenza era demasiado para soportar que su propia tribu la ejecutó —, continuó el Archimago Missar. — Los Tannes se apoderaron de la *Ykarte* y decidieron que debía ser puesto en manos santas e incorruptas. La escondieron hasta que llegó el momento adecuado. Emigraron al oeste, abandonaron a Molke y Ryza, y se aislaron del resto de Sánkaris en una tierra inalcanzable en medio de la niebla.

— Por favor, déjame entenderme a mí misma —, pronunció Lady Alyssa Taskar, insegura. — Si no me equivoco, *Ykarte* está en algún lugar de Casak y. . . ¿El regente la quiere?

— Precisamente, señora —, asintió el archimago. — Esa función teatral que hizo el regente para conseguir votos para la movilización fue todo para conseguir la espada.

— ¿Y la Promesa?

— Un obstáculo inmenso que quiere evitar. Él la teme. Los elfos tienen la intención de pasar el *Ykarte* a la Promesa.

— ¡Que las diosas nos salven si esa espada cae en manos de Orssandro! — exclamó Tasarissa, preocupada.

— El regente sabía que los elfos se acercaban. Por eso su último extraño comportamiento en la Asamblea y quiso acelerar sus planes con una movilización —, respondió Missar. — Estoy seguro de que se avecina una gran guerra.

El silencio reinó en la habitación con angustia.

Carlissa llamó a la puerta y entró, sonriendo con ojos vivaces detrás de sus gafas redondas y llevando una bandeja con tazas de té.

10

CABALLERA

La Selva Negra de las Tierras Medias era lugar denso de pinos altos y anchos con grandes ramas, donde la luz del sol apenas llegaba al suelo, un lugar reconfortante para que los búhos ulularan en la noche y un hogar de lobos negros siempre en manadas. Pequeños o grandes animales de tierra o aire podían campar libremente por el extenso bosque que comenzaba desde los límites finales de las Tierras Bajas hasta el comienzo mismo de las Tierras Altas en el sur. Pero ninguna bestia se atrevía a acercarse al Karekall en el este, ya que la cadena montañosa siempre estaba pelada y extrañamente sin vida, mostrando sólo su superficie desnuda, seca y leonada.

Dos visitantes inusuales habían puesto un pie en el bosque a última hora de la tarde, donde nadie se atrevía a entrar. Lakia se negó a proceder en el camino y pidió ir por el bosque. Peken había discutido en desacuerdo con su elección, pero accedió a seguirla.

Lakia tiraba de las riendas de su caballo alazán, regalo del capitán. El equino llevaba una carga de pieles de waki en la silla y bolsas de provisiones a los lados. Regalos del Señor de las Tierras Bajas.

La esposa del señor intentó regalarle un nuevo vestido de lino para darle a Lakia una apariencia más femenina. Pero ella lo rechazó, todavía con la intención de disfrazarse de niño, como sugirió Peken con insistencia a pesar de su revelación. Dejó que otra persona le lavara la ropa. Sin embargo, aceptó unas sandalias de cuero nuevas de su talla, hechas por el zapatero local. A pesar de su persistente negativa, un médico y un alquimista trataron sus pies.

Al igual que Lakia, Peken tenía abundante comida, ropa lavada, un baño caliente y una cama caliente.

Una multitud fuera del castillo del señor tuvo que ser contenida mientras la gente pedía la magia de Lakia para sus parientes enfermos. Aún así, no podía ofrecérselos porque aún no entendía sus habilidades.

Ella no era una maga, ni tampoco una sanadora, pero era algo más que nadie sabía, ni siquiera ella misma.

Al quinto día en Laimet, Lakia decidió que era hora de partir.

Durante la noche, mientras la mayoría de los vecinos dormían profundamente, Lakia emprendió su viaje hacia la región sur del burgo junto a su fiel caballo y Peken. Esta partida se produjo cuando la gélida luna, No Sak, estaba en su punto más alto. Dejaron una nota de agradecimiento, pero no de despedida.

Peken propuso continuar su viaje hacia el sur a través de las Tierras Medias, recto, con la esperanza de llegar a las Montañas Sagradas, pasando las Tierras Altas, para llegar finalmente a Salter. Pero Lakia solicitó desviar su viaje hacia el suroeste. Había oído hablar del Festival en Carretem y sintió que tenía que ir allí. El elfo no estuvo de acuerdo con su opción, creyendo que sólo sentía curiosidad por la celebración.

Pero Lakia insistió. Deseaba desviarse de su destino original para seguir construyendo su Jyistereerk.

Peken no entendió sus intenciones ni el Jyistereerk, una palabra extraña que sonaba confusa de pronunciar.

— ¡¿Estás contenta?! — Peken refunfuñó, exasperado.

— ¡Ahora estamos perdidos! ¡Seguimos dando vueltas en círculos!

Molesto, el elfo arrojó su bolsa de pertenencias al suelo en un pequeño claro rodeado de árboles al notar el sol del atardecer. Sacudió la cabeza y miró a su alrededor.

Lakia guardó su risa para sí misma, tratando de parecer seria. — No te preocupes, Peken —, respondió finalmente con una sonrisa esperanzada. — Estoy seguro de que mañana por la mañana conocerás nuestro camino.

— ¡Lo que sea!

Cerró los ojos y se relajó, inhaló profundamente, sintiendo la frescura del bosque, luego miró fijamente a la niña. — Está bien, muchacha. Por favor espere aquí. Conseguiré un poco de leña para la hoguera.

Ella asintió y vio al elfo internarse en la oscuridad del bosque.

Lakia, sola, esperaba este preciso momento. Había esperado mucho para esta noche.

Tranquila, ató las riendas de su caballo castaño a un árbol cercano, se acercó a una gruesa rama caída sobre la hierba y se sentó en ella. Se quitó el sombrero, dejando caer su enredado cabello negro. Metió la mano en elmorral, sacó un trozo de carne seca y lo jaló con los dientes.

A medida que se acercaba el atardecer, sintió la frescura en el aire.

Se inclinó un poco para mirar la hierba casi marrón mientras masticaba su comida.

Lakia sintió el frío de la punta de una espada contra su nuca. En lugar de miedo, manifestó calma y compostura y se tragó el pequeño trozo de carne que tenía en la boca.

— ¡Termina tu misión ahora! — Lakia habló con autoridad pero tranquila. — ¡Todo lo que tienes que hacer es empujar tu espada firmemente por el pomo y me habrás ejecutado!

En cambio, sintió cómo la espada temblaba y el arma caía sobre la hierba. Después se oyeron algunos sollozos.

Lakia se levantó tranquilamente de su asiento y se dio la vuelta.

Marissa se quedó allí con el rostro empapado de lágrimas, llorando incontrolablemente mientras sacudía la cabeza una y otra vez.

— Si crees que debes seguir órdenes, hazlo ahora —, sonrió Lakia.

— ¡No! ¡No puedo! — Marissa respondió, quebrantada. — ¡Le ruego me perdone!

Ella cayó de rodillas.

Peken había regresado antes y, atónita, descubrió a Marissa apuntando al cuello de Lakia con su espada. Preso del pánico, dejó caer la madera que había recogido antes. Paralizado, no reaccionó ante nada, sólo para presenciar a través de sus ojos amarillos.

Lakia se acercó a Marissa e hizo lo mejor que pudo para limpiarle la cara, mostrando una sonrisa, y luego le frotó la cabeza con cariño. — ¿Qué perdonarte? ¿Por algo que te ordenó hacer? negó con la cabeza.

— Pero mi tío. . .

— Silencio, amiga mía —, le tocó los hombros. — Lo que te pasó no importa. ¡Tu postura está conmigo ahora!

— Pero. . . ¿Qué debo hacer?

— Me gustaría invitarte a ser parte del Jyistereerk— , asintió. — Sé mi caballera.

Marissa respondió afirmativamente con una ligera sonrisa que difería de su sollozo anterior, humilde.

— ¿Qué debo llamarte?

— Marissa Taskar.

— A partir de ahora, serás Ser Marissa Taskar.

Lakia miró a su izquierda y extendió su brazo en la misma dirección. — ¡Ven aquí, pequeño!

Brisel se acercó a la niña desde su escondite detrás del árbol, miró divertido a Lakia, movió sus antenas y se inclinó ante ella en señal de máximo respeto.

Peken, como observador, se dio cuenta de que la niña no era solo una emperatriz que intentaba establecer un reino.

Recordó las palabras de una hechicera y confirmó que era un tipo excepcional de divinidad.

Y comprendió que las mitologías antiguas de un mundo pasado no eran fantasías.

Había llegado la noche fría, mostrando tres de las cuatro lunas en el cielo limpio a pesar de los altos pinos que tapaban un poco el espectáculo celestial. Sólo el diminuto No Kra rocoso sería siempre invisible a la vista, y nadie sabría su presencia a menos que fuera observado por un telescopio. Marissa había visto esa luna durante sus clases de ciencias en la Academia. Recordó sus momentos mientras identificaba a No Nunn, seguido por el volcánico rojo No Ta y el gran gélido No Sak, desde su posición sobre la hierba, recostada, bajo una capa de piel de waki, lejos de la hoguera donde Lakia dormía cerca.

Acompañada por los ululares de los búhos, suspiró en meditación en su nueva y repentina postura. Justo antes del atardecer, estaba decidida a realizar una misión que le había confiado su tío. Esta noche se había convertido en la caballera de la emperatriz.

Repasó sus obstáculos pasados.

Remordimiento por una pelea que tuvo con su amado Alessandro.

Un naufragio con un calamar gigante y un asalto de mantis roja casi le cuesta la vida dos veces.

Todos los obstáculos para una búsqueda que tuvo una culminación inesperada.

Un par de piernas con pantalones y botas de cuero sorprendieron a Marissa. Observó cómo el elfo Peken se sentó a su lado, ofreciéndole un estofado de ternera y patatas en un cuenco de madera. Ella también se sentó y aceptó, agradecida, la comida que él había preparado previamente.

Marissa nunca vio un elfo en su vida. Para ella, Peken era alguien nuevo y no evitaba su fascinación por sus ojos amarillos, piel ambarina, orejas puntiagudas y cabello rubio.

Él se dio cuenta, disgustado por su curiosidad. — ¿De dónde eres?

— Casak, Estolk —, respondió después del primer sorbo de su cuchara de madera.

— Ya veo —, asintió sin ningún gesto. — Una vez en Ri, conocí a una excelente dama, Larissa Eskar.

— La difunta madre de mi prometido —, asintió Marissa con una sonrisa. — Alessandro Eskar.

Se volteó para ver la figura dormida de Lakia bajo capas de pieles de waki.

— ¿Cuál es el problema?

— La niña — , señaló. — ¿Es ella la que mencionó mi tío? ¿La hija de Cassandro Eskar?

— ¿Cómo se enteró de nosotros? — Peken preguntó con seriedad.

— Era Brisel. Estábamos en Laimet buscándote, pero el señor mostró unas sandalias que Lakia usó en su lugar, y mi mantis usó sus antenas. . . ¿oler?—

— Las mantis detectan olores mediante sus antenas.

— Bueno, ya estamos aquí —, se encogió de hombros.

Del elfo surgió un tenso silencio. — Dígame, señorita. Tuviste la oportunidad de matarla —, dijo Peken con voz grave. — ¿Por qué no terminaste tu misión?

Marissa se inquietó por su sagaz pregunta.

— Una vez mi espada la tocó. . . Sentí una presencia poderosa y conmovedora que llegó a mi corazón —, Marissa respondió nerviosamente, con los ojos marrones húmedos. — Simplemente no podía hacerle eso.

Él asintió y se levantó. — Tu llegada me tomó desprevenido —, dijo, desconfiado. — Pero tienes una advertencia. Lakia te ha nombrado caballera, pero si alguna vez te veo con cualquier otra intención de hacerle daño, no dudaré en matarte —. Y Peken se fue.

Marissa sostuvo su cuenco de estofado, suspirando seriamente mientras veía al elfo tomar su piel y acostarse junto a Lakia.

Los lobos aullaron desde lejos.

Temprano en la mañana, cuando el sol dejaba que sus rayos perforaran los pinos en medio de una densa y blanca neblina, los tres viajeros se despertaron y se pusieron de pie, manteniendo sus pieles sobre sus cuerpos para protegerlos del frío de la mañana. Siguiendo las necesidades de sus cuerpos, Peken regresó y empaquetó todo para cargarlo en el caballo castaño.

Marissa encontró a Brisel camuflado entre los árboles, para alimentarlo con hojas, pero él se negó moviendo la cabeza hacia un lado.

— Él no es un animal, Ser Marissa— , aclaró Lakia, acercándose a ellos. — Es una criatura inteligente que puede sobrevivir por sí misma.

— De vuelta en las Orillas, donde descansamos un rato, vi a los granjeros alimentando a sus mantis.

— Han sido criados y domesticados desde ninfas —, intervino Peken en las conversaciones mientras tiraba del caballo. — Tu mantis, en cambio, es una criatura de libre albedrío.

Brisel hizo una reverencia a la niña y luego la miró fijamente.

— ¿Quieres que me monte encima? — Preguntó Lakia con una sonrisa. — Está bien. Acepto tu solicitud.

La facilidad de comunicación entre la mantis y la niña sorprendió al elfo y a Marissa. Posteriormente, la caballera recién nombrad intentó ayudar a Lakia a montar en la mantis, pero un Peken dudoso la detuvo y, en su lugar, él puso a la niña en la silla.

— Ten cuidado, Lakia —, aconsejó Marissa, mientras le daba las riendas. — No lo dejes ir a toda velocidad. Casi tuve náuseas mientras salía como un rayo de las Tierras Vírgenes.

— ¡Él no! — Dijo Lakia, segura de Brisel.

— ¿Seguiremos yendo al suroeste hacia Carretem? — Preguntó Peken.

— Sí, y volveremos al camino —, respondió Lakia.

El elfo se rascó la cabeza sin comprender. — ¿Hay alguna razón por la que ahora debemos regresar al camino, muchacha? Entramos en este bosque traicionero para evitarlo. Entonces deseas regresar.

— Si deseas ayudarme con el Jyistereerk, escucharás mis demandas —, dijo con autoridad pero con calma. — ¡Mi interior me dice adónde ir!

— ¿Al menos tu interior dice las razones?

Una pequeña ráfaga de viento helado golpeó a los viajeros.

En la silla de Brisel, Lakia cerró los ojos mostrando una molestia que asustó a Marissa. — ¡¿Cuándo comprenderás mis razones, incluso después de todo lo que viste al otro lado del Karekall?!

La barbilla de Peken tembló de repente y abrió mucho sus ojos amarillos. Sólo un breve recuerdo de su experiencia en aquel lugar oscuro fue suficiente para aterrorizarlo.

Marissa miró incrédula.

— ¡Si hemos viajado por los caminos, los bandidos ya nos estaban esperando! — Respondió Lakia, todavía con los ojos cerrados. — ¡Mi aparición en Laimet ha atraído una atención no deseada!

La chica finalmente lo miró fijamente con la máxima autoridad. — ¡Los animales aquí en los bosques nos protegen al sentir mi presencia! — Asintió, exasperado. — ¿Son estas razones suficientes?

Lakia suspiró y se fue, dejando solos los asustados caballera y elfo.

— ¿Es esa su naturaleza, señor? — Marissa le preguntó con seriedad. — ¿Desconfiar de todos?

Se aseguró de que su espada estuviera adecuadamente dentro de la funda y se fue.

Al final, los vio alejarse y tiró del caballo para seguir a Lakia.

Todavía no abandonaban la Selva Negra y llegaron al camino de piedra entre pinos en una zona habitada por hombres lejos de los bosques salvajes más inexplorados. Les llevó casi toda la mañana encontrar el camino. Al mediodía, el día era más cálido y claro, contrastando con la neblina helada anterior.

Marissa escoltó a Brisel mientras él cargaba a Lakia en su espalda a paso lento. Peken lo siguió a pie y jalaba al caballo.

El elfo miró con recelo a Marissa pero aun así guardó silencio. Sin embargo, lo que más le preocupaba era él mismo. Cuando era joven, había viajado la mayor parte del oeste y el sur de Ryza, pero su viaje se volvió terrible después de cruzar el Territorio Breken al sureste de Karekall. No se atrevía a recordar sus viajes, ya que no podía describir lo que había experimentado en ese lugar oscuro.

Se agarró el pecho.

La oscuridad cargaría su alma si recordara el pasado.

Él deseaba la muerte.

— Dime, Lakia —, habló Marissa durante el paseo. —
¿Cómo piensas construir ese Jyistereerk cuando llegues a
Salter?

Con cariño, la niña sonrió y reveló sus vivos ojos color
avellana mientras sostenía su morral.

— Este morral y yo éramos todo el Jyistereerk cuando
comencé mi viaje —, asintió una vez. — Míranos ahora.
¡Es más grande!

Insegura, Marissa pareció entender, pero le costó asim-
ilar sus palabras. En su caminar, miró hacia adelante, notando el paso de un rebaño de ovejas cruzando a lo lejos de
un lado a otro, recordándole un momento de su infancia.
— Recuerdo que Alessandro y yo corríamos tras las ovejas
—, dijo con nostalgia. — Teníamos ocho años y éramos
inseparables hasta hoy.

— ¿Es tu prometido? — Lakia preguntó con severidad
en su expresión.

— Sí, aunque tuvimos una pelea lamentable —, negó
con la cabeza. — Sin embargo, estoy segura de que la boda
se celebrará en el Palacio Vykar.

Pasaron cuando el rebaño desapareció entre los pinos
para girar a la derecha en una curva.

— ¡No sabes lo desconsolada que estarás! — Lakia exclamó en tono triste.

Su respuesta sorprendió a Marissa. — Cuál es el significado de. . .?

— ¡Mirar! — Interrumpió Lakia, señalando hacia adelante. — ¡Un carro!

Descubrieron un vagón blanco y pintoresco que hizo
detener a los viajeros. Marissa pidió a Brisel y Peken que

esperaran mientras colocaba sus dedos en la empuñadura de la espada, manteniéndola en la funda. Se acercó a él con precaución.

Escuchó sollozos mientras avanzaba, cautelosa, y echó un vistazo al palco delantero.

Marissa encontró a una adolescente regordeta que lloraba y vestía un vestido colorido. Las lágrimas empaparon su rostro. Descubrió un cuerpo cubierto con mortajas de tela delante del carro en el camino, lo que la inquietó. Al evaluar su entorno, notó la ausencia de un caballo. — ¿Qué ha ocurrido?

— ¡Déjala o te pegaré con una piedra! – clamó una voz juvenil.

Marissa levantó las manos y las mantuvo en alto mientras se giraba para verlo. Descubrió a un niño con pantalones cortos de cuero verde sombreado y tirantes. Tenía una honda de madera en forma de Y con una piedra en la mano derecha, lista para lanzar. Tenía una mirada profunda en sus ojos oscuros, llena de miedo y tristeza.

La chica en el asiento observó, deteniendo su llanto.

— No deseo hacer daño sino ayudar —, dijo con calma.

— ¿Ayuda?— respondió con escepticismo. — ¿Como esos bandidos que pretendían ser generosos?

— Puedo asegurarle la ayuda que le ofreceremos —, Lakia se acercó prudente a él, luego se detuvo, manteniendo la distancia. — No somos bandidos, sino viajeros con un propósito.

— ¿Quién eres?— preguntó el niño, todavía listo para tirar la piedra.

— Soy Lakia, y esa es mi caballera, Ser Marissa Taskar.

Peken presenció mientras inclinaba su cuerpo contra el carro con los brazos cruzados. Su presencia también llamó la atención del niño.

— ¿Por qué alguien como tú viaja con una casakana que tiene una armadura brillante y un elfo?

— ¡Ella es la Promesa! — Exclamó Marissa, aún manteniendo las manos en alto.

Lakia reveló su verdadera identidad cuando se quitó el sombrero y el niño creyó. Asombrado, dejó caer la piedra y se guardó la honda en el bolsillo trasero. Había oído hablar de ella por las noticias de boca en boca desde las Tierras Bajas.

Marissa finalmente pudo bajar los brazos y suspiró aliviada.

— ¡Eso explica tus compañeros!

— Mis condolencias. Tu padre deseaba que supieras que realmente te amaba y trabajó duro para brindarles lo mejor a ambos —, declaró Lakia con seriedad. — También pide perdón por dejar ir a tu madre.

Aturdido, el chico asintió.

La niña volvió a llorar.

— No quiero saber si eres una hechicera que habla con los muertos —, respondió dando algunos pasos hacia atrás, inquieto. — Soy Juni de doce años. Esa es mi hermana Jumeni, de catorce años. Como trovadores, mi padre y yo teníamos la intención de actuar en Doimet y vender las artesanías de madera de mi hermana. Pero nos encontramos con esos bandidos en el camino que fingieron ser amables y asesinaron a nuestro padre para robar los caballos.

Lakia se acercó a Juni con una sonrisa que lo asustó. Jumeni dejó de llorar, asombrada.

— No me temas, Juni. Nosotros te ayudaremos —, aseguró. — Le daremos a tu padre el entierro que se merece y traeremos un par de caballos para tu carro.

— ¿Caballos? — Preguntó Peken con escepticismo, señalando al equino a su lado, todavía con los brazos cruzados. — ¿Este caballo y la mantis?

Lakia miró fijamente, molesta, al elfo sarcástico. — ¿Cuántas monedas de oro tenemos, Peken?

— ¿Qué? — — respondió sorprendido. — ¡Una bolsa de monedas, pero aún no es suficiente! Por suerte, podríamos comprar un par de caballos viejos y enfermos.

Lakia desvió sus ojos color avellana hacia su caballera.

— Ser Marissa, por favor toma la bolsa de monedas y trae a Brisel contigo —, ordenó Lakia con autoridad. — Una vez que llegues a Doimet, busca un herrero y vende tu armadura.

— ¡¿Esta armadura?! — exclamó, alarmada.

— Sólo los nobles y los señores tienen armaduras caras como la tuya —, aclaró Peken. — Viajar con eso atraerá a gente espontánea.

— No necesitas armadura para ser una caballera —, respondió Lakia. — Una vez que hayas vendido tu armadura, ve a los establos y compra dos caballos jóvenes y sanos.

Marissa fue invadida por una repentina tristeza al mirar la armadura de placas que llevaba en el cuerpo, hecha por los mejores herreros de Estolk, y un regalo de su madre por su decimosexto cumpleaños. Cumplir con las demandas de Lakia, tomar la bolsa de monedas y entregar su armadura fueron pruebas para su nombramiento como caballera la última noche.

Pruebas de sacrificio y lealtad.

Lealtad a una emperatriz.

Al Jyistereerk.

Tuvo la opción de dar marcha atrás e irse, regresar a casa en Casak.

Pero Marissa se negó a rechazar su petición, cogió las monedas que le ofrecía Peken, montó en Brisel y partió hacia Doimet. Mucho más tarde, asegurándose de estar lo suficientemente lejos como para estar sola solo con la mantis, finalmente dejó escapar el llanto que se guardó para sí misma.

Quizás había sacrificado su tierra natal, su familia e incluso su amor, por un imperio que sólo existía de boca de una niña mística de grandes poderes.

Lakia caminó hacia Jumeni, todavía en el asiento del carro. Ella tomó suavemente sus manos hinchadas y miró sus pequeños ojos en su rostro despistado. — Sé que todavía eres una niña pequeña a pesar de tu edad —, sonrió. — ¡Por favor, mantén tu corazón puro y abierto!

Juni y Peken observaron con curiosidad las peculiares acciones de Lakia.

— ¿Por qué lleva ese nombre, elfo? — susurró el niño con admiración. — Escuché que Lakia es una palabra molkana que significa *La Desafortunada*.

— Tuvo mala suerte, muchacho— , respondió con los brazos cruzados.

II

DALEHEL

Destruir el árbol, o sus restos, no satisfizo del todo a Alessandro. Usó su espada abollada para golpear una y otra vez la pequeña madera desnuda y sin ramas que había desfigurado sin piedad. El sol era cruel ya que el calor no podía perdonar a nadie, ni siquiera a él, que sudaba a raudales, y los rayos quemaban su suave piel bronceada tornándola de un tono pardusco. Dejó que su vello facial creciera hasta convertirse en una aireada barba negra.

Medio desnudo del torso pero con pantalones y botas de cuero negro, mientras estaba parado en el suelo cerca de la arena, una cálida brisa soplaba desde el mar no muy lejos.

No le importaba el dolor y el cansancio de su mano. Aunque era duro, siguió blandiendo su espada hacia la madera. Tenía dolor en la espalda y los brazos.

Después del *Sitio de Katalk*, *La Gaviota*, un barco mediano que transportaba diversos refugiados de Sarak, había cruzado el Mar del Más Allá en una semana. En todo ese tiempo, Fabehel nunca dejó de consolar y atender las necesidades de los desplazados, aún en en su silla de ruedas. A petición suya, Corr siempre fue útil a su lado y también se divirtió con los niños que se entretenían a su alrededor.

Alejandro fue la excepción. Se separó del resto, lo más posible, por la popa del barco, sumergido en la miseria y en la pesada culpa de las vidas perdidas de tres hombres: el archimago Yasstro, el joven soldado al que mató durante el sitio, y dejando a Tin solo contra un escuadrón de soldados.

En el puerto de la isla Garterrem, partió con Song sin despedirse. Sólo se detuvo para comprar comida y llenar de agua su cantimplora en el camino, y fue a buscar un lugar apartado.

Al llegar a la isla Garterrem, los centinelas leales a Lord Pan Din transportaron a los refugiados recién desembarcados en carros al otro lado de la isla frente al burgo de Dimmet.

Los constructores de la isla habían iniciado la construcción de una pequeña ciudad de sólo diez edificios, pero no era suficiente para todos. Lady Fabehel estaba decidida a que la localidad siguiera creciendo.

A pesar de su fomentación a la unidad entre los refugiados, los brekens establecieron su propio campamento de tiendas de campaña, siguiendo sus prácticas culturales.

Los arankanos, unos pocos casakans y casarakos fueron los que ocuparon la nueva ciudad, encontrándola con suficientes provisiones y materiales aportados por Lord Din.

Para permitirles establecer su propio gobierno, Fabehel organizó un panel con la intención de concederles autonomía, liberándolos así de la necesidad de depender más de ella. La idea de enfrentar el mismo destino que el Barrio Arakano tuvo era algo que estaba decidida a evadir.

Corr estuvo a su lado siempre. Se había convertido en su aliado inadvertido.

Pronto, Lady Fabehel recibió noticias del continente de Ryza, entregadas por Lord Din.

Como un joven que cumplió diecisiete años en el Mar del Más Allá, Alessandro nunca había presenciado la muerte de primera mano.

La tragedia lo golpeó cuando sufrió la desgarradora pérdida de su madre, Larissa Eskar, una figura muy respetada mientras se desempeñaba como Regente de Casak. Las circunstancias de su desafortunada muerte siguen siendo un misterio, ya que su cuerpo sin vida fue encontrado en el fondo de un acantilado poco después de que ocurriera la Gesha. Ni había conocido a su padre biológico, ni su madre le había hablado jamás de él.

Según Corr, su hermano Cassandro huyó a Ryza y murió en Fenn.

La muerte siempre estuvo a su alrededor, pero nunca la enfrentó abiertamente hasta Sarak durante el sitio.

Alessandro se detuvo para hacer una pausa antes de azotar la madera, abandonó la zona del bosque donde debía descansar cerca de la playa, se sentó en la arena y bebió un poco de agua de su cantimplora de cuero. Miró hacia el Mar del Más Allá, sintió la cálida brisa y percibió el fuerte olor del mar. Gruñendo de dolor, agarró el pañuelo y lo abrió para descubrir la escasa y rancia comida. Tomó un trozo de jamón seco, lo sacó con los dientes y apenas masticó los trozos. No le importaba su falta de una buena vida.

Oyó un galope que se acercaba y se volvió para mirar a su derecha. Descubrió un caballo dorado montado por cierta chica pelirroja.

Pudo observar bien una vez que el equino estuvo frente a él.

Fabehel guiaba el caballo. Tenía una apariencia diferente y hermosa que su condición anterior en Katalk y en La Gaviota. Su sólido cabello rojo irradiaba el sol. Llevaba una camisa blanca limpia y un chaleco de cuero marrón. Sus pantalones color caramelo tenían las extremidades atadas con cordones para cubrir los miembros de sus pies inexistentes.

Alessandro observó que alguien le ataba adecuadamente las piernas a la silla, aunque ella no tuvo problemas para tomar el control de las riendas y reveló su experiencia con los caballos.

Sus mejillas tenían algo de brillo y su piel se veía mejor que la blancura seca que se mostraba en Katalk, pero no estaba seguro si su sonrojo se debía al clima o a su indignación.

Agarró un pequeño saco de piel y lo arrojó a la arena delante de él.

Echó un vistazo al interior del saco. Contenía un trozo de queso de cabra y pan fresco.

Aún sin terminar, también arrojó bruscamente una cantimplora de agua.

Levantó sus ojos oscuros para mirar deslumbrado a Fabehel, pero mostrando cansancio.

— ¡Qué manera más tonta de desperdiciarse! — dijo ella, molesta. — ¡No has hecho más que ser un cobarde!

— Viniste y dijiste tus palabras, lady. Ahora vete.

Asombrada, Fabehel se enfureció y arrojó una daga, perforando la superficie de arena con una precisión exacta que asustó a Alessandro. — ¡Puede que no tenga pies, pero no pongas a prueba mi temperamento! ¡Ni siquiera intentes convertirme en imbécil!

Él se puso de pie, molesto por enfrentarla de cerca. — ¡¿Qué diablos quieres de mí?! — preguntó, furioso y testarudo.

— ¡Haz lo que viniste a hacer! ¡Busca a tu sobrina! — respondió ella, enfurecida.

Alejandro se quedó helado. No encontraba las palabras para expresar lo que acababa de escuchar. Él siguió mirándola, inmóvil, sin siquiera un pestañeo como respuesta.

Fabehel bajó los estribos y exhaló profundamente para relajarse cuando sus ojos color avellana lo observaron con comprensión. Su enfado le dejó sentir empatía hacia él.

— Sí, la Promesa es una niña, tu sobrina —, respiró ella. — Lord Pan Din me ha comunicado que se encuentra en algún lugar entre las Tierras Bajas y las Tierras Medias. ¡Justo aquí en Bérrem!

— Déjame buscar a Song. . . — dijo..

— No, primero recuperarás tu energía. Come y bebe lo que traje —, sugirió, asintiendo. — Por favor, ayúdame a desatarme de la silla y bájame. Que compañía te haré.

Él obedeció. Alessandro le desató las piernas con cuidado y la cargó primero poniendo sus manos en su cintura mientras ella le rodeaba el cuello con el brazo, luego puso a Fabehel en la arena para que se sentara. Ató las riendas del caballo dorado a un árbol cercano y volvió a estar a su lado.

Mostrando amabilidad, recogió la daga de la arena y se la devolvió. — Si puedo preguntar. ¿Cuál es la historia de tus pies?

Fabehel bajó la cara y abrió el saco, en silencio. Con ayuda de su daga cortó la comida y puso un trozo de queso entre dos rebanadas de pan, y se lo ofreció a Alessandro.

Después, ella hizo lo mismo para sí misma. — Soy de Byarte, en los entonces Territorios del Norte, donde vivían los pelirrojos —, suspiró, antes de un bocado de su comida. — Nací con *parálisis infantil* y mis padres no me desearon.

Sorprendido, Alessandro dejó de mirar el mar para mirar a Fabehel a su derecha y dejó de masticar.

— Sí —, continuó, notando su atención. — Me abandonaron en los exteriores de la Hacienda Real, donde pasé mi primera noche, pero temprano en la mañana, la princesa Natahel, en su habitual paseo, me encontró y me tuvo a pesar de mis pies torcidos.

— Después de todo, tenías pies.

— Pero inútil. Mi enfermedad me había vuelto los pies viscosos. No caminé, sino que me arrastré por el suelo.

— Por favor, continúa —, sugirió, reiniciando su comida.

— La princesa Natahel, a quien consideraba mi hermana mayor, tenía la costumbre de referirse a mí como *Pequeña* . Sin embargo, cuando gateé en lugar de caminar libremente, ella me llamó *Fabehel* , que es una variación femenina del arankano *Fabe* , que significa caracol.

— ¿No le molesta ese nombre, señora? Ella te nombró debido a una enfermedad.

— Me molestó. Sin embargo, aprendí que no era una burla sino un apodo cariñoso —, respondió con una ligera sonrisa. — Con el tiempo aprendí a amar este nombre: *Fabehel de las Mareas Rojas* , apellido que gané por mi carácter rudo.

— Creo que tu nombre se relaciona muy bien contigo.

— De todos modos, soporté una experiencia que cambió mi vida a los cuatro años cuando fui atacada por una infección debilitante que estuvo a punto de cobrarme la vida. Para salvar mi vida de la infección, la hechicera Dalehel, que tenía amplios conocimientos de medicina y cu-

ración, tomó la difícil decisión de amputarme los pies
—. Fabehel hizo una pausa, sintiendo un nudo en la
garganta. — Aunque han pasado muchos años, todavía
recuerdo vívidamente el dolor que pasé.

Incapaz de encontrar palabras, Alessandro se quedó
en silencio, su mente consumida por pensamientos sobre ella, dejándolo incapaz de reaccionar.

— En los meses que estuve postrada en cama, Natahel
nunca se apartó de mi lado —, siguió contando recuperando la compostura. — Fue su decisión que ya no
debía arrastrarme por el suelo y por eso ordenó a los
herreros de Byarte que fabricaran un dispositivo para
que yo pudiera transportarme. Se les ocurrió una silla
de ruedas.

— ¿Puedes moverte sin restricciones?

— Amo mi libertad a caballo— , sonrió. — ¡Los caballos son mis pies que me permiten ir a donde quiera!

Él asintió alegremente y terminó su comida. Sin embargo, su rostro parecía pensativo. — Dígame, señora.
¿Es esa la Hechicera Dalehel que mencionaste, la misma
de los libros?

— Sí, la misma —, respondió ella, tratando de entender su pregunta. — ¿Por qué lo preguntas?

— El Archimago Yasstro me contó una historia particular sobre ella— , levantó el rostro para mirar hacia el
cielo, reflexivo. — La hechicera había llegado a Aranka
desde su casa en Salter. Había regresado al reino donde
nació. Pero ante el rey Vihen, ella predijo la Promesa.
Ella fue la primera en anunciarla y la Gesha aún no
había ocurrido.

— Puedo confirmar que ella era la indicada porque la escuché hablar repetidamente sobre la Promesa y su encuentro con el Rey Vihen.

— ¿Qué edad tenía la princesa cuando se fue con Cassandro?

— Ella tenía cuatro tiklos o dieciséis años —, asintió. — Yo tenía cinco años y ella partió de Sarak. Yo era sólo una niña pequeña con la responsabilidad de los arankanos que sobrevivieron a la Gesha y que habían perdido a sus familias.

Alessandro observó cómo Fabehel comía con labios temblorosos y notó lágrimas en sus ojos color avellana mirando hacia el mar. En ese momento, nadie se atrevió a decir una palabra. — ¿No estaba contigo la hechicera Dalehel?

Ella se limpió las lágrimas, aunque sus mejillas aún estaban enrojecidas, y con una sonrisa triste respondió a su pregunta. — Madre. . . La hechicera Dalehel había ido con el príncipe Dohan a Ryza para buscar una cura para detener esa plaga interminable y nunca la volví a ver.

— ¿Cómo te las arreglaste en el Barrio Arakano?

— El estaño siempre estuvo conmigo.

Alessandro, sorprendido, se levantó, mirando al sol con dolor y culpa en sus entrañas.

Fabehel notó su reacción. — A pesar del enojo que sentí por tus acciones y tu decisión de aislarte, lo entiendo —, habló con simpatía. — Pero es mejor honrar a los que murieron que llorar con culpa. No te culpo y no te dejes consumir por la decepción de la muerte.

Se giró para mirarla con gran respeto y asintió, asombrado por su madurez y sagaz inteligencia a pesar de que tenía dieciséis años. — ¡Nunca he conocido a alguien tan extraordinario como tú!

Sus palabras la asombraron.

Mientras Fabehel lo observaba, su corazón latía rápidamente y, por segunda vez, se sentía segura con Alessandro. Ella se sintió así por primera vez cuando él la puso en Song durante el sitio. — ¡Basta de palabras! — exigió. — Ponme de nuevo en el caballo.

Nuevamente obedeció su pedido. La levantó de la arena, la agarró por la espalda y las piernas y la acompañó hasta el caballo dorado.

Durante su corta caminata, ella volvió a colocar su brazo alrededor de su cuello expuesto, agarrándolo firmemente. La idea de separarse de él era insoportable, y mientras miraba su rostro barbudo, extrañamente, sintió una inesperada necesidad de tocar sus labios. A pesar de esta tentación, se controló. No estaba segura de si él reaccionaría de la misma manera.

Ella desaprobaba que sus sentimientos fueran demasiado rápidos. No habían pasado ni dos semanas desde que lo conoció.

Ella no quería poner fin a su compromiso con Marissa. Pensó que sería injusto dañar a ambos prometidos.

Fabehel también tenía mucho miedo al rechazo debido a su condición.

Alessandro puso a Fabehel en la silla y ató con cuidado las patas mientras ella acariciaba la cabeza del caballo. A continuación, colocó las riendas en sus manos con una sonrisa que la cautivó. — Que tengas un regreso seguro a Dimmet. ¿Dónde te encontraré?

— Encuéntrame en *La Posada de la Ballena Blanca*. Le arreglaré una habitación con baño caliente —, respondió al tiempo que tocaba con cariño su hombro expuesto. — Es hora de que te limpies y descanses. Lord Pan Din quiere que vayamos con él al Festival de Carretem. Después buscaremos a la Promesa.

— Allí estaré, lady.

Fabehel asintió, le devolvió la sonrisa con vívidos ojos color avellana y ordenó a su caballo que galopara por la playa. Sin embargo, un atisbo de inseguridad pareció angustiarla.

Inmediatamente, Alessandro buscó a su yegua negra favorita, Song, llamándola con silbidos.

Un Alessandro sucio apareció en sudadera, con rayas de suciedad en su camisa blanca, pantalones negros cubiertos de arena y botas gastadas. No pudo ocultar su sorpresa cuando encontró una taberna vacía, ordenada y bien dispuesta en el primer piso de *La Posada de la Ballena Blanca*, pero apenas iluminada por velas en cada una de la docena de mesas.

Alessandro esperaba encontrar a Fabehel en el lugar. En cambio, encontró a Corr en un rincón tan discreto, con ropa cara que alguien le proporcionó, relajado con los pies en la silla de al lado y jugando con su jarra de cerveza sobre la mesa. El felino mostró indiferencia hacia el visitante mientras tomaba sorbos de su bebida.

Inseguro, Alessandro se acercó a la mesa de Corr con una ligera sonrisa. — ¿Alguna noticia de Lady Fabehel?

El felino interrumpió su disfrute de la bebida, miró indignado con los intimidantes ojos verdes de pupilas verticales y habló con su distintiva voz profunda. — Si Cassandro estuviera vivo, te abofetearía por cobardía.

— Comprenderás que enfrenté las dificultades que rodean la muerte —, respondió nervioso.

— Tu hermano era mi hermano, aunque no por sangre ni por raza. Murió en mis brazos con la promesa de transmitirte su mensaje —, dijo Corr, señalándolo. — Sin embargo, soporté escapar de la esclavitud, viajé como polizón y encarcelado para darte la palabra.

La primera vez, Alessandro se sintió avergonzado porque sabía que Corr tenía razón.

— ¡No seas cobarde, muchacho! — Corr continuó, vació su taza y arrojó una llave grande sobre la mesa. — Lady Fabehel ya se fue a Carretem y me dijo que te diera una habitación arriba, la última en el pasillo.

Sin más palabras, se puso de pie, con la intención de salir apresuradamente de la taberna.

— ¿Eso es todo, Corr? — Alejandro insistió. — ¿No te alegras de verme?

El felino se detuvo justo al lado de la puerta.

— ¡Apestas! — gimió.

Y se fue.

12

MAGOS

Atravesando un largo y arduo camino compuesto de piedras irregulares, construido deliberadamente para ascender la primera de las montañas Casakan, Orssandro llegó a la cima montado en su poderoso semental negro. A pesar de no ser el pico más alto, la montaña ofrecía un paisaje impresionante e incomparable. Como Regente, vestía el uniforme más atractivo que cualquier funcionario podría tener, su uniforme verde oscuro con franjas negras en los hombros, cubierto con medallas metálicas y otros emblemas a ambos lados de su pecho, su ropa militar de batalla. Sintió el viento helado que pasaba a gran altura, donde el clima solía ser cálido en el pasado.

Su imponente presencia evidenciaba su notorio peso sobre Casak como soberano amado por muchos y odiado por otros.

Había logrado con éxito la movilización que deseaba y había aislado todo el reino.

Sin embargo, sentía que su grial aún estaba incompleto. Necesitaba esa espada para cumplir sus ambiciones.

Para su desgracia, un calamar gigante había destruido *El Senescal* cuando llegaron las noticias de Garterrem. Creía que Marissa se había ahogado en las aguas, desperdiciando todas las esperanzas de un asesinato planeado por Promise. Orssandro ocultó la noticia de la muerte de su sobrina a Lady Tasarissa, su madre.

Orssandro estuvo atento. Sabía que la muerte del Archimago Yasstro era una forma de llamar a los enigmáticos Elfos del Oeste, y no le gustaba. Nadie los conocía ya que habían desaparecido durante quinientos tikls, y ahora venían a Tyza a recuperar esa espada escondida para ofrecérsela a una Promesa que habían esperado después de todo ese tiempo.

Sus ojos contemplaban, suspirando, el panorama tropical esmeralda e identificaban desde lejos las ciudades irradiadas a pesar de la tarde densa y oscura. Los estudió mientras se daba vuelta con la ayuda de su caballo. Al suroeste vio Estolk, el más grande del reino. Al noreste estaba la pequeña ciudad pesquera de Ke Tok. Y el Puesto Ecuatorial cerca de la frontera al norte. Había ascendido a esa montaña con el propósito de visitar los tres grandes burgos que podía ver.

El sonido de galopes se acercó a él y luego se silenció.

— ¿Los ve, capitán Trasso? — preguntó el Regente, todavía apuntando a las ciudades. — ¿Te das cuenta de lo que estoy hablando?—

— Ahora comprendo su intención, señor Regente—, respondió Trasso, con su nuevo uniforme de capitán pero con menos insignias que las que tenía en Sarak, asintiendo con la cabeza desde su equino oscuro.

— A partir de aquí, matas tres pájaros a la vez —, dijo, volviéndose para ver a su subordinado. — Cada ciudad tiene su santuario, con bibliotecas. El Archimago Yasstro escondió la *Ykarte* en una biblioteca.

— ¿En qué biblioteca crees que se esconde la espada?

— ¡Ese es tu deber!

Trasso se volvió hacia su compañero. Un hombre negro de presencia torcida montaba un caballo gris. Llevaba una túnica oscura y ocultaba su rostro bajo una capucha, dejando al descubierto sólo su boca de labios gruesos. Su escalofriante apariencia pareció atraer a algunos cuervos que sobrevolaban la montaña.

Los pájaros desconfiaban de Orssandro.

— ¿Cómo pudimos encontrar la espada, Archimago Carrasso?

— La espada mística es invulnerable al fuego. Sobrevivirá a las llamas y al calor cuando todo esté reducido a cenizas. Brillará como el mismo sol —, respondió pensativo y con voz cavernosa.

— Creo que has adivinado mi plan. Por eso te traemos aquí —, dijo Orssandro con indiferencia.

— Sí, señor Regente.

El mago oscuro desmontó de su caballo y dio algunos pasos hasta que pudo ver la primera ciudad de las tres, Estolk, desde la misma montaña. Luego caminó con paso firme y se detuvo al borde de un acantilado. Levantando las manos, dejando que sus largas mangas descubrieran sus brazos incrustados en cicatrices quemadas, se concentró en sí mismo.

La visión de la enorme bola de fuego flotante que había creado aterrorizó a Orssandro y Trasso.

Sin embargo, ambos funcionarios tuvieron que mantener la calma, aunque sintieron el calor en sus rostros y el brillo cegó sus ojos. Tuvieron que controlar a los caballos porque estaban asustados, pero no al único caballo gris que se escapó.

Carrasso agitó las manos pero, manteniéndolas en alto, dividió la bola grande en tres más pequeñas, pero más prominentes.

Lanzó la primera bola de fuego flotante. A una velocidad excesiva y sin piedad, se estrelló contra la biblioteca del Gran Santuario en Estolk después de recorrer una gran distancia desde la montaña sobre el bosque tropical.

El archimago hizo lo mismo con las bibliotecas de los santuarios más pequeños en Ke Tok y el Puesto Ecuatorial usando el resto de las bolas.

La tarea de Carrasso llenó de satisfacción a Orssandro.

Los tres hombres esperaron los fuegos para consumar las bibliotecas, con la esperanza de encontrar la espada mística.

— ¿Qué pasa si la espada no aparece en ninguna de estas bibliotecas, señor Regente? — Preguntó el capitán Trasso. — Creímos que se escondía en Sarak, pero no encontramos nada.

— Seguimos haciendo lo mismo con las bibliotecas restantes —, respondió Orssandro, con los ojos fijos en Estolk. — Debemos darnos prisa antes de que esos elfos invadan nuestras playas.

— ¿Crees que los elfos están de camino hacia aquí con sus barcos?

— Nada es seguro. Tampoco conocemos su armamento, capitán. Nadie los ha visto en cientos de tiklos.

— ¿No es eso aterrador?

— Lo es —, asintió Orssandro, sin dejar de mirar a Estolk. — Ordené la movilización y puse a jóvenes inexpertos en primera línea para enfrentarlos. Serán nuestros escudos, para que nuestro pueblo armado pueda efectivamente tener tiempo y aprender.

Trasso lo escuchó y no lo podía creer. El Regente había utilizado niños inocentes de tan solo ocho años como escudos humanos. El capitán recordó haber hecho muchas cosas en Katalk contra la gente, especialmente los inmigrantes, sin arrepentimientos, pero no haría algo similar con los niños.

Desde la Gesha, Casak maltrató a los niños, en particular a los que provenían de la pobreza. Orssandro y la Asamblea habían impuesto leyes que les afectaban. Después de la muerte de Lady Larissa Eskar, una de las primeras acciones fue imponer el reclutamiento militar obligatorio siempre que la Asamblea lo ordenara.

Las palabras del Regente surgieron de las sospechas de Trasso. Un casakano siempre defiende y protege a su pueblo, pero el hombre que tenía a su lado era todo lo contrario.

Sabía que algo andaba mal con Orssandro.

Le frunció el ceño a Carrasso, sospechando su participación en la insanidad.

Carlissa salió por la parte trasera de la posada, entró en el estrecho callejón y eludió la basura maloliente. El ruidoso caos atrajo a las ratas, que luego corrieron hacia la calle. Se detuvo en la esquina y vio a mujeres, niños pequeños y la mayoría de los ancianos corriendo, presas del pánico, con gritos y llantos hacia su izquierda.

Invadida por la curiosidad, giró a la derecha para descubrir a lo lejos, a algunas cuadras de distancia, el incendio de la biblioteca del Gran Santuario. Desgraciadamente, el incendio se había extendido a las casas adyacentes, poniendo en peligro de extinción el estrecho barrio circundante.

El humo negro que ascendía hacia el cielo ofrecía un panorama sombrío, un acontecimiento triste sin sentido nunca visto en Estolk desde la Gesha.

En dirección opuesta, el Archimago Missar caminaba con serenidad entre la multitud asustada.

Carlissa lo observó con asombro y emoción a través de sus gafas redondas y gruesas. Ella notó que él parecía obsesionado con el santuario, especialmente con la biblioteca en llamas.

El archimago detuvo su caminata y expuso sus manos levantándolas de las mangas de la túnica. En el aire creó remolinos invisibles.

Misteriosamente, las nubes oscuras se acercaron demasiado a la ciudad y, cuando Missar rompió en el aire con ambas manos, cayó una fuerte lluvia para extinguir el fuego.

Carlissa presenció el acto mágico como si fuera una niña pequeña, con una gran sonrisa que dejaba ver sus dientes. No le importó que la lluvia repentina y orquestada la empapara en su totalidad. Sin embargo, notó que el agua podría caer en todas partes excepto en el Gran Santuario en peligro de extinción y su biblioteca en llamas.

Por una extraña razón, Missar había dejado consumar en cenizas su santuario, su propio hogar, salvando únicamente el vecindario contiguo.

La multitud se detuvo y observó con asombro las llamas agonizantes.

Missar bajó los brazos y giró la cara para darle a Carlissa una mirada dura antes de correr hacia ella.

Su repentina actitud la aterrorizó.

— ¡Métete! — la reprendió duramente. — ¡No te expongas!

— ¿Puedo saber el motivo, Archimago Missar?— Preguntó, sin saber si estaba temblando por la lluvia o por el miedo a su ira.

— ¡No hay tiempo para explicaciones! ¡Vuelve adentro!

Avergonzada y molesta, Carlissa le obedeció y regresó a la posada.

13

KORBA

Alessandro recordaba exactamente su ropa cuando llegó por primera vez a Sarak: una buena chaqueta de cuero y una capa con capucha de terciopelo oscuro y pantalones negros. Lord Pan Din le compró los mismos, pero Fabehel los seleccionó. Descubrió la ropa en la cama y entró a la habitación con botas limpias tiradas en el suelo en la posada de Dimmet.

Antes se había dado un baño caliente y se había afeitado la escasa barba que se había dejado crecer. Se sintió renovado pero inútil. Una vez más, el intenso sol del mediodía le hizo transpirar y sentirse agotado, a pesar de estar acostumbrado.

Colocó ambos brazos en la barandilla para contemplar la trayectoria que trazaba el barco sobre el agua azulada desde atrás, pero trozos mutilados de peces muertos surgieron flotando, dejando un hilo de sangre roja. Los tiburones se habían convertido en seres feroces que mordían todo lo que veían únicamente por placer.

La Gesha había alterado el curso de la naturaleza de Sánkaris.

Alessandro se dio vuelta para observar la cabaña en el segundo piso.

Un felino de pelo gris manejaba el timón con sus manos peludas para pilotar *Pequeña Fortuna*, un lento barco de vapor de madera equipado con un ruidoso motor de horno de hierro, una tecnología de vapor estándar fennista utilizada para todo tipo de transportes en el reino. El barco era un barco chárter compartido que partía del puerto de Pinn en Fenn para cruzar el Golfo de Triem, transportando pasajeros, ganado y mercancías hasta Sarrem, haciendo escala en Garterrem. Traía artículos de Bérrem durante su viaje.

Vestido con ropa de terciopelo azul oscuro, Corr se acercó a él con dos tazas metálicas que contenían agua y le ofreció una a su compañero. Ambos bebieron el líquido con alivio.

Alessandro comprendió la insistencia del felino de abordar un barco de su reino. Los transportes de otros reinos no aceptaban fácilmente a los fennistos y, a menudo, los maltrataban. Sin embargo, debido a un antiguo tratado de la temprana Era de los Reyes, los felinos podían viajar libremente por Bérrem.

Miró a su alrededor para notar a la mayoría de los felinos y algunos berremetes. Era el único casakano a bordo.

Corr preguntó si Alessandro quería más agua y él asintió. El felino se fue, dejándolo solo nuevamente.

Cuando Alessandro volvió a colocar los brazos en la barandilla, notó la repentina negrura del mar que lo dejó sin aliento y, impulsivamente, retrocedió con un horror inexplicable. Se dio la vuelta y se encontró solo. El barco se había quedado vacío y en silencio.

El clima cálido se había convertido en uno frío escalofriante, con un viento helado que le quemaba la cara.

No estaba seguro si estaba dentro de un sueño o era parte de una alucinación.

Un anciano se le acercó. Su apariencia reveló que era de aspecto arankano, con cabello blanco, ojos azules y sin barba, inmaculado y vestía extrañas ropas negras. La sensación de miedo emanaba de él mientras su mirada era aterradora, pero se detuvo y sonrió.

Una agradable voz masculina surgió. — Es hora de que nos encontremos, amo Alessandro Eskar.

Alessandro no respondió rápidamente y descubrió que tenía temblores incontrolables en las manos, pero se acordó de él.

— ¡Estuviste en los funerales del Archimago Yasstro!

— Sí, estuve allí —, asintió. — Porque te estaba mirando.

— ¡¿Quién eres?! — Preguntó Alessandro, agitado por la desconfianza y el miedo, dando algunos pasos hacia atrás.

— Por ahora, llámame Korba —, respondió con una sonrisa siniestra. — Y estoy aquí para ofrecer una propuesta—.

— ¿Qué es?

— Abandona la búsqueda de la Promesa y sírveme. Siéntate a mi derecha para reinar mi dominio —, ofreció su mano blanca y suave. — A cambio, os presentaré los dones de la resurrección y la inmortalidad. Podrías traer de vuelta a todos, a tu amado Yasstro, a tu madre, Cassandro, y todos vivirían para siempre.

Alejandro lo escuchó. No sabía quién era el anciano, pero se dio cuenta de que era alguien de inmensos poderes, tal vez una especie de mago o hechicero, y sintió un aura de pura maldad en él. Estudió al hombre mayor para notar su perfecta apariencia física.

El hombre era el atractivo y pulcro arankano.

Pero su nombre y el miedo que le tenía sugerían que era de otro lugar.

La oferta era tentadora, pero Alessandro desconfiaba de él.

— ¡No aceptaré tu propuesta! — respondió, moviendo la cabeza con palabras temblorosas.

— Que así sea entonces —, dijo Korba, sonriendo y asintiendo. — Te aseguro que negarte traerá la pérdida de tu ser más querido.

— ¡Vete! — Su petición hizo eco.

Alessandro se dio vuelta cuando sintió un toque en su hombro.

Corr, conmocionado por su repentino comportamiento, dejó caer las tazas y derramó el agua al suelo.

Había recuperado el sonido de la máquina de vapor y observó que el mar había vuelto a su color. El tiempo volvió a ser cálido y los pasajeros ya estaban en el barco.

Korba había desaparecido como si nada hubiera pasado.

— ¿Se encuentra bien, amo? — Preguntó Corr, todavía sorprendido.

— Mis disculpas —, dijo, con el miedo en su interior. — ¡Tuve un encuentro con un espectro de pesadilla malévola!

Inexpresiva, Marissa caminó por el camino de piedra rodeada de pinos durante la cálida tarde. Tenía un par de caballos sabinos marrones con patas blancas jalados por cuerdas atadas al cuello.

Después de sus encargos en Doimet, le pidió a Brisel que siguiera adelante. La mantis le obedeció y usó su velocidad para reunirse con Lakia y su grupo.

Marissa sintió desilusión y tristeza pero no las expuso.

Sola en el camino, como ella deseaba.

Según el mandato de la emperatriz, vendió su amada fina armadura a un conocido herrero. Después, solo tenía una bata de lana sobre su cuerpo y asumió que podría usar algunas monedas para comprar ropa adecuada en una tienda de ropa adyacente.

Compró una sencilla camisa larga y pantalones de lino de color rojo oscuro y unas botas de cuero usadas que había intercambiado previamente con el comerciante. A pesar del dolor emocional de dejar atrás su armadura, se sintió más ligera y fresca, aliviada, recordando con nostalgia su endeble guardarropa en Casak.

Lo único que guardó para sí misma fue su espada de hierro que le regaló la Academia, llevándola contra su pierna izquierda dentro de la funda que sujetaba su cinturón alrededor de la cintura.

Encontró un criador de caballos en el mercado después de preguntar a los lugareños. Incluso con la bolsa de monedas que recibió de Peken junto con el dinero de la venta de su armadura, la cantidad no era suficiente para comprar dos caballos jóvenes y sanos, como solicitó Lakia.

Tuvo que regatear en el mercado de Estolk como solía hacerlo con su madre, Tasarissa, pero el criador se negó a bajar el precio. Las cosas en Bérrem diferían de las de Casak. Finalmente pudo conseguir los caballos Sabinos al precio deseado. Sin embargo, los caballos tenían siete años, no eran tan jóvenes como ella necesitaba, pero sí lo suficientemente fuertes y sanos para tirar del carro sin problemas.

Marissa usó las últimas tres monedas de plata para comprar comida para todos y la colocó en el lomo de un caballo en una bolsa grande.

Con algo de cansancio pero mostrando resiliencia, siguió caminando a paso lento. No tenía ningún interés en apresurarse.

No sólo se sintió decepcionada, sino también miserable.

Su vida cambió en sólo dos días. Más tarde, Marissa juró lealtad como caballero al objetivo del Regente.

Las dudas llenaron su mente, la confusión llenó su corazón.

Después de un intento fallido de ejecutar la Promesa la noche anterior, Marissa confiaba en su nueva lealtad. Pero su convicción se vino abajo después de la petición de Lakia de vender su armadura.

Tenía preguntas sin respuesta y no estaba segura de sus opciones.

¿Era Lakia una emperatriz intentando construir su Jyistereerk?

¿O era una muchacha delirante con una quimera inverosímil?

En ese caso. ¿Cómo explicar la extraña presencia que tocó su corazón?

Marissa estaba reflexionando sobre todas estas preguntas pero no logró encontrar respuestas. Lo hizo mientras caminaba, sin importarle el entorno.

Se detuvo cuando sus ojos marrones se abrieron cuando una sensación de temor invadió su cuerpo con un sudor frío que corrió desde su cabeza hasta su rostro. Marissa vio cómo los pinos se volvían de un blanco puro, iluminados, mientras los rayos del sol se transmutaban en oscuridad.

Ella creía que se trataba de una especie de alucinación.

Su corazón latió rápidamente de terror y, con manos temblorosas, ató las cuerdas al árbol más cercano para asegurar los caballos.

Después, desenvainó su espada, anticipando lo peor, la levantó en alto y agarró la empuñadura con precaución.

Ella sintió la amenaza pero todavía tenía la perturbación en su interior.

Era confuso ver con la luminosa blancura de los árboles.

— Yo escucharía y no señalaría con una espada —, dijo una agradable voz masculina.

Marissa, sorprendida, giró hacia la derecha. Descubrió a un anciano que se acercó a ella. Su apariencia reveló que era de aspecto arankano, con cabello blanco, ojos azules y sin barba, inmaculado y vestía extrañas ropas negras. La sensación de miedo emanó de él mientras su mirada era aterradora, pero se detuvo y sonrió.

Ella lo recordó haciendo prácticas en el bosque de Las Tierras Vírgenes, el mismo lugar donde presenció asombrada el vuelo de un dragón negro emergiendo. — ¡Introdúcete! — Preguntó en voz alta.

— Puedes llamarme Korba, Ser Marissa Taskar —, respondió con una sonrisa siniestra. — Y me gustaría proponer.

— ¿Qué es? — Preguntó Marissa, con la desconfianza aún apuntándolo.

— Si sirves a mi dominio, te nombraré mi comandante. Guiarías a todos los ejércitos de Sánkaris, conseguirías armaduras legendarias y armas místicas que nadie ha visto y conseguirías la gloria absoluta que un héroe desea —. Asintió con una sonrisa.

Aturdida, Marissa bajó su espada pero aún asustada, mirándolo, sin estar segura de responder. — ¿Qué debo hacer por ti?

— Termina lo que tu tío te ordenó hacer —, respondió con otra sonrisa. — Ejecutar a la Promesa.

Ella bajó el rostro y miró al suelo, aparentemente confundida y aterrorizada pero tentada a aceptar su atractiva
propuesta. Entonces sus ojos marrones lo miraron con
expresividad.

— ¡No! — Marissa gritó e impulsivamente corrió con la
espada contra Korba. — ¡Juré proteger a la emperatriz!

Pero él la evadió desapareciendo y reapareciendo de
izquierda a derecha, asombrándola mientras mantenía su
espada en posición de ataque.

— Que así sea entonces —, declaró Korba, sonriendo y
asintiendo. — Te aseguro que negarse traerá una soledad
abatida.

Casi al mismo tiempo, tras un inexplicable brillo blanco,
todo volvió a la normalidad. Los pinos recuperaron sus
colores y la luz natural del sol pasó entre ellos.

Marissa descubrió que el misterioso hombre llamado
Korba también se había desvanecido y envainó su espada.
Su miedo todavía estaba en sus entrañas pero estaba dis-
minuyendo. Sus manos todavía temblaban.

Ella asintió, agradecida. Todas las dudas que tenía desaparecieron y afirmaron su nueva lealtad hacia Lakia y el
Jyistereerk.

Marissa sonrió mientras desataba los caballos Sabinos.
Montó en uno y corrió lo más rápido posible, jalando al
otro equino.

Con confianza y determinación pero con preocupación,
se apresuró a reunirse con Lakia.

A su emperatriz.

Algunos agricultores que vivían cerca ayudaron a Peken a encontrar un pequeño lugar junto al camino para cavar un hoyo y colocar el cadáver del hombre asesinado.

Juni y Jumeni silenciosamente se despidieron de su paso al más allá mientras el elfo y los dos granjeros cubrieron los restos de su padre. Cuando el niño no reaccionaba, su hermana sollozaba con la mirada fija, intentando en vano guardar silencio.

Una mujer, esposa del campesino, leyó en voz lenta un pasaje de su Libro Sagrado. Tenía un gran volumen cubierto de cuero natural que parecía lo suficientemente antiguo como para haber pasado de generaciones anteriores a otras.

Con su ropa juvenil, Lakia se sentó en el suelo entre dos pinos junto al camino y disfrutó de la pera de su bolso, una fruta que había recogido en Las Tierras Bajas. Cortó la fruta con la ayuda de su daga corta.

Con un gesto sombrío, Lakia dirigió sus ojos color avellana hacia el funeral pero no se atrevió a ser parte del evento. Sentir el alma de un difunto la hacía sentir incómoda. Sabía que era parte de sus habilidades aún desconocidas, pero no le gustaba que la consideraran una *hechicera que hablaba con los muertos.*

Cuando era más joven, solía jugar en las ruinas de la antigua ciudad de Pakiaba, considerada por los molkanes como un gran cementerio. Lakia podía oír las almas de todos los habitantes fallecidos, los Tannes, y conocía las historias de cada uno de ellos.

Una vez que Lakia reconoció a Ykarte, Kasana y su destino, junto con la partida definitiva de los Tannes, dejó de visitar Pakiaba.

Ella nunca le dijo una palabra al Hechicero Uskam. Hasta que vio la tumba de su madre natural, le reveló su capacidad de hablar con los muertos.

Su poder nunca molestó a Lakia hasta que Juni se sintió incómodo cuando habló de su difunto padre.

El rápido corte de una daga en su pulgar mientras rebaqnaba el último trozo de pera sobresaltó a Lakia. Chupó la pequeña herida con una gota de sangre para sentir alivio.

Volvió a mirar el entierro y no encontró a nadie. El suelo parecía intacto.

Alarmada, se levantó y sintió que su corazón latía aceleradamente. Pronto, Lakia sintió una presencia escalofriante que invadió su cuerpo por completo de terror, tocando su rostro con un sudor frío que lo recorrió.

Lakia no sabía de dónde venía el miedo, pero sabía quién era.

Ella nació emperatriz gracias a él y lo reconoció con temor.

Sorprendida por un eco silencioso, giró hacia la derecha y miró al otro lado del camino de piedra. Observó cómo el bosque se volvía más oscuro. Los pinos se estaban convirtiendo espeluznantemente en monstruosidades de madera inmóviles, retorcidas y sin hojas.

El eco seguía llamando, esperando atraerla, murmullos silenciosos que sólo ella entendía. La llamaban por su nombre, no por la dada Lakia, sino por su nombre místico, que pronto sería revelado en el futuro.

Lakia cruzó el camino con paso firme, pasó entre árboles espeluznantes, descendió por una pendiente cubierta de barro y hojas muertas y se detuvo al encontrar un conglomerado de rocas gigantes que le recordaron a una similar en las praderas de Molke que contenía la tumba de la princesa Natahel. De lo contrario, éste era un conglomerado puro y sólido.

Allí estaba él, afuera, de pie, expectante.

Ella descubrió a un anciano. Su apariencia reveló que era de aspecto arankano, con cabello blanco, ojos rojos y sin barba, inmaculado y vestía extrañas ropas negras. La sensación de miedo emanó de él mientras su mirada era aterradora y sonriaba.

— Sabías tu origen por rocas como estas —, afirmó, sonriendo y señalando el conglomerado detrás. — Y con ellos, conocerás tu postura en la vida, emperatriz.

— ¡Tú eres la razón de la postura de mi vida! — Los labios temblorosos de Lakia sugerían su miedo, pero aun así hablaba con autoridad y desconfianza.

— Llámame Korba.

— ¡¿Qué deséas?!

— Reina mi dominio en mi nombre y prometo conceder poder sobre todos los reinos y continentes de Sánkaris —, dijo con una sonrisa oscura. — Y todos te adorarán.

— ¡No busco ser adorada sino establecer un Jyistereerk! ¡Vine a recuperar el equilibrio que le robaste a Sánkaris!

— Naciste con poderes extraordinarios y como emperatriz. Sin embargo, no deseas la glorificación.

— ¡No debes corromperme!

Lakia, perturbada, rechazó al anciano y creó una poderosa corriente de aire que movió los altos árboles. Un aura blanca brillante se materializó a su alrededor y golpeó a Korba, haciéndolo gritar y agacharse de dolor.

Lakia estaba decidida a sacrificarlo de inmediato, incluso ella misma estaba aterrorizada.

Inesperadamente, el anciano se hizo más prominente a medida que su apariencia se volvía más oscura. Sus ojos rojos se volvieron abominablemente más redondos y su piel negra se convirtió en espantosas escamas. Quedó desnudo, mostrando algunas partes peludas repulsivas que desaparecían de varias prendas. Sus manos y pies se convirtieron en espeluznantes garras. Un hocico aterrador con dientes afilados apareció en su rostro y largos cuernos retorcidos emergieron de su cabeza. Por último, extendió sus largas alas que batieron violentamente.

El aspecto de un diabólico dragón negro.

A pesar de su esfuerzo por atacarlo con su aura, Lakia notó que su nuevo aspecto infernal no lo afectaba.

Korba rugió y lanzó un aura roja para contrarrestar a Lakia.

Rápidamente se protegió con un campo invisible. El aura blanca casi desapareció y Lakia se debilitó mientras se agachaba.

El poder del aura roja surgió y casi rompió el campo invisible.

El enfurecido Korba tenía el objectivo puesto en acabar con la emperatriz.

Una pequeña piedra en la cara lo distrajo, interrumpiendo su agresión.

Juni corrió hacia Lakia, agarrándola para alejarse lo más posible del monstruo, alterando el aura. La tomó del brazo para correr rápidamente dentro del bosque.

Lakia estaba en estupor, incapaz de reaccionar, tratando de entender qué había sucedido exactamente, pero mientras corría junto con Juni, notó la honda en su otra mano.

Mientras tanto, Peken se enfrentó solo al Korba desenvainando su espada, pero el dragón sintió algo en él. Rápidamente, el elfo abrió su camisa para mostrarle su larga y palpitante cicatriz negra en su pecho, y la criatura comprendió.

Korba decidió no luchar contra él y rápidamente voló muy lejos hacia el cielo.

— ¡Mátame! — Peken suplicó desesperado, arrojando su arma al suelo. — ¡Vuelve y mátame!

14

JUNI

¡Detente!

Gritó Lakia, lo que provocó que Juni interrumpiera su carrera forzada. El niño detectó en ella un estado de profundo estupor. Su mente parecía ausente cuando abrió mucho sus ojos color avellana para descubrir el aspecto regular del bosque con sus pinos bañados por las luces del sol, sin darse cuenta aún de que ya había salido de esa alucinación de pesadilla. Su mentón tembloroso mostraba su terror e inconscientemente evitó mirar a su compañero.

— ¿Quién era ese dragón? — Preguntó Juni, preocupada por ella.

— Ardek. . . —, respondió entre murmullos, como hipnotizada.

— ¡¿El Ardek?! — exclamó, atónito.

Para su horrible sorpresa, Juni notó cómo se estaba poniendo pálida y sintió el frío en su mano. Sacó una pizca de hierbas de la bolsa que llevaba en la cintura y pasó por la nariz de Lakia para obligarla a oler el aroma. Se desmayó. Rápidamente, la agarró y la llevó hacia un espacio rodeado de árboles y colocó su cuerpo dormido junto a una madera hueca y muerta.

Había aprendido herboristería gracias a los libros que su madre arankana, Ashehel, dejó como ex alquimista. Aunque carecía de experiencia, sabía lo suficiente como para atender las necesidades de su hermana y tenía estas hierbas para calmarla cuando no podía controlar sus berrinches difíciles.

Juni siempre estuvo alerta y temía que los Korba regresaran. Sus pequeños ojos oscuros siempre buscaban con atención todas partes, incluso el cielo.

El niño tomó asiento junto a Lakia y exhaló con incredulidad. El día anterior se encontraban en su única casa, el vagón, con la intención de llegar a Doimet. Dos individuos, fingiendo amabilidad, mataron a su padre esta mañana.

Entonces conoció la Promesa, la mencionada por cada boca en cada pueblo.

Como era costumbre en Bérrem, después de los funerales, él y su hermana debían ofrecer sus últimos respetos
a su padre durante los siete días posteriores a su entierro.

En cambio, estaba tratando de proteger a la Promesa del
dragón.

El Korba.

El único e inigualable, Ardek.

Juni tenía cinco años.

Esa noche, no pudo dormir cuando descubrió a su padre
Kuni sentado en una mesa dentro del pequeño vagón atesorado. Estaba leyendo, a la luz de una pequeña vela, un
volumen grande y grueso.

Su hermana Jumeni todavía dormía en la cama que
compartían ambos hermanos.

Kuni cerró el libro cuando vio que su hijo se acercaba,
como si tuviera algo que ocultar. Pero Juni vio la estrella
Akareen de ocho puntas grabada en oro en su cubierta roja
oscura, intentando entender el símbolo.

Sabía que su padre, como trovador, memorizaba fragmentos del volumen para cantar cuentos al público. Era
extraño que nunca mostrara el contenido del volumen a
nadie, ni siquiera a sus hijos. — ¿Qué leíste, padre?

Sin embargo, esperando que Juni algún día siguiera sus
pasos, Kuni compartió lo que había leído con su único
hijo. — Sobre el señor que gobierna el dominio más allá del
Karekall —. Señaló con el dedo índice hacia arriba y abrió

mucho los ojos para inspirar miedo. — ¡No hay nada más siniestro que él mismo!

— ¿Quién es ese señor?

— Su nombre es Ardek Korba— , respondió Kuni asintiendo. — Él es el Señor del Inframundo. Pero se levantó para construir un reinado sobre Sankaris.

— ¿Por qué?

— Nadie sabe su verdadera razón —, suspiró. — Alguien lo llamó y ascendió con todos sus ejércitos.

Bajo el pequeño No Ta rojo, el único presente de las cuatro lunas en el telón nocturno cubierto de estrellas en un conjunto de constelaciones por todas partes. Inmóvil, Juni observó atentamente la hoguera. Ensartó un conejo desollado en un palo de madera fuerte y construyó un marco con ramas caídas para cocinarlo. De vez en cuando, hacía girar al animal sobre el fuego. Sin embargo, su mente todavía estaba luchando por comprender su nueva situación.

Miró y miró fijamente a la emperatriz dormida tendida en el pasto y cubierta de hojas.

Juni recordó el evento anterior.

Mientras esperaba que Ser Marissa regresara, el elfo Peken pidió una pala para enterrar el cuerpo de Kuni en una granja cercana. El amable granjero, después de explicar la situación, no sólo accedió a prestar sus herramientas sino que también se ofreció a ayudar en el entierro y ofreció a su esposa para dar los últimos ritos.

Peken eligió un lugar cerca del carro para cavar, y los hombres colocaron el cuerpo en el hoyo con cuidado. La esposa del granjero leyó el texto sagrado y consoló a los hermanos.

Juni fue testigo de todo, junto con Jumeni, quien estaba tranquila a pesar de sus fuertes sollozos.

Lakia prefirió no participar y esperó al otro lado de la carretera. Nadie entendió la elección de la Promesa, pero en ese preciso momento, no importó. Se sentó allí y comió rodajas de pera.

Mientras las palas terminaban de enterrar el cuerpo, la repentina llegada de Ser Marissa con los caballos solicitados sobresaltó a todos, advirtiendo del peligro inminente para Lakia.

Peken miró hacia el camino para descubrir la desaparición de Lakia. Ella había desaparecido en un instante.

El elfo, preocupado, le pidió a Juni que lo acompañara en su búsqueda. Marissa también deseaba unirse a ellos, pero él, aún desconfiando de ella, le ordenó que tomara el vagón con Jumeni y esperara una reunión en Doimet. Tenía que obedecerle, a pesar de su insistencia.

Asustados, los agricultores regresaron rápidamente a sus hogares.

Marissa buscó en vano a Brisel, maldecida por la irritación y la frustración. Dedujo que la mantis había sentido la presencia de Korba y se camufló en algún lugar asustado.

Tanto Juni como Peken se internaron en el bosque. Siguieron corriendo durante tanto tiempo en un territorio tan vasto, hacia áreas inexploradas, mientras se alejaban del camino. Inesperadamente, se encontraron perdidos, sin saber adónde ir.

La idea de que Lakia fuera secuestrada por un bandido o desapareciera debido a una magia maligna los aterrorizaba.

El elfo detuvo su carrera y llamó la atención de Juni debido a un fenómeno muy inusual, más místico que natural. Levantó la cabeza, persuadido por un extraño sentimiento interior, y vio bandadas de cientos de miles de gorriones volando en una dirección.

Juni casi saltó, agitado, mientras decenas de conejos marrones se apresuraban en el suelo, notando que también iban en la misma dirección que los pájaros.

Peken entendió y reanudó su carrera en la misma dirección que los animales, seguido por Juni.

Cuando llegaron a una pendiente hacia abajo, los pájaros y los conejos se dispersaron y desaparecieron, dándose cuenta de que era una manifestación de magia. No estaban seguros de si los animales eran auténticos o una ilusión mística.

Un demoníaco dragón negro los impresionó principalmente, con terror, ante el conglomerado de rocas al fondo de la pendiente, un Korba. La criatura luchó arduamente con su energía roja contra Lakia para acabar con ella. Había conjurado una barrera imperceptible para la autodefensa, encorvada, resistiendo la fuerza del intimidante dragón y sus alas batientes.

A pesar de estar aterrorizada y sorprendida, Juni notó que el campo de Lakia se estaba desmoronando y a punto de rendirse ante una pérdida segura. Usó su honda para lanzar una pequeña piedra a la cara de Korba. El niño llamó la atención del dragón, quien giró sus ojos rojos hacia él, sorprendido.

Sabía que una roca, aunque inofensiva, era una distracción para rescatar a la Promesa.

Inmediatamente, Juni corrió para tirar de Lakia y escapar a través del bosque. Por suerte para ellos, Peken intervino para atraer la atención del monstruo, evitando una persecución.

— ¿Cómo entraste en mi campo? — Lakia preguntó después de despertar. Y se sentó en el suelo, interrumpiendo la soledad de Juni.

El niño se desconcertó por su repentina pregunta y dejó de cocinar la carne, apartándola de la hoguera para evitar que se quemara. Se giró y contempló el rostro de Lakia, notando sequedad en sus labios mientras ella lo miraba con inmóviles ojos color avellana, esperando una respuesta.

Él no respondió. Preocupado, agarró una cantimplora llena de agua que hizo con la piel del conejo y con cuidado le dio un poco del líquido en la boca. Bebió, aliviada, sintiendo la frescura del agua. — ¿Se siente bien de salud, señorita? – Preguntó Juni.

— No puedo explicarlo todavía —, respondió bajando el rostro y negándolo. — Estas habilidades surgieron de mí, pero cometí un error al enfrentarlo a pesar de conocer mis limitaciones.

— ¿Sabías quién era el Korba?

— Sí —, lo miró. — Estoy realmente agradecido de que me hayas salvado la vida.

Ella respondió tocando su mejilla en señal de gratitud.

Juni apartó su mano, intentando en vano ocultar sus gemidos y las abundantes lágrimas que brotaban de él.

Lakia no pareció sorprendida al sentir su gran tristeza en él.

— ¡Ojalá hubiera podido salvar la vida de mi padre! — Exclamó Juni entre sollozos incontrolables. — ¡Yo fui un imbécil!

Las lágrimas que cayeron de los ojos de Juni conmovieron profundamente a Lakia, y la emperatriz respondió con un reconfortante abrazo.

Finalmente dejó salir su desolación y culpa encerradas.

La mañana siguiente fue fría y cayó una ligera lluvia. El olor a humedad, tierra mojada y hojas evocaban la esencia de la Selva Negra. Dos jóvenes empapados caminaron hacia el suroeste entre los altos pinos húmedos, preguntándose si el camino a Carretem era el correcto.

Juni, al frente, en silencio, tiró suavemente de la mano de Lakia, quien lo seguía detrás.

Sus pies luchaban por navegar por el suelo húmedo y fangoso. Mientras el niño tenía los pies cubiertos con mocasines, Lakia iba descalza, quitándose las sandalias de cuero.

Llevaban casi toda la mañana avanzando en medio de la lluvia que no había cesado desde el primer momento de luz del día, temblando de frío. Comer conejo la noche anterior no fue suficiente para satisfacer en absoluto sus estómagos. El clima obligó a los pequeños animales a buscar refugio, dejándolo sin poder encontrar nada que comer en el bosque.

Juni se detuvo y protegió a Lakia de un ruido repentino. Agarró su honda y se preparó para una confrontación.

Un hombre desdentado, bajo, con barba canosa y armadura oxidada montaba un caballo pinto que tiraba de un carro de madera lleno de una masa revuelta de artículos usados, hechos en su mayor parte de hierro y giefo, junto con dos cajones de madera y un gran saco de cuero. El jinete se detuvo cuando encontró a los jóvenes en su camino. — ¿Quien son ustedes? ¿Tinklens? Su voz estaba muy desafinada.

— ¡No somos gnomos sino dos niños que intentan llegar a Carretem! — Respondió Juni, ofendido, muy consciente del disfraz de Lakia.

Su cabeza daba vueltas y sus ojos azul claro luchaban por mantenerse firmes. — ¡Mis disculpas, muchacho! ¡No puedo distinguirte de un Tinklen! De hecho, yo, Kekten de La Rosa, he venido después de ganar este carro en un juego de cartas.

Señaló sus ganancias, pero su cuerpo dio vueltas mientras estaba sobre el caballo.

— ¿Podría ser amable al permitirnos subir al carro? Alguien te recompensará.

— ¡No! ¡Nosotros, de hecho, los vagrantes servimos a la gente como tú! Giró, intentando con todas sus fuerzas mantenerse sobre el equino. — Adelante, si no te importa estar a bordo una semana. . . a . . . Carretem. . .

Para sorpresa de ambos jóvenes, el cuerpo fuertemente blindado de Kekten cayó inconsciente contra el lodoso suelo ante la indiferencia del caballo.

Juni se acercó a él y detectó un intenso hedor que no podía soportar, pero revisó su garganta para sentir sus signos vitales. — ¡Qué apestoso! — se quejó. — ¡Bebió demasiado vino!

— No lo juzgues, Juni —, sugirió Lakia, observando desde atrás, con compasión, sintiendo al hombre. — Una vez sirvió a mi abuelo y lo perdió todo.

El niño, todavía agachado para atender al Kekten derrumbado, miró a Lakia y preguntó.

— ¿Quién era tu abuelo, señorita?

— Rey Vihen de Aranka.

Al mediodía dejó de llover y el clima mejoró.

Entre las cosas en el carro, Juni se encontró con una piel de waki usada y rasgada, que usó para proteger a Lakia y mantenerla abrigada. No encontró otro para él y no le importó.

También encontraron algunos costales con comida, diversas frutas frescas y carne seca. A pesar de la insistencia de Juni, Lakia sólo tomó la habitual pera que encontró en un gran saco.

A pesar del peso de su armadura oxidada, lograron colocar a un Kekten inconsciente dentro de su carro. Ambos tenían ropa sucia y húmeda.

Juni se sentó en el pescante y tomó las riendas para guiar al caballo pinto, decidido a seguir viajando hacia Carretem. Lakia estaba a su lado, cubierta de pieles y comiendo sus rebanadas. Con precaución, se aseguró de que las ruedas no se quedaran atascadas en ningún agujero embarrado a medida que avanzaban. Lakia colocó las rodajas que cortó en la boca de Juni.

La cálida temperatura hizo que Lakia descubriera su cuerpo y abandonara las pieles esa primera tarde.

Juni siguió conduciendo, pero cuando vio un extraño lugar inclinado entre pinos donde ningún humano había estado antes, tiró de las riendas para sujetar el caballo.

— ¿Qué está pasando? — Preguntó Lakia con ojos color avellana fijos y asustados. — ¡¿Ardek?!

— Silencio, señorita. . . —, Juni tomó su resortera y se preparó para algo. — Por error conduje hasta este bosque. . . Pertenecen a los lobos negros.

Ella exhaló, aliviada y reconoció algo. — Escuché agua caer. . . ¿Qué es?

— Yo también escucho. Debe ser una cascada, pero incluso eso es territorio de lobos.

— ¡No me importa! ¡Quiero bañarme y limpiarme la ropa!

Lakia se bajó del carro y corrió hacia el fuerte arroyo.

Juni suspiró y puso los ojos en blanco, incapaz de detenerla. Miró hacia el interior del carro y encontró a Kekten todavía inconsciente.

Mientras dormía, su cuerpo de vagrante se había movido. Extendió sus piernas y brazos sobre sacos, cajones e incluso las viejas armaduras y armas de hierro y giefo que había tomado. Su posición incómoda le hizo poner los ojos en blanco de nuevo.

Preocupado por Lakia, Juni saltó del carro en su dirección.

Después de unos instantes, encontró el río. Era pequeño pero de agua rápida. Encontró sus huellas y las siguió junto con la corriente.

Él se detuvo. Pero sus ojos se abrieron, paralizados.

Lakia estaba conversando con una manada de lobos negros. Con una ligera sonrisa, ella mantuvo la calma.

Juni vio uno grande, el líder. Ella le estaba acariciando y susurrando.

Una vez que terminó de murmurar, se levantó y los lobos le lanzaron una mirada cautelosa antes de desaparecer en el bosque. Lakia expresó su desaprobación y miró a Juni. — ¿Por qué me seguiste? ¡No te preocupes!

— Yo. . . —, solo pudo señalar con un dedo tembloroso a los lobos que acababan de irse, impactados.

— Nos dan permiso para estar en su territorio cuando crea necesario, Juni —, declaró irritada. — Y me preguntaron acerca de la Gesha.

— Tú. . . ¿Hablas con animales?

— ¡Sí, regresa y espera, si quieres! ¡Necesito bañarme y prefiero estar sola!

Juni asintió, avergonzado, y luego se dio la vuelta para regresar al carro.

Juni utilizó la carne seca y las verduras que encontró en los sacos, las añadió a un caldero con agua y las coció al fuego para hacer un guiso. Añadió hierbas curativas de su bolsa y removió la sopa con una cuchara grande hasta que hirvió.

Se giró hacia su izquierda para observar al hombre de larga barba canosa y ojos azules sentado en el suelo, medio despierto y medio consciente, todavía apestando a vino.

El niño se preguntó si alguna vez se quitaría su armadura sucia y oxidada. Con solo mirarlo, sintió incomodidad.

Pero tenía otra preocupación. La tarde ya estaba oscura y la luna de No Sak surgió del horizonte a medida que el clima se hacía más frío. Aún así, Lakia no había regresado.

— ¿No eran ustedes dos?— Kekten preguntó con mareos y confusión. — ¡De hecho, recuerdo a dos niños!

— Sí, ella. . . hizo algunos encargos — , respondió Juni vacilante. — Creo que pronto vendrá.

— Aprecio tu generosidad al cuidarme —, se masajeó la frente, fastidiado por un malestar. — Con estos caminos llenos de bandidos, de hecho, tuve la suerte de encontrarte.

— ¿Te duele la cabeza?

El vagrante asintió mientras todavía se frotaba la cabeza.

Juni dejó de mover el guiso, sacó unas hojas de romero de su bolsa y se las llevó a la boca. Luego se sentó a su lado.

— Dígame, señor. ¿Eres un vagrante?

— Sí —, tomó una taza metálica con agua que el niño le ofreció y le dio un sorbo de alivio. — ¡A su servicio!

— Algunas lenguas han dicho que has servido al rey Vihen, por lo que he oído. Tienes cosas que sólo los ricos y los nobles pueden tener. Sin embargo, pareces un pobre.

Kekten bebió mucha agua la segunda vez que se llevó la taza a la boca. — En los mejores tiempos, yo era parte de un gremio, uno de los mejores, y teníamos a Kaiden de Estherleon, nuestro líder legendario, al servicio del rey Vihen —. Suspiró y miró al chico con ojos cansados. — Éramos un grupo de personas con habilidades y destrezas únicas, pero éramos una familia y criamos a Keleana, la hija del líder, después de que su madre se fue.

— ¿Esa Keleana, la paladín y campeona? — Juni abrió mucho los ojos con admiración.

— De hecho, la misma.

— ¿Qué pasó después? ¿Fue la Gesha?

— Muchos gremios cayeron bajo la plaga y el rey Vihen dirigió su atención a los médicos. De hecho, nos vimos obligados a dejar a Tyza para que Ryza sobreviviera, para buscar nuevas aventuras, pero sin rey —, una señal de tristeza se mostró en su rostro. — Nuestro líder sucumbió. Keleana tomó su lugar, pero después no hubo ningún gremio y ya no teníamos más habilidades específicas. . . simplemente nos convertimos en personas sin hogar, en vagrantes, siempre al servicio del pueblo. De hecho, la Gesha llegó poco después y nos desconcertó.

— ¡Volverás a tener una familia!

Lakia, con su ropa limpia y juvenil, había regresado y le habló al vagabundo con una sonrisa, llamando la atención de ambos. Con cariño, se acercó a Kekten y le acarició suavemente la mejilla, dejándolo impresionado.

— ¡Ese dolor de cabeza! ¡Se fue! — Kekten dejó mostrar sus ojos azul claro por completo. — ¿Quién eres, muchacho?

— No importa. No soy sanador pero aún puedo hacer pequeñas cosas —, siguió sonriendo. — ¡Prométeme que ya no dependerás del vino para tus penas!

Juni la vio atónito. Él todavía creía que ella era una hechicera.

Kekten se había vuelto a dormir, en el suelo y cubierto por las pieles que Lakia había usado antes.

Sólo Juni y Lakia terminaron de comer sus guisos. Encontró una piel de oso que los protegió a ambos del frío bajo el No Sak blanco. No habían hablado durante un tiempo desde su encuentro con el vagrante. Las llamas de la hoguera oscilaban frente a sus caras.

No Sak hizo una presencia gigante en el cielo nocturno, y no muy lejos, el No Nunn marrón verdoso en una apariencia más pequeña.

Los búhos ulularon. Y los lobos aullaron.

Por fin, Lakia habló. — ¿Alguna vez te limpiaste? — Había mirado su aspecto todavía sucio, aunque era más leve que antes. — ¿Te bañaste?

— Solo lavé mi camisa y me limpié la cara y las manos en el río, señorita —, respondió Juni sin reaccionar. — Quería hacerlo con prisa para estar en el carro y respetar tu soledad, como me pediste.

— Te lo agradezco —, sonrió. — Estoy seguro de que alguna dama te encontrará muy considerado cuando seas grande.

— Podría haber encontrado a esa dama, pero no estoy seguro de si era real o un sueño —. Suspiró, mirando a la luna gélida. — Todavía la estoy buscando.

— ¿Te importaría contarme sobre eso?—

— Yo tenía siete años. Estaba recogiendo las ramas pequeñas que mi padre necesitaba. Y una señora de edad madura, casakana o casaraka, se me acercó desde el bosque —, asintió con una expresión de recuerdo. — Al principio pensé que era una hechicera, o peor aún, una bruja, pero noté su ropa de un blanco puro y me puse triste. Pero ella me sonrió, incluso sus ojos revelaban tristeza.

— ¿Dijo algo?

— "Antes de irme, deseaba verte por última vez" — , suspiró emocionado. — Estas fueron sus palabras. . .

Juni se giró y, sorprendido, descubrió a Lakia en silencio y con lágrimas en las mejillas.

— ¿Sabes. . . ?

— Sí, lo sé, pero elijo guardar mis palabras. Pasará mucho tiempo antes de que la encuentres. . .

Lakia dejó su cuenco en el suelo y se retiró para acostarse y dormir cerca.

Su repentina reacción fue inusual para él.

— ¡Una cerilla para un cobre! una niña pequeña, sucia y descalza, se ofreció a vender cerillas en una pequeña caja de madera gastada mientras intentaba despertar a los viajeros dormidos. — ¡Por favor compra estas novedades y ayúdame con un trozo de pan esta noche!

Estaba a punto de pisar la hoguera humeante en esa fría mañana.

Juni fue la primera en levantarse. Se dio cuenta de que estaba muy embarrada y que su ropa rota era casi negra. Fue testigo de su cabello rubio sucio, tan sucio que no podían ver su color real. Sintiéndose apenado, se levantó y sacó una moneda de cobre de su segunda bolsa, con la intención de dársela. Dio sus primeros pasos.

— ¡No te acerques a ella! — Lakia, despierta y sentada, suplicó a Juni con miedo. — ¡No te muevas!

Dejó de escuchar a su petición.

Kekten, que también acababa de despertar, estaba tratando de descubrir qué ocurrió.

— ¡Una cerilla para un cobre! — insistió la niña sucia.

— ¿Qué está mal?— Juni miró a Lakia.

Se giró nuevamente para mirar a la niña nuevamente.

Ella había desaparecido.

— Ella no es lo que crees que es— , aclaró alarmada Lakia. — ¡En Carretem sucederán cosas terribles!

15
ENCUENTROS

Después de un viaje de diez días desde el puerto de Sarrem, finalmente llegaron al Puente de los Reyes. La entrada principal a la segunda ciudad más grande de Bérrem era el antiguo paso elevado, encargado por los monarcas de antaño. El burgo de Carretem estaba en constante peligro de inundaciones debido al otrora caudaloso río Donerr, atravesado por la sólida estructura. Pot Dam en el este hizo que Donerr Creek se convirtiera en una extensa vía fluvial. Acompañado por su yegua Song, Alessandro vio las más de veinte largas columnas que conectaban Las Tierras Medias con Carretem en Las Orillas, extendiéndose hasta el arroyo antes de cruzar el puente.

Corr cabalgó junto a Alessandro en un semental dorado que compró al llegar a Sarrem y al que llamó Thunder. Lord Pan Din previamente les había proporcionado suficientes monedas a él y a su compañero para sostener el viaje a Carretem. Los fennistos rara vez dependían de animales, como caballos o mantis, para su transporte o carga. A pesar de esto, Corr se mantuvo firme en no retrasar el viaje y ambos galoparon rápidamente para llegar a tiempo al Festival.

Cruzaron el puente visitantes de otras ciudades, junto con nobles, comerciantes, agricultores y participantes en las justas. Los empobrecidos, viajeros lentos, comerciantes ocasionales, artesanos, vagrantes, mendigos y hasta algunos bandidos descendían para cruzar el arroyo y ascender a la ciudad, sabiendo que los centinelas les prohibirían la entrada por el puente.

Alessandro miró hacia adelante y le pidió a Song que avanzara, seguido por Corr y su nuevo semental. Ambos se encontraron con varias personas, en su mayoría berremetes. Algunos eran de otros reinos, montados a caballo, tirando de carros o carretas, pero sobre todo agricultores que habían cargado sus mercancías en burros, mulas o mantis verdes domesticadas.

Fabehel había enviado días atrás una paloma a buscar a Alessandro. Tenía un mensaje anunciando una audiencia única con Lord Pan Din y algunos miembros de la Reunión de los Lores de Bérrem y tenía algunas instrucciones para llegar a la Villa Jarrdine en las periferias. Mientras sostenía el papel compacto entre sus dedos, Alessandro detectó la frígida formalidad en sus palabras, opuesta a la cálida y reveladora conversación que tuvo en la playa. Él sospechaba algo, y su inesperada ausencia en *La Posada de la Ballena Blanca* en Dimmet era extraña.

En las puertas de Carretem, Corr señaló a su izquierda y ambos jinetes continuaron su camino a través del concurrido Jardín del Músico.

El vagón tirado por los dos caballos Sabino recorría el arroyo Donerr formando parte de una extensa fila de visitantes, los menos privilegiados, que debían entrar en Carretem por debajo del Puente del Rey y ascender una colina. Aunque no tenía emociones, Peken tenía las riendas controlando a los equinos. Marissa, a su izquierda, miraba asombrada las colosales columnas del paso elevado mirando con sus ojos marrones hacia arriba para distinguir el final de ellas, el puente, sin apenas notar la multitud que se movía sobre él.

En los nueve días transcurridos desde el enfrentamiento con los Korba, Peken apenas había dicho una palabra y Marissa estaba preocupada por Lakia. Se giró para verla de vuelta dentro de la carreta y notó que la hermana de Juni todavía estaba ocupada con su trabajo manual.

Desde la desaparición de su hermano ese día, Jumeni, extrañamente, subió al carro de su padre y trabajó sin parar en un trozo de madera durante toda la semana. Estaba tan absorta en su labor, haciendo una figura con sus cinceles, que sólo se detenía para comer o cuando las necesidades del cuerpo lo exigían. No se parecía en nada a la niña que lloraba en el funeral.

Marissa también se alegró de tener a Brisel de regreso dos días después del incidente. Siguió su olor para caminar junto al carro a su izquierda. No podía culpar a la mantis por su naturaleza de camuflarse y desaparecer en las situaciones más peligrosas. También recordó que Brisel era una criatura de libre albedrío diferente de las mantis domesticadas que observó con los granjeros empobrecidos entre la multitud en movimiento, especialmente con cargas en la espalda.

Por extraño que parezca, Brisel no pudo captar el olor de Lakia.

La desaparición de la emperatriz era un misterio del que Peken no habló y guardó silencio durante más de una semana.

Pero el elfo finalmente habló con su compañera después de todos estos días. — Estoy seguro de que Lakia y el chico Juni ya están en Carretem —. Peken no mostró ninguna reacción o emoción. Su rostro mostraba una apariencia dura mientras guiaba a los caballos por las riendas, con una mirada fija.

— ¿Que paso ahi?— Preguntó Marissa, cruzándose de brazos.

— Elijo no hablar de ello, ya que es una cuestión de profunda intimidad.

Ella reaccionó con un gesto burlón y mostró la lengua. Marissa encontró los modales del elfo miserables e irritantes.

Peken no vio su respuesta y siguió conduciendo los caballos.

Los desconfiados centinelas de Berremen, adornados con uniformes dorados y escarlata, permitieron a los Casakan y los Fennen entrar en la seductora Villa Jarrdine por invitación de la Reunión de los Lores.

Mientras montaba en Thunder, Corr descubrió los extensos jardines reservados para los ricos. Tenía una variedad de flores multicolores y diferentes árboles y arbustos. Disfrutaban de la compañía de pequeños pájaros, como colibríes, palomas y pavos reales. Niñas de todas las edades, desde jóvenes hasta adultas, trabajaban como jardineras y el sudor les empapaba la cara.

— ¡Tantos privilegios y armonía! — Corr le dijo a su compañero con indignación. — ¡Pero Bérrem no tiene interés en hacer lo mismo con Fenn!

Su declaración sorprendió a Alessandro mientras estaba en Song.

— ¿Cuál es la relación entre Berrem y Fenn?

— Berremetes y brekens interfirieron en nuestros asuntos y crearon una guerra civil interminable —, respondió con su voz profunda. — Ellos causaron la explotación y la esclavitud por tiklos.

— ¿Por qué?

— El giefo, la fuente de la riqueza de Bérrem.

Giefo. Alessandro recordaba muy bien las armas hechas de ese metal precioso en Casak, especialmente durante su entrenamiento en la Academia. Sólo los ricos los tenían. Orssandro, incluso como Regente influyente, tenía su pequeña colección de armas giefo.

Revisó mentalmente sus lecciones de la Academia. Corr tenía verdad en sus palabras.

El giefo tenía la reputación de ser el metal más valioso de todo Sánkaris. Sin embargo, extraerlo era complejo y resultaba en la pérdida de miles de vidas de individuos esclavizados en las Minas Tiunff, administradas por Fenn, Bérrem y la Nación Brek a través de un tratado engañoso que favorecía solo a dos dominios, mientras excluía al propio Fenn.

Engañado por el tratado, el último reino del mundo se había debilitado con el tiempo, afectado por una serie de sediciones y corrupciones a todos los niveles, cayendo en una guerra civil en espiral donde los fennistos lucharon sin éxito por nuevos tipos de gobierno.

Un metal tan preciado era tan rígido que sólo herreros bien entrenados y especializados podían fabricar armas en sus asentamientos en la frontera con Trunk. Fabricar una sola pequeña daga giefo requería una labor de más de dos meses por el mismo precio que una casa básica en un pueblo de campo, por mencionar uno de los muchos ejemplos.

Bérrem se había beneficiado significativamente de la extracción de giefo, usándolo para venderlo en bruto o fabricado en diferentes armas, dando al dominio una riqueza nunca vista desde el fin de las monarquías. Un metal perteneciente a Fenn pero del que Bérrem se apropió discretamente y a costa de miles de vidas.

La situación actual con Brek seguía siendo desconocida debido a su carácter aislacionista.

— Amo. . . — Corr interrumpió sus pensamientos.

Ambos jinetes detuvieron sus caballos. El felino señaló hacia un jardín con abundantes rosas.

Alessandro descubrió a Fabehel y de repente su corazón latió con fuerza. Estaba tranquila y lucía un elegante vestido morado que, una vez más, la hacía lucir preciosa. Disfrutó de las rosas rojas en su frente, oliendo algunas y cortando las mejores con un pequeño cuchillo para ponerlas en su regazo.

Parecía estar sola, ya que no había nadie con ella para ayudarla con la silla de ruedas.

— Adelante, Corr —, le susurró a su compañero. — Te veré en la villa.

El felino asintió y ordenó a Thunder avanzar.

Una vez que Alessandro lo vio desaparecer entre los jardines, desmontó a Song y avanzó lentamente hacia Fabehel, donde se detuvo al lado. Ella no se inmutó ante su presencia mientras seguía cortando sus rosas.

— Bienvenido a Carretem, amo —, dijo sin interrumpir su actividad mientras sus ojos color avellana se fijaban en las flores. — Me alegro de que haya tenido un viaje seguro desde Sarrem.

Notó cierta indiferencia en ella, no la misma que había conocido antes. — Esperaba encontrate personalmente en

Dimmet —, respondió Alessandro con los brazos cruzados. — Pero me encontré encontré a Corr.

— Mis disculpas si no estuve allí —, continuó Fabehel, colocando rosas en su regazo. — Lord Pan Din me pidió que lo acompañara, y no pude rechazarlo después de que ha hecho mucho por mi pueblo y la Promesa.

— Podríamos haber ido todos juntos, señora. Corr y yo podríamos haber hecho un viaje más cómodo para ti.

Colocó la última rosa en el regazo pero nunca desvió la vista de las flores, evitando a toda costa mirar a Alessandro, inmóvil.

— Lord Pan Din me ha pedido matrimonio.

Alessandro no entendió por qué temblaba, pero habló con labios temblorosos. — ¿Lo amas?

Fabehel se volvió para verlo directamente a sus ojos oscuros sin ningún gesto.

— ¡¿Qué modales tienen estos para hacer una pregunta tan atrevida?!

— Pido disculpas, señora. No era... — reconoció, avergonzado por su pregunta.

— ¡Responderé de todos modos porque no quiero que se hablen mal de mí! — interrumpió con signos de irritación. — El señor me pidió que fuera su esposa porque cree que sería conveniente para los dos. Él cree que Bérrem debería abrazar igualmente la mezcla de razas en estos tiempos nuevos e inciertos. Y como su esposa, estaría en una mejor posición para ayudar a las comunidades de arankanos desplazados.

Por un momento, Alessandro no habló. Inexplicablemente, sintió miedo.

— ¿Has aceptado su oferta?

— No le he respondido todavía. Pero podría aceptarlo.

— ¿Crees que vale la pena unirse en matrimonio con él sólo por ventajas políticas? — afirmó en total desacuerdo. — Quizás te conozco desde hace poco tiempo, pero estoy seguro de que esto no es lo que deseas.

— ¿Tienes algún problema con mi elección? — respondió enojada. — ¡¿Tengo que recordarte tu compromiso con Marissa Taskar?! ¡Presta atención a tus asuntos!

Apartó la mirada y sacudió la cabeza. Sin más palabras, montó en Song y se fue.

Ella observó su partida con lágrimas que corrían por sus mejillas. Le dolía el corazón por él. Su mano derecha tenía algo de sangre mientras la apretaba discretamente contra las espinas de una rosa.

Fabehel concluyó que lo más prudente era evitar los apegos emocionales. Ella pensó que la vida era demasiado injusta para estar con él, así que eligió un camino diferente.

Ella culpó a su corazón.

Corr fue testigo de la llegada de Alessandro a la ostentosa residencia, lo que permitió que un muchacho llevara a Song a los establos después de desmontar. El felino notó en él un rostro sombrío y especuló que algo había pasado con Fabehel, pero no se atrevió a preguntar.

Alessandro se unió a su expectante compañero.

Un hombre maduro de piel bronceada y ojos pequeños vestido con elegantes ropas de cuero se acercó a ellos y se presentó como el mayordomo. Pidió que lo siguieran al interior.

Al entrar, ambos visitantes notaron el lujo excesivo de la villa.

Las marquesinas doradas interiores decoraban las esquinas de los altos techos cubiertos con pinturas antiguas realistas que narraban las glorias pasadas de los monarcas Berremetes. A pesar de la opulencia del lugar, todas las habitaciones impecables por las que pasaron estaban sin muebles.

Mientras Alessandro y Corr seguían al sirviente, escucharon sus propios pasos sobre los brillantes pisos de mármol blanco, donde docenas de pequeñas niñas agachadas fregaban inquietas.

Fuertes voces masculinas seguidas de risas clamorosas llenaron cada rincón del edificio.

Los visitantes se encontraron en la sala más grande, la única equipada con una gran mesa de madera oscura y muchas sillas equipadas con sillones. Sin embargo, sólo tres hombres estaban en sus asientos y se quedaron en silencio sorprendidos al ver a los invitados.

El mayordomo se disculpó y se fue.

Un hombre con sobrepeso vestido con elegantes ropas de seda oscura y cuero se rascó la barba con la mano hinchada mientras asentía y sonreía emocionado. Después, sus dedos cubiertos con preciosos anillos acariciaron a su pequeño perro color canela en su regazo. Estaba en medio de dos hombres.

— Es un gran placer volver a verte, Corr —, dijo asintiendo levemente.

— Como es el mío, señor —, el felino se inclinó con desgana.

El corpulento noble dirigió sus pequeños ojos hacia un inmóvil Alessandro y lo estudió de arriba a abajo.

— ¡Amo Alejandro Eskar! — exclamó con una sonrisa miserable. — Permítanme presentarme como Pan Din, Señor de la Isla Garterrem.

— ¡¿Es ese el tío de la Promesa?! — preguntó un hombre más delgado vestido con ropa verde sentado a la derecha, abriendo mucho los ojos.

— ¡Claro que lo es!

El hombre flaco dejó su silla y se acercó a verlo, luego se arrodilló e hizo una reverencia, sorprendiendo a Alessandro.

— ¡Yo, Tom Lai, Señor de las Tierras Bajas, siempre en deuda con la Promesa, te ofrezco mis infinitos servicios! — Se puso de pie y continuó con ojos expresivos. — La Promesa y su Jyistereerk serán mis principales prioridades. ¡Y os aseguro que toda mi señoría está con la emperatriz!

Alessandro estaba tan conmocionado que no podía hablar ni reaccionar. Como Corr también mostró sorpresa.

— Todo Bérrem, de boca en boca, expresó la intención de la devoción de los nobles y plebeyos por igual hacia la Promesa —, dijo el anciano vestido de escarlata a la izquierda. — Creo que nuestro dominio está listo para recibir una emperatriz. Esto es algo nunca visto desde el fin de las monarquías.

— Por eso les doy mi riqueza —, aclaró Lord Pan Din.
— Estoy más que contento de patrocinar el futuro de un imperio del que usted forma parte.

Alessandro, asustado, retrocedió unos pasos, queriendo marcharse, sacudiendo la cabeza con incredulidad. Sin embargo, Corr le aconsejó que se quedara y hablara con los señores.

— Amo Eskar, Corr. Siéntense y sirva este exquisito vino —, sugirió Lord Tom Lai y regresó a su silla.

Nervioso, Alessandro se sentó y Corr hizo lo mismo a su lado. Estaban ante los señores en el lado opuesto de la mesa. Observó decenas de tazas de cobre, la mayoría vacías, junto con jarras llenas.

Alessandro sirvió su vino y bebió unos sorbos para relajarse. El felino amablemente se negó a beber.

— Antes de continuar con el asunto, tengo noticias graves de Casak —, dijo Lord Pan Din. — Orssandro ha iniciado una movilización para la guerra.

— ¿Guerra contra qué? ¿La Promesa? — Alessandro finalmente habló. — Sabía de la movilización y de la locura de Orssandro, pero no sé su verdadero propósito.

— Me preocuparía, maestro. Recibí noticias del santuario en Ri de que se produciría una guerra total cuando los enigmáticos Elfos del Oeste invadan tu dominio.

— ¿Por qué? — preguntó, desconcertado. — ¿Cuál es su intención?

— Nadie lo sabe, pero creo que son las últimas consecuencias de la Gesha.

— ¿Los ha atraído la Promesa? — Preguntó Corr.

— No, asumo que los Korbas propagaron la maldad en Casak, y estoy seguro de que Orssandro tenía algo con ellos —. Él asintió pensativamente, sorprendiendo a todos. — Uno me ha tentado camino a Sarrem.

— Fueron ellos —, afirmó el anciano señor, moviendo su bastón entre sus piernas en señal de inquietud. — Siempre supe que los Korbas acabarían invadiendo esta parte del Karekall.

— Necesitamos encontrar la Promesa rápidamente —, sugirió Lord Pan Din. — Pero estoy seguro de que ella está de camino a Carretem o ya está aquí.

— El nombre de la Promesa es Lakia y está con un elfo molkane —, reveló Lord Tom Lai. — Mientras estaba en Laimet, mis sirvientes la escucharon deseando venir a Carretem a pesar de la oposición del elfo, quien insistió en llevarla a Salter. Y viaja disfrazada de niño.

— Mi mayor esperanza es que finalmente podamos encontrarla esta noche —, aseguró Lord Pan Din. – Todo el mundo va a la Fiesta del festival en la Plaza del Embajador, incluso los ladrones que buscan saquear a la multitud.

Lord Tom Lai se levantó y prestó atención a la maltratada vaina de su espada abollada de Alessandro.

— ¿Puedo saber qué ha ocurrido con su espada, maestro?

— Tuve… Un incidente personal que abolló mi espada —, dijo avergonzado.

— Te regalaré mi espada —, sonrió el señor. — Nadie irá sin estar preparado para esta noche.

16

TROVADOR

Kekten detuvo su caballo en el Barrio Ladder en el norte de Carretem y silbó, luego miró hacia su carro. Juni y Lakia salieron a la superficie, se levantaron y se apoyaron en el borde del carro. Vieron impresionados las pequeñas casas en calles estrechas e inclinadas con pocos peatones. Desde su lugar, ambos niños admiraron la grandeza del pintoresco burgo, una mezcla de sólidos edificios primitivos, miles de pequeñas viviendas, parques embellecidos y plazas intermedias.

Kekten, el vagrante, buscó una esquina de la acera donde poder encajar una gran piedra debajo de una de las ruedas del carro. Era cuidadoso con accidentes y no quería dejar que el carro bajara solo. Juni lo aseguró y luego ayudó a descender a Lakia disfrazada. — Fue un placer pasar tiempo con ustedes, pero si necesitan algo más tarde, vengan a buscarme a la Plaza del Lancero, muchachos —, sugirió. — De hecho, todos los vagrantes acampamos allí para las justas.

— Agradecemos su atención, señor —, agradeció Juni con una reverencia. — ¿Dónde buscaremos a nuestros compañeros?

Lakia redirigió su atención a otro punto que llamó su atención.

— Quizás vayas a la Plaza del Embajador, al oeste, esta noche. De hecho, la Reunión de los Lores inaugurará oficialmente el Festival, seguida de un festín. Todos estarán allí, pero les advierto que habrá una gran multitud.

Lakia asintió y con aprensión condujo a Juni hacia una fuente, donde se detuvieron cautivados por las relucientes columnas de agua que se elevaban bajo la luz del sol.

Kekten sonrió al ver el regocijo de los dos niños desde lejos, quitó la piedra, montó en su caballo con cierto esfuerzo debido a su baja estatura y partió hacia su destino final.

Los ojos color avellana de la emperatriz brillaron ante la danza acuática de la fuente. Contempló la escultura del cisne en el centro y las numerosas palomas blancas que deambulaban por allí.

Aunque con admiración, no era la primera vez que Juni veía una fuente y no entendía la exagerada emoción de Lakia. — ¿Sabes qué es una fuente?

— Lo sé, Juni —, respondió ella, pero nunca quitó la vista. — El hechicero Uskam me habló de las fuentes en las grandes ciudades. La vida en Molke es más sencilla, donde sólo el Karekall tiene una vista impresionante todos los días y la única gran ciudad con estructuras es un cementerio gigante y solitario.

Juni no pudo responder mientras miraba la espalda de Lakia. Ella se giró hacia él, tratando de acomodarse el sombrero en la cabeza para asegurarse de que su disfraz fuera inalterable, pero él notó en sus ojos algunas lágrimas.

— ¿Se encuentra bien, señorita?

Ella se secó las lágrimas y asintió.

— ¡Vamos a buscar la Plaza del Embajador!

Lakia parecía cautivada por la larga escalera ascendente hacia un edificio adornado con cúpulas rojas y enormes puertas. Vio a muchos jóvenes sentados a lo largo de los cientos de escalones, tocando un instrumento musical o leyendo grandes volúmenes. Sabía que el lugar era una universidad distinguida localmente por las referencias dadas por los lugareños.

Un hombre tocando su mandolina en los primeros escalones la cautivó. Aunque no podía entenderlo mientras cantaba en otro idioma, apreciaba la armonía y la fluidez de los versos.

Juni se acercó a ella, preocupándose más por las amplias calles pavimentadas que la rodeaban. — El camino a la plaza aún está lejos, señorita.

— Dime, Juni. ¿Cantas? — Preguntó Lakia, todavía mirando al cantante. — ¿No eras trovador?

El niño no respondió, pero su rostro mostró un ligero gesto de tristeza.

Lakia se giró para verlo con conmovedores ojos color avellana y una modesta sonrisa. — Por favor, cántame algo —, pidió amablemente.

Una sensación de nerviosismo lo invadió. Pensativo, miró hacia el suelo, donde la imagen de su padre se formó en sus ojos oscuros, antes de mirar a Lakia y asentir.

Juni se acercó al cantante y le pidió prestada su mandolina. Pasó su mano derecha sobre el instrumento, palpando sus ocho cuerdas y probándolo con una púa de hueso.

Dirigió su mirada hacia Lakia y vio que ella estaba esperando pacientemente. Subió un par de escaleras, cerró los ojos, inhaló y luego exhaló.

Juni soltó sus manos para iniciar una melodía seductora a través de las cuerdas de la mandolina, creando una melodía perfecta. Luego se detuvo. — ¡Damas y caballeros! — Gritó, haciendo que muchas personas casuales dejaran sentir curiosidad, luego señaló a Lakia dramáticamente. — ¡Y especialmente tú, señorita! — Tocó la mandolina otra vez y se detuvo. — Desde las remotas tierras de Molke, la Promesa y el elfo viajaron durante mucho tiempo hasta las

Tierras Bajas en un viaje hacia Salter —, cuenta la historia con efectos dramáticos manuales. — Pero llegaron a la ciudad de Laimet y recibieron graves noticias de su enfermo señor.

Emocionada, Lakia notó una creciente multitud de personas detrás de ella mientras Juni los atraía.

— ¡La Promesa solicitó ser llevada ante el señor afligido y lo encontró dentro de una cueva! — Juni volvió a tocar la mandolina y se detuvo para empezar una estrofa. — La Promesa se encontró con un demonio encadenado y ella le ordenó que se fuera. — ¡Pero él deseaba su ejecución! – ¡Ella ordenó nuevamente que se fuera!

Continuó el cuento con música. — ¡Déjalo! ¡Abandona este cuerpo! ¡Te lo exijo! ¡La Promesa ordenó y lo señaló! – Juni detuvo la mandolina con la mano abierta sobre las cuerdas y bajó la cabeza, luego levantó la cara para mirar a Lakia sonriente con ojos reconfortantes y susurró. — El demonio huyó debido al encantamiento de la Promesa, y el señor volvió a ser él mismo. La Promesa había ganado su primera batalla. Y ese es el final.

Pronto, la multitud estalló en vítores y aplausos, seguidos por inesperadas monedas, la mayoría de cobre y bronce, arrojadas a sus pies.

Inadvertida por su disfraz de niño, Lakia asintió en señal de agradecimiento.

Juni saludó y agradeció a la gente reunida ante él, pero se fue con paso firme, abandonando la calle.

Al echar un vistazo rápido, vio el vagón de su padre en la distancia, Peken apoyado en él con una expresión seria y

Marissa cerca. Ambos presenciaron la actuación del joven trovador.

Juni hizo un gesto a su espectador único, invitándola a dirigirse hacia el vagón. Devolvió la mandolina a su dueño y se reunió con el elfo, dejando a Lakia atrás en el camino. No le importaba que algunos mendigos recogieran ansiosamente las monedas del suelo.

— Fuiste demasiado dramático, muchacho —. Peken negó con la cabeza. — Yo ni siquiera estaba allí cuando ocurrió ese evento, y revisarás los relatos exactos.

— ¡No me importa, elfo! — exclamó, agitado. — ¿Está Jumeni adentro?

— Ella está allí —, respondió, señalando el vagón a su espalda con el pulgar. — Desde el funeral y ese desafortunado encuentro con el Korba, ella ha estado trabajando sin cesar en algún trozo de madera.

Preocupado, Juni empujó el caballo castaño atado y entró en el vagón por la parte trasera. Después de abrirse camino entre el pequeño espacio atesorado, descubrió que su hermana mayor estaba tan ocupada que no se inmutó ante la presencia de su hermano.

Todo el piso alrededor tenía astillas de madera, y los cinceles sobre la mesa polvorienta mezclados con trozos de comida y un vaso de madera con agua, pero ella, sentada en un pequeño taburete, con la ayuda de un caballete, pintaba sus trabajos manuales en una combinación. de oro y negro.

— ¿Qué estás haciendo hermana?

Jumeni detuvo su pincel, movió su rostro redondo y lo miró con una mirada intensa que lo petrificó, luego volvió a seguir pintando.

Preocupado, Juni entendió que su hermana había cambiado un poco y salió por el mismo camino por donde entró.

Peken todavía estaba apoyado en el carro cuando Juni regresó a la calle. Pero encontró a Lakia reunida con Marissa y pudo escuchar su conversación. Brisel sólo los miró con sus ojos encantadores.

— Nos volvemos a encontrar —, dijo Marissa, exasperada. — ¡¿Y ahora debes partir de nuevo?!

— Haré una última cosa, Ser Marissa —, respondió Lakia con seriedad. — Todos ustedes deben ir al Festín y estar alerta. Pero cuando llegue el momento, te encontraré de nuevo.

— ¡Tú y tu interior, muchacha! — Peken exclamó en desacuerdo. — ¡Nada puede detenerte!

— Sí, se acerca el momento del Jyistereerk, señor —, respondió segura de sí misma pero tranquila. — Mi postura no tendrá la misma forma después de este momento.

— ¿Debemos estar atentos a causa del Korba?— Preguntó Juni, acercándose a ellos.

Lakia sonrió.

— ¿Tienes una capa para prestarme?— preguntó ella, evitando su pregunta.

El niño asintió y, aprensivo, entró en el vagón.

Mientras lo esperaba, los ojos color avellana de Lakia miraron a Marissa, sorprendiéndola.

— Como mi caballera, tengo un mandato para ti —, dijo con autoridad pero con una actitud dulce. — Debes competir en nombre de la emperatriz.

Juni regresó con una capa marrón áspera que colocó sobre la espalda de Lakia. Perteneciente a él, era ligeramente grande ya que le llegaba a los pies con sandalias. Inmediatamente, le aseguró los cordones de la capa alrededor del cuello.

— ¿Por qué queréis que participe en una justa cuando me habéis enviado a vender una armadura que ya no poseo? ¡Sólo esta preciosa espada es todo lo que tengo! – reaccionó, señalando el arma atada a su cintura.

— Juni te ayudará a conseguir una armadura adecuada —, respondió. — Y Jumeni tiene algo que hizo especialmente para ti y que tiene mi bendición.

— ¡¿Cómo es eso posible?! — Marissa protestó, insegura. — ¡Me quitaste una armadura y ahora me la volverás a dar!

— Por favor, confíe plenamente en mí porque es crucial para el Jyistereerk —, sus últimas palabras silenciaron a Marissa.

Discretamente, Lakia se quitó el sombrero y ocultó su cabeza con la capucha. Con un movimiento de cabeza silencioso, se alejó del carro y se dirigió hacia la Plaza de la Paz a través de la bulliciosa calle, decidida.

El grupo de cuatro observó su partida sin prisas con cierta melancolía.

— ¡Dejala ser! — Exclamó Peken, inexpresivo, sus ojos amarillos mostraban tristeza, pero con los brazos cruzados. — Se refería a su ascensión como emperatriz.

— ¿Qué nos depara el futuro a todos? — Preguntó Marissa, con sus húmedos ojos marrones acariciando a un sombrío Brisel.

Juni no podía apartar la mirada mientras la pequeña figura de Lakia desaparecía en el mar de lugareños, viajeros y granjeros con caballos o mantises, ya fuera en carros o a pie. Una masa principalmente de berremetes mezclados con arankanos y algunos fennistos. Después de mucho tiempo, la emperatriz desapareció por completo entre la multitud.

Los sentimientos de culpa y aflicción invadieron a Juni. Sacudió la cabeza y corrió a buscarla entre la gente. Mientras buscaba cada pequeño espacio entre las personas o animales, caía en desesperación, creyendo haber fracasado en su búsqueda. Los recuerdos de la semana pasada inundaron su mente, comenzando con el primer encuentro de Lakia después del fallecimiento de su padre y terminando con su viaje junto a Kekten.

También buscó en vano entre los árboles y los bancos del parque.

Se le humedecieron los ojos y estaba a punto de detener su propósito cuando un ligero viento golpeó su rostro. Él la sintió y se giró para mirar hacia la izquierda.

Juni la encontró.

Lakia estaba bajo un cerezo de flores blancas. Estaba inmóvil y cubierta por la capucha de la capa y con ropas infantiles. El viento, su viento, hacía que los diminutos pétalos de la flor suelta descendieran sobre ella como una nevada. Sus ojos color avellana lo miraron inexpresivamente.

Juni corrió y se detuvo cuando la tuvo delante. Su respiración era tan rápida que apenas podía hablar. — ¡Por favor! ¡Perdóname! ¡No debería haberte llamado hechicera!

Suspiró, con una cara arrepentida y triste. — ¡Eres más que eso!

Lakia no reaccionó en un instante, luego mostró una ligera sonrisa. Sorprendiéndolo, ella se acercó, se puso de puntillas y besó su mejilla derecha. Terminado con su gesto, dio un par de pasos hacia atrás y asintió. — Lo sé y te lo agradezco —, reconoció con serenidad.

— ¡Dondequiera que vayas, por favor llévame! — suplicó con angustia. — ¡Yo te cuidaré!

— No, Juni —, sonrió. — Esto es algo que haré yo sola. Pero te aseguro que tendrás una postura importante conmigo en el Jyistereerk.

— ¿Cómo?

— No importa ahora. Hasta entonces, adiós.

Antes de que la mirada atónita de Juni lo dejara con la boca abierta, bajo una nueva lluvia de pétalos blancos arrastrados por el viento, Lakia se dio la vuelta y caminó nuevamente para desaparecer entre la multitud.

17

ANTEBELLUM

Orssandro sabía que ésta era la noche.

Tenía su volumen dorado abierto sobre su sucio escritorio, rodeado de papiros desordenados.

El No Ta manchado de sangre casualmente contrastaba la luz de la pálida luna helada de No Sak a través de la gran ventana, esperando una guerra, una señal que previó.

En su silla, miró una página del volumen áureo que le regaló el difunto rey Vihen y, como leyó las primeras páginas hace mucho tiempo, se dio cuenta de que era un libro de premoniciones. No era arankano, sino que se lo habían robado de Salter. Concluyó su origen a partir del texto en el antiguo lenguaje místico que sólo los más sabios podían traducir, diferente del actual hablado en ese reino.

Orssandro había explorado múltiples santuarios para investigar el antiguo lenguaje místico, pero sus descubrimientos fueron pocos y solo descifró parte del volumen. Tenía que descubrir el texto desconocido que no podía traducir.

Pasó sus dedos oscuros por una página específica, desde el encabezado hasta el pie de página. Era una ilustración, un resplandor brillante que envolvía la silueta notable de un niño. La parte inferior de la página, con fuentes estilizadas doradas, incluía las palabras *Nehel Jyistereerk Mudiuhfaser* .

— La Promesa —, susurró Orssandro para sí mismo. — Ese debe ser su nombre.

Además, una palabra en particular estuvo presente en la mayor parte del libro, nombrando diferentes símbolos: *Ykarte* . Identificó el resplandor, pero al pasar las páginas descubrió que también señalaba a un palacio, a una persona no identificada, a un fulgor, pero sobre todo a un arma. Se detuvo en una página donde ilustraba a un hombre de piel negra levantando una mística espada *Ykarte* . El texto lo llamó *Torsen,* ya que era la designación traducida de Regente.

Creía que el libro predecía la Espada de Kasana en manos de Orssandro.

Él asintió y se dio cuenta de por qué el rey Vihen le regaló este libro específico. Lo supo desde la primera vez que contempló la ilustración.

— Están aquí, señor Regente.

El capitán Trasso interrumpió su soledad con su repentina presencia.

Orssandro asintió, cerró el volumen áureo y se levantó de su asiento. De una silla cercana tomó una piel de waki y se cubrió con ella. A toda prisa, salió de su habitación, seguido de cerca por su subordinado.

Ambos hombres caminaron con urgencia por los pasillos amueblados del Palacio Vykar, pasaron por un vestíbulo y salieron a un balcón.

Afuera, en los inmensos terrenos que rodean la residencia, legiones de miles de soldados casakanos, jóvenes y maduros, de ambos sexos, esperaban en sus respectivas formaciones. Cada uno equipado con un gran escudo metálico que cubre sus cuerpos. Llevaban lanzas largas y espadas cortas de hierro en sus fundas, atadas a la cintura y a la parte superior de las piernas. Se reunieron en escuadrones perfectos.

A la izquierda, brigadas de arqueros y cadetes de diferentes academias y magos a la derecha. La posición de retaguardia tenía batallones de caballería posicionados ante un centenar de cañones que podían lanzar bolas de polvo explosivo.

Clavaron en el suelo mil varas largas con antorchas encendidas entre las tropas, dando una luminiscencia espectral que parecía en armonía con la pequeña luna roja de No

Ta que eclipsaba al blanco helado de No Sak en ese preciso momento.

— Pudimos reunir y formar a casi un millón de adultos — , afirmó Trasso. — Este es el ejército más grande que Casak tuvo en toda su historia.

Orssandro observó impresionado a su milicia al momento que posicionaba sus manos sobre la barandilla metálica. Sintió un poder inmenso y asintió, sabiendo que había ejércitos similares en otras ciudades casakanas.

Desplegó deliberadamente a niños y jóvenes reclutas sin experiencia en el frente, reconociendo los sacrificios que iban a soportar.

Como rara vez se ve, emitió una ligera sonrisa mientras sus intensos ojos oscuros estudiaban cada parte del ejército.

El Regente estaba satisfecho.

El capitán de la unidad, Vasso, utilizó su catalejo para observar con asombro el fenómeno astronómico, el paso de la luna ensangrentada No Ta frente al blanqueado y frío mayor No Sak. Era un niño todavía fascinado por su mundo interior, por escapar de sus sueños de infancia destrozados.

Los centinelas principales reclutaron y separaron a Vasso de su familia hace semanas a través de un alguacil.

Sus ojos miraron hacia las siluetas de la extensa marisma, sabiendo que la playa estaba detrás. Sus superiores le habían dicho que los temibles ejércitos de la Promesa llegarían desde esa dirección, y él siempre se mostró cauteloso al respecto.

Miró hacia abajo mientras descendía la escalera hacia la trinchera con su catalejo.

Los superiores de Vasso lo eligieron para liderar el equipo a pesar de su breve formación. Su puesto le daba derecho a equipo nuevo y adecuado, incluida una espada corta de hierro bien elaborada.

Su gente no había corrido la misma suerte.

Vasso tuvo que liderar un escuadrón de cincuenta niños desprevenidos. Los centinelas les entregaron cascos más grandes que sus cabezas, cofres hechos de placas oxidadas que pesaban demasiado para ellos y tenían que llevar sus espadas en la mano porque no tenían fundas.

Su fascinación se convirtió en tristeza mientras caminaba a lo largo de la profunda trinchera, controlando a cada uno de los inocentes subordinados, evitando las pilas de pólvora y bombas de bolas, algunas cajas de comida rancia y un par de barriles con agua sucia. Los pequeños soldados atrincherados descansaban en el suelo fangoso, intentando dormir un poco en la oscuridad y el frío. La presencia de la pólvora les impedía iniciar fuego.

Con tristeza, Vasso supo que los niños eran los primeros en pelear.

No era ningún sacrificio.

Pero masacre de inocentes.

Escuchó sollozos y volvió la cabeza. Vio a una niña de apenas ocho años agachada, llorando en silencio, y se acercó a ella.

— ¡Quiero a mi mamá! — suplicó con su rostro apenas visible entre lágrimas mientras su casco de gran tamaño le cubría los ojos.

Compasivo, Vasso se sentó a su lado, sintiendo su miedo, y la abrazó por los hombros. Sintió sus brazos desnudos fríos ya que solo tenía una camisa de adulto, sucia y andrajosa, sin mangas, que cubría su cuerpo. Había dejado a un lado su cofre y su espada. El capitán se quitó la capa y, con ella, la envolvió, esperando que entrara en calor pronto.

Vasso recordó su infancia en la granja de sus padres, recordó los tiempos anteriores a la Gesha, cuando el día y la noche eran siempre agradables y podía disfrutar nadando con sus hermanas en un estanque cercano. Esto había cambiado. Los días cálidos en Casak eran más cortos y las noches inusualmente más frías.

Ni siquiera reconocía que su dominio era una tierra tropical.

Al sentir el joven capitán cómo la niña se dormía sobre su pecho, dejó que una lágrima corriera por su mejilla oscura. Tenía miedo y la carga de cincuenta niños sobre sus hombros.

Deslumbrado, escuchó una melodía perfecta que lo sobresaltó y se levantó, despertando a la niña, desenvainando su espada. Mientras escuchaba la música, hipnotizado, cauteloso y asustado. Siguió la melodía y descubrió que venía del otro lado, opuesto al pantano, hacia el bosque tropical.

La niña, que también recibió la música, tuvo miedo. Ella le tomó la mano, pero él le ordenó que se quedara abajo y esperara.

Vasso se dirigió a la escalera del otro extremo y la subió con cautela. Mientras ascendía a paso prudente, sosteniendo estupefacto su espada, se encontró con una presencia inesperada.

Era una joven adulta. Era una hermosa elfa con largo cabello rubio, piel dorada, perfectas orejas puntiagudas y ojos amarillos. Estaba sentada en el césped, con las piernas cruzadas, vestida con un vestido plateado reluciente, tocando música mágica con la armónica de su flauta de pan.

El niño soldado se acercó a ella, atónito, y se detuvo a pocos pasos de distancia con su arma, aterrorizado. Al notar su presencia, la chica elfa dejó de tocar mientras sus ojos amarillentos se dirigieron hacia él y emitió una ligera sonrisa.

— No tengas miedo, niño —, habló con dulzura. — No tenemos el deseo de luchar contra ti.

Las palabras dejaron incrédulo al joven capitán, lo que hizo que tardara mucho en responder. — Si no vienes a luchar contra nosotros. ¿Por qué la Promesa te envió aquí entonces?

— La Promesa no nos envió porque aún no la conocemos —, suspiró, todavía sonriendo. — Sin embargo, como nuestra Divina Emperatriz, tenemos una misión que cumplir en su nombre.

— ¿Qué misión? — preguntó, todavía desconfiado.

El capitán sorprendió al escuadrón de sus niños reunidos detrás de él, con espadas en mano. La pequeña niña les había notificado a todos sobre la presencia de la elfa y fue testigo de su conversación.

— Deja que mis hermanas y yo te llevemos a un lugar seguro, donde puedas sentir la paz que mereces —, asintió. — No te obligamos, pero te pedimos que vengas con nosotros con libre voluntad.

Vasso revisó el bosque para asegurarse de que no estuvieran listos p ara una emboscada.

— ¿Cómo sé que no es una trampa? — Vasso preguntó con duda.

La elfa se puso de pie, guardó la armónica dentro de su morral y luego aplaudió dos veces.

De entre los arbustos aparecieron decenas de jóvenes élficas y mujeres con vestidos plateados idénticos pero descalzas que permanecieron inmóviles para mostrarse. También tenían morrales doradas similares.

— Permítanme presentarme como Akartaki, Superiora de la Hermandad del Viento Reconfortante, y ellas son mis hermanas —, respondió. — Debemos ofrecer ayuda.

— Soy Vasso y esos son mis soldados. Nos obligan a luchar contra nuestra voluntad —, se presentó con labios temblorosos. — Si viniste a ayudar, por favor hazlo. ¡Acabar con nuestro sufrimiento por medio de la muerte!

Las hermanas miraron fijamente al escuadrón de inocentes y, uno a uno, alcanzaron a cada niño y les tomaron las manos afectuosamente. Los infantes, fascinados y conmovidos, dejaron caer sus armas y equipos sobre el suelo embarrado y siguieron a las hermanas al interior del bosque.

Al final, Akartaki se dirigió hacia Vasso, el último que seguía en pie. Ella le quitó el casco y le acarició la mejilla con calidez. — Acabaremos con vuestro sufrimiento. ¡Pero con vida!

El Regente estableció el ejército casakano en los Pastizales de Estos entre dos ríos siguiendo el bosque que rodea Estolk y su lago, al norte, cerca del camino a Sostolk, impulsado por sus presentimientos. En la zona se estableció un campamento masivo.

También había recibido una paloma rubí de una baliza recién construida en las montañas, notificando la repentina y misteriosa llegada de los elfos. Orssandro supuso que habían desembarcado en alguna de las costas, pero según los relatos de los vigías, nadie, ni barco ni persona, había llegado a las playas. Sin embargo, ya estaban en Casak y muy dentro del territorio.

Eran como fantasmas que aparecían de la nada.

Él estaba confundido.

El Regente examinó los mapas, analizando las posiciones del enemigo sobre un escritorio de madera oscura en la tienda principal, sentado en una silla plegable bajo lámparas de aceite de ricino que iluminaban el interior adornado con tapices y alfombras. Juntó las manos en señal de postura de pensamiento.

El joven alto Dessidere, vestido con ropas grisáceas, entró pero esperó cuando notó la profunda meditación del Regente.

Orssandro descubrió su presencia y le pidió que se acercara a su escritorio, invitándolo a sentarse en la silla de enfrente. — Deberías asistir a tus tareas en el palacio, Dessidere —, dijo Orssandro con una apariencia fría. — ¿Qué es lo importante que tuviste para venir aquí?

— Lady Tasarissa me ha pedido que obtuviera respuestas, señor Regente.

— ¡Mi hermana puede ser obstinada! — admitió. — Mi conjetura es sobre mi sobrina, Marissa Taskar.

— Estás seguro — , respondió, moviendo la cabeza y cruzando sus largas piernas.

— Creo que es hora de decírtelo —, dijo Orssandro con una mirada fija. — Es desafortunado que Marissa terminara en *El Senescal* durante su misión especial a Ryza.

Inmediatamente después de la noticia, Dessidere se sintió repentinamente angustiado. No entendía si el sentimiento que experimentaba era enfado, sorpresa o ambas cosas. — ¡¿Misión para qué?! — preguntó, molesto.

— Quería que ella ejecute a la Promesa —, respondió Orssandro con calma. — Tengo que buscar lo mejor para Casak.

La agitación interna de Dessidere alcanzó un punto de ebullición. En un instante, no pudo controlar su intensa indignación.

— Todo por esa maldita espada. . . ! — aturdido, se calló y se controló, preguntándose si el Regente lo había escuchado.

Orssandro captó cada palabra. No hizo ningún gesto, pero abrió mucho los ojos. En ese momento, descubrió dónde estaba la lealtad de su antiguo monitor y asistente.

Ambos intercambiaron miradas llenas de suspenso.

— Señor Regente —, el Capitán Trasso interrumpió el tenso momento con su abrupta presencia. — Dos jinetes élficos desean conocerte.

Orssandro se levantó y se dirigió hacia Dessidere, dándole dos palmaditas en el hombro con un gesto de asentimiento, y luego se dirigió hacia su subordinado.

— Envía centinelas y diles que lo decapiten —, susurró con discreción al oído de Trasso.

El capitán aceptó su pedido, miró al joven y salió de la tienda con el Regente, dejándolo solo.

Dessidere escuchó su susurro desde su asiento y el pánico se apoderó de su cuerpo. Se levantó rápidamente y usó su daga para abrir un lado de la tienda, creando una abertura por la que huyó.

Dessidere evadió fácilmente a los centinelas sin problemas, ya que el Capitán Trasso aún no les había dado ninguna orden, pero estaba aterrorizado por su propia seguridad. Llegó a su caballo bayo y lo montó. No perdió el tiempo galopando a gran velocidad atravesando el extenso campamento similar a un pequeño pueblo.

Observó a los soldados, ya sea en sus pequeñas tiendas o afuera, tratando de pasar el tiempo conversando o jugando a las cartas. Tenían que estar constantemente vigilantes y no poder dormir.

El joven galopó hacia el sur a través de la pradera bajo el imponente espectáculo de No Ta, recientemente separado de No Sak en el cielo nocturno. El viento contra su rostro causado por la velocidad era amargo.

Era consciente de su error al mencionar la espada a Orssandro. Salvar su vida fue crucial, pero darle la triste noticia a Lady Tasarissa fue aún más vital.

Al acercarse al lago junto a Estolk, Dessidere tiró de las riendas del caballo en medio de un bosque de orquídeas moradas. Una vez dentro del bosque, buscó por todas partes.

Encontró a Lady Tasarissa mirando hacia la ciudad, más allá del lago, con un vestido de seda oscuro con pieles de waki sobre los hombros, y aunque sintió su llegada, nunca se volvió para verlo. A pesar del frío, parecía no importarle lo suficiente el pescado muerto y podrido bajo sus botas, ni el olor rancio que emanaba de ellas. Su semental blanco, idéntico al Fantasma de Marissa, estaba a su lado como única compañía.

Desmontó de su caballo y se acercó cautelosamente a ella, deteniéndose a poca distancia. Suspiró con miedo, incapaz de hablar debido a su naturaleza feroz y ronca.

— Este era el lugar favorito de Marissa y también de Alessandro —, habló con una extraña serenidad, notando las escasas luces de Estolk. — Ambos eran inseparables y me sentí bendecida por las diosas de que mi hija hubiera encontrado consuelo en él después del fallecimiento de mi esposo. Creí erróneamente que ya tenían un futuro establecido juntos.

— Señora, ¿cuál es el significado? — Preguntó Dessidere, inseguro.

— Vivimos en tiempos de incertidumbre, y ellos también.

Confundido, trató de entender sus palabras. — ¡Tengo algo importante que decir!

Lady Tasarissa finalmente miró en su dirección, las lágrimas brillaron en sus viejos ojos marrones y su curiosidad se encendió. — Por favor habla.

— El Regente envió a Lady Marissa para ejecutar la Promesa —, dijo, suspirando de nerviosismo. — ¡Pero ella murió en *El Senescal*!

La madura mujer de ébano lo escuchó y reaccionó con una ligera sonrisa. — Lo sé y ella está viva —, aseveró.

— ¡¿Cómo puedes saberlo?!

— Un vagrante contactó al Archimago Missar a través de la esfera. Marissa está con la vida —, dijo segura de su hija. — No sé su paradero, pero está en algún lugar de Bérrem.

— ¿Ella ejecutó a la Promesa?

— No, hasta donde yo sé, ella no siguió las órdenes de su tío. Escuché que la Promesa sigue viva según los relatos de los lugareños —. Su rostro mostraba cierta angustia. — Sin embargo, nos preocupa su seguridad. Ese vagrante solía hacer misiones pagadas para Orssandro en Ryza, ahora sus vínculos contractuales están rotos, pero el vagrante todavía cree que mi hija cumplirá su misión de ejecutar a la Promesa.

— Me alegra saber que su hija está viva —, respondió con aprensión. — Pero tengo otra preocupación que contar.

— Por eso te he enviado con mi hermano gemelo, para saber más, jovencito —, dijo, tocándole el hombro, recordándole el último gesto de Orssandro en la tienda. — ¡Habla y no tengas miedo!

Avergonzado, Dessidere se obligó a hablar con el rostro abatido. — He cometido una falta grave, señora. Al enfrentarme al Regente, me deslicé y mencioné la espada.

Lady Tasarissa, con los ojos fijos, lo observó con comprensión y asintió, esperando más.

— Por mis palabras imprudentes, escuché al Regente ordenar al Capitán Trasso que me cortara la cabeza, y podría haberlos puesto a todos en peligro —, continuó.

La mujer de ébano no reaccionó por unos instantes, sólo silencio y mirada fija. Estaba más reflexiva y tranquila. Sin dudarlo, alcanzó su semental blanco, sacó algo de una bolsa que había en la silla y regresó con Dessidere. — Tómala y sálvate —, le puso una bolsa de monedas en la mano. — Ve a Sostolk y toma un barco clandestino hasta Bérrem, busca y cuida a mi hija. Protégela, como siempre lo has hecho desde que eras niño.

— ¡¿Qué hay de todos ustedes?! — preguntó, atónito.

— ¡Eso es algo con lo que lidiaremos con ese sinvergüenza de mi hermano! — Tasarissa gritó, enfurecida. — ¡Missar! ¡Alyssa! ¡Yo misma! Incluso si desea decapitarnos a todos, ¡lucharemos para que Casak regrese a nuestra gente! ¡No seas tonto y vete con toda prisa!

— Pero. . .

— ¡No pierdas el tiempo y vete ahora!

Dessidere asintió con aprensión y montó en su caballo bayo. Una vez sentado en la silla, le dio una última mirada a Lady Tasarissa con una pizca de tristeza y una sensación de culpa mientras rápidos recuerdos nostálgicos acudían a su mente. Le gritó al equino, tiró de las riendas para galopar rápidamente y desapareció entre los orquídeales.

— Señor Regente, los jinetes llevan mucho tiempo esperando —, informó el capitán Trasso desde su caballo.

Orssandro, montado en su fuerte potro negro, miraba con gran curiosidad a la pareja de jinetes que esperaban en medio de la pradera bajo la luna blanca, No Sak mientras No Ta desaparecía en el horizonte. Los extraños jinetes eran elfos, pero estaban solos, demasiado alejados de interactuar con la gente, pero la larga distancia y la oscuridad nocturna no impidieron que el Regente los estudiara.

Ambos montaban caballos blancos. A juzgar por su complejo uniforme dorado y su postura de autoridad, el que estaba al frente parecía ser un oficial prominente. Su compañero en la retaguardia vestía ropa más sencilla y sostenía una pequeña linterna en su mano derecha para iluminar lo suficiente su propio espacio.

Los jinetes tenían armas de otro mundo. Tenían cimitarras en lugar de espadas rectas, hechas de un metal desconocido pero no de hierro ni de giefo, no envainadas sino colocadas en sus cinturones como si fueran imanes.

El elfo de la autoridad superior tenía un asta larga y delgada que llevaba una bandera triangular de oro con bordes blancos y no tenía símbolos. Se movía junto con el ligero viento helado en armonía con la danza de las hierbas.

A petición del Regente, Trasso trajo un asta con las dos banderas de Casak—una tenía una espada sobre una diagonal negra y fondo verde, y la más pequeña tenía la orquídea de doce pétalos—que arrebató a las tropas expectantes que estaban detrás. Orssandro agarró los estandartes, esperando un diálogo más amistoso con los elfos.

Alarmado por la repentina presencia de los cuervos voladores, Trasso levantó la vista.

Dentro de las tropas, un grupo de arqueros se dispuso a disparar, pero Orssandro intervino, cabalgando apresuradamente hacia sus soldados. — ¡Detente!— — ordenó irritado, agitando inconscientemente sus banderas. — ¡Quien levante o dispare un arma sin mi orden será ejecutado por mi mano!

Los arqueros devolvieron las flechas a sus aljabas.

Cuando Orssandro se reunió con Trasso, notó el acercamiento pausado de una figura siniestra con túnicas oscuras sobre su caballo huesudo gris y se detuvo a su izquierda.

— Me alegra que te hayas unido a nosotros, Archimago Carrasso.

El mago solo mostró una sonrisa siniestra con sus labios visiblemente gruesos mientras la capucha cubría media cara.

El Regente se volvió hacia Trasso, que tenía una antorcha en la mano.

— ¿Seguimos adelante, capitán?

El oficial asintió.

Orssandro avanzó, y sus dos hombres lo siguieron a caballo, con paso firme entre las altas hierbas verdosas afectadas por el viento gélido, con la presencia persistente de la tremenda luna redonda y helada sobre ellos, y se detuvieron a unos pasos de los elfos.

El oficial élfico estudió con seriedad al Regente con las riendas en una mano y la bandera en la otra. Parecía curioso e inquieto.

— Soy Orssandro Vykar, Regente de Casak —, se presentó con dureza y luego señaló a sus compañeros. — Conmigo están el Capitán Trasso de Sarak y el Archimago Carrasso.

El elfo lo escuchó y sus ojos amarillentos los examinaron. — Soy el comandante Kartak de Kasnasga —, respondió con un acento atractivo. — Y detrás de mí, el Primer Oficial Partak me acompaña.

— ¿Cuál es su asunto en mi patria, comandante? — respondió el Regente con molestia pero manteniendo la calma. — ¡Todos ustedes desaparecen durante quinientos tiklos y de repente regresan para invadir mi dominio! ¡Ni siquiera te preocupaste por el Reino de Aranka durante sus crisis y su destrucción por parte de la Gesha!

— ¡No finjas tu aparente inocencia, Regente! — Kartak respondió rotundamente. — Nos damos cuenta de que la razón detrás de esta hostilidad es una espada.

— ¡Una espada que no conseguirás! — Orssandro gritó, furioso. — ¡Te ordeno que abandones mi tierra!

Trasso colocó la mano en la empuñadura de su espada, listo para desenvainarla, al igual que el Primer Oficial Partak con su cimitarra, pero con cuidado sostuvo la linterna que sostenía en la otra mano.

Carrasso juntó las manos, con la intención de crear cualquier magia.

Kartak no mostró ninguna impaciencia o irritación. Estaba tranquilo, pero su rostro manifestaba una frialdad sólida que podía ocultar cualquier emoción.

— Tenemos la intención de otorgar la espada a la Divina Emperatriz y, como nuestra Promesa, ella sabrá qué hacer con su sagrada sabiduría —, habló el comandante con su familiar voz armónica. — No puede estar en malas manos. De lo contrario, Sánkaris sufriría un cataclismo similar al provocado por Kasana. O incluso peor que la Gesha.

— ¡Disparates! ¡Todos son cuentos de mitos inventados para asustar a los niños!

— ¿Como los niños asustados que reclutaste y enviaste a morir? — Dijo Kartak, moviendo su ceja derecha en una especie de tic casual que tenía. — No pretendemos ocupar Casak, sino recuperar lo que no es suyo.

— Lucharemos por esa espada —, advirtió descaradamente Orssandro. — ¡Usaré todos mis recursos para expulsarte y quitarla de la Promesa!

— ¿Te atreves a derramar la sangre de tu pueblo por una espada?

— Alguien tiene que reemplazar ese vacío que dejaron los arankanos. ¡No desperdiciaré mi oportunidad de convertirme en el amo de todo Tyza! Negó con la cabeza. — Si deseas la guerra, te juro que la tendrás.

— Que así sea —, concluyó Kartak.

Sin más palabras que intercambiar, kasnasgos y casakanos galoparon en direcciones opuestas.

El viento helado sopló con más fuerza, arrasando la totalidad de la pradera como preludio a la guerra.

El archimago Missar, vestido con pieles de waki para protegerse del frío, caminó entre las lápidas mientras No Sak se desvanecía en el horizonte. Buscó tumbas específicas con la ayuda de una luz que encendió con la mano en un cementerio en las afueras de Estolk.

Carlissa siguió al mago detrás, perpleja y asustada, tropezando casi con el lugar, evitando que se cayeran los gruesos anteojos redondos que llevaba, culpándose y maldiciéndose por su torpeza.

Desde el incendio del santuario que presenció, Missar pasó de ser amigable a ser celosamente sobreprotector. Ella pensó que él sentía algo por ella, pero le preocupaba esa posibilidad. Era un amigo íntimo de su padre y ella sólo podía ver a Missar como un pariente. Molesta y preocupada, exigió una explicación directa de su comportamiento impulsivo.

Missar prometió explicarlo todo en el cementerio, lo cual era demasiado extraño.

Lo conocía desde su infancia. Ella confiaba en él.

El mago se detuvo y Carlissa hizo lo mismo. Se encontraba ante dos lápidas, pero acercó su luz a una de ellas y le pidió que leyera la inscripción.

— Sí, ese es Passar Bistror, mi padre —, asintió, desconcertada. — ¿Cómo se relaciona con la explicación que pedí?

— Ahora ésta, Carlissa —, iluminó la lápida adyacente.

— Carlissa Bistror... —, mientras leía el nombre grabado, sus ojos llorosos se abrieron y dio algunos pasos hacia atrás, transpiró en busca de aire y su rostro de ébano se puso pálido por la impresión. — ¡¿Cuál es el significado de eso?! ¡¿Por qué está mi nombre ahí?!

El Archimago Missar cerró su mano para apagar la luz y se acercó a la chica para tomarla por los hombros.

Él susurró palabras significativas en su oído, intensificando su estado de conmoción.

— ¡Esto no es posible! — Gritó de pánico. — ¡No!

18

FIESTA

A pesar del frío, se reunió una gran multitud, ajena al rencor. El claro cielo nocturno estrellado era perfecto para el evento, embellecido por la luna azul verdosa de No Nunn. Miles de lugareños y visitantes se reunieron en la Plaza del Embajador, la plaza más grande de Carretem. La Fiesta marcó el comienzo del Festival y acogió diversas exhibiciones de arte y deportes durante toda la semana.

Los monarcas pasados habían establecido el Festival de Carretem para unir a todo Bérrem en una época en la que antiguamente se separaba en nueve pequeños reinos diferentes. Sólo ocurría una vez cada tiklo.

La ansiosa población se paró frente a un gran escenario, salvaguardada por docenas de centinelas con uniformes dorados y escarlatas que sujetaban a sus respectivos perros negros atentos con cadenas y collares, constantemente vigilantes para prevenir que alguien se acercara. En medio de la multitud, cientos de guardias más buscaban con sus lanzas a cualquier ladrón o bandido para ser arrestado y encerrado en las mazmorras cercanas.

Los centinelas habían detenido a los delincuentes que habían intentado cometer delitos.

— ¡Una cerilla por un cobre! – una niña pequeña, sucia y descalza, se ofreció a vender sus cerillas en una pequeña caja de madera gastada mientras intentaba abrirse paso entre la multitud compacta. — ¡Por favor compre estas novedades y ayúdenme con un trozo de pan esta noche!

La indiferencia de la gente hacia la niña sucia fue inmensamente dura. Sin embargo, ella insistió en continuar la búsqueda de un comprador.

En la esquina noreste de la Plaza del Embajador se encontraba la posada, que tenía tres pisos. Desde la azotea, un grupo específico presenció evitando la enorme multitud. Peken conocía al propietario de la posada y obtuvo permiso para subir hasta arriba.

Además del elfo, Marissa y Juni observaban la llegada de la gente.

La única persona ausente fue Jumeni, quien se quedó en su vagón para terminar su artesanía no revelada, con Brisel y el caballo castaño de Lakia cerca, estacionado afuera del Barrio Ladder.

— ¡Estamos todos aquí, pero no sé por qué nos envió aquí! — Peken refunfuñó, cruzándose de brazos con una mirada fija al escenario. — ¡Todo lo que veo es una multitud desordenada!

— ¡Cállate, elfo! — Marissa lo regañó, molesta. — ¡Y estad alerta!

Ella sacudió la cabeza, sintiendo el frío grabado del pomo de su espada de hierro con sus delicados dedos, y tocó con empatía el hombro de Juni, sentada en el borde de la azotea.

El niño le había hablado del viaje de una semana con la emperatriz a Carretem con la ayuda de un viejo vagrante tras la confrontación contra el Korba, revelando el enfrentamiento de Peken ante el dragón negro. Ella sintió su tristeza. Sabía que Lakia y Juni habían creado un fuerte vínculo en los últimos días, especialmente desde que el niño perdió a su padre aferrándose a ella. Marissa descubrió que la extraña partida de Lakia le había dejado una preocupación que no podía describir.

— ¡Ellos están viniendo! — vociferó Juni.

Más de cien velas fueron encendidas por una docena de faroleros alrededor del escenario. Después de terminar, continuaron trabajando con las farolas que rodeaban la plaza.

Cuando el escenario estuvo completamente iluminado, un conjunto diverso de veinte músicos dio un paso al frente, mostrando una variedad de instrumentos únicos: acordeones, mandolinas, violines y platillos suspendidos.

Todos llevaban unos atractivos pantalones de cuero de color verde oscuro y se posicionaron en el lado derecho.

Los músicos le recordaron a Juni su traje con tirantes mientras actuaba como trovador y lo usó hasta hace poco. Optó por un atuendo más informal y sutil para la Fiesta.

Los sirvientes llegaron para llevar y acomodar las sillas, formando una fila de seis en el escenario, antes de irse. Los tres miembros actuales de la Reunión de los Lores aparecieron uno por uno. El corpulento Pan Din acarició a su pequeño perro color canela como de costumbre.

La multitud guardó silencio y dirigió su atención a los señores que salían.

Le siguió el escuálido Tom Lai, y el señor mayor con su bastón, Kong Rim. Lord Rim, afectado por su vejez, intentó sentarse en la primera silla a la derecha, pero Lord Lai intervino, ayudándolo y sentándolo a su lado.

Pan Din, insultado, quitó y arrojó la cuarta silla debajo del escenario, mientras sostenía a su amado perro.

Los sirvientes levantaron a Fabehel con su silla de ruedas subiendo las pequeñas escaleras y luego la empujaron al escenario donde solía estar la cuarta silla. Pan Din se aseguró de que sus sirvientes cuidaran bien su nueva silla de ruedas con ruedas de madera cubiertas por tablas de hierro y acolchadas de cuero. Él había ordenado previamente a los herreros que lo construyeran.

Para convencerla de que se casara con él, Lord Din le consiguió un costoso vestido color melocotón oscuro que dejaba al descubierto sus hombros. Él se sentó a su lado.

La visión de una chica arankana sentada en una silla peculiar, con extremidades como pies, dejó a muchos perplejos.

La presencia de Corr tomó por sorpresa a la multitud. La ceremonia de apertura contó con un fennisto por primera vez, junto a los más altos señores de Bérrem.

Cuando Alessandro tomó asiento junto a Corr, vestido con su habitual ropa oscura y blandiendo una espada nueva envainada de Lord Lai, la gente no pudo evitar murmurar con sospecha. No todos aprobaron la repentina inclusión de un felino y un casakano.

— ¡Él está aquí! — Gritó Marissa, emocionada, haciendo que Juni volviera la cabeza y notara sus ojos marrones húmedos y con una gran sonrisa. — ¡Mi prometido está aquí!

Ella deseaba abandonar la azotea de la posada para reunirse con él, pero Peken la detuvo.

— Entiendo tus sentimientos, Ser Marissa —, murmuró el elfo con una extraña calidez. — Pero como mencionaste, estaremos atentos a lo que sea primero. El mandato de la Promesa es lo primero.

Ella asintió, mirando sus ojos amarillentos. — Tiene razón esta vez, señor. Esperaré y vigilaré —. Su rostro sonriente se volvió triste pero esperanzado cuando sus dos compañeros regresaron para observar el desarrollo en el escenario.

Un intenso sonido de platillos anunció el discurso inicial de Lord Pan Din mientras caminaba hacia el frente, con centinelas asegurando que la multitud se mantuviera a una distancia considerable de él. Miró a la gente con una actitud esnob. — ¡Damas y caballeros! ¡Bienvenidos al Festival de Carretem! — Los pequeños ojos del señor notaron una multitud inquieta, sus rostros mostraban más preguntas que emoción. — ¡La inauguración de esta noche es bastante excepcional!

Una breve música fuerte comenzó cuando el señor extendió su mano para saludar. Los músicos guardaron silencio para permitirle hablar.

— ¡Mientras nos preparamos para grandes tiempos por venir! ¡Este festival dará mucho de qué hablar!

Lord Pan Din observó el tenso silencio de la multitud, que aún cuestionaba la presencia de los extranjeros en la inauguración del Festival. La tradición dictaba que sólo los berremetes distinguidos podían estar en el escenario entre la Reunión de los Lores.

Para la multitud, los forasteros en el escenario tenían uno de dos significados: invasores o portadores de las principales noticias. Sin embargo, esperaban a alguien más que ellos.

— ¡Tráenos a la Promesa! — Gritó un hombre del público.

— ¡Queremos que la Promesa hable! — Vociferó una mujer.

Asustado, Pan Din dio algunos pasos hacia atrás mientras su nervioso perro color canela ladraba.

— ¡No queremos malditos forasteros sino la Promesa! — Dijo otro hombre.

La multitud exigió su presencia, una petición que nadie en el escenario pudo satisfacer con sus peticiones. Un fuerte clamor general comenzó entre los miles de personas en la plaza.

Los centinelas tuvieron que hacer retroceder a sus perros guardianes mientras estos gruñían a la gente.

— ¿Debo intervenir? — Alessandro le susurró a Corr.

— No, amo —, sugirió el felino. — Incluso si se trata de la Promesa, tu sobrina, creo que es un asunto que sólo los señores deben resolver.

Fabehel se agarró a los brazos de su silla de ruedas, aterrorizada. La gente la hacía sentir no sólo incómoda sino también abrumada. Entre la multitud había algunos arankanos, y ella los reconoció como colonos de la nueva colonia de la isla Garterrem.

— No esperaba esa petición —, expresó Peken desde la azotea de la posada a sus dos compañeros.

— ¿Es esa la razón por la que Lakia nos pidió que estemos en vigilia? — respondió Marisa.

— No estoy seguro.

La multitud revoltosa arrojó botellas y piedras contra el escenario, golpeando a algunos centinelas y sus perros, exigiendo la presencia de la Promesa. Lord Pan Din dio un paso atrás, paralizado e incapaz de hacer nada. Su pequeño perro color canela que tenía en la mano no dejaba de ladrar, asustado.

— ¡Suficiente!

Gritó el mayor Kong Rim, golpeando el suelo con su bastón, poniéndose de pie. Su grito había provocado una reverberación desconcertante que resonó por toda la plaza, alcanzando su propósito de silenciar y apaciguar a la multitud. Incluso los feroces perros negros se portaban bien.

Alessandro observó al hombre mayor de manos temblorosas recordando el pasado con el Archimago Yasstro mientras hacía algo similar. Se preguntó si el señor era una especie de mago o hechicero porque su acción abrupta era definitivamente una habilidad mágica. Pero sabía que no sería extraño que el señor no practicara más sus habilidades, ya que los poderes de los viejos magos generalmente desaparecían.

Esto impresionó a Fabehel. A pesar de su estrecha relación con Yasstro y de haber sido criada con la hechicera Dalehel, sus ojos habían sido testigos de algunos hechos místicos.

— ¡No nos demoremos más y comencemos!— el mayor levantó la voz en un tono normal. — ¡Comida y música, por favor!

Asombrado y vacilante, Pan Din regresó a su asiento.

Lord Lai ayudó a Lord Rim nuevamente a regresar a su silla.

Cientos de jóvenes aparecieron con tablas de madera y caballetes para montar una impresionante y colosal mesa alrededor de la plaza. De igual forma, los mayordomos colocaron una mesa en el escenario para los señores y los tres invitados.

A continuación, muchos grupos de sirvientes y cocineros de todas las posadas de Carretem trajeron comida exquisita a la mesa de la plaza, y al instante la multitud formó en distintas filas para distribuir su comida bajo la vigilancia de los centinelas. Distribuyeron las raciones en placas metálicas asequibles que debían ser devueltas, aunque muchas fueron robadas.

Los jóvenes colocaron carros tirados por caballos que contenían muchos barriles en el centro de la plaza. Los abrieron y sirvieron vino en tazas para la gente emocionada y aprensiva. Algunos no querían comer, sólo beber, y muchos se emborrachaban fácilmente.

La multitud aprovechó una fiesta pagada por la Reunión de los Lores. Los más desafortunados, como mendigos o personas sin hogar, también estaban presentes para comer algo de comida, pero guardaban parte de su ración para saciar su hambre constante en los días siguientes.

A medida que la distribución de alimentos y bebidas comenzó de manera ordenada y lenta, la multitud se desarrolló hasta volverse tumultuosa mientras muchos bailaban al son de la música, los borrachos comenzaron a cometer sus malas conductas y muchos abusaban de la comida obteniendo más de una ración alejando a los menos afortunados que no podían conseguir nada.

A nadie, ni los señores ni los centinelas, les importaba su conducta desordenada mientras no se vieran afectados.

— No me gusta cómo los señores tratan a la gente —, le susurró Alessandro a Corr y sacudió la cabeza con desaprobación. — ¡Es como tirar huesos a los perros!

— ¿Comprendes mi disgusto por los Berremens? — Corr respondió con discreción. — He aprendido a despreciarlos durante mi esclavitud.

A pesar de la música alta, los ojos color avellana de Fabehel se abrieron cuando escuchó fragmentos de su conversación. Ella asintió en silencio de acuerdo con la afirmación del felino.

Alessandro notó a los tres señores sumergidos en una inútil discusión sobre la duración de los distintos placeres que tenían. — Sin embargo, estás aquí entre los berremetes, Corr.

— No estoy aquí por ellos, amo —, respondió con su voz profunda. — ¿No recuerdas que vine contigo por tu hermano Cassandro y para buscar a su hija, la Promesa?

Los sirvientes intervinieron y sirvieron manjares extravagantes, versiones caras de la comida común. Lechón asado, un montón de pollitos preparados con hierbas aromáticas, un cabrito desollado y cocido al vapor, todos los platos acompañados de verduras, maíz, arroz, fruta fresca y patatas. Vertieron el vino en copas metálicas. Los señores comieron ruidosamente y bebieron con profusión, en particular Lord Din.

Fabehel vio los modales incultos de los señores y no tenía más apetito que un par de uvas para humedecer su boca seca.

— ¡Todos están comiendo o bebiendo, pero todavía tenemos que vigilar! — Peken se quejó desde la azotea.

Molesto, Juni tomó una pequeña bolsa de su bolso y se la arrojó al sorprendido elfo.

— ¡Come bayas y cállate!

Marissa miró a Peken con desaprobación.

Corr se negó a comer nada de los señores como señal de su desacuerdo con ellos, aunque no mostró su inconformidad, y nadie lo sabía excepto sus dos compañeros más cercanos.

Alessandro comió sólo unos trozos de pollo y bebió unos sorbos de vino. Golpeó la mesa con los dedos al ritmo de la música, disfrutando la mayor parte. Pero cuando miró a la multitud que bailaba, volvió sus ojos oscuros hacia Fabehel y notó su incomodidad.

Intentaba en vano ignorar los constantes parloteos de los señores. Pan Din estaba a su lado.

Mientras la observaba, Alessandro supo que debía dejar que Fabehel decidiera sola sobre el matrimonio con Lord Din. Sin embargo, algo en su interior le decía que no renunciara a sus sentimientos y quería estar más cerca de ella. Miró a la multitud que bailaba e ideó un plan.

Alessandro se puso de pie y dio pasos detrás de Corr, importunándolo, y se detuvo detrás de la silla de ruedas de Fabehel. A paso lento, su boca se acercó a su oído derecho y susurró, inquietándola.

— ¿Bailamos?

Fabehel abrió mucho los ojos, los puso en blanco y sacudió la cabeza con incredulidad, incapaz de reaccionar. Su corazón empezó a latir con fuerza y le costaba respirar.

— ¡¿Se está burlando de mí, amo?! – protestó ella, resoplando. — ¡¿Estás malditamente ciego para ver que no puedo bailar?!

Pero a él no le importaron sus duras palabras. Alessandro se echó hacia atrás y giró la silla de ruedas para quedar frente a ella.

Ella sintió una fuerte conexión mirándolo a los ojos. Sólo mirándolo comprendía la honestidad de su corazón como un joven que se había enamorado. Él era solo un joven cautivado por ella.

Así que él también la cautivó.

En lo profundo de su corazón, sabía que deseaba estar con él y, a pesar de la protesta, realmente quería bailar.

— ¿Bailamos? — suplicó de nuevo, ofreciéndole la mano. — ¿Puedo tener tu confianza?

Ella asintió, permitiéndole.

Alessandro tomó la silla de ruedas y pidió a los sirvientes que la ayudaran a bajar. Con precaución, la bajaron por las escaleras y, una vez en el suelo, la movió.

Los asombrados señores interrumpieron su galimatías al ver a la joven pareja descendiendo hacia la plaza junto con los sirvientes. Lord Pan Din quedó atónito cuando su prometida aceptó abiertamente bailar a pesar de sus limitaciones.

Fabehel y Alessandro encontraron un espacio entre los centinelas y el escenario, escuchando música suave. Nunca dejaron de mirarse a los ojos.

— Yo te guiaré —, afirmó Alessandro con confianza. — Por favor, toma mis manos.

— Sí —, asintió ella, hipnotizada por él.

Con la música como guía, la movió suavemente de un lado a otro, junto con la silla de ruedas. Tenía una indescriptible sensación de seguridad mientras miraba sus ojos oscuros, sin querer que el momento terminara.

Alessandro se aseguró de que ella se sintiera cómoda con la forma en que bailaba con ella.

A Fabehel no le importaba que los demás la miraran. Su felicidad surgió porque pudo bailar por primera vez, gracias al hombre que realmente amaba, sin importar el poco tiempo que lo conocía.

Ella no era una persona sencilla de sonreír, pero la ocasión la convirtió en una excepción.

No podía dejar de darse cuenta de su belleza y notó como ella finalmente le entregaba su corazón.

Alessandro detuvo la silla de ruedas con ambas manos y se inclinó para acercar su rostro al de ella. Su mirada estaba intacta.

Ella no dejó de sonreír al sentir un intenso impulso. Con una ligera inclinación, ella avanzó y sus labios rojos se acercaron para sellar los de él.

Al final, con los ojos cerrados, Fabehel y Alessandro saborearon el amor a través de un largo beso que ambos anhelaban.

Pan Din se puso de pie y observó a la joven pareja besarse asombrado, pero Lord Kong Rim llamó su atención golpeando su pie con el bastón.

— Tenías curiosidad por saber por qué Lady Fabehel nunca respondió a tu propuesta de matrimonio —, sonrió el mayor. — ¡Ahí está tu respuesta!—

En la azotea de la posada, Marissa, desconsolada, vio cómo su prometido besaba a otra chica. Sus lágrimas trazaron líneas de desesperación en sus mejillas, en un silencio cargado de desesperanza.

Peken se dio cuenta de su decepción pero no intervino en su desgracia. Su principal preocupación eran las repentinas palpitaciones que le hacían tocarse el pecho, lo que le hacía dudar si se trataba de una premonición inquietante.

— ¡Una cerilla por un cobre! — la pequeña niña descalza seguía intentando vender sus cerillas que nadie compraba. — ¡Por favor compre estas novedades!

Rodeada por una multitud desordenada, la niña se aventuró a través del caos, soportando bailes constantes y mala conducta de borrachos. A menudo tenía que empujar a la gente para abrirse camino a través de los espacios reducidos, pero lo único que quería era llegar al centro de la plaza.

Abrumada por la desesperación, la niña renunció a las cerillas y dejó su caja gastada en el frío suelo de piedra, sometiéndola a patadas burlonas por parte de la gente. Las cerillas se esparcieron por el suelo y se volvieron inútiles cuando innumerables pies las pisaron.

A pesar de la multitud, le costaba caminar, pero seguía decidida a llegar a los barriles de vino en carros separados. Ella se apresuró inquieta.

Una mujer borracha que intentaba bailar empujó a la niña contra el suelo.

Su pequeña boca sangraba profusamente y caían continuas gotas, creando un charco rojo en el suelo.

La niña no lloró ni se quejó. A pesar de la brutal herida, se comportó como una muñeca inmutable.

Un hombre con olor a alcohol se acercó y señaló a la niña tumbada con fuertes carcajadas.

Ella lo miró con una actitud temible, haciendo que el hombre resbalara y cayera.

La apariencia de la niña se volvió más oscura a medida que le quedaba pequeña la ropa y ésta se rasgaba. Sus ojos se volvieron rojos y más grandes, su piel se transformó en repugnantes escamas negras, dejando al descubierto repulsivas manchas peludas. Sus manos se convirtieron en garras amenazadoras. Un hocico escalofriante con dientes afilados emergió de su rostro y cuernos cortos emanaron de su cabeza.

Mientras experimentaba una transformación, se convirtió en una dragona negra sin alas y no perdió el tiempo en agarrar al borracho burlón y arrojarlo al otro lado de la plaza.

En un estado de pánico y confusión, la multitud se dispersó en todas direcciones, tratando desesperadamente de encontrar refugio, pero la criatura demoníaca persistió en capturar y arrojar a los individuos a su inevitable muerte. La dragona dejó escapar un rugido despiadado mientras mataba a muchos con su cola.

La gente aterrorizada tiró a Fabehel y su silla de ruedas al suelo, cortando el momento íntimo mientras invadían el territorio de los centinelas, y ella luchaba por liberarse con horror. Recibió rasguños en el hombro y el brazo derechos.

Alessandro, también derribado, se recuperó. Indeciso, desenvainó su espada, dividido entre luchar contra la dragona o ayudar a su compañera caída en medio del caos.

— ¡No te preocupes por mí! — Gritó Fabehel, saliendo de la silla de ruedas. — ¡Salva a la gente de ese monstruo!

Los músicos salieron corriendo del escenario, aterrorizados. Los únicos sonidos en la plaza eran el rugido de una criatura furiosa y gritos histéricos.

Los tres señores se pusieron de pie, petrificados.

Lord Kong intentó conjurar una acción mágica específica. Su debilidad le impidió hacerlo ya que la reciente reverberación mística agotó su energía.

Los centinelas intentaron en vano luchar contra la dragona. Algunos perecieron en combate, otros huyeron atemorizados.

La cola despiadada aplastó a los feroces perros negros.

Alessandro no sabía cómo matar al monstruo mientras corría hacia ella, mientras la criatura todavía lanzaba violentamente a la gente de un lado a otro. La Academia le enseñó a luchar con espada para enemigos militares, pero no para un monstruo mítico que se creía inexistente. Por suerte para él, la dragona estaba mirando hacia el otro lado y no lo notó.

Estaba vacilante y paralizado. Su mente se quedó en blanco.

— ¡Perfora debajo del cuello largo! — gritó una voz masculina.

Alessandro se giró y descubrió a Peken a su derecha con una espada desenvainada.

Marissa estaba junto al elfo, lanzando una mirada resentida a Alessandro antes de desviar su mirada hacia la criatura que sostenía su espada de hierro. Su prometido era menos importante que la criatura en ese momento.

Para su sorpresa, encontró a su prometida en Bérrem.

— ¿Algo más, elfo? — Preguntó Alessandro, concentrado en su blanco.

— Nos moveremos a toda prisa para distraerla y matarla —, respondió Peken, haciéndole una señal a Marissa. — Este Korba es más pequeño que el que conocí la semana pasada.

— Pero sigue siendo enorme —, respondió.

— He visto otros más grandes—, asintió el elfo y señaló. — Por favor, distráiganla ambos y yo intentaré apuñalar el corazón con mi espada.

Alessandro y Marissa asintieron y ambos comenzaron una maniobra familiar que habían aprendido en la Academia con sus compañeros. Hizo señas con la mano para sugerir una estrategia. El aceptó.

Para entonces, la mayor parte de la multitud había abandonado la plaza y la dragona buscó más para llevarse. Las decenas de cadáveres bajo sus pies todavía no eran suficientes para ella. Pero la criatura se distrajo fácilmente con dos jóvenes armados que corrían evitando que ella pudiera agarrarlos.

Marissa gritó y se movió rápidamente, llamando la atención de la dragona, pero cuando la criatura amenazó con un acercamiento amenazador, Alessandro gritó para atraerla, haciendo los mismos movimientos.

Ambos luchadores, con constantes movimientos alrededor, la hacían sentirse confundida e indecisa sobre su próximo ataque.

En un momento de quietud, Peken corrió rápido con un grito y saltó a gran altura, algo natural para un elfo, y atravesó la espada en el pecho de la dragona con la fuerza de ambas manos.

La criatura gritó de dolor y cayó al suelo, produciendo una ola resonante por toda la plaza ante la mirada vencedora de Peken. La dragona fue vencida y asesinada.

Aturdido, Alessandro se acercó al elfo y observó el cadáver del monstruo antes de devolver su espada a la funda.

— Los Korbas son cambiaformas —, respondió Peken con seriedad, retirando su espada de la dragona muerta y limpiando la sangre con su pañuelo. — Nunca se sabe cuando uno de ellos está entre nosotros, que es lo peor.

Marissa se unió a ellos, asombrada.

— Me alegro de que estés bien y en Bérrem —, le dijo Alessandro. — Yo . . .

— ¡Ahorra tus palabras!— Ella lo interrumpió indignada. — ¡No trato con engañadores!

Enfundó su espada de hierro y se dirigió de regreso a la posada, pasando por encima de los cuerpos.

Peken asintió en agradecimiento y salió para seguirla.

Alessandro comprendió su decepción y se dio cuenta de que Marissa vio el beso en el baile. No se arrepintió de sus acciones, pero se compadeció de ella. Lo recordó y, con preocupación, giró la cabeza para presenciar cómo Corr ayudaba a Fabehel a volver a su silla de ruedas.

Fabehel asintió y miró a Alessandro para hacerle saber que estaba ilesa pero con pequeños rasguños.

Respiró aliviado.

Pan Din notó con seriedad la comunicación invisible en la nueva pareja. Llenos de preocupación y conmoción, los dos señores se acercaron a él, dejándolo incapaz de reaccionar, y comenzaron a discutir si continuar con el Festival.

Decenas de cadáveres, incluida la dragona, yacían en la mayor parte de la Plaza del Embajador.

El trágico acontecimiento pasó a ser conocido como la siniestra *Fiesta de la Dragonesa*.

19
JUSTA

Marissa recordó las anticipaciones de Lakia mirándose a través de un espejo de cuerpo entero que previamente le había pedido a Juni, colocado en un rincón dentro de su tienda, para estudiar su rostro naturalmente brillante con labios gruesos, asegurándose de que estuviera impecable y hermosa. Toleró cualquier sacrificio que había enfrentado en las últimas semanas, pero todavía tenía un poco de vanidad heredada de su madre como la chica de clase alta que solía ser. No perdonaría la falta de un espejo antes de su primera y gran actuación como caballera en un torneo de justas oficial.

Marissa se recogió el pelo negro y rizado para no tener dificultades para colocarse el yelmo en la cabeza y recordó las peticiones de Lakia de velar durante la fiesta y participar en las justas.

Lakia predijo la trágica noche y le pidió a Marissa que fuera parte de la justa porque, como ella señaló, era crucial para el Jyistereerk, aunque se desconocían las razones.

La emperatriz sabía que se llevaría a cabo un torneo de justas a pesar del terrible acontecimiento.

La *Fiesta de la Dragonesa* provocaría la cancelación de todo el Festival. Pero los señores, inseguros del destino de la celebración, convocaron a Bin Kam, Señor del Lago y Presidente de la Reunión, para resolver el problema.

Lord Kam insistió en seguir adelante con el Festival, a pesar de los días de luto de la población en general. Citó acontecimientos históricos de hace cientos de tiklos, cuando incluso se produjeron masacres despiadadas a manos de monarcas brutales, pero el Festival continuó en un momento en que las mujeres lloraban a sus maridos. — ¡Un Korba no nos quitará nuestro festival! — Lord Kam exclamó ante la Reunión mientras ordenaba a los funcionarios del festival que continuaran. — Debemos llorar a los asesinados, sí. ¡Pero mantendremos a Bérrem unido!

Sus palabras fueron definitivas. Por ley, nadie podía impugnar el mandato de un Presidente.

Marissa, tres días después, se encontró frente a un espejo, ajustándose la protección enrejada sobre su hombro sobre una armadura de placas oxidada que le había prestado

Kekten, y asintió. En la Academia también se especializó en artes marciales ecuestres. Celebró falsos torneos de justas con sus compañeros de clase y usó un estafermo para practicar con el caballo castaño de Lakia.

Peken consideró que la fuerte constitución corporal del caballo lo hacía apto para las justas, y la propia Marissa lo llamó Twist.

Marissa tomó su amada espada de hierro que previamente había sido limpiada con aceite de pescado y la mantuvo lo más afilada posible con una pequeña piedra de afilar que siempre llevaba. Marissa estudió el reluciente pomo con el emblema de la Academia grabado, palpándolo con la punta de sus delicados dedos. Le vinieron recuerdos de su época de estudiante, pero la mayoría estaban llenos de cercanía a Alessandro. Recordar los momentos más felices con él la hizo llorar en privado mientras su corazón se hundía por un momento.

No esperaba encontrarlo en semejante unión con otra chica.

— ¿Estás lista, ser? — Preguntó Juni, siguiendo su aparición en la tienda.

— Sí —, se giró, sorprendida, secándose las lágrimas y colocando la espada en su vaina. — ¿Está preparado Twist?

— Mi hermana Jumeni tiene algo que obsequiarte —, aseveró el niño y corrió la cortina de la entrada.

La chica silenciosa entró con un trozo cubierto por un trapo andrajoso y miró fijamente a la caballera con sus pequeños ojos. Sus ojos revelaron un deseo de comunicarle algo a ella, aunque permaneció en silencio.

— ¿Es esto. . .? — Marissa señaló el objeto, nerviosa.

Jumeni asintió sin hacer ningún gesto.

Marissa tiró de la tela y descubrió un hermoso y pequeño escudo rectangular curvo. Tallada y gran detalle en la pintura. Mostraba la estrella Akareen de ocho puntas en oro sobre un fondo negro. En el centro de la estrella, dos letras grabadas. — No sé el significado de la N, pero sí el de la J —, dijo asombrada. — ¡Significa Jyistereerk!

Juni revisó la parte trasera del escudo y se sacudió con desaprobación.

— No puedes usarlo, ser. Este es un escudo de madera de pino y debes usar uno de madera de abedul.

— ¡No me importa! — ella estalló con confianza. — ¡Si Lakia dijo que tiene su bendición, la usaré!

— Pero. . . — tartamudeó.

— ¿No lo entiendes, muchacho? — Ella abrió mucho sus ojos marrones. — ¡Llevaré el emblema de esta emperatriz con orgullo!

Marissa se puso sus guanteletes de malla, los ató por las muñecas, se acercó a Jumeni y tomó el escudo. Ella asintió en señal de agradecimiento y salió de la tienda.

Juni miró fijamente a su inmóvil hermana, incapaz de entender cómo podía hacer un escudo tan detallado con iniciales grabadas. Aunque era experta en carpintería, su condición sólo le permitía hacer algunas cosas. Su incapacidad para hablar era una de ellas, y tampoco sabía leer ni escribir.

Misteriosamente, Jumeni había grabado dos iniciales en letras místicas que sólo se ven en Salter.

Juni estaba seguro de que Lakia influyó en su hermana.

Aunque Alessandro ya había presenciado seis combates anteriores, no le gustaban y ahora iba a presenciar el séptimo. Además de la pelea, la angustiosa presencia de cualquier Korba entre los hacinados individuos en el lugar también causó su tensión mental, mientras soportaba el calor abrasador del sol. Peken le reveló una valiosa lección sobre los peligros de tener cambiaformas entre la multitud durante el terrible encuentro con la dragona en la Plaza del Embajador.

En lugar de concentrarse en las justas, miraba constantemente a su alrededor, nunca completamente concentrado, y su mano siempre descansaba en la empuñadura de su espada, lo que molestaba a Corr, sentado a su lado. Un duro grupo de doce centinelas los vigilaba a en el segundo nivel, detrás del Palco Real.

— Me molesta su inquietud, amo —, declaró con exasperación el felino.

— No puedo evitar la angustia por otro monstruo cerca de nosotros, Corr —, susurró, todavía buscando actividad sospechosa.

Los heraldos de la arena resonaron con sus largas trompetas, anunciando el inicio del próximo enfrentamiento.

Alessandro descubrió a dos caballeras en el campo galopando hacia los extremos opuestos de la línea de madera.

Sobre un caballo gris, una muchacha delgada se preparaba, aceptando su escudo con la cresta de Las Orillas de manos de un escudero.

Una joven robusta montó un fuerte semental blanco desde el otro lado, dejando que su escudero instalara al coronel en la punta de la lanza.

Por un momento, Alessandro se distrajo de su ansiedad y escuchó una conversación espontánea de Lord Pan Din, justo en frente, en una elegante silla, con Fabehel.

Desde la antigüedad, la Asamblea ha ocupado el lugar de los monarcas Bérrem en el Palco Real.

— Las mujeres de Las Riberas son altas y robustas —, dijo Pan Din a la izquierda mientras acariciaba a su pequeño perro en el regazo. — Creo que es fácil predecir quién será el vencedor.

— ¿Quieres hacer una apuesta?— Lord Kam, un hombre corpulento y barbudo, aconsejó con una sonrisa de dientes amarillos. — ¡Diez oros para huesuda!

En silencio y con cautela, Fabehel miró tensamente a Alessandro desde su silla de ruedas, aprovechándose de los distraídos señores en su deliberación sobre sus apuestas.

Para los señores, especialmente Pan Din, el baile y su beso con Alessandro fueron momentos de rebelión. Y pensaron que la incapacidad de Fabehel para decidir casarse con Lord Din también era un percance juvenil.

Desafortunadamente, los señores tenían sus maneras de pensar y minimizar a personas mucho más jóvenes que ellos. Alessandro hizo un llamamiento a los señores para que cancelaran el Festival. Advirtió sobre más Korbas. Los señores lo escucharon pero esperaron la elección de Bin

Kam. Sin embargo, el presidente lo menospreció y pronunció un largo discurso inútil sobre las tradiciones de Bérrem. Incluso contento de conocer a Alessandro como el tío de la Promesa, Lord Kam lo consideraba un joven inexperto y tonto con mucho que aprender.

Sólo el hombre liberado de Lakia, Lord Tom Lai, mostró el debido respeto.

Si la larga declaración de Kam fue insuficiente, ordenó a cientos de centinelas que llamaran a todas las puertas en Carretem y las afueras para obligar a la gente a hacer su presencia en el torneo de justas condicionada a severos castigos injustos.

La gente aterrorizada aplaudió y fingió disfrutar de las peleas porque los centinelas de alrededor los imponían.

El Caballero Mariscal se enfrentó a los señores y abrió un papiro para leer los nombres de los combatientes. Una vez hecho, se fue. Los sargentos apostados en distintos puntos del campo estaban listos para presenciar el desenlace del combate y se preparaban con sus banderas triangulares blancas.

Las caballeras llevaban pequeños escudos con cresta y largas lanzas de madera equipadas con coroneles apuntando al lado y por encima de la línea, mostrando su preparación. Sus caballos relincharon como si imaginaran que pronto ocurriría un choque. La mujer fuerte asintió y se cubrió la cara con la visera del yelmo. La chica escuálida indicó que estaba preparada con una señal.

Los sargentos arriaron sus banderas.

Los caballeros a caballo se pusieron en marcha con inmensa prisa.

La robusta mujer no tuvo dificultades para apuntar con su lanza a su oponente. Aún así, en cambio, la chica flaca luchaba por portar su arma, temblando hacia su adversario.

No se produjo ningún enfrentamiento. Como predijo Lord Din, la corpulenta mujer había ganado sin piedad colocando la punta directamente contra el cuello de su rival, arrojando a la chica del caballo boca abajo, golpeándole la cabeza contra el suelo y dejándola inconsciente. Ninguna de las lanzas golpeó ningún escudo. La culminación fue precisamente desagradable y rápida.

Los asistentes al recinto no tuvieron más remedio que aplaudir al ganador. Los centinelas los coaccionaron.

En un repentino estallido de emoción, Lord Din asustó a Fabehel tocándole la mano. Se volvió hacia Alessandro con una mirada que le suplicaba que se la llevara.

Alessandro se agarró de los sillones ante la actitud del señor, deseando ayudarla, y en un instante, no le importó verse constreñido bajo la fuerte vigilancia de los guardias. Quería levantarse y confrontar al señor. Pero Corr, guiado por sus sólidos instintos felinos, lo detuvo y sacudió la cabeza.

En ese instante, Alessandro fue testigo del fennisto y se dio cuenta de que su propósito iba más allá de entregar un mensaje sobre la existencia de la Promesa: también había llegado a cuidar del hermano menor de Cassandro. Corr lo trataba más como a un hermano mayor que como a un nuevo amigo.

Muchos corredores se acercaron a la caballero caída para ayudarla a levantarse y salir del campo, confundida y golpeada, tocándose el cuello con claro dolor y tosiendo para recuperar el aliento. Otros corredores limpiaron el terreno para el siguiente enfrentamiento.

Los heraldos hicieron sonar las trompetas, anunciando una vez más el octavo combate.

El Caballero Mariscal se acercó de nuevo a los señores y al público con el papiro abierto y lo leyó en voz alta. — ¡Señores de la Reunión! ¡Damas y caballeros! ¡Tenemos una rareza en esta justa con dos forasteras! Hizo una pausa mientras su rostro mostraba incredulidad. — ¡A mi izquierda, tenemos a Ser Marissa Taskar, Caballera de la Emperatriz!

Atónitos, los señores, junto con Alessandro y Corr, se levantaron de sus asientos. Fabehel estaba igualmente asombrada. Todos, nobles y plebeyos, se miraron a sí mismos. Todos se preguntaban por qué la próxima caballero representaba a una emperatriz.

— ¡¿Está luchando en nombre de la Promesa?! — un agitado Lord Rim le susurró a Lord Lai.

— ¡Tengo esperanzas de reencontrarme con ella! — respondió con una sonrisa, temblando de emoción.

Los ojos de Tom Lai buscaron la Promesa en todas direcciones con aprensión.

— ¿Está enojada? — exclamó Alessandro a Corr, lívido. — ¡Ella no me dijo que estaba con la Promesa!

— ¡Cálmate, amo! Esperemos a ver qué acontecimientos nos esperan —, sugirió el felino colocando su mano en su hombro.

Todos querían ansiosamente conocer al caballero que aún no había aparecido, pensando que no se había presentado.

Su entrada provocó suspiros y exclamaciones de todos.

Ser Marissa trotaba el Twist castaño. Un chafón protector cubría al caballo en su rostro y un caparazón blanco usado en su cuerpo que Peken podía conseguirles prestado. Su escudo de madera de pino, adornado con la estrella Akareen, el símbolo del Jyistereerk, brillaba con esplendor, y ella lo sostenía con orgullo, sonriendo a pesar de la armadura oxidada que daba mucho de qué discutir al público.

Algunos se atrevieron a decir, erróneamente, que la caballera era una hechicera o una encantadora.

Juni tenía su casco abollado bajo el brazo y Peken llevaba la lanza apoyada en su hombro. La siguieron detrás.

— ¡¿Cómo puede luchar por la emperatriz mostrándose mal?! — Se quejó Lord Bin Kam.

— ¡Y a mi derecha! — continuó el Caballero Mariscal. — ¡Keleana de Estherleon, servidora de Aranka!

Los espectadores no esperaron mucho para ver a una fuerte mujer de cabello negro sobre su caballo palomino cubierta con un nuevo caparazón dorado. Su armadura, aunque vieja, estaba bien conservada. Tenía su escudo con el blasón del destruido Reino de Aranka, el castillo dorado de las tres torres.

La gente murmuró, preguntando cómo una mujer berremarka sostenía un escudo que representaba un reino inexistente. Pero muchos la reconocieron porque ella, como muchos otros que la acompañaron, era una conocida vagrante que viajaba para hacer buenas obras en diferentes ámbitos.

Marissa la reconoció como un rostro familiar al otro lado. Ella fue quien le salvó la vida de una feroz mantis roja. Ella sonrió y asintió para saludarla, aliviada.

Pero Keleana no respondió. Mostraba una apariencia fría y sus ojos estaban resentidos.

Kekten era su escudero y la acompañaba portando la lanza. Cuando descubrió a Juni junto al caballo de Marissa, se sintió extrañamente decepcionado y arrepentido por haberle prestado la armadura que llevaba Marissa.

— ¡Diré algo delante de todos los presentes! — Keleana señaló a su adversario y gritó con voz firme y fuerte: — ¡El Regente envió a la casakana delante de mí para asesinar a la Promesa!

Los espectadores expresaron sorpresa y desaprobación, y algunos arrojaron piedras y piedras a Marissa, lo que asustó a Twist. A pesar de ello, tanto ella como el caballo salieron ilesos. El caballero tuvo que controlar al equino para mantenerlo quieto.

Alessandro quiso intervenir para defenderla, pero una vez más Corr lo detuvo. Fabehel descubrió discretamente su intención y su corazón volvió a latir con fuerza.

— ¡Sí! ¡Mi tío me ha enviado a asesinar la Promesa! – Marissa respondió con tristeza. — ¿Qué ganas con esa acusación?

— ¡No busco ganancias personales sino vengarme en nombre de la nieta del rey Vihen, la emperatriz que dices representar! — Keleana respondió con tremenda desconfianza. — ¿Dónde está la Promesa de que no la he visto por ningún lado?

— Ella no está aquí —, respondió Marissa temblando. — Por eso lucho en su nombre.

— ¿O es que ya la has asesinado?— asumió con un gesto. — ¿En qué río abandonaste su cuerpo?

Con algunas lágrimas de rabia apretando sus dientes, Marissa pidió el yelmo para cubrir su cabeza, luego pidió la lanza. Una vez que tuvo todo, se preparó para el combate.

Tanto Peken como Juni no ocultaron su preocupación por sus acusaciones. El elfo quería defenderla, pero algo en su interior lo detuvo por una razón que sólo él conocía.

Keleana también se preparó, bajó la visera del yelmo para cubrirse la cara y agarró su lanza para apuntar con determinación a su oponente desde su lugar exacto.

En un impulso inconsciente, Pan Din quiso convocar a los centinelas para detener el combate y arrestar a Marissa, creyendo en las palabras de la vagrante, pero Lord Kam le ordenó que se callara y no tomara ninguna medida.

— Que comience el combate. Una vez hecho esto, tomaremos medidas —, le susurró Bin Kam a Pan Din.

Fabehel volvió la cara para ver a Alessandro. Ella lo notó con una mirada fija en Marissa, y su expresión mostraba tensión y miedo mientras Corr lo sostenía por el hombro. De repente se sintió impotente, atada a su silla de ruedas, deseando irse. Era uno de esos momentos de desesperación en los que quería hacer algo pero no podía debido a su condición y deseaba correr y escapar, lejos de Bérrem y de todos los que intentaban involucrarla emocionalmente.

No deseaba casarse con un señor horrible y amar a un hombre confundido. Se arrepintió de sus elecciones.

El Caballero Mariscal asintió. Los sargentos ocuparon sus lugares, preparados para el enfrentamiento.

Silencio.

Suspenso.

Tensión.

De la nada, aparecieron repentinas y continuas ráfagas de viento seco que levantaron la mayor parte del polvo del suelo, sorprendiendo a todos en el lugar, y las banderas con escudos instaladas en los postes circundantes ondearon violentamente. Los espectadores tuvieron que limpiarse los ojos, afectados por la suciedad.

Tanto los caballeros como los sargentos tuvieron que esperar hasta que la velocidad del viento disminuyera y las nubes de polvo se disiparan. No pudieron iniciar el combate hasta que la vista estuviera despejada.

Peken y Juni, desde lejos, se miraron a sí mismos. Conocían el significado de las ráfagas con nerviosismo.

Aunque su visor cubría la mitad de la cara, los labios de Marissa dibujaron una pequeña sonrisa, entendiendo y sintiendo el abrupto fenómeno.

Como era de esperar, el polvo descendió y el Caballero Mariscal aprobó el combate.

Las banderas del sargento arriaron y los caballos galoparon sin control. Los equinos relincharon salvajemente.

Como las caballeras tenían experiencia previa en justas, sabían cómo sostener sus largas lanzas contra sus oponentes.

Keleana, una mujer de cuarenta años, había participado en muchos torneos en diferentes festivales o eventos entre Aranka y Bérrem, pero no siempre resultó ganadora. Sin embargo, Keleana había ganado muchos premios y reconocimientos en el pasado, y el rey Vihen incluso le había otorgado una medalla cuando sólo tenía dieciocho años. Ella era una forastera pero una gran luchadora que solía ser una de los mejores paladines de Aranka.

Marissa había practicado falsos combates de justas en la Academia y había participado en eventos benéficos en algunas ciudades de Casak para divertir a la población, pero nunca había participado en una competición oficial. Era una de las mejores estudiantes de todo Estolk y tenía mucha experiencia, a pesar de tener dieciséis años.

Estrepitosamente, la lanza se rompió tras impactar en el escudo, y la caballera cayó del caballo con la espalda contra el suelo.

Juni intentó correr alarmado, pero Peken tuvo que agarrarlo para frenar su intención.

El rostro de Alessandro palideció y se quedó helado.

El silencio reinó en el recinto. Sólo el suave viento emitía un susurro.

Los espectadores abrieron mucho los ojos, atónitos.

Keleana desmontó de su caballo palomino, arrojó su escudo y desenvainó su espada para golpear repetidamente a su adversario en el suelo.

Asustada y sorprendida, Marissa se protegió con un escudo de madera de pino intacto ante los constantes golpes de la espada. El escudo de madera blanda con cresta tenía un campo místico que la protegía eficientemente.

Hecho por Jumeni, pero regalo de la propia emperatriz.

— ¡Muere, maldita sinvergüenza! — La vagrante siguió golpeando a Marissa con furia, pero, asombrada, no pudo hacerle ningún daño. — ¡Muere!

Aún en el suelo, Marissa sólo pudo cubrirse bajo el escudo inmaculado, resistiendo con esfuerzo los constantes ataques, asustada e incapaz de contraatacar.

— ¡Suficiente! — Kekten intervino, deteniendo el brazo de Keleana. — ¡¿No ves que, efectivamente, la Promesa es con esta caballera?!

La vagrante miró desconfiada al hombre bajo, luego volvió a mirar a Marissa y se alejó de él. — ¡Dime, salvaje! ¿Dónde está la Promesa? – exigió, señalando el rostro de su adversario con la punta de la espada.

— ¡Aquí estoy! ¡Viva!

Todos presenciaron una pequeña figura caminando cubierta con una capa marrón arenosa y sandalias. Caminó con calma y entró al lugar, pasó junto a los centinelas y se acercó para detenerse a pocos pasos de Keleana. Después se descubrió la cabeza mostrándose con severidad y autoridad en sus ojos color avellana.

Lakia dejó a Keleana incrédula, pero sintió una presencia inexplicable dentro de ella.

Kekten la identificó por su rostro y descubrió que ella se había disfrazado de niño en el viaje a Carretem con

Juni, gratamente sorprendido de haberla conocido con un movimiento de cabeza.

— ¡Soy la Promesa que exigiste ver! ¡Y te pido que le quites esa espada a mi caballera! Lakia ordenó. — ¡Todo lo que ella ha hecho o intentado contra mí está completamente perdonado!

— ¡¿La estás perdonando y convirtiéndola en tu caballera, incluso siendo enviada a ejecutarte?!— Keleana exclamó con resentimiento. — ¡Ella sólo merece la muerte!

— Entonces me matarás primero —, intervino Juni, colocándose entre la punta de la espada y Marissa. — Soy su cómplice.

La vagrante notó que Kekten apoyó al niño al aceptar la petición de la emperatriz.

Para sorpresa de los señores, Alessandro descendió al campo, seguido de Corr. Rápidamente fue a cubrir a Marissa junto a Juni y confrontó verbalmente a Keleana con su mano en el mango de la espada envainada.

Lakia sonrió levemente cuando su tío pasó junto a ella, sintiendo un fuerte vínculo con él por primera vez.

— ¡Si la Promesa exige que le quites esta espada, entonces deberás respetar su deseo! — Alessandro exigió con rigor. — ¡Ahora tienes una mayor autoridad sobre ti!

Keleana lo miró fijamente, asintió gravemente y apartó su espada. Con una mirada a Lakia, se inclinó por completo ante ella, mostrando total sumisión al arrodillarse con ambas piernas.

— ¡Su Majestad, le pido perdón! — dijo con entendimiento y pesar. — ¡He servido al rey Vihen y al rey Tahen, y ahora te mostraré mi máxima devoción!

— ¡Excepto que ella no es una reina, vagrante! — Peken se acercó y reveló. — ¡Ella es más que una emperatriz! ¡Ella es la Divina Emperatriz!

Todos en el lugar observaron con asombro y admiración a Lakia. Tenía esa presencia extraña y poderosa que nadie podía entender.

Primero, Kekten se arrodilló siguiendo el ejemplo de Keleana.

Marissa, Corr y Juni también hicieron una reverencia.

Peken observó a su alrededor, atónito, y también hizo lo mismo.

Tom Lai, entre lágrimas, se arrodilló y ayudó a Lord Rim a hacer lo mismo. Un vacilante Pan Din también hizo su reverencia, incluso el arrogante Bin Kam, aunque dudoso.

Fabehel, aliviada y complacida, juntó ambas manos para expresar gratitud hacia las diosas. Se le saltaron las lágrimas al saber que la niña era la hija de la princesa Natahel.

Toda la multitud y los centinelas también se inclinaron para mostrar devoción a la Promesa.

Lakia sabía que este preciso momento sucedería mucho antes, pero la reacción de la gente la asombró. Se sintió abrumada y no deseaba reverencia hacia ella, pero sabía que era parte de su postura única.

Al final, Alessandro se arrodilló y ofreció los mayores respetos, prometiendo lealtad y obediencia a su sobrina, la emperatriz.

20

SANGRE

¡Esto es simplemente inaceptable!— Lord Kam se estrelló contra la mesa en un estado de ánimo mixto entre miedo y ira. — ¡No debemos dejar que nuestro dominio desaparezca!

Su repentino comportamiento desesperado sorprendió a los tres señores.

Lai y Rim respondieron con los ojos muy abiertos desde sus asientos.

Pan Din estaba de pie y nervioso en un rincón con una copa de vino. Era extraño verlo sin su perro y su ansiedad le dificultaba hablar.

La *Fiesta de la Dragonesa* y la exposición de la emperatriz fueron acontecimientos suficientemente drásticos como para cancelar el festival indefinidamente, dejando a la Reunión en una posición más débil en Bérrem, como nunca lo había estado desde el fin de las monarquías.

A pesar de los esfuerzos de Lord Kam, Bérrem había interrumpido el Festival por primera vez en mil tiklos.

— ¿Tengo que recordarles que la Reunión existe para llenar el vacío que dejaron los monarcas hace cientos de tiklos? — Respondió el mayor Kong Rim con calma. — Nos llamamos *señor* cuando nos eligen nuestros predecesores y, a veces, nuestro pueblo, pero no poseemos sangre real en nuestras venas.

— Estamos en tiempos de incertidumbre, Lord Kam —, dijo Tom Lai. — La Promesa. . .

— ¡Divina Emperatriz! — interrumpió Rim, golpeando su bastón contra el suelo, corrigiéndolo.

— Bien. La Divina Emperatriz vino a resolver la terrible crisis de nuestro mundo y creo que es importante ahora.

— Bérrem no desaparecerá, pero todo será diferente a partir de ahora —, continuó Lord Rim. — Berrem tendrá ahora un monarca. Eso cambia.

— ¡¿Pero qué pasa con nosotros?! — Preguntó Kam desesperadamente, mostrando un montón de papiros en sus manos y arrojándolos sobre la mesa. — Sé que nos hemos comprometido con ella desde temprano, ¡pero no esperaba tales malditas eventualidades! ¡¿Qué pasará con la Reunión?!—

— Algunos señores han renunciado a la Reunión, pero pueden ser reemplazados. Incluso con una emperatriz, Bérrem no puede existir sin una Reunión —, respondió Lord Lai con tranquilidad. — La única diferencia es que trabajaremos bajo el nombre de la Divina Emperatriz.

— ¿Qué pasaría si ofrecemos Bérrem como capital de su imperio?

Los dos señores sentados y Kam se giraron para ver al ansioso señor de pie bebiendo el vino de su copa con una mirada insegura.

Lord Din lo sugirió y notó que todos querían escuchar más. — Abramos ese palacio en el Ri y ofrezcámoslo a la Divina Emperatriz para que pueda establecer su capital en Bérrem —, explicó tartamudeando. — De esa manera, no perderemos nuestro control sobre Berrem.

— ¡Me gusta el plan! — Kam señaló.

— ¿Ese palacio inquietante que ha estado cerrado durante casi cuatrocientos tiklos? — Tom Lai preguntó con incredulidad. — ¡Nadie se atrevió a entrar desde que el último rey cerró sus puertas!

— ¡Lo reabriremos de nuevo! — Bin Kam exclamó emocionado.

Alessandro vio a Lakia partir en un lujoso carro, protegida por los centinelas como lo ordenaban los señores.

Marissa, como su caballera, montaba el caballo castaño. Se olvidó de quitarse la armadura gastada o de asearse después del combate y siguió el carro una vez vio cómo los guardias se llevaban a Lakia, cautelosos y desconfiados. Se ganó la confianza de Peken en ella durante el combate.

El elfo permitió que Keleana y Kekten, junto con Juni y Jumeni, se unieran a él en el vagón.

Como de costumbre, Brisel había desaparecido desde la *Fiesta de la Dragonesa*. Juni supuso que se había camuflado de nuevo. Esta vez tardaría más en mostrarse.

El encuentro de Alessandro con la emperatriz fue repentino, ya que la vio solo por un momento y cuando le expresó su lealtad.

Fabehel, como era de esperar, se había ido por separado con la Reunión. Inquieto por su seguridad, Alessandro le pidió a Corr que la cuidara.

Alessandro se encontró solo, por desgracia o por destino, bajo el sol de la tarde. Se quedó indeciso en el centro de un campo de justas vacío.

Todo lo que hizo fue observar cómo Song deambulaba por las tiendas desiertas de las caballeras, silbó, montó en ella y se dirigió hacia la presa Pot.

Entre los pinos en el camino de regreso a Carretem, observó a personas aliviadas que regresaban a sus casas sin ser vigiladas por centinelas. La mayoría de ellos eran locales y algunos forasteros que planeaban regresar a casa.

Curiosamente, estaban juntos, cantando como si estuvieran completos.

Canciones de esperanza.

La Promesa le había devuelto el consuelo perdido hacía mucho tiempo desde la Gesha.

Y un orgullo renovado desde el fin de las monarquías.

Alessandro se alejó apresuradamente de ellos y siguió su propio camino hasta llegar a las afueras del pueblo, donde se detuvo y tropezó con una pequeña taberna. Desmontó, ató su yegua negra a un poste y entró.

Encontró un local pequeño con apenas cinco mesas circulares de madera.

Sólo estaban presentes dos clientes bebiendo, que miraban con recelo su costosa ropa negra.

Mientras se acercaba al mostrador, notó que el dueño colocaba una estrella Akareen de papel de aluminio pintada de oro en un estante entre dos jarrones de arcilla adornados con flores de loto.

Alessandro preguntó por la estrella.

— ¡Ahora tenemos una emperatriz! — el tabernero sonrió. — ¿Qué puedo servirte?

— Un vaso de cerveza, por favor.

Pagó dos cobres por la bebida, dio algunos sorbos y miró fijamente el estante. Eligió el mostrador en lugar de una mesa.

Alessandro había estado planeando y viajando desde que escuchó la noticia de Corr para conocer a la hija de Cassandro, pensando demasiado en innumerables formas de comunicarse y verla. A pesar de ponerse del lado de Marissa y defenderla del vagrante, su única opción fue inclinarse ante su sobrina.

En lugar de seguirla hasta donde estaba, Alessandro estaba en una taberna, bebiendo, indeciso.

Inseguridad.

Se hizo una pregunta.

— ¿Por qué mi cobardía siempre me atrapa? — sacudió su cabeza.

Notó su vaso vacío y pidió otra cerveza.

Imágenes de Fabehel ocuparon su mente, recordándole el beso que compartió con ella, anhelando volver a experimentarlo y sentir su alma. También recordó sus breves momentos con ella en Katalk y en la playa de Garterrem, deseando estar a su lado.

Sin embargo, todavía estaba en el mostrador, tragándose la cerveza por el interior de la garganta y vaciando su segunda taza. — ¡Uno mas! — preguntó con aprensión.

— ¿Está aquí el amo Alessandro Eskar?

Alessandro, sobresaltado y asustado, tocó con cautela el pomo de la espada y mantuvo el arma en su funda mientras se giraba para mirar hacia la entrada. Vio a un funcionario berremete de alto rango que acababa de entrar.

Asombrados, el tabernero y los dos clientes observaron.

— Sí, soy yo —, asintió. — ¿Qué quieres de mí?

— Lo citaron de urgencia, amo —, respondió el funcionario con un saludo al pecho que lo sorprendió. — Lo necesitamos en la Villa Jarrdine.

— Dígale a la Reunión que rechazo su solicitud —, dijo, recordando su amargo encuentro con Lord Bin Kam.

— No es la Reunión, amo. Es la Divina Emperatriz.

La sorpresa de Alessandro le llevó a soltar el pomo y agarrarse al mostrador.

Cuando Alessandro llegó a la villa, se encontró con mucha gente fuera de las puertas de la finca. También reconoció un gran campamento de vagrantes que se había movido desde el interior de Carretem. Los centinelas los vigilaban desde distintos puntos.

Todo lo que deseaban era estar cerca o ver a la emperatriz.

Alessandro juró no volver nunca más a la Villa Jarrdine. Después del incómodo encuentro con lla Reunión que siguió a la *Fiesta de la Dragonesa* y las noches posteriores al torneo de justas, se negó a quedarse en el extravagante palacio. Más tarde, ese mismo día, él y Corr presenciaron los desfiles de duelo de los lugareños que transportaban a sus difuntos a los cementerios a lo largo de las calles mientras buscaban un lugar para dormir, algo que nunca olvidarían: las víctimas de la dragona.

Pero estaba otra vez en la villa.

Una vez en la finca y a través de los jardines, no pudo encontrar a nadie que hubiera viajado con Lakia. Lo mismo con Corr o Fabehel.

Desmontó a Song y entró al edificio, temiendo enfrentarse a la Reunión, ya que le disgustaba.

Aliviado, Alessandro no vio a ninguno de los señores. Aún así, el funcionario que lo escoltó desde la taberna a través de Carretem lo guió hasta las habitaciones de la intrincada villa en el segundo piso, que solo ocupaban invitados especiales y visitantes. Al subir las escaleras, notó que a su izquierda había algunas habitaciones. A la derecha, sólo grandes puertas interiores doradas señalaban la entrada a un dormitorio.

Había un gran número de centinelas desde las puertas exteriores, a través de los jardines y dentro de la villa hacia la recámara.

Algunos guardias abrieron la puerta y dejaron entrar a Alessandro. El funcionario que lo acompañaba solicitó permanecer en la antecámara, informándole que la emperatriz aún no terminaba su baño y que debía esperar solo.

Alessandro estaba nervioso y él mismo lo reconoció. No deseaba sentarse en ninguno de los muebles, en su mayoría sillas acolchadas, y prefería deambular pero no podía evitar mirar hacia la puerta de la cámara principal, ansioso y, por un momento, deseaba salir de la villa.

No podía entender qué le pasaba. Lakia era su sobrina, la hija de su hermano, aún así no podía verla de otra manera que no fuera una emperatriz.

Tratando de relajarse, Alessandro admiró los alrededores de la antecámara estudiando los murales. Al observar cada aspecto de las pinturas en las paredes, se dio cuenta de que contaban la historia de la mitología antigua. Ilustraba una batalla en el cielo entre personas desarmadas y sin alas y los dragones negros. Al parecer, eran los Korbas luchando contra las hechiceras y los magos. La batalla era observada por monarcas ilustres pintados en las esquinas de la habitación. Luego levantó los ojos para mirar al techo, donde una poderosa silueta de un hombre con los brazos abiertos surgía de entre las nubes.

Con una mirada a esa silueta en el techo, Alessandro recordó las enseñanzas de Yasstro. Según su antiguo y fallecido tutor, él era el omnipotente Mudiuhfaser, lo conocido y lo desconocido del pasado y del futuro. Fue el presunto originador de todo el misticismo sobre Sánkaris, aunque esa hipótesis carecía de credibilidad gracias a muchos académicos.

De hecho, nunca entendió en absoluto las lecciones de Yasstro. — El misticismo está siempre lleno de confusiones y contradicciones —, él coreó. — Si bien la física general es correcta, el misticismo siempre será retorcido —. Al recordar estas palabras, los ojos de Alessandro fueron del techo a las puertas de la recámara, donde una estrella Akareen decoraba el marco superior.

Desde el dormitorio, un fuerte ruido sobresaltó a Alessandro. Observó cómo la puerta se abría en dos, e inmediatamente, cuatro mujeres maduras y fuertes salieron cargando una pesada bañera metálica con prisas por la antecámara hasta desaparecer tras la segunda puerta, seguidas por dos más jóvenes cargando baldes de agua usada. Posteriormente, una docena de pequeñas niñas huérfanas aparecieron con jabón, toallas, trapos, ropa sucia y otras cosas no identificables en las manos.

Entonces, una anciana casaraka apareció con su elegante traje de sirvienta y le habló. — La Divina Emperatriz está lista para recibirlo, amo—, dijo con reverencia y salió de la habitación.

Él asintió en agradecimiento.

Alessandro miró hacia la recámara y tragó saliva. Dio pasos hacia el interior.

Inicialmente, se encontró con sillas acolchadas a la izquierda, junto a un tocador con un espejo ovalado. El dorado y el rojo armonizaban con la paleta de colores del interior de la villa. A su derecha, encontró una cama con dosel que ya había vestida con sábanas limpias. El sol todavía estaba alto por la tarde e iluminaba mucho a través de las seis grandes ventanas.

Dio el último paso y se detuvo.

La encontró justo delante de él, y su apariencia había cambiado por completo respecto a la del campo de justas. Sólo vestía una bata de dormir blanca, su largo cabello negro, ondulado y peinado caía sobre su espalda y parecía no importarle la frialdad del piso de mármol blanco que tocaba con sus pies descalzos. Ella miró y disfrutó de la vista de los jardines desde una ventana.

El último rey había muerto cuando Alessandro aún era pequeño, pero escuchó de personas como su madre o Orssandro que era necesario hacer reverencia al saludar a un monarca. Él hizo lo mismo y se arrodilló.

— Tu sangre y la mía corren como una sola por nuestras venas —, Lakia se giró para mostrar un rostro más limpio y mirarlo con fascinantes ojos color avellana, ofreciéndole una ligera sonrisa. — Esta es la segunda vez que te inclinas ante mí cuando no lo debías hacer.

Sorprendido, se puso de pie, ofreciendo una postura rígida. — Mis disculpas, majestad —, respondió con inquietud. — ¿Me has convocado?

Ella se rió un poco.

— ¡Dirígete a mí por mi nombre! Soy Lakia. Por favor sea informal conmigo y hable libremente. ¡Después de todo, eres mi tío!

— Bueno, no sé cómo dirigirme a ti, Lakia —, tartamudeó. — Eres mi sobrina, pero también una emperatriz. Creo que es un poco complicado.

— No elegí ser emperatriz —, respondió ella, mientras su rostro se ponía serio. — Sin embargo, nací para serla y soy consciente de mi responsabilidad hacia Sánkaris. Ésta es mi postura vinculante.

— Si puedo preguntar, ¿dónde está la princesa Natahel? ¿Por qué no está contigo? – preguntó por curiosidad. — Todo lo que escuché fueron noticias tuyas y de un elfo que viajaban juntos.

Lakia mostró tristeza.

— Ella falleció justo después de darme a luz. Nunca pude conocerla. Una buena mujer molkane que había perdido a su bebé me crió como si fuera suya, pero también partió a Gakia antes de mi viaje a Berrem.

Alessandro, como era habitual en él, se cruzó de brazos pensativo y se tocó la barbilla. — ¿Qué sabes de tu padre? Mi hermano Casandro.

— Yo tampoco lo conocí y él no tuvo tiempo de verme —, seguía respondiendo con ganas de sollozar. — No puedo hablar de él, pero deberías preguntarle a tu amigo Corr.

Las sospechas aumentaron por el tono de su respuesta, y Alessandro se dio cuenta de que el fennisto no contó exactamente lo que pasó con él. — Mis disculpas, Lakia. No tenía intención de causaros tristeza.

— Está bien —, se limpió las escasas lágrimas. — Es más importante que finalmente te veo. Después de todo, en el pasado, el futuro y los tiempos paralelos, hemos estado y estaremos juntos en la construcción y el gobierno del Jyistereerk.

Su respuesta lo sorprendió y lo desconcertó. Aunque no era fácil de entender, la profunda sabiduría de una niña de diez años lo asombraba. Fue testigo de su naturaleza iluminadora una vez en el campo de justas y otra vez en ese momento.

Y él no podía comprender la poderosa presencia en ella.

— ¿Me llamaste porque deseabas conocerme?

— Sí, pero hay un propósito mayor —, dijo Lakia, señalando con un gesto a alguien detrás de él.

Alessandro se giró para encontrarse con sorpresa a Marissa, quien se acercó a la niña que estaba a su lado con un gesto severo y frío.

La notó ya limpia y vestía ropa de cuero más propia de un hombre que de una mujer. Aunque se vestía de la misma manera en la Academia para las prácticas de combate entre compañeros de clase, él normalmente la conocía por sus coloridos y elegantes vestidos de seda desde la infancia.

— Ser Marissa, Amo Alessandro —, Lakia se dirigió a ellos con formalidad. — Tengo una petición crucial que hacer.

— ¿Qué es? – Preguntó Marissa.

— Sólo necesito que ustedes dos me acompañen a Salter —, respondió ella asintiendo afirmativamente. — Mi postura tendrá que esperar hasta que tenga mi legítima ceremonia de ascensión.

Alessandro y Marissa se miraron atónitos.

— ¡¿Otro viaje?! ¡¿Cuántas semanas más?! – Preguntó Marissa, agitada.

— Ahora que mi presencia es pública y los Korbas están amenazando este lado del Karekall, debemos viajar con prisa, y es por eso que solo los llevo a ustedes dos —, aclaró la emperatriz. — Deseo llevarme a Brisel y otra mantis ya que son rápidos.

— ¡Yo no lo recomendaría!

— Ya he tomado una decisión, Ser Marissa —, la niña la silenció con autoridad y cambió de tema. — Creo que ambos tienen algo que discutir. Y si me disculpan, deseo descansar.

Cumpliendo sus órdenes, Marissa hizo una reverencia y se fue.

Alessandro, inseguro, imitó sus acciones y se dirigió hacia la antecámara, dejando a Lakia sola.

Mientras Marissa cerraba las puertas de la recámara de la emperatriz, echó un rápido vistazo a Alessandro, quien le devolvió la mirada. A pesar de tener el corazón roto y el alma enferma por la decepción, se había mantenido fuerte desde la *Fiesta de la Dragonesa* , no sólo por su propio bien sino por el de todos, en particular de Lakia. A pesar de su incertidumbre al reconocerlo, encontró consuelo porque sus ojos oscuros eran una clara señal de que seguía siendo el mismo Alessandro que había estado a su lado desde entonces, incluso durante su compromiso y el tiempo que pasaron en la Academia.

Alessandro se encontró en un estado de completo silencio, completamente sorprendido por el inesperado reencuentro con Marissa.

— ¿Puedo saber por qué has besado a Lady Fabehel? — preguntó con moderación. — ¿Está usted aprovechando las oportunidades que presentan las mujeres influyentes?

— No me aprovecho de ella. Créame, he hecho todos los esfuerzos posibles para no escuchar mis sentimientos, pero hay una franqueza en mi interior que nunca antes había tenido y sólo con ella —, respondió asintiendo suavemente, abriéndose finalmente a alguien en quien confiaba mucho. — Marissa, nunca tuve la intención de hacerte daño.

Marissa comprendió y se frotó las mejillas para limpiarse las lágrimas. — La forma en que me defendiste poniéndome del lado de Lakia en las justas. ¿Fue amor por mí?

Miró el suelo de mármol blanco como reacción y muchos pensamientos le vinieron a la mente. Después de un instante, él la miró con calidez. — Estar cerca de Fabehel me hizo darme cuenta de muchas cosas —, suspiró hasta encontrar las palabras adecuadas y exhaló. — Tú y yo éramos muy pequeños. Habías perdido a un padre y yo crecí sin uno, y nos encontrábamos con demasiada frecuencia ya que tu tío trabajaba en estrecha colaboración con mi madre. Nos gustaban los mismos juegos, las mismas diversiones y los mismos libros. Incluso la mayor parte del tiempo me acompañaste durante las lecciones del Archimago Yasstro.

— Sí —, estuvo de acuerdo. — Teníamos tanto en común que incluso mi madre y mi tío sugirieron que nos casáramos.

— En el lago con todas las orquídeas, nuestro lugar favorito, me pediste matrimonio.

— Con gran alegría, monté en Fantasma y galopé hasta el palacio para compartir la increíble noticia de tu aceptación —, una sonrisa se dibujó en el rostro mientras los recuerdos inundaban su mente. — ¡Mi tío organizó una gran celebración!

— Marissa, todavía era demasiado joven para comprender el significado de mis sentimientos —, sacudió la cabeza. — El amor que te tengo es como el de un hermano mayor hacia su hermana menor .

Marissa, dejando que las lágrimas mojaran su rostro, asintió, comprendiéndolo. — ¿Estás seguro de que ella es la indicada para ti? No he oído cosas buenas sobre ella —, dijo, abriendo mucho los ojos. — Pregunto por preocupación. . . como tu hermana menor.

— Te lo agradezco— , sonrió. — No desearía perderte.

Marissa se acercó, observó sus ojos y le ofreció la mano.

— ¡Termino oficialmente nuestro compromiso!

Ambos se dieron un apretón de manos.

— ¿Qué deberíamos hacer ahora?

— Lakia es lo que importa. Ella es nuestra emperatriz ahora.

21

LAKIA

Dentro de los confines de su pequeña villa, Fabehel de las Mareas Rojas encontró consuelo y soledad. Aunque bien improvisada para tener el lujo de contar con los mejores muebles y decorada por orden de Lord Pan Din, se sintió angustiada. Cuanto más recibía del señor, más obligada estaba hacia él.

Si bien no tenía ningún deseo de casarse con él, sabía que necesitaba darle una respuesta. Después de que ella se comprometió a establecer a sus refugiados en la isla, el señor la ayudó construyendo una ciudad y dándole provisiones. Ella se lo debía.

Sin embargo, Lord Din no la consideraba lo suficientemente madura como para tomar su propia decisión. Bajo esta premisa, él quería tomarla como esposa con o sin consentimiento.

Lamentó profundamente el acuerdo que había hecho con Lord Din.

Escaparse era su única oportunidad de escapar de él y reunirse con su gente en el asentamiento de Garterrem.

Deseó que Tin pudiera estar vivo para ayudarla mientras admiraba el cielo de la mañana a través de su única ventana, imaginando que estaba en algún lugar entre las nubes. Pero recordó con rápida tristeza que su única compañero, vigilante, consejera y figura paterna, ya no estaba a su lado. Los soldados casakanos lo habían asesinado previamente durante el *Sitio de Katalk* en un sacrificio para permitir que todos escaparan.

Fabehel pensó entonces en huir sola, moviendo su silla de ruedas ella sola si podía, o incluso pedir ayuda a algún sirviente para robar un caballo y galopar lejos.

Su recámara estaba al principio de las habitaciones de las sirvientas en el nivel del suelo para que pudiera moverse por la villa y los jardines circundantes. Su imposibilidad de subir las escaleras hasta el segundo piso no le permitiría tener una habitación más adecuada. Sin embargo, ella no tuvo las agallas para escapar. No porque estuviera en silla de ruedas o porque Tin ya no estuviera con ella, sino porque su corazón aún le decía que su beso no fue una travesura juvenil y no quería desaparecer sin ver a Alessandro. Deseaba estar con él al menos una vez más.

A pesar de esto, pensó que Alessandro debería seguir comprometido con Marissa. Era injusto destrozar sus sueños de matrimonio.

Fabehel se giró, sorprendida por el sonido que se acercaba, e instintivamente colocó su mano en su pierna donde escondía su daga debajo de su vestido escarlata como medida de precaución.

Los pasos cesaron y prevaleció el silencio.

Sus ojos color avellana observaron la puerta de madera oscura, esperando lo peor.

Se levantó ligeramente la falda, lista para coger la daga aún escondida.

Un doble golpe la asustó.

— ¿Quién eres? — Preguntó Fabehel con voz temblorosa.

Apareció una pequeña figura.

Llegó Lakia.

Fabehel estaba incrédulo. Soltó la daga y se agarró a los sillones.

No esperaba encontrarse con la emperatriz en su habitación. La última y única vez que Fabehel la vio fue en el campo de justas defendiendo a Ser Marissa, pero después, a pesar de que ambos se quedaron en la Villa Jarrdine, nunca volvió a verla.

Lakia había reaparecido con ropa masculina y, como siempre, todavía calzaba sandalias, todo nuevo. A diferencia de la última vez, ella tenía una trenza negra perfectamente peinada.

Aunque pequeña, su presencia era indescriptible-
mente enorme.

— ¿Puedo ayudarte con algo? — Fabehel preguntó
nerviosamente.

— Estoy a punto de iniciar mi viaje a Salter, pero no
estabas allí con los demás para mi partida —, respondió
con tranquilidad. — Vine a traerte afuera.

Su respuesta la dejó sin palabras. — ¿Alguna vez
supiste que esta es la primera vez que me conoces?

— Sí —, asintió. — Pero te conozco desde hace mucho tiempo.

— ¿Cómo?

— Mi madre me ha revelado todo sobre ti.

— Mis disculpas, pero no te entiendo —, dijo
Fabehel, sacudiendo la cabeza. — Por lo que me han
dicho las palabras, nunca conociste a tu madre.

— Sí, tienes razón. Pero mi madre, la princesa Natahel, a quien llamaste hermana, incluso después de su
partida, la sentí.

— Y ella. . . ¿Te contó sobre mí? preguntó ella, escéptica. — ¿Qué te ha dicho?

— Tú eras su *pequeña caracol*. Ella siempre te extrañó,
incluso en reinos lejanos.

Fabehel no pudo contener las lágrimas y se cubrió
la cara con ambas manos. Finalmente, liberó todas sus
emociones y resentimientos encerrados, otorgándole la
liberación que merecía después de todos estos años.

Comprendiendo y con serenidad, Lakia se acercó a
ella para tocarle el hombro a modo de consuelo.

Fabehel seguía sollozando, abrazándola con fuerza y llorando con el rostro presionado contra el pecho de la niña.

Conmovida pero con una ligera sonrisa porque su propósito estaba cumplido, Lakia acarició su cabello rojo.

Finalmente, Fabehel se calmó después de un rato y la emperatriz le dio un pañuelo blanco para limpiarse la cara.

— Mis disculpas. . . —, se aclaró la garganta. — No soy una persona fácil de llorar como lo he hecho ahora.

— ¡Está bien, lady Fabehel! — dijo enérgicamente. — ¡Déjame llevarte afuera para que puedas despedirte de mí!

Lakia se puso detrás de la silla de ruedas y la empujó hacia la puerta.

— ¡No dejaré que una emperatriz me empuje! — exigió. — Por favor, déjame llamar a un sirviente.

La niña se detuvo y habló.

— Puede que sea una emperatriz, pero soy la mejor servidora y nadie me impedirá servir a mi pueblo.

Los ojos de Fabehel se abrieron, confirmando su sabiduría única.

— Yo. . . —, respondió, incapaz de encontrar las palabras adecuadas.

— No te preocupes por Lord Pan Din ahora que me has encontrado. Y, por favor, no te cierres al amo Alessandro.

Lakia empujó la silla de ruedas, sorprendiendo a Fabehel cuando salían de la habitación.

Marissa esperaba que su olor sacara a Brisel de su escondite, mientras plantaba su espada en el suelo y el caballero se arrodillaba expectante hacia el sur.

Aun así, no pudo evitar sentir desesperación. Ya habían pasado seis días desde la *Fiesta de la Dragonesa*, y no había señales de él.

Sus ojos parecieron captar algo de emoción esperanzada cuando una mantis apareció entre los arbustos del jardín y se levantó con una sonrisa, pero la decepción se apoderó de ella cuando vio a Peken detrás de ella.

El elfo guió a la mantis y ambos se acercaron a la zona. No era Brisel, sino otra diferente e inusual. No tenía antenas y el color era marrón pero todavía cercano al verde.

Marissa sacudió la cabeza con desaprobación. Entendió que Peken la había conseguido en un mercado en Carretem.

La mantis se detuvo y siseó, mostrando parálisis mientras sus ojos redondos observaban, temerosa de las más de una docena de personas que esperaban afuera de la villa bajo el sol abrasador de Sánkaris que se acercaba al mediodía. Peken sacó algo de su bolsa y se lo dio a la boca de la mantis para ayudarla a relajarse. El elfo entonces desvió sus ojos amarillentos para mirar a Marissa, notando su curiosidad. — Recibí esta mantis de un granjero que necesitaba regresar urgentemente a Las Orillas. Me ofreció un buen precio por ella.

— ¡Pero mira esta mantis! — Se quejó con un poco de compasión. — ¡Alguien mutiló sus antenas!

— Una vez que nace una ninfa o se vende a un granjero, las antenas quedan mutiladas —, respondió con severidad.

— Recuerden que en Bérrem domestican mantis y las uti-
lizan en la agricultura.

Alessandro escuchó a Peken mientras hablaba con Corr
y se unió a él y a Marissa. — ¿Cuál es el propósito de
mutilar las antenas?

— Las antenas les ayudan a seguir olores y esconderse
camuflándose, amo. Sin ellas, son simplemente animales
indefensos.

— ¡Te he dicho que Brisel es especial! ¡E inteligente! –
exclamó Marissa.

— Quizás tenga algo que lo traerá de regreso —, dijo
Peken, buscando en su bolsa un pequeño paquete cubierto de lino. — Las mantis domesticadas comen principalmente hojas, pero las de libre albedrío siguen sus olores
favoritos. . . y comida especial.

Marissa tomó el paquete y lo abrió lentamente para
descubrir un puñado de grillos y orugas vivos. Ella comprendió el propósito y asintió, luego volvió a su espada. Se
agachó, colocó los insectos en el suelo con el trozo de lino
y esperó a Brisel, mirando una vez más hacia el sur.

Alessandro observó a la entusiasta Marissa.

El elfo mantuvo a la mantis comprada con una cuerda
alrededor del cuello. — Incluso si tenemos esta mantis que
montarías, necesita una guía. Si Brisel no viene, no hay
manera de que tú y Lakia podáis llegar a Salter en un día.

— Tendría que llevarla en mi yegua, Song. Pero el viaje
llevaría días —. Alessandro adoptó una postura pensativa.
— ¿A dónde iremos?

— De esa espada que colocó Ser Marissa —, respondió
Peken, señalando. — Todo el camino hacia el sur hasta

Seled Post, luego hacia el este a través de *El Paso,* una ruta entre las Montañas Sagradas y la Cordillera Cayderr, considerada por muchos como la entrada natural a Salter.

Lakia se sentía más cómoda quedándose junto a los establos sobre un pajar y observando a Alessandro hablar con Peken entre una pequeña multitud, en lugar de ser atendida por sirvientes en una habitación lujosa, a pesar de ser la emperatriz. A ella no le gustaba toda la atención.

Juni sorprendió gratamente a Lakia ofreciéndole tres peras, que eran su fruta favorita desde que llegó a Bérrem. Con gratitud, las guardó en el morral que Peken le había regalado en Akiaba. No intercambiaron palabras, sólo sonrisas y miradas, y él se sentó a su lado.

Lakia continuó observando a Alessandro y sus ojos se posaron en una espada peculiar en su vaina. Se dio cuenta de que era la misma que pertenecía a Lord Tom Lai, que recordaba de su estancia en Laimet. Luego desvió la vista para encontrar a su derecha a Jumeni, sentada sobre un montón de troncos junto a la entrada del establo, notando su concentración en el tallado de algún pequeño trozo de madera con la ayuda de un pequeño cuchillo.

Un repentino susurro sobresaltó a Juni cuando Lakia le habló al oído. Al principio quedó atónito por la inesperada petición, pero al final aceptó. También le susurró a Jumeni después de dejar el pajar.

La chica silenciosa detuvo su actividad y abrió mucho los ojos. Ella nunca miró a Lakia sino que asintió y, como si nada hubiera pasado, volvió a trabajar en su escultura de madera.

Luego, Lakia descubrió la Reunión parada en la esquina al otro lado del establo.

Estaban alerta, deseando algo de la emperatriz.

Ella se acercó a ellos.

— ¡Divina Emperatriz! — Exclamó Lord Bin Kam, con una reverencia que la molestó. — Te esperaremos en el Dri después de tu misiva en Salter.

Lakia desconfiaba de los señores. Sabía que estaban corruptos, específicamente percibió oscuridad en uno, aunque no estaba claro quién lo era, y previó un futuro sombrío para la Reunión. Ella sabía el motivo de sus motivos, pero preguntó. — ¿Qué piensas hacer conmigo?

Parecían nerviosos.

— Bérrem está listo para acogerte como nuestra emperatriz, y te ayudaremos a establecer el Jyistereerk en el Ri, ofreciéndote el antiguo palacio que una vez perteneció a los monarcas como tu hogar —, habló Lord Kam con excesiva reverencia.

Mientras la emperatriz miraba a cada señor, intentó nuevamente identificar al que tenía el alma ensombrecida y también observó su impaciencia por una respuesta. — Los verdaderos monarcas han expresado su deseo de que yo ocupe ese trono, pero hay una condición —. Su respuesta dejó a la Reunión confundida. Buscó por todas partes hasta que encontró a Keleana y Kekten muy lejos entre los arbustos y les hizo señas para pedirles que se unieran a ella.

Al principio, los dos vagrantes se miraron con escepticismo pero se acercaron a la niña ante la mirada asombrada de los señores.

— Deseo que los vagrantes sean la Guardia Imperial —, ordenó con autoridad, sorprendiendo a todos. — Keleana de Estherleon será mi mariscal y Kekten de la Rosa será mi almirante.

Keleana y Kekten, atónitos, respondieron arrodillándose ante ella en gesto de agradecimiento.

La Reunión, impactada, no pudo hablar ni reaccionar. Lord Tom Lai apenas asintió, representando a los otros señores con una sonrisa, seguida de la aprobación silenciosa de Rim.

— ¡Mariscal Keleana, almirante Kekten, por favor párense y escúchenme!

Los dos vagrantes la obedecieron y, recordando viejos tiempos en Aranka, la saludaron con la mano abierta sobre el pecho, colocándola en el corazón con una pizca de nostalgia: el *Saludo del Alma Arankana*.

— Reúne a todos los vagrantes y reúnete conmigo en Seled Post después de mi ascensión. ¡Sácalos de Las Tierras Salvajes y deja que los centinelas se ocupen de la amenaza en Trunk!

— Pero...! — Lord Pan Din casi protestó.

— ¡Para ser justos, los centinelas deberían defender su dom inio! ¡No forasteros desplazados que alguna vez fueron héroes! – interrumpió la emperatriz con notoria autoridad y sabiduría. — ¡Los vagrantes merecen una familia y yo se la doy!

Excepto Marissa y Jumeni, todos fueron testigos de las demandas de Lakia ante la Reunión.

Fabehel se dio cuenta y vio una oportunidad cuando Lord Din se distrajo con la Reunión y la petición de la emperatriz. Le hizo un gesto a Corr, el más cercano, para que llamara a Alessandro.

El susurro del felino a Alessandro lo obligó a girarse y acercarse a Fabehel.

— ¿Puedo ayudarla con algo, lady? — dijo, preguntándose por su intención.

— Quería decir algo, amo —, respondió con aparente frialdad. — ¡No apruebo un abrazo tan atrevido sin mi permiso!

Se quedó en silencio por un instante. — Quieres decir. . . ¿beso? — Su respuesta llegó con un froto en la cabeza.

Las mejillas de Fabehel se sonrojaron y sus ojos descendieron. Sacó algo de la manga del vestido y le entregó un pañuelo blanco.

— ¡Por favor, tómalo como un recuerdo mío! — Aunque todavía hablaba con dureza, sus ojos mostraban calidez. — Ruego por tu seguridad en este viaje y tráemelo de vuelta.

Alessandro tomó el pañuelo. — Mientras estoy fuera, por favor cuida de Song. Si aparece esa mantis.

Marissa gritó de emoción, haciendo que todos volvieran la cabeza.

Brisel había aparecido.

— Después de todo, yo cuidaré de tu yegua —, aseguró Fabehel.

22

KORBEEN

El sol abrasador dominaba los pastizales de Estos, sin viento que agitara los pastos altos. En pleno día, una batalla estaba a punto de comenzar, amenazando la armonía del rico panorama cuando una bandada de garzas blancas partió de la cercana laguna de Gustolk.

Orssandro estudió la pradera con la ayuda de un catalejo. Con severidad, notó los miles de elfos reunidos en el extremo opuesto, montados en sus caballos, y vio que sólo la línea del frente, detrás del comandante Kartak, sostenía banderas doradas.

El Regente vio la peculiar formación de los Kasnasgos, conocidos como los Elfos del Oeste, como una táctica inteligente. Todos los soldados élficos iban sobre caballos blancos, sólo blancos y de ningún otro color o raza, con cimitarras y sin escudos ni otras armas, ni arqueros, ni magos, ni balistas, ni siquiera catapultas.

Un ejército, que poseía todo lo que les faltaba a los elfos, esperaba detrás del Regente. A pesar de esto, sabía que los casakanos se enfrentarían a una fuerza desconocida, pero no entendía cómo los Kasnasgos llegaron a Casak sin ser notados, como fantasmas, y en lo profundo del dominio en lugar de un desembarco costero.

Orssandro devolvió el catalejo a la alforja de su caballo negro y llamó al capitán Trasso a su lado. Revisó el plan con su subordinado y solicitó tomar posiciones.

Trasso, portando sólo la bandera de la orquídea, galopó entre las tropas para prepararse e instruir a sus oficiales.

Orssandro giró a la derecha y le suplicó al siniestro Carrasso en su corcel esquelético que retuviera su magia y la usara sólo como último recurso. El archimago oscuro asintió con la cabeza.

Trasso regresó de su deber y habló.

— ¿Vamos a ser los primeros, señor jefe?

— En esta batalla, sí —, respondió con sólida determinación. — Ellos son los que invadieron nuestro dominio.

— Apuesto a que será una batalla fácil —, sonrió Trasso. — ¡Tenemos una ventaja significativa sobre ellos!

— No estaría tan seguro, capitán —, dijo, mirando a sus oponentes. — ¡Son un ejército de otro mundo!

Desde lejos, los ojos amarillos de Kartak presenciaron la formación de ataque de los casakanos. Convocó al Primer Oficial Partak levantando su mano derecha e hizo una señal de comunicación en un lenguaje que sólo los kasnasgos podían entender. Su subordinado se acercó. — ¿Están nuestros hombres preparados para una posición preventiva?

— Lo están, comandante —, respondió mostrando inquietud. — ¿Vamos a usar nuestras cimitarras?

— Nos enfrentaremos a ellos, sí —, respondió Kartak, todavía mirando a sus oponentes. — Pero no para privarlos de la vida, ya que sólo siguen las órdenes del Regente.

— ¿Y si intentan privar a los nuestros?

El comandante miró a Partak con fastidio.

— ¡No nos opondremos a la naturaleza de la Divina Emperatriz!

— ¡¿Por qué la Divina Emperatriz?! ¡Hablas de ella como si la conociéramos, pero no es así!

— Sí, hermano —, volvió Kartak a mirar la pradera sin viento. — La superiora Akartaki y sus hermanas han hablado con las diosas y han revelado la naturaleza de la verdadera emperatriz.

— ¿Cuál es su naturaleza entonces?

— Un Nehel entre nosotros —, respondió Kartak con su movimiento casual de levantar una ceja, luego se desvió del tema. — ¡Prepárate, hermano mío, que ya vienen los casakanos!

A una señal de Orssandro, Trasso levantó el puño, sosteniendo el inicio de una ofensiva. Como estaba previsto, los miles de jinetes de Casak, liderados por el Regente, se lanzaron sobre los caballos mientras desenvainaban sus espadas, decididos a dar el primer golpe contra los oponentes. Detrás corrían soldados con altos escudos y largas lanzas, seguidos por magos a caballo.

Los kasnasgos respondieron al unísono con un rápido galope, levantando sus cimitarras.

Carrasso y sus magos invocaron sus poderes para crear diferentes armas que desearan con elementos naturales. El archimago oscuro había hecho una espada de fuego. Porque todavía no usaban magia, sino que optaron por tácticas cuerpo a cuerpo en sus propios términos.

Con lenguaje de señas, el comandante Kartak ordenó a todos sus hombres que comenzaran una habilidad. Blandían sus cimitarras en el aire con gran armonía y perfección, como si bailaran mientras galopaban sobre sus caballos.

Los casakanos, mientras se acercaban al enemigo, no evitaron su asombro ante las inusuales acciones de los kasnasgos. Incluso hubo quienes se rieron burlonamente, pensando que los elfos estaban realizando una ceremonia de guerra.

Los elfos crearon un campo invisible a su alrededor que, en un breve instante, se hizo visible. Sorprendieron a los oponentes.

Las dos fuerzas chocaron.

Sabiamente, los kasnasgos sólo volvieron a colocar las cimitarras sobre sus piernas y rodearon a los adversarios sin miedo ni odio.

Los casakanos, por todos los medios, intentaron atacarlos, pero cualquier arma que usaran, cualquier intento, fue inútil. Las espadas rebotaron contra sus campos y las flechas y lanzas se desviaron.

Afectados por la impotencia de causarles algún daño, los magos, especialmente Carrasso, abandonaron sus armas de cuerpo a cuerpo y utilizaron su magia, pero aún inútil.

Los elfos solo seguían moviéndose con sus caballos, observando cómo sus oponentes los atacaban, pero la calidez y el respeto por el enemigo se reflejaban en sus ojos amarillentos. No tenían intención de reclamar ninguna vida.

Desesperado, Orssandro se acercó con insanidad, golpeando repetidamente a Kartak con su espada.

El comandante observó sorprendido el demente comportamiento del Regente al sentirse protegido bajo su campo invisible, ileso, entendiendo que era una señal ominosa de algo por suceder.

El elfo había visto ese tipo de insidia antes, durante las *Guerras de Occidente* , y sabía la respuesta.

Alarmado, Kartak levantó la mano, tratando de comunicarse con señas a su caballería. Sin embargo, fue un esfuerzo en vano ya que todos estaban ocupados evadiendo o moviéndose alrededor de los oponentes. Sin embargo, todavía tenía a un Orssandro enloquecido golpeándolo, temiendo que perder la concentración debilitara el campo.

La insanidad del Regente no era culpa suya.

Los ojos de Kartak alzaron la vista con miedo, prediciendo un sombrío presagio.

La sombra llenó el sol.

Una cortina de oscuridad cubrió la totalidad de los cielos.

Todo lo que había en la tierra desapareció de cualquier vista o luz.

Oscuridad, penumbra total.

Gritos y suspiros.

Silencio.

La oscuridad se hizo añicos en innumerables dragones negros voladores. Korbas descendió y atacó despiadadamente a cada guerrero sin discriminación. Las terribles criaturas tenían el poder de penetrar los campos invisibles de los elfos.

Casakanos y kasnasgos cambiaron sus objetivos para protegerse, pero la gran cantidad de dragones gigantes agresivos los superaban en número y los dominaban.

Las feroces bestias capturaban a sus presas con sus hocicos y garras, rompiéndolas como si fueran frágiles figuras.

Como muchos kasnasgos experimentados que habían luchado contra los Korbas en el pasado, Kartak usó su cimitarra y luchó bien contra ellos. Conociendo sus puntos débiles, los ejecutó clavándoles su arma bajo el cuello.

Fue una suerte que estos dragones, aunque se elevaban en tamaño a la altura de tres hombres cada uno, pudieran recibir el golpe con entrenamiento adecuado. Los veteranos habían visto otros más grandes que ellos y más difíciles de matar.

Después de matar a dos dragones, el ileso Kartak observó con terror cómo los inexpertos reclutas habían caído bajo las garras y dientes de los Korbas, y los casakanos no fueron la excepción.

Poco a poco, la pradera se transformó en un campo cubierto de cadáveres.

Con una mirada rápida, el comandante vio a Trasso luchando contra dos criaturas, blandiendo su espada hacia arriba para golpearlas. Al final, su brazo fue arrancado de su cuerpo mientras sostenía el arma por la mordaza del hocico de un dragón, lo que lo hizo caer del caballo y gritar de agonía. Esconderse accidentalmente entre la hierba alta le salvó la vida de la ira de los Korbas.

Kartak miró a su derecha y vio a Orssandro peleando a pie, tratando de apuñalar a un Korba que lo estaba evitando. Otra criatura feroz llegó detrás de él, preparando su cola afilada.

— ¡Date la vuelta, Regente! — Kartak gritó.

Orssandro se volvió para ver al comandante con una mirada despistada.

En ese instante, la cola del dragón demoníaco atravesó el cuerpo del Regente desde la espalda hasta el pecho y lo dejó abandonado en el suelo.

Con valentía y furia, Kartak instó a su caballo a galopar más rápido, saltó de la silla, aterrizó sobre el monstruo, le apuñaló el cuello con su cimitarra, lo mató y corrió hacia el otro dragón.

El comandante llegó tarde.

Con los ojos muy abiertos por el pánico, un joven solda-do casakano usó su larga lanza para ejecutar al Korba con miedo, mantuvo su arma contra el cuerpo de la criatura muerta y observó a Kartak con sorpresa.

El elfo, preocupado, revisó a Orssandro.

Aunque estaba inconsciente y gravemente herido, el Regente todavía estaba vivo. Su respiración era débil y sangraba.

— ¡Déjalo y ven a ayudarme, muchacho! — Kartak le gritó al joven soldado. — ¡Ven a toda prisa!

El soldado asintió. Temblando corrió hacia el elfo, donde se agachó y ayudó a levantar al herido Orssandro, lo llevó al caballo blanco del comandante y lo sentó en la silla.

Kartak le pidió al soldado que consiguiera un caballo mientras él montaba detrás de Orssandro.

La confrontación con los demoníaco alados Korbas continuó, volviéndose más feroz por momentos.

El soldado encontró un equino gris solitario. Montó y siguió a Kartak mientras ambos avanzaban muy rápi-damente entre dragones y soldados aún envueltos en sus luchas desiguales.

La mayoría de los elfos y hombres cayeron sin vida en la pradera que Korbas.

El comandante Kartak tiró de las riendas mientras sostenía al sangriento Orssandro por el pecho, a salvo contra su cuerpo, y detuvo su caballo. Buscó a su alrededor en medio del caos brutal y le preguntó al joven soldado que estaba a su lado, agitado. — ¿Hay algún lugar seguro dónde refugiarse?

— ¡Allá! — el muchacho señaló hacia el este. — ¡Hay un viejo palacio abandonado junto a la laguna Gustolk!

Los caballos corrieron lo más rápido posible, evadiendo a cualquier Korba que encontraran. Kartak no podía tener su cimitarra cuando tenía a Orssandro con él y arriesgando vidas ante cualquier dragón.

Escaparon del sangriento campo de batalla y entraron en los niveles bajos de la laguna rodeados de altas hierbas verdes. Pronto descubrieron un palacio de piedra de tres niveles con una apariencia fantasmal.

Con cuidado, Kartak depositó a Orssandro en el frío suelo de un rincón oscuro de una sala desierta del palacio.

El joven soldado llegó con un poco de heno seco que vio en el camino y encendió una pequeña hoguera con el propósito de calentar, al menos para intentarlo, al temblorosa Regente.

A la luz del fuego, el elfo vio la gravedad de su herida en el medio de su pecho, observando cómo la sangre se volvía más oscura y espesa.

Orssandro abrió los ojos, temblando por el frío interior, tendido, jadeando e intentando respirar, pero sabía que sus rápidos respiros eran una señal de la proximidad de su fin como ser humano. Miró para descubrir a Kartak a su lado y notó tristeza en su rostro. — Me convertiré en uno. ¿Cierto?— dijo en un débil susurro.

— Perdóneme, señor Regente —, respondió Kartak con profunda tristeza. — Traté de salvarle la vida.

— ¿Va a morir? — Preocupado, preguntó ingenuamente el joven soldado.

— Me temo que es peor —, el elfo sacudió la cabeza. — Se está convirtiendo en un Korbeen.

— Un demonio no—muerto —, respondió el Regente, sereno. — ¿Cómo te llamas, muchacho?

— Soy Diesso de Kokork, señor. Lancero del trigésimo cuarto escuadrón.

Orssandro mostró una rara sonrisa, mientras el joven soldado le recordaba a Alessandro y le hacía añorar su compañía.

Dejó caer las lágrimas cuando repentinos arrepentimientos se apoderaron de él. Deseó el perdón de Alessandro, de su hermana Tasarissa, de su sobrina Marissa y, especialmente, de Casak por sus graves errores. Pero comprendió que era demasiado tarde para corregir sus malas acciones.

Agotado, Orssandro desabrochó una de sus muchas medallas salpicadas de sangre de color rojo oscuro, una específica, y la colocó en la mano de Diesso.

El joven lancero observó la medalla especial, grabada con el símbolo de una orquídea de doce hojas, y miró perplejo al Regente.

— Ve a Estolk y reúnete con Missar en *La Esquina del Lago* —, ordenó, ahogándose. — Dile que ocupe mi lugar. . . Dirigir la Asamblea. . . Y dále esta medalla como prueba.

— ¡Lo haré, señor!

Orssandro se volvió hacia Kartak.

— Asegúrate de que la Divina Emperatriz tenga la espada.

— ¡Sí señor!

— ¡Ahora vete! — ordenó con dificultad.

El comandante Kartak asintió con la cabeza. Puso su mano sobre la cabeza de Orssandro y dijo algunas oraciones rápidas en un lenguaje inteligible, luego se levantó y tiró de Diesso por el brazo, sobresaltándolo.

Orssandro Vykar cerró los ojos y su ser interior desapareció, convirtiéndose en otra cosa.

— ¡¿Lo dejaremos aquí?! — Exclamó Disso mientras era jalado hacia afuera.

— ¡Ahora es casi un Korbeen! — Kartak respondió con severidad. — ¡Salgamos de este lugar antes de que vengan los Korbas!

Al comprender la gravedad de la situación, Diesso corrió y siguió al elfo.

Los jinetes montaron en sus caballos y, con temor, observaron que los cielos se nublaban con bandadas de Korbas voladores de sombras oscuras como pájaros que se dirigían hacia el palacio desolado, deslizándose sin esfuerzo por el aire. Los dragones demoníacos habían ganado la batalla desigual, dejando cientos de miles de muertos en la pradera.

Casak y los kasnasgos sufrieron una derrota.

Si bien muchos pudieron escapar, otros no tuvieron suerte. Habían caído muertos o heridos.

O, peor aún, transformados en Korbeens.

Los Korbas tenían en sus garras a sus no—muertos creados en la batalla, y iban por el último y el más importante. . . el Korbeen de Orssandro.

Los derrotados recordarían como una infamia el *Asalto a los Pastizales de Estos* .

La peor derrota de Casak en toda su historia.

Una vergüenza élfica.

Y un comienzo sombrío para una nueva incertidumbre en el horizonte.

En medio de la oscuridad, el Archimago Missar subió los escalones de piedra mientras alguien golpeaba fuertemente las puertas. Pero usó su magia para iluminar el lugar con una pequeña bola de fuego flotando sobre su mano.

Mientras iluminaba el sótano vacío de la posada, que solía ser un almacén de alimentos fríos, el fuego reveló los rostros tensos de Lady Tasarissa y Alyssa, cubriendo a Carlissa por la espalda. Ambas mujeres blandían sus dagas con preocupación y miedo mientras la joven de gafas redondas detrás temblaba.

Missar hizo una señal con la mano libre y esperó deteniéndose en los dos últimos escalones ante las puertas aseguradas por una viga. Como precaución, el mago estaba decidido a usar la misma bola de fuego como arma para defenderse.

Alguien volvió a golpear las puertas, más fuerte que la última vez.

— ¡¿Quién es?! — Missar gritó con desconfianza.

— ¡Es el lancero Diesso de Kokork! — respondió en voz alta. — ¡Traigo noticias de Orssandro Vykar!

Sorprendido, Missar se volvió para mirar a las mujeres, quienes asintieron, dando permiso pero todavía sostenían dagas.

Poco después, el mago quitó las pesadas vigas de las puertas y las abrió con cautela.

Molesto por la luz del sol que le cubría el rostro con la mano, encontró desconcertado al joven lancero acompañado por Kartak y Partak detrás. Supuso que se trataba de oficiales importantes a juzgar por sus uniformes manchados de sangre. Pero los dos elfos lo desconcertaron.

— ¿Cuál es la noticia, muchacho?

— El Regente ha caído en batalla, señor —, respondió con labios temblorosos, extendiendo la mano para mostrar la medalla. — Esta es una prueba de su último deseo de transferir poderes y tomar el control de Casak como nuevo Regente.

El rostro de Missar palideció, abrumado por la incredulidad. No reaccionó durante un rato, pero sus ojos se volvieron para mirar a Kartak.

— Como testigo, juro por la veracidad del lancero Diesso —, intervino Kartak con seriedad. — Traté de salvarlo pero fue en vano.

— Debo buscar a Missar —, dijo el joven soldado mientras buscaba visualmente el sótano. — Me han dicho que podría encontrarlo en esta posada.

El archimago, todavía impresionado, inhaló profundamente y luego exhaló para controlarse.

— Soy yo, muchacho —, respondió con cierta inseguridad.

— ¡Estaremos bajo sus mandatos, señor Regente! — El lancero se inclinó en señal de respeto.

Los elfos se quedaron quietos.

La archimaga Missar, con manos temblorosas, se dio vuelta para ver a las mujeres en el fondo del sótano y encontró a Lady Tasarissa desmayada e inconsciente mientras Alyssa y Carlissa intentaban reanimarla. Poco después, miró hacia el callejón y la calle siguiente y descubrió cadáveres en el suelo debido al asalto de los Korbas a Estolk, que provocó bajas y destrucción.

— Señor Regente —, habló Kartak. — Puede que hayamos fracasado en la batalla, pero le aseguro que los kasnasgos están aquí para ayudar a Casak a defender a tu pueblo por completo.

— Es. . . se nos está yendo de las manos— , murmuró Missar con los ojos muy abiertos al comandante.

— También buscaremos la espada *Ykarte* para entregársela a la Divina Emperatriz.

— ¡Sé dónde está la Espada de Kasana! — exclamó el archimago, sorprendido.

23

PASO

Cuando el sol de la mañana salió sobre las nevadas Montañas Sagradas, Alessandro se sentó en una roca, sosteniendo su espada hacia abajo, cautivado por el espectáculo del cielo. Durante toda la noche permaneció despierto para vigilar a la emperatriz dormida.

Pensando en Fabehel, se metió el pañuelo blanco bajo la manga.

Cuando el día se aclaró, vio a Lakia y Marissa descansando en el suelo, cubiertas con abundantes pieles de waki, junto a una hoguera apagada.

No muy lejos, en el mismo valle pero junto a árboles cercanos, dos mantis dormían de pie. Brisel fue una de ellas.

Habían llegado al norte de Las Llanuras, en el rincón geográfico con Las Tierras Altas y las montañas. Mientras recordaba sus lecciones de geografía, las Montañas Sagradas eran la mitad del muro, el lado norte, mientras que en el sur, la Cordillera Cayderr completaba el muro natural que rodeaba el dominio místico de Salter.

Recordó su viaje inusual. Desde Villa Jarrdine en Carretem, su mantis domesticada siguió a Brisel con Lakia y Marissa sobre él. El estómago de Alessandro no pudo soportar la extrema velocidad de la mantis, por lo que tuvo que detenerse y vomitar, lo que le obligó a interrumpir el viaje.

Marissa evitó las náuseas mientras viajaba con el indómito Brisel. Había dominado su autocontrol mientras iba a altas velocidades.

Lakia, en cambio, no se vio afectada. Ella demostró encontrar placer en la velocidad.

Reanudaron el viaje una vez que Alessandro se vio mejor con los consejos de Marissa para superar los efectos. Aunque llegaron a Seled Post esta mañana, esperaron a que amaneciera debido a los peligros de viajar de noche, especialmente con los Korbas en Bérrem.

Alessandro no olvidó la inquietante experiencia de la *Fiesta de la Dragonesa* .

No durmió y rechazó la oferta de Marissa de turnarse. No estaba cómodo.

Y tuvo una extraña sensación de que algo había sucedido.

Lakia sorprendió a Alessandro al encontrarla a pie justo frente a él, ya que no la vio despertar. La notó con gran tristeza en el rostro y húmedos ojos color avellana. — ¿Qué pasó?

— Una pesadilla —, respondió entre sollozos. — Soñé con una batalla en la que los elfos y los hombres caían bajo el mando de los Korbas. . . Estaba en un prado. . . en algún lugar lejos de aquí.

Su declaración lo sorprendió. Él la miró fijamente. Conociendo sus habilidades únicas, comprendió que algo terrible había ocurrido en Casak. Sin embargo, mantuvo la calma y se concentró en su tarea de llevarla a Salter.

Su repentina reacción fue limpiar las lágrimas que corrían por sus mejillas, mostrando una ligera sonrisa. — Lo que es más importante ahora es Salter.

Ella asintió y luego se sentó a su lado en la misma roca. Sacó una pera y un cuchillo de su bolso y los cortó en rodajas, y le dio algunas a Alessandro cuando comió algunas. — Dime. ¿Era mi padre como tú?

— ¿Cuál es el significado de su pregunta?

— El hechicero Uskam me ha dicho que mi madre era de piel pálida pero cabello negro, así que dímelo. ¿Era mi padre como tú?

Alejandro suspiró. Entendió que, a pesar de ser una emperatriz de poderosas habilidades, ella era solo una niña con una curiosidad inocente. Sin embargo, para él, estaba más allá de su comprensión cómo ella sabía muchas cosas, como el sombrío destino de Cassandro. — A diferencia de mi piel bronceada, él era moreno. Quiero creer que mi hermano obtuvo los rasgos de mi madre mientras que yo obtuve los de mi padre de sangre —, reconoció, notando en sus ojos la sed de más respuestas. — Los casakanos son diversos y nuestro dominio tiene un clima tropical, al menos antes de la Gesha. El área más al sur es donde se originaron los más oscuros, como las Islas del Sur, de donde proviene la madre de Marissa, ya que mi madre también era de algún lugar cercano antes de emigrar a Estolk.

— ¿Qué puedes contarme sobre tu padre?

— Mi madre no quería hablar mucho de él. Pero una vez me dijo que era un comerciante de un pequeño pueblo cerca de Kokork, en el norte de Casak, donde vive gente de piel bronceada —, suspiró de nuevo. — Sin embargo, poco antes de partir, mi hermano Cassandro me reveló que unos bandidos habían matado a nuestro padre en su viaje a las montañas.

— Y por eso tu madre tuvo que trabajar en una taberna.

— ¿Cómo lo sabes? — expresó sorpresa.

— Ella me lo ha dicho —, respondió Lakia, señalando a la caballera dormido. — Ser Marissa todavía se aferra firmemente a ti, a pesar de su consenso sobre tus verdaderos sentimientos.

Alejandro se sintió desconcertado. Lakia había pasado de ser una niña normal y corriente que buscaba respuestas a una emperatriz con una sabiduría única.

— Entonces. . . ¿Qué debo hacer?

— No es tu culpa, pero tampoco seas obtuso. El amor y el misticismo tienen la misma esencia. Ambos pueden ser retorcidos e irracionales, pero con un propósito común —, aseguró. — En tu postura, tienes un propósito en el corazón.

Alessandro y Lakia se distrajeron con el repentino bostezo de una Marissa despierta, que estiró los brazos después de sentarse.

— ¿Me estoy perdiendo de algo? — les preguntó, despistada, con brillantes ojos marrones apartando sus pieles.

A juzgar por la posición del sol hacia el oeste, era el comienzo de la tarde. Alessandro sabía que estaban cerca. Había pasado la mayor parte del tiempo montado en la mantis marrón, siguiendo a Lakia y Marissa en Brisel, y finalmente pudo adaptarse a la velocidad mientras viajaba hacia el sur a lo largo de las Montañas Sagradas a su izquierda.

Recomendó una parada rápida en Seled Post para descansar, tomar una comida ligera y luego continuar por El Paso hacia Salter.

Lakia disfrutó del rápido viaje, sosteniendo el cuello de Brisel entre las piernas de su caballera. El viento helado azotaba agradablemente su rostro. Sin embargo, su entusiasmo inicial se desvaneció cuando el aburrimiento llegó y anhelaba llegar a su destino.

Marissa tenía la responsabilidad de mantener a la emperatriz firmemente contra su cuerpo para evitar cualquier caída accidental que sería fatal. Tenía que controlar a Brisel con la ayuda de las riendas.

Por un instante, Alessandro no pudo evitar su preocupación por Casak. Si el sueño de Lakia era cierto, creía que los Korbas se habían extendido más allá del Karekall y a través del Mar del Más Allá. Sabía que Sánkaris se encontraba en una situación grave. No tuvo el valor de decírselo a Marissa. Un silbido lo sacó de sus meditaciones cuando sintió que la mantis marrón corría más rápido de lo habitual, casi alcanzando a Brisel y sus pasajeros. Sorprendido, giró para mirar hacia atrás mientras agarraba las riendas de la mantis.

Asustado y aturdido, Alessandro descubrió un dragón negro volador gigante detrás, tratando de atrapar a los viajeros a gran velocidad.

— ¡Maldito Korba! — gritó, desenvainando su espada.

La atención de Marissa fue atraída y encontró a Alessandro y su mantis al lado y no detrás. Miró hacia atrás y desenvainó su espada, sosteniendo a Lakia con fuerza excesiva en un deseo de protegerla con su vida.

La emperatriz descubrió y sintió la presencia del dragón pero no lo vio ya que el cuerpo de la caballera la bloqueaba visualmente.

El Korba alado demostró su velocidad superando a las dos mantis y alcanzando a la marrón. Alessandro blandió su espada, intentando desesperadamente tocar a la criatura. Sin previo aviso, el dragón estaba directamente encima de él, listo para atraparlo con sus garras.

Lakia sintió el peligro para su tío y cerró los ojos, usando su aura para generar un poderoso viento en la dirección opuesta. Este viento, aunque ralentizó a las mantis, empujó a la criatura muy lejos.

Alessandro luchó contra el viento creado por Lakia, pero se sintió aliviado cuando empujó al Korba, garantizando la seguridad de todos.

Le sonrió a Marissa, pero notó que ella tenía una expresión seria y sus ojos se abrieron redondos.

El Korba recuperó su velocidad y pudo evadir el viento. La criatura voladora se preparó para atacar con su cola afilada esta vez.

Marissa tiró de las riendas para ir más rápido. Por fin pudo vislumbrar Seled Post en el horizonte.

Brisel siseó preso del pánico.

El miedo también había invadido a Lakia y no podía usar su aura. Recordar su enfrentamiento pasado contra Ardek Korba la hizo dudar sobre sus habilidades.

— ¡No! — Marissa gritó, alarmada.

El dragón picó y mató a la mantis marrón.

El cuerpo de Alessandro aterrizó violentamente durante el lanzamiento, lo que provocó una oscilación repetida sobre la hierba verde, rasgando su ropa y finalmente deteniéndose en el vasto valle. La espada entregada por Lord Tom Lai desapareció cerca de un acantilado cercano.

Luego, el Korba aterrizó ante Alessandro y rugió, dándole una mirada espantosa con ojos rojos.

Marissa ralentizó a Brisel, saltó y le ordenó a su mantis que llevara a Lakia a un lugar seguro. Corrió hacia Alessandro, preocupada, blandiendo su espada, aun sabiendo que estaba demasiado lejos para salvarle la vida.

Independientemente del dolor, los rasguños y los moretones, Alessandro se levantó, con sangre goteando de su frente, agarrando el pañuelo blanco desafiante, listo para enfrentar a la enorme criatura usando solo sus propias manos. — ¡No dejaré que toques a la Divina Emperatriz, bestia! — gritó furioso, metiendo el pañuelo bajo la manga. Su corazón, sin embargo, se aceleró.

El dragón saltó, dispuesto a acabar con él sin piedad.

Sin previo aviso, dos flechas gigantescas penetraron la cabeza y el pecho de la criatura.

El dragón cayó pesadamente ante Alessandro, sacudiendo el suelo.

Marissa quedó atónita y se detuvo en su carrera, jadeando en busca de aire. Se dio la vuelta y vio a los centinelas de Bérrem en las afueras de Seled Post que habían disparado sus balistas. Dejó caer su espada y cayó de rodillas.

Lakia, rodeada por los centinelas, se aferró al cuello de Brisel y sollozó.

Alessandro sacudió la cabeza aliviado. Exhaló y miró la cabeza del dragón, notando que sus ojos cambiaban de rojo a negro a medida que su cuerpo quedaba sin vida. — ¡No tocarás a la Divina Emperatriz, plaga! — murmuró.

Alessandro cambió su ropa por la de un centinela, que tenía una talla similar. No eran los elegantes vestidos negros a los que estaba acostumbrado, sino en su mayoría atuendos campesinos hechos de cuero. No le importaba su vestimenta mientras tuviera algo en su cuerpo. Mientras pasaba los brazos por las mangas de una camisa de lana y la abotonaba, hacía gestos de dolor por el dolor de su cuerpo. Se veían algunos moretones y un pequeño parche en la frente.

Marissa se mordió el labio inferior mientras observaba con empatía cómo él sentía su dolor.

Un asombrado oficial de Bérrem estaba a su lado.

Un débil fuego bajo la chimenea iluminaba la mayor parte del interior de la torre de la guarnición.

La nueva mañana apareció cuando la luna No Sak se escondió tras la cortina del día. La primera luz del sol atravesó la alta ventana y dejó una marca momentánea en el suelo de piedra.

— ¿Pudo conseguir una mantis, sargento? — Preguntó Marissa.

— Lo siento mucho, ser. Lo único que podemos ofrecer son caballos —, el oficial sacudió la cabeza. — En estos lugares altos y fríos, las mantis no sobreviven fácilmente.

— ¡No iremos en mantis ni en caballos! — Alessandro respondió mientras comía una bola de masa rellena de carne de cordero molida. Y habló con la boca llena, haciendo que sus palabras fueran casi ininteligibles. — ¡Iremos a *El Paso* a pie!

Los cocineros de la guarnición ya habían colocado sobre la mesa de madera maciza bandejas con albóndigas regionales y tarros de té dulce de color ámbar para los viajeros, especialmente para la emperatriz.

— ¿Cuál es el motivo de su recomendación? — Marissa, en desacuerdo, preguntó. — ¡Serían dos días para llegar a Salter cuando ya deberíamos estar allí!

Alessandro sirvió una taza de té y bebió suficiente para ayudarse a tragar la bola de masa que tenía en la garganta, temeroso de responderle.

— Creo que nuestra velocidad atrajo al Korba, Marissa—, respondió, señalando con el dedo índice hacia arriba. — El dragón volador nos vio mientras veníamos aquí.

— ¿Sugieres que ir montado en cualquier animal podría atraerlos?

— Exactamente —, asintió. — Viajaremos a pie para evitar cualquier atención.

Lakia se despertó en un banco cerca de la chimenea, frotándose los ojos y bostezando.

Marissa sirvió té en una taza limpia y se la ofreció a la emperatriz.

Alessandro miró el arma del oficial y la apuntó con indiscreción.

— ¿Me puede dar su espada, sargento?

A petición de Alessandro, una docena de centinelas escoltaron a la emperatriz en Brisel hasta los límites de *El Paso*.

Los tres viajeros, dos de ellos a caballo prestados, se detuvieron para admirar el tremendo corredor natural entre montañas. Las Montañas Sagradas y la Cordillera Cayderr se miraban a sí mismas como gigantes blancos que luchaban por ofrecer un panorama impresionante.

— Aquí termina Bérrem —, afirmó el sargento con un humo de aliento helado. — Mis hombres y yo no podemos entrar.

— Entonces, este es Salter —, asintió Alessandro, notando el corredor ascendente adverso. — Estamos demasiado cerca, pero demasiado lejos.

A excepción de los centinelas, los viajeros también vestían pieles de waki blancas para protegerlos del ambiente gélido a gran altura.

Marissa, acostumbrada al clima cálido de su reino, y a pesar de su ropa gruesa, podía sentir el ambiente gélido hasta los huesos. Las noches intensas y frías en Casak no fueron nada comparadas con la sorpresa de un mediodía helado antes de *El Paso*.

— Los pocos que se atrevieron a entrar perecieron —, reveló el sargento. — Hay una razón que sólo los magos y hechiceros pueden alcanzar.

Lakia, desmontando a Brisel, miró al oficial cuando notó a Alessandro y Marissa con miradas preocupantes.

— ¿Estás seguro de que quieres continuar? — Marissa instó a la emperatriz. — ¡Suena traicionero!

— ¿Recuerdas esa conversación que tuvimos, Ser Marissa?— Lakia respondió con autoridad e incomodidad. — ¡Comencé mi viaje con este morral y tengo la intención de llevármelo a Salter!

— Pero. . .

— ¡Míranos ahora! — ella interrumpió. — Dije que el Jyistereerk comenzó con mi morral. Nuestro crecimiento ha resultado en que me hayan confiado Bérrem. A pesar de todo lo que dije e hice, dudaste de mí innumerables veces y tu lealtad casi desapareció.

Todos presenciaron en silencio las palabras de la emperatriz y notaron cómo Marissa se estremeció.

Alessandro hizo un gesto sorprendente.

— Pido disculpas, Divina Emperatriz —. Marissa desmontó del caballo y se arrodilló ante ella en total sumisión. — Por favor, despójame como tu caballera si sugieres que no merezco el título.

— ¡No busco desterrarte sino tu comprensión! – Aclaró Lakia mientras tocaba compasivamente su mejilla, sus ojos denotaban cariño. — Soy una emperatriz, sí. Pero solo no puedo tomar las riendas de un imperio. Por eso os he elegido a ti y a Alessandro para que me deis la orientación necesaria. Junto conmigo, ambos seréis los Pilares del Jyistereerk.

Marissa se sintió conmovida.

Alejandro reaccionó desmontando de su caballo en el momento en que todos los centinelas hacían una reverencia única hacia la emperatriz y sus dos compañeros elegidos.

Más tarde, una vez que los tres viajeros partieron hacia Salter, el sargento envió a Brisel de regreso a Carretem a pedido de Marissa, pero con un mensaje para la Reunión de los Lores.

El nombramiento de la emperatriz de Alessandro y
Marissa como Pilares del Imperio circuló por todo Seled
Post. Los devotos lugareños y centinelas votaron para cam-
biar el nombre de *El Paso*. Enviaron los resultados de la
votación en ese mensaje.

La Reunión de los Lores recibió el mensaje de Brisel y
noticias de otras bocas. Temerosos de las implicaciones in-
minentes por parte de la emperatriz, aprobaron unánina-
mente y ordenaron a todos los cartógrafos que moficaran
los mapas.

Como resultado, cambiaron el nombre a *El Paso de la
Emperatriz*.

24

METAMORFOSIS

La sensación de congelación penetró en sus rostros desnudos mientras ascendían constantemente por el corredor entre las montañas gélidas. El ambiente gélido amenazaba vidas difíciles. Más que caminar, parecía como subir escalones hechos de rocas naturales irregulares y resbaladizas. Soportaron el día helado, yendo con prisa como deseaban, pero las duras condiciones y la conciencia de los peligros potenciales los frenaron.

Suspirando por aire y llevando a Lakia a su espalda, Alessandro se detuvo momentáneamente. Las pieles y toda la ropa no eran suficientes para protegerlo del clima, pero ascender con una niña detrás ayudó a mantener su cuerpo caliente mientras observaba a Marissa avanzar.

Lakia deseaba dormir sobre la espalda de Alessandro, temblando. Abría mucho los ojos, intentando en vano estar alerta a su entorno. — ¡Por favor, bájame! — Su incomodidad al usar botas derivaba de su preferencia por andar descalza o con sandalias.

Al escuchar su petición, Alessandro obedeció y puso a Lakia sobre una piedra ancha cercana donde ella se sentó. Luego sacó una cantimplora de agua de su bolsa y se la ofreció.

Ella se negó a beber y le pidió que lo hiciera primero, notando su cansancio.

Alessandro asintió y se vertió el agua en la boca con alivio, sintiendo trozos de hielo del ambiente gélido.

Marissa retrocedió, preocupada. — ¿Qué ha ocurrido?

— Yo. . . Sólo necesitaba parar —, respondió Alessandro, tratando de recuperar el aliento. Estudió los alrededores y observó el corredor hasta que sus ojos no pudieron ver muy lejos del horizonte montañoso. Suspiró, preocupado. — El archimago Yasstro me ha contado muchas maravillas sobre Salter. ¡Pero lo único que veo es este maldito frío y montañas!

— Recuerdo sus libros, Alessandro —, evocó Marissa con una ligera sonrisa, temblando. — Solía mostrarnos ilustraciones de torres plateadas en Salter en esa biblioteca.

— El Libro de las Maravillas —, se rió un poco. — ¡Parecía más un cuento de hadas que un lugar real!

Marissa observó a la emperatriz fijada en un grupo de wakis rumiantes blancos que se alimentaban de la escasa hierba en un barranco cerca de la Cordillera Cayderr. — ¿Estás bien, Lakia?

— Los veo y lo recuerdo. . . —, respondió Lakia con cierta tristeza, haciéndoles señas con un gesto discreto. — Cuando era muy pequeña, madre Venka solía llevarme a ver los rebaños de waki durante las temporadas de verano. . . Eran abundantes, vívidos, como lo era Molke. . . — Finalmente, cayó en un estado durmiente, luchando por mantenerse despierta.

Marissa evitó que Lakia cayera agarrándola y levantó su cuerpo inconsciente en sus brazos.

— ¡Déjame quedarme, Saki! — Exclamó Lakia delirante con los ojos inmóviles. — ¡Quiero alimentar al waki!

Alessandro, preocupado y con suspición, tocó la frente de Lakia. — ¡Tiene fiebre alta! — Después de buscar, encontró un pequeño espacio rodeado por algunos árboles desnudos cerca y propuso ir a ese lugar.

Marissa corrió tras él, sosteniendo a Lakia en sus brazos, hasta que llegaron al sitio mencionado. Con la esperanza de calentarla, se sentó en el suelo frío y cubrió a la niña con sus gruesas pieles.

Alessandro colocó su cantimplora en los labios de Lakia y comenzó a echarle agua en la boca.

— ¡Tengo calor, Saki! ¡Vamos al estanque con los kapakis! – seguía diciendo, todavía delirante, con los ojos cerrados.

— ¿Cuál es el significado de esto, Alessandro? — Marissa inquirió alarmada, asegurando que unas pieles envolvieran el cuerpo de Lakia junto al de ella. Tenía dudas sobre sus posibilidades de sobrevivir al duro frío.

— Creo que está hablando con palabras molkanes —, sus labios temblaron cuando su debilidad lo invadió.

Marissa le dio la razón al sargento, recordando sus palabras. Los pocos que se atrevieron a entrar *en El Paso* habían perecido. — ¿Hemos fallado? — Tenía una mirada desconsolada, rogando en voz baja que Alessandro pudiera resolver una complicación desesperada mientras agarraba a la emperatriz dormida dentro de su ropa.

Alessandro levantó la cabeza y su cuerpo cayó directamente al suelo. Miró el cielo azul claro, que pronto se convertiría en noche, dibujando en su mente el rostro de Fabehel cuando sintió con los dedos el pañuelo debajo de la manga. — ¡Por favor, perdóneme, Lady Fabehel! — murmuró débilmente. Se dio cuenta de que Marissa estaba inconsciente, abrazando a Lakia, y volvió a observar el cielo.

Lo último que vio antes de que la oscuridad lo consumiera fue una bandada de Korbas, a lo lejos, dando vueltas en círculos como si esperaran algo.

Negrura.

— ¡Despierta, Nehel! — un susurro convocado. — ¡Abre los ojos y sigue el viento!

Lakia dejó ver sus ojos color avellana y notó la oscuridad que la rodeaba. Sin embargo, pudo ver a Marissa, que la había abrazado. Sorprendida, comprendió el deseo de la caballera de protegerla del frío. Intentó en vano despertar a Marissa tocándole la mejilla. Lakia tuvo que salir de sus brazos que la sostenían con fuerza, y una vez finalmente libre, extrañamente, sintió una calidez en el ambiente, a diferencia de la condición gélida que percibía. Sintiéndose acalorada y sudorosa, abandonó sus gruesas pieles.

— Sigue el viento, Nehel. . . —, el susurro todavía la llamaba.

Sabía que no era una alucinación ni un sueño.

Mientras caminaba sin dificultades, sus pies parecían flotar.

Cuando sus botas tocaron algo, se detuvo y se inclinó para ver qué era. Para su gozo, descubrió a Alessandro inconsciente en el suelo. Su mano agarraba un pañuelo. Una sonrisa se esbozó en su rostro, se levantó y continuó con sus pasos.

De la nada, una ráfaga golpeó su cabeza. Lakia sabía que el viento era suya, pero alguien más lo controlaba.

Aún así, ella lo siguió, caminó, caminó y caminó. . . a través de la oscuridad.

Ella lo encontró. A lo lejos, una cueva en cuyo interior danzaba un fuego.

El viento cesó.

Lakia siguió adelante y llegó a la cueva.

Sin miedo y con confianza, entró.

Encontró un pequeño camino ascendente ante ella hasta una media pared natural, cubriendo una hoguera que iluminaba la mayor parte de la cueva. La niña caminó hacia el otro lado y encontró un enorme caldero sobre un gran fuego dentro de un hueco.

Lakia estudió el suelo. Había algunos taburetes pequeños, botellas vacías y llenas con sustancias desconocidas, cuencos sucios con restos secos y además descubrió algunos huesos de animales limpios. Miró hacia adelante y encontró un catre de madera con una funda de cuero y pieles de waki.

Escuchó pasos detrás de una presencia poderosa y lentamente se giró.

Lakia descubrió a una mujer anciana con el rostro gravemente degradado y deformado. Ella notó sus ojos en blanco como evidencia de una profunda ceguera.

— Nehel. . . —, mencionó la grotesca señora con voz áspera abriendo su boca desdentada. — Mi Promesa. . .

La niña la reconoció con una gran joroba y harapos sucios y oscuros de lo que alguna vez fueron ropas finas. Tenía un olor fétido y desabrido.

— La conozco, señora —, asintió Lakia con seriedad, inmutable. — ¡Eras grande entre la gente!

La dama ciega extendió su mano huesuda y temblorosa para tocar el rostro de la emperatriz, lo estudió con los dedos y palpó su cabello. — He esperado mucho, mi Promesa.

— Dime. ¿Cómo perdiste la vista? – preguntó en el momento que compasivamente le tomaba las manos.

La señora no lo recordaba mientras movía la cabeza varias veces, pero recordó vagamente y habló después de un rato.

— Había viajado con el Príncipe Dohan... para buscar una cura para Aranka... y un demonio me tocó.. .—, respondió lentamente.

Lakia adoptó una postura pensativa y recordó las lecciones del Hechicero Uskam.

— ¿Puedes saber tu nombre?

— Nombre... No lo recuerdo—, respondió la señora, moviendo de nuevo la cabeza.

— Eres la Hechicera Dalehel —, dijo con una ligera sonrisa. — ¡Eras la madre de mi madre!

— Ya no hechicera. Bruja ahora... —, aclaró con otro tic.

Una sensación de tristeza se apoderó de Lakia mientras sentía empatía por la señora mayor. La jaló y la guió hasta un taburete que encontró cerca del caldero.

Ambos tomaron asiento en los taburetes.

Lakia observó a la bruja y sus ojos casi se llenaron de lágrimas. Recordó las palabras de Uskam.

El hechicero Uskam una vez le enseñó que existían cuatro personas diferentes en el mundo mágico de Sánkaris, pero que nadie nacía con magia. Un aspirante a estudiante tenía que aprender los conceptos básicos y la naturaleza de la magia y, más tarde, las habilidades se fortalecían o debilitaban, dependiendo de la edad, la inteligencia o los rasgos de personalidad de la persona. Como él, los hechiceros y hechiceras aprendían la magia a través de un guardián, maestro o tutor. Los santuarios se formaban directamente para los magos, encantadores y hechiceras. Aunque poco común, las hermandades en las comunidades élficas también aprendieron y protegieron la magia a través de la naturaleza y las bendiciones de las diosas, y eran el tercer tipo.

El cuarto tipo era lo peor. Si entidades malignas como demonios o Korbas contaminaban a las personas con magia, se convertirían en brujos o brujas.

Lakia también sabía a través de Uskam que existían grupos de brujos y brujas llamados Aquelarres en los lugares más oscuros al este del Karekall y escuchó historias aterradoras sobre ellos.

Sin embargo, al mirar a la anciana Dalehel, la niña no pensó que fuera una bruja, sino más bien una pobre mujer enferma.

— ¿Eres mi princesa? — preguntó, confundida, moviendo la cabeza. — Por favor, sé amable con Fabe. . .

Con sorpresa, Lakia captó la confusión y rápidamente se levantó para abrazarla.

— ¡No soy mi madre, señora! — exclamó conmovida.

— ¿Eres tú, Natahel? — Insistió la bruja sintiendo los brazos de Lakia en su cabeza.

La repentina reacción de Lakia fue dar un paso atrás, asustada y mirando a la bruja, temblando. — ¡No! ¡No lo solicites!

La niña lo sintió en lo más profundo del cuerpo de la bruja, a la verdadera Dalehel como una voz débil, formulando un deseo particular.

Lakia comenzó a sollozar, sin querer hacerlo cuando la mujer movía la cabeza continuamente. A pesar de su desgana, comprendió la necesidad de cumplir con su deber y otorgarle a Dalehel la libertad y la paz que merecía después de soportar tiklos de sufrimiento infernal.

La emperatriz sabía que tenía que poner fin al sufrimiento, aunque despreciara la idea.

Lakia cerró los ojos y volvió a abrazar a la bruja.

Entre sollozos y un fuerte viento que apareció, Lakia mantuvo a la mujer en sus brazos.

Sintió cómo se le detenía la respiración.

El cuerpo de la bruja se volvió más suave hasta disolverse.

Entonces, nada quedó en los brazos de Lakia.

Cuando abrió los ojos húmedos, sólo había un pequeño montón de cenizas en el taburete.

La bruja, y por tanto la legendaria hechicera Dalehel, habían muerto.

Una de los últimos del mundo pasado.

Lakia se giró para notar como el caldero desaparecía, vaciando el hueco.

Y el fuego se apagó, trayendo oscuridad a la cueva.

El hueco se convirtió en una puerta, dejando entrar abundante luz. Lakia, al principio, se cubrió los ojos parcialmente ya que la luminiscencia lastimó sus pupilas. Aún así, descubrió que era una salida a un próspero valle de vivo verde con flores de colores, muchas mariposas y frondosos perales distribuidos por el lugar. Todo ello acompañado de un claro y hermoso cielo azul.

Paraíso.

Al salir de la cueva por la puerta, la niña se sintió alterada, pero sin cambios. Sus ojos descendieron para notar que las incómodas botas habían desaparecido, pero sus pies descalzos pisaron agradablemente la rica hierba.

Sorprendida, también vestía una túnica blanca pura y sedosa con mangas largas, dándole un tipo de brillo único.

Se topó con un estanque cercano donde bailaban cisnes y se dirigió apresuradamente hacia él. En el borde, se arrodilló y avanzó lentamente hacia el agua cristalina. El espejo reflejaba su rostro y sus ojos, pero notó recogido el cabello corto y rizado. Lucía impecable y perfecta, incluso con las imperfecciones naturales de su rostro.

Levantó los ojos para encontrar a un hombre mayor calvo con una túnica azul debajo de un peral, apoyado en el tronco con las manos escondidas debajo de las largas mangas. Ella sintió en él paz y sabiduría.

Él la estaba esperando.

La chica transformada se levantó y caminó para acercarse al mayor, mostrando seriedad.

Abrió mucho sus ojos azules, pero no mostró ninguna expresión en su rostro arrugado y sin pelo. Él asintió y, por fin, sonrió levemente. — *Nehel Jyistereerk Mudihufaser* —, la llamó el hombre con dulce voz. — *Nehel Jyistereerk Friyterkfer*.

— Sí, lo soy —, estuvo de acuerdo, asintiendo también. — ¿Y quien eres tú?

— Me conocen como Selee desde que me nombraron Gran Archimago de Salter —, hizo una respetuosa reverencia.

— ¿Por qué estoy aquí? ¿Estoy muerta?

Selee se rió entre dientes. — No lo estás, Divina Emperatriz. Lo que ves a tu alrededor es la consecuencia de la liberación de la Hechicera Dalehel. Lo hiciste posible y simplemente saliste de tu capullo, transformándote en tu verdadera naturaleza.

— ¿Cómo es eso posible? ¡No quería hacer lo que ella deseaba! – Gritó mientras sus ojos llorosos miraban sus manos temblorosas. — ¡Sabía que tenía que hacerlo porque ella estaba sufriendo! ¡Pero he cometido una atrocidad contra los principios de la vida!

— ¡No temas! — El archimago volvió a sonreír. — Su sangre ya contaminada fue por un ataque de un Korba mientras viajaba con el Príncipe Dohan, pero no se convirtió en Korbeen porque sus conocimientos de herboristería le permitieron crear una poción para salvarla, pero con una terrible maldición de sangre corrupta siempre. incurable. — Selee hizo una pausa por un momento. – Al final, su cuerpo y su mente estaban muertos, pero atrapados en un limbo afligido cuando debería haber muerto en abundancia. Así que no, no la mataste.

La emperatriz lo escuchó y su suave voz la alivió. Sin embargo, ella todavía estaba confundida y tenía muchas preguntas.

— ¿Qué me pasa? ¿Y cuál es la relación con la hechicera? — preguntó mostrándose a si misma. — ¡Me veo diferente que a como era antes!

El Gran Archimago le tocó el hombro y le sugirió sentarse en el césped bajo el mismo árbol, anticipando una explicación significativa, suspiró y comenzó. — Después del incidente, le prohibí a la Hechicera Dalehel volver a entrar en Salter, ya que sabía de su sangre envenenada y supervisaba su transformación en bruja. Entonces, al enterarme de los peligros con los Korbas y, como mis hermanos y hermanas insistieron en una petición, le permití convertirse en guardiana de Salter. Ella aceptó y vigiló *El Paso* para que nadie pudiera entrar a nuestro dominio.

Comprendió la razón por la que los viajeros no llegaban fácilmente a Salter.

— Al principio, ella sólo usaba sus habilidades para alejar a cualquiera que se atreviera a entrar en Salter —, continuó con su dulce voz. — Aun así, como se estaba volviendo corrupta y especialmente después de la Gesha, mató a los últimos viajeros —. Él tembló con desaprobación. — Necesitábamos un nuevo guardián.

Su silencio lo dijo todo y sobresaltó a la emperatriz.

— ¿Soy yo esa guardiana?

— Sí, podríamos decirlo. Como emperatriz, estás abriendo a Salter al mundo nuevamente para siempre. . . y para mal.

— Pero. . . ¡No entiendo nada!

— ¿Creías que eras una niña normal? — se rió entre dientes. — Por favor, ven conmigo.

Ella se levantó y lo siguió.

Ambos caminaron entre los perales en silencio.

La niña observó atónita la gran riqueza del valle, como si fuera sacado de un cuento infantil o de un sueño perfecto. Notó la presencia colorida de todo tipo de animales y flores. Se detuvo en un árbol enano rodeado de mariposas, e incluso algunas aterrizaron en su túnica blanca.

Selee le mostró una rama que contenía un capullo que colgaba entre las mariposas invasoras.

— Mira tus circunstancias, Divina Emperatriz —, habló el Gran Archimago con cierta solemnidad. — Llegaste como la primera y única nacida con magia. Tu madre era hija de un rey arankano. Tu padre era hijo de una Regente casakana y su hermano ya está contigo. Fuiste criada bajo una madre élfica que te alimentó con su leche y un hechicero élfico que te preparó para tu postura. ¿No crees que son coincidencias?

Ella adoptó una posición pensativa, pero no lo comprendió.

— Divina Emperatriz. ¿No recuerdas que la magia es perfecta pero imperfecta en oposición a las leyes naturales del mundo?

— Sí, el hechicero Uskam me lo enseñó.

— Eras una niña pequeña que tuvo que vivir las penurias de Sánkaris, y supuestamente debiste esperar tu metamorfosis hasta los cuatro tikls —, asintió apuntando a la emperatriz. — Pero sabiendo los peligros que Sánkaris tiene que enfrentar, la Hechicera Dalehel siguió sufriendo y esperó mucho tiempo por ti para poder acelerar tu metamorfosis en tu verdadera naturaleza antes de su muerte. ¡Ella era la única que podía darte la metamorfosis que necesitabas!

— ¿Metamorfosis en qué?

Selee chasqueó el dedo y mostró con la mano cómo el capullo se iba abriendo lentamente y emergió una mariposa blanca extendiendo sus alas.

— Como esta mariposa, eras una oruga, desprevenida porque ni siquiera tú sabías quién eras. Liberaste a un señor de un Korba, sí. Pero todavía no estabais preparados para enfrentaros a Ardek Korba, y ese fue vuestro error —, afirmó. — Eras como la oruga tratando de volar incluso antes de entrar en el capullo.

— ¿Quién soy?

— Lakia está inactiva ahora. Tuviste un renacimiento de esa cueva como Nehel, la joya divina, de la misma manera que la mariposa. . . —, suspiró Selee, sin poder ocultar su emoción con una sonrisa. — Eres una semidiosa, una divinidad entre todos los pueblos.

25

MUROS

Alessandro se despertó sin aliento, empapado en sudor frío y sintiendo la humedad alrededor de su cuello. Una molestia aguda atravesó sus ojos oscuros, provocando un dolor de cabeza que le traía recuerdos de las resacas de las noches pasadas con compañeros de clase o soldados en el Palacio Vykar. Se sentó y se dio cuenta, alarmado, de que estaba en un lugar diferente.

Examinó su entorno y descubrió que estaba en una habitación espaciosa adornada con paredes blancas y plateadas y un techo alto y curvo. Tenía algunos muebles extraños y simples con similitudes con las formas del árbol, pero parecía cómodo y estéticamente bueno a la vista. No entendía de dónde venía la suave iluminación, ya que no había lámparas de aceite ni velas, pero supuso que procedían de la magia.

Estaba en una cama con cómodos cojines y sábanas de seda blanca y giró a su derecha para encontrar a Marissa dormida en otra cama similar a su lado. Se masajeó el cuello para aliviar el dolor y giró la cabeza para encontrar una pequeña mesa redonda que sostenía un cuenco lleno de frutas frescas.

Alarmado, Alessandro recordó el rebaño de Korbas antes de su desmayo y se levantó, perturbado, tratando de desenvainar su espada, pero sintió que su mano agarraba sólo aire. Descubrió que alguien también lo desarmó como Marissa.

Preocupado y tratando de buscar respuestas, despertó a Marissa.

Cuando abrió los ojos y se descubrió en un lugar diferente, se levantó con aprensión. — ¿Dónde está Lakia? — Gritó, todavía sintiendo la sensación de la emperatriz dormida en sus brazos. — ¿Qué lugar es?

— No estoy seguro, pero estoy en lo cierto de que alguien nos trajo aquí —, respondió, moviendo los ojos para mirar a su alrededor con desconfianza. — No todas las mazmorras son lugares oscuros y miserables.

— ¡Esto no es una mazmorra, sino un lugar que solo aquellos con riqueza pueden tener! ¡¿Eres muy denso?! –

ella lo reprendió con incredulidad, pero aún sin tener claro en qué habitación se encontraba. — ¡¿Dónde está Lakia?!

— Lakia ya no existe, amigos míos.

Alessandro y Marissa miraron hacia la fuente de la dulce voz masculina y encontraron a Selee con su túnica azul. No estaban seguros de si había entrado por la entrada o si había salido como un fantasma.

— ¡¿Qué le has hecho a la emperatriz?! — gritó, apretando los puños, decidida a darle una paliza inolvidable al archimago, pero Alessandro la empujó.

— ¡Por favor, Marisa! Veamos qué tiene que decir.

Selee reaccionó con una sonrisa, inmutable a su reacción, y asintió.

— Yo reaccionaría de la misma manera, así que es comprensible.

— ¡Cuéntanos quién eres y qué le ha pasado a la emperatriz! — Exigió Alessandro, mientras mantenía a Marissa atrás.

— Puedo asegurarles que la Divina Emperatriz está bien —, respondió Selee, extendiendo su mano hacia el frutero. — Por favor, coman para recuperar energías y lo explicaré todo.

Aunque con inconformidad, lo escucharon y agarraron frutas. Alessandro tomó un melocotón maduro y sintió una dulzura única desde el primer bocado. A cambio, Marissa sólo se echó a la boca unas uvas tintas con desconfianza.

— Soy Selee, Gran Archimaga de Salter, y me disculpo por la forma en que tuvimos que traerlos aquí. Sabíamos de su llegada y de los peligros que estaban soportando.

Impresionó a Alejandro. Aunque había oído hablar de Selee innumerables veces, este fue su primer encuentro.

— Si estoy en lo cierto, conocías al Archimago Yasstro —, afirmó Alessandro, jugando con su melocotón a medio morder. — Mi difunto tutor siempre hablaba de ti.

Marissa los escuchó y comprendió, ganándose la confianza. Tomó más uvas y se sentó en su cama, echándose más a la boca.

— El archimago Yasstro estaba decidido a convertirte en un excelente hechicero, amo Alessandro —, sonrió Selee. — ¡Pero la magia nunca fue para ti!

— ¿Por qué dices que Lakia ya no existe? ¿Dónde esta ella? – Marissa preguntó con curiosidad.

— Tuvo que afrontar una transformación para convertirse en la emperatriz que debía ser. La Lakia que conocías ya no existe. Ahora es la emperatriz Nehel y se está preparando para su ascensión.

— ¿Podemos verla? – Preguntó mientras su ansiedad volvía a apoderarse lentamente.

— Puedes, Ser Marissa. Una criada te espera afuera para llevarte con ella —, respondió Selee, señalando la salida. — Pero usted, amo Alessandro, deberá acompañarme, ya que tengo un asunto urgente y significativo con usted.

Alessandro se desvió, sorprendido, y sus ojos pasaron de la semilla del melocotón terminadao a Selee.

Alessandro no pudo evitar su asombro al encontrar plantas colgantes saliendo de la recámara y quedar hipnotizado por una piscina cristalina debajo donde muchos niños nadaban disfrutando de juegos acuáticos. La gran diversidad de razas captó su atención en un instante. Todos los niños parecían venir de todos los rincones de Sánkaris, incluso algunos que nunca había visto.

Se fijó en los arankanos, los berremetes, los brekens, los casakanos, los elfos y los fennistos. Berremarkos y casarakos no fueron la excepción. Además, otras razas sólo las aprendió de los libros de la Academia, como los pequeños tinklens. Inclusive, algunas que le eran desconocidas.

Los niños mostraron la felicidad más pura mientras se zambullían y corrían en el agua. Sus risas tenían la más pura inocencia y vivieron sus momentos en un ambiente en perfecta armonía.

Cerca de la piscina, algunas criadas, también de diferentes razas, ya habían instalado una mesa que contenía grandes platos de frutas y verduras, y algunos infantes los agarraban con emoción para comer con placer.

Alejandro los observaba recordando la miserable situación de los niños en Casak, a menudo maltratados por el Regente y la Asamblea, y partes de pena y vergüenza invadían su interior. Era una diferencia contrastante.

Selee descubrió su curiosidad, notando cómo se apoyaba en el balaustre con su boca abierta de asombro. — Ante tus ojos están la anticipación y el futuro del Jyistereerk, maestro.

Alessandro se volvió y vio al archimago asombrado.

— ¿Es eso lo que la emperatriz está tratando de construir?

Selee solo respondió con una sonrisa y un asentimiento. — Por favor, no te detengas y sígueme.

Ambos hombres caminaron por un pasillo cubierto de plantas colgantes junto a la piscina y descendieron por una rampa de suelo de baldosas rotas.

A pesar de la abundante luminiscencia similar a la del sol, Alessandro no pudo detectar ningún cielo ni techo, sólo un extremo de las alturas brillante y difícil de ver.

Cruzaron por un portón para salir del luminoso estanque para entrar a un lugar semioscuro con cientos de columnas, donde decenas de hombres y mujeres con túnicas y cabezas cubiertas por capuchas caminaban en diferentes direcciones. Parecían orar mientras tenían las manos juntas bajo las largas mangas.

El lugar le recordó la biblioteca del santuario en Sarak, donde conoció a Yasstro por última vez antes de su muerte. Era casi idéntico: columnas altas sin fin a la vista y lámparas de aceite. La excepción fue la falta de mesas y libros.

— Acabamos de salir de la Ciudadela de Salter y ahora estamos en el Gran Santuario —, notificó Selee. — Habrían sido dos días a caballo.

Atónito, Alessandro se detuvo para mirar con incredulidad al archimago, quien interrumpió sus pasos. — ¿Cómo?—

— Salter no conoce las leyes de la física, ya que aquí es la tierra de la magia —, aseveró. — Es algo que nunca te atreviste a entender durante tus lecciones con el Archimago Yasstro.

— ¡No es que lo desee o no, archimago! Mis escasos conocimientos no me permitieron comprender, sino confusión.

Selee nuevamente le pidió que continuara en su trayectoria.

No pasó mucho tiempo cuando cruzaron una puerta similar para encontrarse en otro lugar completamente diferente.

Alessandro había oído hablar de ello innumerables veces a través de Yasstro, pero nunca esperó verlo personalmente. Sus ojos se abrieron y no pudo cerrar la boca.

Los muros legendarios.

— El *Frelee Dee* —, lo llamó Selee. — Bendecido bajo ciento veinte estrellas y construido por el propio Mudihufaser como regalo a la magia de Sánkaris. Más que muros, es un laberinto que puede revelar el pasado y el futuro de quien camina dentro.

Las colosales dos paredes blancas que tenía delante abrumaron fuertemente a Alessandro, invitándolo a entrar en el laberinto. La magnitud de la estructura y la energía llena de magia lo dejaron sin palabras. Estos estaban bajo un extraño cielo nocturno lleno de estrellas. — Qué. . . ¿Cuál es el propósito de traerme aquí? – Preguntó Alessandro, temblando e impresionado. — ¡Sé que sólo unos pocos afortunados lo han visto!

Decidido, Selee dio sus primeros pasos en el amplio y luminoso piso entre las paredes, agarrando el brazo de Alessandro para entrar juntos.

En ese instante, las paredes cambiaron de forma y figura, y el camino del laberinto se transformó en otro diferente, dando una sensación de miedo y sorpresa y, a la vez, asombro.

Mientras ambos avanzaban, unas escrituras de fuego místico aparecieron en las paredes en idioma salterano.

— Drelee, Trihen, Lonehen, Arssen, Brenerr, Askaj, Uskam, Kaiden, Dalehel, Yasstro. . . y yo somos algunos de los pocos que hemos visto a *Frelee Dee* —, respondió Selee con un tono suave pero severo. — Todos ellos eran grandes magos, encantadores, encantadoras, hechiceros, hechiceras. . . Los más influyentes en Sánkaris.

— ¡No soy un mago! — exclamó Alessandro, asustado. — Yo. . . ¡Ni siquiera sé quién soy!

— ¡Te traje por una razón mayor y deberás prestar atención! — Selee lo reprendió, deteniéndose en su camino. — Salter tiene los días contados. . .

— ¿Cuál es el significado de eso?—

— Las predicciones que salen de mi boca son las mismas escritas en estas paredes, amo —. él asintió. — Les aseguro que Salter no durará mucho. Los Korbas ya han irrumpido en nuestra magia y están observando nuestro reino.

— Pero la emperatriz nos liberará.

— Está equivocado, amo —, volvió a sonreír Selee. — La emperatriz Nehel nació para traer equilibrio a Sánkaris, sí, pero no es lo mismo que liberar.

— Por favor explique.

El archimago sugirió a su compañero que siguiera caminando. Mientras ellos daban pasos, aparecieron más escrituras de fuego en las paredes. — ¿Notas cómo este laberinto creó un camino sin final aparente? Cuanto más complejo sea el laberinto, más difíciles serán los tiempos venideros —. Señaló las paredes. — La Divina Emperatriz Nehel traerá un equilibrio a Sánkaris, pero un equilibrio de dos opuestos que siempre estarán en conflicto.

— ¿No vino ella a salvar a Sánkaris?

— No, pero junto con el equilibrio, ella abrirá el camino a nuevas generaciones y lanzará un movimiento. . . la *Deken Karsaker* —, asintió. — La guerra de reclamación.

— ¡Espera! — lo interrumpió. — ¡Acabas de mencionar que la emperatriz no vino a salvar!

— ¡He dicho que ella no es la salvadora, pero lanzará un movimiento! — volvió a reprender. — ¡Te sugiero que escuches atentamente mis palabras!

— Mis disculpas. . .

— La *Deken Karsaker* durará veinte tiklos. Es una guerra de ochenta años y, a medida que se acerca el momento, los tiempos serán peores —, señaló con decisión a Alessandro. — Amo, llevarás la carga del portador del Jyistereerk y del hombre de todas las batallas que sobrevivirá a generaciones y tragedias. Ganarás y perderás encuentros. . . Serás el Borsen.

Alessandro recordó con dolor el de Yasstro. — Las últimas palabras del archimago Yasstro. . . —, mencionó con tristeza. — ¿Cuál es el significado de Borsen?

— Esto es algo que debes descubrir tú mismo —. Selee sonrió y siguió caminando. — Hay cosas que no se pueden revelar.

— Dime, archimago —, nuevamente Alessandro lo detuvo con molestia, tirando de su manga. — ¿Cuál fue el propósito de mostrarme el *Free Dee* ? ¿Para contarme sobre las complicaciones? ¿Para revelar la postura de la emperatriz? ¿Ser nombrado en algo que aún debo descubrir?

Selee solo respondió con su frecuente sonrisa. Eso molestó a Alejandro.

— Recuerdo que el Archimago Yasstro me enseñó que sólo los que mostraban grandeza sobre Sánkaris eran los que merecían estar en el *Frelee Dee* —, continuó Alessandro, golpeándose el pecho entre lágrimas. — No soy grande, ni virtuoso sino sólo un niño huérfano que tuvo la desgracia de perder a ambos padres y a un hermano, que tuvo que vivir tiempos duros e inciertos bajo la influencia de unos pocos que me llevaron a muchas culpas, dudas y desórdenes! ¡Aunque todavía tengo que descubrir a otros que realmente me aprecian cuando lo único que hago es alejarme como un maldito cobarde!

— ¿Ha terminado con sus palabras, amo? — Selee preguntó, tranquilo, atento.

— ¡No he terminado! — se secó las lágrimas y agarró el pañuelo blanco de Fabehel, señalando a las paredes. — Este. . . cosa. . . ¡No sé cómo llamas a eso! ¡Destino! ¡Azar! ¡Como lo llames! ¡Yo no elegí! ¡No elegí estar bajo el cuidado del Regente Orssandro! ¡No elegí aprender armas en la Academia! ¡Mucho menos elegí estar al lado de una emperatriz! – inhaló en busca de aire para continuar. —

¡Preferiría retroceder en el tiempo y vivir en esa casa al lado de la taberna, donde solía trabajar mi madre, y pasar tiempo con mi hermano! De esa manera, podría elegir mi destino. . .

— ¿Te das cuenta de que *Frelee Dee* te hizo decir tus palabras? ¡Éste es tu pasado! — afirmó Selee. — ¿Puedo hablar ahora por mí mismo?

— Sí. . . — , accedió, sobresaltado, secándose todavía los ojos, aliviado de su carga emocional.

— Soy un arankano, como habrás notado, amo —, comenzó Selee en voz baja pero con seriedad en su rostro. — Mis padres en la pobreza me vendieron a un viejo hechicero que necesitaba a alguien que le cocinara, le limpiara y le cuidara, pero con el tiempo me enseñó magia, que aprendí de inmediato. Pero pronto falleció y un capataz de un aserradero cercano me aceptó para trabajar allí a cambio de comida y cama como pago —. El archimago asintió con un gesto inusual y triste. — Me maltrataron y, como era un niño de mal carácter, usé mi magia de fuego descontrolada para quemar el aserradero, asesinando a los trabajadores que estaban dentro. . . la mayoría tenía familia, pero a mí no me importaba.

El silencio reinó cuando Alessandro abrió mucho los ojos, atónito.

— ¿Qué ocurrió después, archimago?

— Lamentablemente, la noticia de mis crímenes llegó a oídos del rey, quien ordenó encarcelarme en las mazmorras más profundas bajo el subsuelo de palacio, donde he enfrentado las peores torturas que no puedas imaginar. Era indescriptible que incluso con todas mis habilidades mágicas, no puedo olvidarlo —. Sus propias palabras lo conmovieron. — Un mago de Salter hizo un trato con el rey y me liberó. Él me trajo aquí, pero me desterraron para siempre del reino. Y el mago me permitió redimir mis malas acciones aprendiendo en un santuario aquí, pero acompañado de una maldición.

— Yo. . . No tengo palabras. . . — Alessandro estaba casi sin hablar. — ¿Puedo conocer tu maldición?

— No se necesitan palabras, amo —, respondió Selee con una nueva sonrisa. — Debido a mi pasado, tengo la maldición de la inmortalidad. Como habrás adivinado, soy mucho más viejo de lo que puedas imaginar.

— Sin embargo, no pareces demasiado viejo.

— Como veis, la mayoría de los que tuvieron un pasado angustioso lograron cosas más notables y experimentaron cargas indeseables. No importa cuán corta o larga haya sido la vida —, tocó el hombro del amo. — ¿No es culpa nuestra cuando no podemos controlar nuestros destinos, pero aceptaremos nuestras condiciones y caminos porque así nos han presentado las circunstancias? ¡Esto es lo que *Frelee Dee* nos está enseñando! ¡Y mostrándonos el pasado y el futuro!

— Pido disculpas por mis emociones repentinas. Me doy cuenta de tu propósito al traerme aquí —, Alessandro asintió con comprensión. — ¿Qué deberíamos hacer ahora?

— Siempre estaremos al lado de la emperatriz —, sugirió con una sonrisa. — Puede que sea poderosa como una diosa, pero imperfecta como humana.

— ¿Sugieres que es una semidiosa? — preguntó, atónito.

— Sí, tú lo dijiste —, asintió. — Y ni siquiera yo puedo explicar su naturaleza.

26

ASCENSION

Cuando Selee mencionó una doncella esperando afuera, Marissa nunca pensó que ella la esperaría para montar en un camello blanco. Uno de estos animales que sólo se encuentra en lugares como la Nación Breken y al este de Karekall. Había aprendido sobre el camello a través de sus lecciones de la Academia, pero nunca vio uno. Sin embargo, ella estaba en uno de ellos y en Salter.

Ella no estaba tomando las riendas del camello sino que la servidora tiraba de ella.

Una joven vestida con túnica blanca, cubriendo la cabeza, la piel morena y el pelo largo y ondulado con una mezcla de colores negro y rubio, una casaraka, iba delante en su camello albino.

Marissa confirmó la veracidad de las palabras de Yasstro, la Ciudadela de Salter, siempre mencionada en el Libro de las Maravillas. Ella la reconoció al descubrir las numerosas torres plateadas de altura colosal, siempre apuntando al cielo nocturno.

La noche era clara y llena de estrellas. Como menciona el libro, las noches salteranas siempre fueron eternas, y una luz mágica e interminable iluminaba las ciudades.

Con asombro, Marissa descubrió un clima agradable. No hacía frío ni calor, estaba templado y sin viento. Las calles estaban luminosas y medianamente concurridas, con gente de todas las edades y ropas coloridas, y caminaban en todas direcciones pero en orden y armonía. Observó a algunas personas afuera de sus casas con sus mesas pequeñas. Cada uno tenía un producto o alimento diferente. Inicialmente pensó que eran vendedores, pero supuestamente se los daba a la gente gratis.

De hecho, estaban haciendo trueque. No hubo ninguna moneda involucrada.

Cuando volvió la vista hacia adelante, descubrió un enorme edificio circular cubierto por una cúpula plateada suficiente para ocupar la mayor parte del área de la polis. Altos centinelas con lanzas y armaduras plateadas custodiaban fuertemente la estructura.

La doncella se detuvo ante la puerta gigante curva y cerrada.

El camello de Marissa se arrodilló primero por las patas delanteras, obligándola a agarrarse de la silla para evitar una caída, y luego continuó con las patas traseras para tumbarse. Una vez abajo, podría desmontar y pisar el suelo de piedra. Posteriormente se acercó al centinela, notando su reflejo en la armadura plateada espejada, viendo que era dos veces su altura, pero esbelta. Parecía una estatua, perfectamente inmóvil, preguntándose si había alguien dentro. Se sintió minimizada e intimidada por ello.

— Si crees que uno es un hombre, te equivocas —, le dijo la doncella, señalando a todos los centinelas. — Todos ellos son criaturas creadas por magia, invisibles, pero visibles sólo por sus armaduras.

Los ojos de Marissa se abrieron mientras seguía admirando al centinela mágico.

— ¡No se demore! — insistió la mujer. — Aún es hora de la ceremonia.

Escuchó y la siguió para subir las escaleras mientras las puertas plateadas se abrían a la mitad, sólo un poco para dejarles entrar.

Giraron a la izquierda para caminar por un pasillo circular con varias puertas.

— ¡Más plata! ¿Por qué no cambian de color? — Marissa se quejó para sí misma, poniendo los ojos en blanco, aburrida del ambiente plateado.

La servidora se detuvo en una entrada y la abrió empujándola con la mano, dejando pasar a su acompañante.

Cuando Marissa entró no evitó su sorpresa y admiración.

La espaciosa habitación sin ventanas era completamente blanca y había más de una docena de sirvientas presentes, principalmente trabajando en pequeñas tareas. Como de costumbre, la suave iluminación procedía de algún lugar desconocido: producto de la magia salterana.

En el centro, Marissa encontró un extraño trono blanco flotante de formas circulares donde dos doncellas vestidas de blanco, una berremete y una casakana, estaban paradas a ambos lados.

Sentada en el trono, la emperatriz tenía las piernas cruzadas debajo de su amplia túnica blanca. Colocadas suavemente sobre sus rodillas, sus manos permanecieron quietas. Sus ojos cerrados mostraban que estaba durmiendo o meditando.

Marissa quedó asombrada al descubrir que era demasiado diferente de la niña que conocía como Lakia. Su apariencia denotaba una presencia poderosa nunca antes sentida, y se dio cuenta de la esencia ilimitada de la emperatriz.

Insegura, la caballera se arrodilló ante ella ante la impasibilidad de las doncellas.

Nehel abrió sus ojos color avellana con un parpadeo inicial y emitió una ligera sonrisa. — ¡Ser Marisa! ¡Estoy encantada de volver a encontrarte, viva y bien! – exclamó, ofreciéndole las manos. — ¡Ven aquí! ¡No me ofrecerás reverencia!

La caballera de la emperatriz se levantó y se acercó a ella, conmovida, aliviada de encontrarla en buenas condiciones después de la terrible experiencia en *El Paso*. Tomó las manos, pero aún no estaba segura si la niña era la misma.

— ¡Aunque mi nombre, Lakia, ya no está conmigo, sigo siendo la misma que conociste! — aseguró, sintiéndola.

— ¿Cómo te llamaré, Divina Emperatriz?

— ¡Llámame Nehel! ¡Es mi deber y deseo ser conocida de esa manera!

La madurez no pasó desapercibida para Marissa. Sin darse cuenta, las lágrimas brotaron de sus ojos marrones, cuando experimentaba una profunda sensación de calma mientras juntaba sus manos.

Una vez más, su presencia ha conmovido a Marissa.

Marissa recordó su encuentro inicial mientras sostenía su espada contra el cuello de Nehel. Ella era entonces Lakia.

— Ojalá pudieras estar conmigo más tiempo, mi caballera —, su sonrisa desapareció. — Pero debo estar lista para la ceremonia.

— ¿Te veré? — Preguntó Marissa, sintiendo un fuerte apego, extrañamente, no deseando separarse de ella.

— Sí, lo harás —, respondió ella, separando las manos. — No te preocupes por mí y ve al pasillo. Alguien te está esperando.

Marissa asintió y se levantó, saliendo de la habitación.

La emperatriz volvió a adoptar su postura original y cerró los ojos.

Con un estallido de energía, Marissa corrió hacia Alessandro y le dio un abrazo sorprendente, rompiendo a llorar sobre su hombro.

Una vez que sus sollozos se calmaron, lo miró con el mismo cariño que siempre le había tenido, sin tener en cuenta el hecho de que Alessandro había elegido a otra chica antes que a ella. Sin embargo, pronto se acordó de Fabehel y rápidamente se distanció de él, sintiéndose avergonzada. — ¡Mis disculpas! — sus labios temblaban. — Yo. . . Acabo de ver a Lakia. . . Nehel. . . ¡No sé qué es ella!

Alessandro no reaccionó ante sus repentinos modales. En cambio, él le devolvió la espada, que ella aceptó con una gran sonrisa. Él tenía de vuelta su espada del sargento de Seled Post. — Ella no es lo que crees que es. . . —, respondió mientras colocaba su mano en la empuñadura de su espada. — Ella es una semidiosa. . . y Peken lo supo todo el tiempo.

Marissa exhaló sorprendida.

— Lo que importa ahora es contar la grave noticia de Casak.

— ¿Qué ha ocurrido?

— Una invasión Korba. . . Nuestros casakanos lucharon contra ellos junto a los Elfos del Oeste. Perdieron la batalla en los Pastizales de Estos.

— ¿Madre está bien? ¿Qué pasa con mi tío?

Sacudió la cabeza y tragó saliva antes de responder. — Creo que Lady Tasarissa está a salvo en el Palacio Vykar. . . Pero padre. . . Orssandro. . . fue víctima de los Korbas. . .

— ¡Regresaré a Casak rápidamente!

Alessandro la agarró del brazo, prohibiendo su partida repentina. — ¡Que resuelvan su situación! ¡No dejes que tu impulso estúpido de comportarte de esa manera!

— Pero. . . !

— ¡Nuestra postura es con la Divina Emperatriz y el Jyistereerk!

— Efectivamente, Ser Marissa —, se acercó Selee y afirmó con su característica sonrisa. — Una vez que aceptaste tu deber como caballera, ahora perteneces al Jyistereerk.

Marissa miró fijamente al archimago y notó un trato familiar hacia Alessandro mientras hablaba. Su comportamiento era como el de Yasstro.

— Debo estar listo para la ceremonia de ascensión.

Un par de doncellas llevaron un cofre de madera largo y polvoriento y lo colocaron a los pies del archimago. Usó su magia para abrirlo.

El descubrimiento de un bastón de madera con una esfera azul adjunta despertó la curiosidad tanto de Alessandro como de Marissa. La vara tenía un aspecto rústico, revelando su origen élfico.

— Esta es una de las armas más poderosas de Sánkaris. El Bastón del Hechicero —, explicó Selee, señalándolo con la mano. — Por dos mil tiklos, este bastón perteneció a los hechiceros del clan de los Kannestes. Pasó de mentor a discípulo por generaciones como líderes místicos.

— ¿Por qué lo tienes? — Alessandro preguntó, despistado. — He leído sobre esto en la Academia, pero no entiendo muy bien por qué está en Salter.

— Cuando ocurrió recientemente el Gesha, el Hechicero Uskam me llamó y acudí a su pedido —, asintió, mirando a ambos jóvenes. — Una vez que estuve en Molke, me presentó a la pequeña Lakia y me contó su historia con su madre biológica. Me sugirió que la llevara a Salter para que estuviera bajo el cuidado de las criadas y mi tutela. Pero me negué.

— ¿Por qué la rechazaste?— preguntó Alejandro.

— Sabía que ella era la emperatriz, la Promesa del Jyistereerk, y con la Gesha destruyendo el Reino de Aranka, no podía arriesgarme a poner a Salter en peligro —, otra sonrisa acompañó su respuesta. — Pero el Hechicero Uskam sugirió llevarme su bastón ya que nadie merecía tenerlo más. . . y su discípulo partió a otros dominios. . .

— ¡Peken! — Marissa interrumpió al darse cuenta de quién era el discípulo.

— Mencionó que Molke estaba en una difícil posición al tener tanto al bastón como a la emperatriz. Si no llevaba a la emperatriz, el bastón debería estar conmigo entonces.

Una servante mayor llamó a Selee con señas.

— Es hora de iniciar su ascensión —, anunció, señalando a la doncella. — ¡No nos demoremos más!

La misma servante mayor, Akhimeni, guió a Alessandro y Marissa a un balcón en un nivel alto y pidió esperar. Selee había informado previamente que ambos serían simplemente espectadores durante la ascensión.

Ambos jóvenes observaron con admiración y asombro. Estaban bajo la colosal cúpula plateada.

El brillo era demasiado intenso para que todo fuera perfectamente visible, casi lastimando sus ojos.

Estudiaron el lugar plateado. Un pasillo largo y limpio atravesaba la mitad exacta del sitio circular desde la entrada hasta el trono semiesférico, colocado sobre una gran plataforma redondeada ocho escalones más arriba, en el otro extremo bajo el símbolo de una estrella Akareen flotante en oro contrastante. A excepción del pasillo, cubrieron todo el suelo con grabados de otra estrella, ésta en plata.

— ¡Esto es más grande que el Palacio Vykar y los jardines! — Marissa exclamó, impresionada.

— Es, en realidad, un templo, aunque no tiene nombre —. Alessandro no dejó de examinar. — Si mi memoria no me falla, en palabras de Yasstro, es un sitio ceremonial para ascender a aquellos humanos que finalmente alcanzaron un estado divino.

— Mudihufaser era uno de ellos —, recordó mirándolo cálidamente.

— Sí, se convirtió en parte de las ciento veinte estrellas. Primero descubrió los secretos de la divinidad y los compartió sólo con unos pocos —, asintió. — Él fue el primero.

— ¿Cómo lo explicas con La. . . ¿Nehel?

— Creo que tú y yo no somos los únicos desconcertados —, miró a Marissa. — Ni siquiera el Archimago Selee puede explicar la divinidad de Nehel. ¡Nació como una semidiosa y con magia!

Un sonido resonante y continuo de golpes metálicos los silenció.

Los altos y huecos centinelas plateados como espejos hicieron su presencia. Eran medio centenar cuando caminaron lentamente y golpearon sus lanzas contra el suelo, creando un sonido rítmico al seguir sus pasos hasta posicionarse en los bordes del lugar circular. Y después volvió el silencio.

— Los centinelas son los primeros en entrar y anunciar, para salvaguardar la integridad de la ascendente —, le susurró Alessandro a Marissa al oído, recordando sus lecciones con Yasstro.

A continuación, apareció una multitud de doncellas de todas las edades y razas vestidas de blanco sin orden alguno, pero pronto se dispusieron en los espacios entre los centinelas, donde permanecieron firmes e inmóviles, dejando libre el pasillo.

— Quinientas doncellas, que representan los quinientos reinos que existieron, existen y existirán en Sánkaris desde su existencia hasta el final.

Una multitud de magos, hechiceras, hechiceros y encantadores multirraciales con ropas coloridas entraron y se posicionaron a los lados del pasillo. Cada uno tenía sus bastones típicos de sus dominios de origen. Habían formado dos filas desde la entrada hasta el primer escalón de la plataforma del trono.

— ¿Quiénes son? ¿Magos? – Marissa preguntó, curiosa.

— Los hombres y mujeres místicos más destacados de Sánkaris —, susurró Alessandro de nuevo. — Ciento veinte de ellos, que representan las divinidades visibles en las estrellas.

— ¿La ascensión de Nehel lo aumentará a ciento vein-tiuno?

— Hice la misma pregunta sobre el Mudihufaser al Archimago Yasstro —, se rió entre dientes. — No funciona así en el mundo de la magia. Por muchas divinidades que sean, el número siempre será ciento veinte.

— ¡No tiene sentido!

Con sus golpes rítmicos, los centinelas mecánicos volvieron a tocar el suelo, marcando el ritmo de la lenta marcha.

En una magnífica exhibición, tres doncellas vestidas con elegantes atuendos blancos emergieron de la entra-da, sosteniendo cuidadosamente varios artículos en sus manos. Mientras que lss dos primeras llevaban pequeños cofres dorados, el último tenía un objeto de gran longitud escondido debajo de un manto bellamente elaborado con tela blanca como la seda. Con cada paso dado con cuidado, lentamente se dirigieron hacia el trono.

Posteriormente, Selee los siguió, llevando el Bastón del Hechicero y vistiendo su habitual túnica azul.

Por fin apareció Nehel con su túnica blanca, descalza, con la mirada fija al frente, inexpresiva, siguiendo la música rítmica mientras daba los pasos.

Mientras la emperatriz caminaba por el pasillo, las per-sonas místicas inclinaban la cabeza en señal de reverencia y respeto.

Alessandro puso ambas manos en la barandilla del bal-cón y su corazón se aceleró. La descubrió de manera difer-ente a la Lakia que conoció brevemente, sintiendo un in-menso poder que emanaba de ella. No podía creer que ella fuera su sobrina, la hija de su hermano Cassandro, y sin embargo una divinidad.

Conmovida, Marissa sintió un dolor en el corazón.

Las dos doncellas con los cofres subieron las escaleras y se ubicaron en el lado izquierdo del trono, la última y Selee en el derecho.

Nehel se sentó con cuidado en el trono semiesférico, que flotaba ligeramente desde el suelo, sólo lo suficiente para dejar sus pies en el aire, evitando cualquier contacto con la superficie.

Los centinelas huecos guardaron silencio.

Las quinientas doncellas se arrodillaron para saludar.

Selee se paró frente a la emperatriz y gritó.

— *¡Nehel Jyistereerk Mudihufaser! ¡Nehel Jyistereerk Friyterkfer!* El archimago levantó ambos brazos con el bastón en una mano. — *Laki Lakia Myken Hikis!*

—*¡Nehel Hikis!* Todos respondieron armónicamente.

Selee le hizo una señal a una doncella y ella se acercó a la emperatriz. Se arrodilló con cuidado, puso el pequeño cofre en la superficie y lo abrió. Sacó un par de sandalias doradas y las colocó con cuidado en los pies de Nehel.

— ¡Con tus sandalias, acepta los poderes para viajar por todos los dominios de Sánkaris! — Selee invitó con el bastón levantado y en voz alta, devota.

La segunda doncella abrió su pecho para sacar un manto blanco y cubrió la espalda de la emperatriz y parte del trono, atando el encaje alrededor de su cuello con mucho cuidado.

— ¡Con tu capa, por favor acepta los poderes de la bondad sobre todos!

Nehel seguía inexpresiva.

La última doncella descubrió una larga vara dorada con una estrella Akareen en el extremo superior. Y ella lo puso en sus manos.

El símbolo de Nehel, el símbolo del Jyistereerk y el símbolo del Mudihufaser.

— ¡Con tu vara, por favor acepta los poderes de autoridad sobre amigos y enemigos!

El Gran Archimago se giró para asegurarse de que todos pudieran verlo, y luego hizo un gesto antes de golpear su bastón contra el suelo, lo que provocó que todas las personas místicas lo siguieran.

Golpearon repetidamente sus bastones ocho veces rítmicamente, lo que provocó un ruido resonante que obligó a Alessandro y Marissa a protegerse los oídos.

En solo un momento, sintieron un poderoso temblor vibratorio desde el subsuelo.

Luego, silencio y paz.

Nehel se mantuvo inmóvil, inmutable, con la mirada fija.

— ¡No puedo comprender lo que está pasando aquí! — Marissa expresó su miedo mientras agarraba firmemente el brazo de Alessandro.

— Creo que todo se estaba canalizando hacia la emperatriz —, respondió sorprendido.

Selee levantó el bastón y lo sostuvo con ambas manos, mirando a todos con autoridad.

¡Nehel Jyistereerk! – gritó el archimago.

— *¡Nehel Hikis!* – Toda la multitud respondió excepto los centinelas plateados.

— ¡Joya Divina!

— *¡Nehel Hikis!*

— ¡Divina Emperatriz de Sánkaris!

— *¡Nehel Hikis!*

— ¡Reina de Aranka!

— *¡Nehel Hikis!*

— ¡Líder mística de los Kannestes!

— *¡Nehel Hikis!*

— ¡Alta Hechicera de Salter!

— *¡Nehel Hikis!*

Selee se volvió de nuevo para mirar a la emperatriz.

Esta vez, sus ojos color avellana lo miraron.

El archimago se arrodilló, colocó el Bastón del Hechicero a sus pies en el suelo y habló sumisamente.

— Divina Emperatriz, por ahora, renuncio a Salter para estar al servicio del Jyistereerk —, asintió con una reverencia expectante. — Con usted aquí, mi liderazgo ya no es necesario.

— Acepto con gratitud tu sabiduría y experiencia, archimago —, respondió Nehel con una ligera sonrisa. — Tu primera tarea es formar un consejo de los más destacados para gobernar Salter antes de viajar conmigo.

Desde su posición en el balcón, los dos jóvenes pudieron presenciar todo lo ocurrido.

— ¡Así, la mitad al oeste de Karekall y Aranka ahora están bajo el mando de la emperatriz Nehel! — Alessandro susurró, impresionado. — El Jyistereerk, ese imperio místico, se está expandiendo a un ritmo increíble y volviéndose aún más poderoso.

— ¡Y su Jyistereerk comenzó con un morral!— Marissa murmuró con los ojos muy abiertos.

27
REGENTE

*E*l *Asalto a la Pradera de Estos* fue la batalla más deshonrada, inolvidable y triste jamás vivida por Casak en toda su historia.

Un deshonor de los elfos que confiaban erróneamente en sus místicos y aparentemente impecables ejércitos a pesar de sus pasadas experiencias exitosas contra los dragones.

Los Korbas voladores habían matado, mutilado y cobrado víctimas durante la batalla, devastando ciudades y pueblos de Casak sin importar la compasión.

Hombres y mujeres lloraron a sus cónyuges o descendientes. Si habían encontrado sus cuerpos, tenían suerte de poder enterrarlos y conocer su ubicación bajo sus lápidas. Los más desafortunados no pudieron encontrarlos ni vivos ni muertos, desaparecidos. De hecho, se convirtieron en demonios.

En Korbeens, al servicio de los Korbas en contra de su voluntad.

Sin embargo, incluso si sus cuerpos estaban ausentes, lloraban a sus cónyuges, hijos o hijas. De cualquier manera, ellos también estaban muertos. Un Korbeen era sólo un cuerpo fácil de manipular, una entidad sin alma.

Siguiendo las tradiciones casakanas, el Archimago Missar usó su magia para prender fuego a una gigantesca pila de madera en el centro de los terrenos del Palacio Vykar para llorar al Regente Orssandro, y rápidamente, el humo se elevó hacia un cielo coloreado de rojo cuando comenzó la puesta de sol.

No importaba cuán equivocado o acertado estuviera Orssandro en el pasado, cuán malo o bueno fuera. Un Regente era un servidor de todo el pueblo de Casak, un Regente de Estado, un Regente de Asamblea.

— ¡Mi hermano debería estar allí! — Lady Tasarissa apretó los dientes con lágrimas que corrían por sus mejillas oscuras, sacudió la cabeza y miró fijamente la pira funeraria sin cuerpo. — ¡Estos malditos Korbas no tienen vergüenza!

Lady Alyssa Taskar le tocó el hombro en señal de simpatía hacia su cuñada, pero a pesar de las formalidades y el perdón, nunca aceptaría los hechos cometidos por

Orssandro. Asistió al funeral por las personas que le importaban, no por él, a pesar de su impecable corrupción demoníaca.

Capitán Trasso, con la mayor parte de su cuerpo cubierto de vendas manchadas de sangre. Sin brazo derecho y con mucho dolor, a pesar de que los herbolarios y médicos lograron aliviarlo. Al observar la pira, lloró de insoportable agonía y de profunda tristeza. Su respetado Regente se había ido y quería darle sus últimos respetos, manteniéndose firme a pesar de su débil condición. De hecho, Trasso desaprobaba muchas cosas de Orssandro pero aun así lo admiraba.

El Archimago Missar tocó la medalla de orquídea colgante que el joven lancero Diesso puso en sus manos ese infame día, sintiendo la gran responsabilidad de ser el nuevo Regente de Casak. Este dominio devastado pasó de una crisis a una catástrofe. Sus ojos observaron el fuego que consumía la madera mientras su mente buscaba miles de soluciones para ayudar a levantar su patria.

Recientemente, se comunicó con el Gran Archimago Selee a través de portales esféricos. Sabía sobre la ascensión de la emperatriz Nehel y la transferencia de poderes de Salter a ella. Más tarde le dio la noticia al comandante Kartak.

Pero si bien la noticia de la emperatriz fue de alegría para muchos, en Casak existían pena y tristeza. Sin embargo, su ascensión dio esperanza.

Los elfos se mantuvieron a cierta distancia del funeral pero estaban presentes para presentar sus respetos al que era su oponente. En silencio, Kartak y Partak estaban al frente de un grupo seleccionado de soldados.

Akartaki y sus hermanas también estuvieron presentes.

Detrás de Missar y Tasarissa estaban los últimos miembros sobrevivientes de la Asamblea: el recién incorporado lancero Diesso de Kokork, Ralyssa Vir, Possertro y Orssus. Incluyendo a Alyssa, quedaron siete de los once.

Por fin, muy atrás, entre los árboles, casi escondida, Carlissa presenció el funeral bajo una capucha marrón. Sus ojos detrás de las gafas redondas emitieron extraños destellos en su ceño.

Sólo Carrasso estuvo extrañamente ausente.

La carga de un reino caótico abrumaba al Archimago Missar mientras se sentaba al principio de la mesa como el nuevo Regente.

Una mañana fría y angustiada. El día después del funeral.

Observó una larga mesa ilesa en un salón del Castillo Casakano que mostraba la mayor parte del daño causado por los Korbas. Un incendio desconocido quemó la mayoría de los retratos de los anteriores regentes. Las ventanas rotas y pedazos de vidrio todavía cubrían el suelo. Los carteles triangulares rasgados borraban cualquier evidencia de los emblemas de las orquídeas. Autores desconocidos destruyeron los adornos. El tiempo no fue suficiente para hacer la limpieza, pero sí lo suficientemente delicado como para ser cautelosos ante la posibilidad de más asaltos.

Notó la distancia de la mesa con los ojos fijos, deseando resolver las complicaciones que ni siquiera su magia podía resolver. Era más complicado que traer fuego o agua de la nada.

Los últimos días fueron agotadores y sin dormir. Su primera tarea con la Asamblea fue reorganizar y formar un nuevo ejército con los elfos para defender Casak, y tuvo que pasar una revisión exhaustiva de cada casakano que se atrevió a unirse a las tropas sobrevivientes, incluso en su ancianidad.

Sintió un gran alivio al encontrar al ejército casakano ileso en diferentes puertos. Los Korbas no encontraron los depósitos de pólvora en los muelles, pero Missar ordenó dejarlos intactos ya que se suponía que debían usarse como último recurso.

Y le correspondía la dolorosa tarea de consolar a las familias de los caídos.

Como Regente, su magia era inútil.

La Asamblea de repente incomodó a Missar.

Algunos miembros tuvieron que levantar sillas que fueron arrojadas. Otros llevaron pañuelos para limpiarlos antes de tomar asiento.

Lady Tasarissa y Alyssa Taskar estaban sentadas a cada lado de él.

— ¡En qué diablos estamos metidos! — Possertro exclamó disgustado, mirando a todos. — ¡Ese flagelo de Orssandro Vykar no tuvo vergüenza de ponernos en una situación incómoda!

Tasarissa apretó los dientes en una mezcla de tristeza, ira y vergüenza. — ¡No le culpemos por su insanidad involuntaria!

– ¡Suficiente! — Missar intentó mantener la paz. — Creo que no es momento de recriminaciones, sino de buscar formas de levantar nuestro dominio caído.

Pero Possertro golpeó la mesa con ambas manos y se levantó violentamente, tirando su silla, asustando a la mayoría de los presentes, aunque el archimago se mostró inmutable. — ¡Éramos uno de los mejores dominios de Sánkaris mientras Lady Larissa Eskar estaba a cargo! — gritó. — ¡Sólo para que ese idiota de Orssandro se convierta en Regente y arruine todo! ¡Ya no tenemos el prestigio, la dignidad, el respeto y hemos perdido a los niños para garantizar nuestro futuro!

En su indignación, una asamblea tranquila observó cómo Possertro Benke dejaba salir sus emociones y lágrimas, sorprendiendo a todos.

— ¡¿Por qué las diosas nos castigan de esa manera humillante?! — continuó entre sollozos.

— A pesar de la caída, todos en Ryza saben cómo los casakanos lucharon con valentía —, intervino el comandante Kartak, sorprendiendo a los reunidos. Casualmente había entrado al salón a petición previa de Missar y lo enfrentó con empatía. — Puede que Casak haya perdido una batalla, pero tu dominio no está muerto ni es débil. Está ganando fuerza y renombre en Sánkaris.

Possertro lo miró con aparente desconfianza, pero asintió comprendiendo.

Kartak volvió a colocar la silla y amablemente lo sentó. — Nuestras hermanas tienen a sus hijos a salvo —, se dirigió a la Asamblea. — Están haciendo las actividades que deberían hacer: jugar, reír, aprender cosas nuevas, curarse, y no se les obliga a trabajar o a la guerra.

— ¿Tiene previsto mantener a nuestros hijos lejos de sus familias, comandante? — Missar preguntó con curiosidad.

— Proteger a los niños es uno de los mayores mandamientos en Kasnasga, pero lo tuyo no nos pertenece. Si lo solicita, podemos devolverlos a sus familias.

— Voto para que nuestros hijos se queden con los elfos hasta que se restablezca la paz —, sugirió Ralyssa Vir. — El regreso de los Korbas es incierto y no quiero que los inocentes sufran mientras buscan a sus seres queridos perdidos.

La Asamblea votó por unanimidad a favor de la propuesta de Ralyssa.

— Siguiente asunto. . . — murmuró Missar, cansada, temerosa de terminar la sesión.

— Cuéntanos algo, archimago. . . ¿Regente?— Sugirió Alyssa, insegura.

— Llama por mi nombre. . .

— Sabemos que tiene formas de comunicarse con Ri o Salter, y es posible que tenga noticias de la Promisa. ¿Qué podrías decirnos?

Missar exhaló y juntó las manos antes de ofrecer una respuesta. — La Promesa ha ascendido. Ahora es la Divina Emperatriz Nehel y se ha apoderado de cuatro dominios, incluido Aranka —, emitió una ligera sonrisa como rara vez se muestra en él. — El Jyistereerk se está convirtiendo en una realidad bajo su reinado y sus dos designados, los casakanos Amo Alessandro Eskar y Ser Marissa Taskar.

— ¿No es una amenaza? — Preguntó el asambleísta Orssus.

— Ella nunca fue una amenaza. Ella será nuestra aliada más importante contra los Korbas.

— ¡Propongo entonces ofrecer Casak a la Divina Emperatriz!— Possertro volvió a levantarse. — ¡Escuché de boca en boca que ella también es casakana como nieta de Lady Larissa!

— ¡Lo secundo! — El nuevo joven asambleísta, Lancer Diesso, apoyó su propuesta.

Uno por uno, se levantaron en señal de aprobación.

Missar volvió a colocar ambas manos sobre la mesa. — Sería un honor para mí ofrecer nuestro dominio a la emperatriz y ser parte del Jyistereerk.

— ¡Larga vida a la Divina Emperatriz! — Gritó Diesso con un puño al aire. — ¡Larga vida al Amo Eskar y Ser Marissa!

Kartak asintió mientras su ceja se arqueaba.

Seguido por Kartak, el Archimago Missar, entró en la oficina que una vez perteneció a Orssandro Vykar. Para su disgusto, observó el espacioso escritorio de madera sólida cubierto por papiros desordenados y otros artículos. Un poco molesto, agotado y aprensivo por tomar un descanso de sus constantes actividades, pasó su mano sobre el escritorio para usar su magia.

Papiros y objetos cobraron vida y volaron para acomodarse en libreros y estantes, y una nube de polvo se levantó del escritorio.

El elfo sacudió el polvo con la mano. Casi sintió la necesidad de estornudar.

El gran volumen áureo se deslizó hasta el centro del escritorio y, ante el chasquido del archimago, se abrió en una página específica. Ilustraba a un hombre de piel negra levantando una espada mística *Ykarte*. El texto salterano lo llamó *Torsen* , ya que era la designación traducida de Regente. — Salter posee este libro de premoniciones basado en *Frelee Dee*. Sin embargo, durante el reinado del rey Vihen, alguien lo robó y se lo dio al Regente —, explicó Missar ante la curiosidad de Kartak. — Orssandro Vykar siempre creyó que tendría la espada, la *Ykarte* , y basó su obsesión en esta página.

— El Archimago Yasstro nos advirtió antes de su partida hacia Gakia a través de Akartaki —, asintió el elfo. — La Espada de Kasana es una reliquia tan delicada que cambió el destino de Sánkaris. No puede estar en las manos equivocadas.

— Su evaluación es correcta, comandante —, afirmó el archimago. — Yasstro recibió el *Ykarte* de manos de enigmáticos viajeros y lo escondió en la biblioteca de su santuario. Por eso Orssandro se obsesionó con quemar bibliotecas místicas para encontrarlo. Y nuestro archimago tuvo que usar sus habilidades especiales para camuflarla.

— Me has dicho que posees el *Ykarte*. — Él frunció el ceño, satisfecho con la explicación. — ¿Dónde está la reliquia?

— El *Ykarte* viene ahora mismo —, sonrió Missar con picardía a pesar de sus ojos hinchados.

Oyeron pasos ascendentes. Al principio, los sonidos eran vagos, pero poco a poco se volvieron fuertes a medida que se acercaban a la oficina.

El comandante Kartak se preparó para ver la reliquia.

Carlissa entró con timidez por la puerta. Ella miró a través de sus gruesas gafas, temerosa. Su capa marrón y arenosa que envolvía su habitual vestido granate la cubría.

Tenía las manos vacías.

El elfo quedó profundamente decepcionado.

— De hecho, el Regente tenía el *Ykarte* en sus manos —, señaló el archimago al libro. — Ella ha estado conmigo la mayor parte del tiempo.

— Pero. . . ¿Dónde está? — Kartak preguntó, confundido y sorprendido, mirando a la chica de pie. — ¡La muchacha está aquí sin nada con ella!

— No se equivoque, comandante. ¡ *Ella* es la *Ykarte*!

El manco Trasso miró fijamente al Mar del Más Allá desde un acantilado en su caballo negro. Los herbolarios de Estolk finalmente pudieron reducir el dolor que había estado sufriendo por su herida mediante una hierba única y costosa, pero le molestaba. Pudo respirar con alivio la brisa fresca de esa tarde mientras lo esperaba, relajando su malestar y disfrutando de un momento de alivio y paz.

No comprendió la magnitud de los daños causados por el *Asalto al Pastizal de Estos* . En los días transcurridos desde que perdió el brazo, había aprendido a conducir su caballo, tomando las riendas con la mano izquierda y planeando volver a aprender los conceptos básicos del combate sin la mano derecha.

Su vida había cambiado drásticamente. Sin embargo, a pesar de su edad y su cuerpo incompleto, estaba decidido a mantener su carrera militar que había comenzado como un simple soldado en Sarak hasta convertirse en guardián de la ciudad y más tarde capitán del ejército Casakan.

Una bandada de cuervos negros volando en el cielo lo sobresaltó, pero sabía que el encuentro estaba cerca.

Montado en su esquelético caballo gris, el hombre escalofriante y torcido bajo la arenosa capucha de la túnica oscura se acercó a Trasso y se detuvo a su lado.

— Espero que esté satisfecho con su reciente hazaña —, Trasso lo miró con ira, discretamente pero inmóvil sobre su equino. — ¡Te has llevado a Lord Orssandro y yo he perdido una parte importante de mi cuerpo!

— Había prometido recompensas, pero hubo que hacer sacrificios para propósitos mayores —, habló Carrasso a través de sus gruesos labios. — Los sacrificios y la paciencia son cruciales para el plan.

Trasso lo miró con tremenda desconfianza. Sintió un asco revuelto en sus entrañas.

— Dime. Nunca he visto a un mago negro en muchos años, pero algo me dice que eres más que eso— , habló con dureza. — ¿Qué eres?

— Un brujo, capitán —, su respuesta llegó con una sonrisa de dientes amarillos y desordenados. — ¡Ardek Korba me ha bendecido con el don único de la invocación!

El gesto morboso no sorprendió pero sí impresionó al capitán.

— Sospeché que fuiste tú quien los convocó. ¿Era necesario?

— Tanto el Reino de Aranka como *el Senescal* lo necesitaban.

Trasso quedó asombrado y sin palabras.

— Me voy al norte y desapareceré por un tiempo —, volvió a sonreír Carrasso asintiendo. — He completado mis tareas por ahora, pero volveré cuando la emperatriz alcance la mayoría de edad.

El brujo ordenó a su caballo y instantáneamente galopó tierra adentro en lugar del acantilado y el Mar del Más Allá mientras la bandada de cuervos lo seguía.

El capitán lo observó descender hasta desaparecer en los pantanos, y las aves que estaban sobre él se dispersaron por completo.

28

DESPLAZAMIENTO

Cuando Alessandro se acercó a la plataforma de madera gigante en el valle, no creía lo que veía. Se preguntó cómo la gente montó la enorme estructura hecha de miles de vigas de madera o cuántos árboles tuvieron que talar y adivinó cientos, suficientes para haber talado una buena parte de un bosque.

¿Pero qué bosque? Recordó sus lecciones de geografía y supo que Salter era principalmente un lugar de valles y llanuras desde *El Paso* hasta Karekall. Sabía que las lejanas tierras del oriente eran áridas, aunque no muy conocidas.

¿Y cómo podrían transportar al Ri una estructura del tamaño de una fragata, similar a las que vio en el puerto de Sostolk, perteneciente a la Armada de Casak?

— ¡Podríamos construir una ciudad entera con eso! — exclamó con los ojos muy abiertos a Marissa a su lado.

— Esta es la intención, maestro —, Selee se unió a ellos suavemente y sonrió. — Construí este palanquín, pero cuando se cumpla su propósito, construirá una ciudad.

— ¿Cómo?

— Espera y verás.

Marissa escuchó a ambos hombres con admiración. Y se volvió para estudiar su entorno.

Mientras permanecieron en Salter, el cielo mostró una noche eterna estrellada.

Notó montañas en el horizonte, las Montañas Sagradas y la Cordillera Cayderr, y las reconoció. *El Paso de la Emperatriz* , que fue rebautizado por la Reunión de Bérrem, estaba a la vista . Pero algo parecía alterado respecto a la última vez.

El viento fresco llegó como una brisa y movió los altos pastos esmeralda del valle, anunciando una emperatriz.

Nehel desmontó de su camello y caminó hacia Alessandro.

La notó con sus túnicas de un blanco puro cuando se acercó, se detuvo y le tomó las manos. Observó cierta preocupación en su rostro. — ¿Qué te preocupa?

— Cuando lleguemos a Seled Post, no te preocupes, tío —, respondió con expresivos ojos color avellana. — Eres más bendecido de lo que crees.

Alessandro no la entendió, pero asintió. Todavía estaba abrumado al ver a su sobrina transformada en una poderosa emperatriz.

— Sé que estás en conflicto con respecto a mí —, reveló Nehel con una sonrisa. — Pero te aseguro que soy la misma niña que conociste en la villa. ¡Sigo siendo tu sobrina! – La emperatriz le pidió que se arrodillara para poder darle un beso en la mejilla, lo que lo tomó desprevenido.

En el horizonte apareció un gran grupo de doncellas vestidas de blanco, siguiendo a su emperatriz en una marcha lenta, mientras Nehel se daba la vuelta. Todos caminaron juntos por el valle hacia la plataforma.

Alessandro, Marissa y Selee los observaron ayudando a Nehel a subir al palanquín.

Las servantes lo siguieron sin esfuerzo. Aparentemente, usaron sus habilidades para flotar, pero aun así sus manos y pies descalzos tocaron la madera. Ayudaron a la emperatriz a subir la escalera hasta el alto trono de madera exactamente en el centro, un punto diminuto comparado con la colosal estructura, una torre con suficiente altura para ser visible para todos. Luego, se tomaron de las manos a lo largo de los bordes de la plataforma, creando una cadena que miraba hacia afuera.

— Comprendo sus emociones, amo —, Selee se acercó a Alessandro y lo encontró mirando el acontecimiento, visiblemente conmovido por el evento. — Es difícil afrontar muchas emociones y encuentros a la vez.

Alessandro le impidió ver su rostro lavándose los ojos y moviéndose hacia un lado, cuando notó al archimago a su lado. — ¿Qué eres? ¿Un médico de la cabeza? ¿Estás intentando usar tu magia conmigo? — murmuró con exasperación.

Selee se rió entre dientes. — En este momento sólo soy un hombre, un anciano que habla por experiencia —, asintió. — Mientras muchos muchachos de tu edad cortejan a muchachas, todavía aprenden sobre la vida y asumen sus primeras responsabilidades para convertirse en hombres. Circunstancias únicas te obligaron a realizar ciertas tareas propias de hombres más maduros.

— Sí, archimago —, bajó la cabeza. — Si tan solo Cassandro estuviera vivo y pudiera ocupar mi lugar. Lakia, Nehel. . . como se llame, merece un padre y no un tío.

— ¿Tiene ella un gran parecido con su padre?

— Cada vez que la veo, puedo recordar su cara. . . Y eso duele. . . Pensé que no lo había perdonado al dejarme mientras intentaba borrarlo de mi cabeza. . .

— Amo, es posible que no lo perdones y lo borres tantas veces como desees, pero aún así ata tu corazón.

Por fin, Alessandro se volvió para ver al archimago y le dedicó una sonrisa dudosa.

La cadena de quinientas doncellas tomó sus manos y alzó sus rostros hacia el cielo nocturno y, por sus gestos, parecía hacer oraciones silenciosas.

— Todas esas doncellas han ofrecido sus vidas completas a la emperatriz, como hermanas místicas, y eso es lo que hicieron durante la ascensión —, susurró Selee para explicar.

— ¿Qué son? ¿Mensajeros? ¿Servicio? — Marissa preguntó con curiosidad.

— Son una hermandad para ayudar a Nehel —, respondió Alessandro. — Similar a todas estas hermandades y hermandades que existieron en Molke hace mucho tiempo, para ser precisos en los tiempos de Kasana.

— ¡Tranquilizarse! — ordenó el archimago.

Un fuerte estruendo se sintió desde el interior del terreno, seguido de una vibración persistente.

Alessandro y Marissa presenciaron atónitos, además de una Selee complacida, cómo la plataforma levitaba lentamente con perfecto equilibrio, mientras la emperatriz mostraba completa paz desde lo alto del alto trono. La plataforma permaneció en el aire durante mucho tiempo antes de avanzar a gran velocidad.

Los espectadores escucharon pasos metálicos rítmicos y armónicos que se acercaban y volvieron la vista hacia la izquierda.

El vacío plateado mecánico, centinelas místicos y delgados, seguían la plataforma en dos líneas precisas. Eran miles portando sus lanzas.

— ¿Qué son? – Preguntó Marissa, perpleja. — Los he visto en la Ciudadela.

— Son artenenses. Viven porque la magia arcana está dentro de ellos —, explicó Selee. — Un antiguo invento de

los primeros magos, pero nadie está seguro de su verdadero origen.

— ¿Por qué siguen al palanquín? — Preguntó Alejandro.

— Están abandonando a Salter para ser la guardia de
la emperatriz.

— ¿Todos ellos?

— Sí, no tiene sentido permanecer en un dominio que
ya está condenado.

Marissa estaba preocupada al observar a los centinelas
artenses partir cuando la plataforma desapareció visualmente. — ¿Vamos a seguirlos? ¿O vamos a volar incluso?

— Los montaremos —, se rió Selee y señaló tres ciervos de dos cuernos que misteriosamente habían aparecido. Los animales estaban preparados con sus propias
sillas de montar. — Es apropiado que estas excelentes
criaturas son apropiadas para bajar a Bérrem.

El transporte a través de *El Paso de la Emperatriz* fue
único ya que descendía, manteniendo un equilibrio
perfecto en el que ni las doncellas ni la emperatriz se
vieron afectadas. Dondequiera que fuera, la plataforma estaba en una posición perfectamente horizontal,
flotando en el aire.

Los artenses no tuvieron problemas en el descenso,
sus impecables movimientos mecánicos les permitieron
caminar por cualquier tipo de terreno.

Alessandro, Marissa y Selee fueron los únicos que lucharon en su descenso. Aunque iban montados en ciervos, los jinetes se enfrentaban a molestias por el constante movimiento que les dañaba el trasero y el riesgo de caer en suelos traicioneros les hacía agarrarse de los cuernos.

Principalmente Alessandro, como Marissa, notaron con sorpresa cómo la noche salterana se iba transformando poco a poco en un cielo de día a cada paso que bajaban. También descubrió, sorprendido, cómo a cada paso presentaba un aspecto diferente al anterior gélido que habían encontrado y sufrido durante su escalada. Sintieron una temperatura más templada y encontró un lugar rico con hierba verdosa y flores de colores.

— ¿Qué ha pasado aquí? Recuerdo que estábamos atravesando tierras resbaladizas y frías, ¡pero en cambio encuentro un gozo!

— Muchas cosas habían cambiado desde la metamorfosis de la emperatriz —, respondió Selee.

— ¿Estás diciendo que ella hizo todo esto?

— Sí, aunque no fue su culpa.

— ¡Pero eso no! — Gritó Marissa, señalando al cielo.

Alejandro desmontó del ciervo y desenvainó su espada con desconfianza, decidido a luchar. Había visto la bandada de Korbas volando en el cielo dando vueltas en círculos y recordó el momento en que los vio por primera vez antes de que sus ojos se cerraran hasta quedar inconsciente. La gran distancia y el brillo del sol no le permitieron observar bien para determinar su tamaño y especie.

El palanquín flotante se detuvo abruptamente, pero las doncellas y Nehel no perdieron el equilibrio y permanecieron inmóviles.

Marissa también desmontó y desenvainó su amada espada.

Los artenses, al lado del palanquín, se detuvieron y giraron a la derecha. Sus cabezas metálicas en forma de casco se levantaron para observar a los dragones. Sostuvieron sus lanzas con una mano hacia arriba.

En un instante, la docena de Korbas detuvieron su patrón circular y descendieron, apuntando a la emperatriz en un ataque de alta velocidad.

Aunque inútiles, Alessandro y Marissa corrieron aterrorizados hacia la plataforma.

Los centinelas, imbuidos de magia, arrojaron sus lanzas y mataron a todos los dragones en pleno vuelo, haciéndolos caer y morir. Todos menos uno.

El Korba superviviente era más pequeño que los demás que murieron, y una lanza sólo pudo atravesar su ala. Descendió en espiral y desapareció entre un grupo de árboles pequeños.

Marissa dejó de correr y suspiró aliviada al ver a Nehel en su trono, irradiando una increíble sensación de paz y perseverancia. Al girarse, vio a Alessandro corriendo desesperadamente hacia los árboles con la espada del sargento en la mano. Ella lo siguió.

Con precaución, Alessandro entró en una pequeña zona de árboles verdosos y frondosos, sintiendo una oscuridad desconocida. Caminó con precaución, sintiendo su corazón latir a un ritmo rápido mientras el miedo repentinamente se apoderaba de él y un sudor frío corría por su rostro, buscando al monstruo herido y decidido a matarlo.

Después de mucho tiempo llegó a un espacio donde el sol hacía presencia a través de su luz. Encontró a la criatura allí.

El dragón negro era un poco más grande que cualquier humano y usó sus alas para recuperar el equilibrio sobre sus pies. Tenía cuernos largos y chillaba constantemente con un sonido lo suficientemente siniestro como para producir múltiples escalofríos.

Desde una distancia segura detrás de un arbusto, Alessandro observó cómo su ala herida sanaba mientras el pequeño Korba solo mostraba su espalda deformada por un momento. Con determinación, se levantó y empuñó la espada, listo para perseguirlo y ejecutarlo por detrás.

Alessandro comenzó a correr y le apuntó con la espada.

La criatura se volvió y mostró su rostro.

El horror invadió a Alessandro y, sorprendido, dejó caer su arma. Cayendo de rodillas, abrió mucho los ojos con consternación.

— ¡Tío! — Marissa gritó con miedo. Ella había llegado recientemente para descubrir a la criatura.

El monstruo observó a los dos testigos con sus ojos rojos mientras la saliva brotaba de sus colmillos, llenaba la boca y arrancaba cuernos de su cabeza. Tenía un rostro reconocible, claramente inconfundible.

Tenía la misma apariencia que Orssandro Vykar.

Era un Korba no— muerto.

Era el mismo Regente transformado en demonio.

Un Korbeen.

Sin reconocer a ambos jóvenes, el monstruo voló alto hacia el cielo, sanando, chillando.

— No es el mismo Orssandro que conocíamos —, aclaró Alessandro con palabras temblorosas a Marissa desde su posición arrodillada. — ¡Era su cuerpo, pero Orssandro está realmente muerto!

Marissa solo miraba al cielo con lágrimas que corrían por sus mejillas.

Tras el encuentro con los Korbas, los artenses reanudaron su viaje por *El Paso de la Emperatriz* sin más incidentes.

Alessandro y Marissa conducían sus ciervos con gestos sombríos y estáticos en completo silencio.

Selee los siguió con un comportamiento serio, a diferencia de su habitual sonrisa. Alessandro relató brevemente el desafortunado encuentro con el Korbeen de Orssandro.

Los ojos de Marissa todavía estaban húmedos.

Alessandro dirigió su atención hacia el vehículo, intentando olvidarse de la terrible experiencia. Identificó la apertura de *El Paso de la Emperatriz* cuando la plataforma cruzaba la estrecha salida entre las Montañas Sagradas y la Cordillera Cayderr, e indicó a su ciervo que se detuviera.

Siguiendo su ejemplo, Marissa y Selee estaban a su lado.

— ¿Cuál es el problema, amo? — Selee preguntó.

Asintiendo, Alessandro señaló el Puesto Seled visible desde lejos.

Una enorme multitud de cientos de miles de personas se reunió en las afueras, esperando ansiosamente. Tan pronto como vieron el enorme palanquín y a la emperatriz sentada majestuosamente en su elevado trono, estallaron en un coro de alegres aplausos.

Fue un regreso triunfal a Bérrem.

La Promesa había regresado.

La emperatriz Nehel había regresado para reclamar el equilibrio de Sánkaris.

29

MANDOBLE

Corr no se molestó en iluminar el cuarto, prefiriendo dejar que la luz de la luna del No Sak entrara por las ventanas mientras sostenía una taza metálica. Habiendo pasado la mayor parte de su vida esclavizado en las oscuras Minas de Tiunnff, el felino se sentía cómodo en las sombras de la noche.

El fennisto tenía los pies en posición relajada sobre una silla. Corr esperaba a alguien, ya que decidió no participar en las celebraciones festivas en honor a la emperatriz recién ascendida. Ansiaba silencio, pero sus sensibles oídos captaban el continuo alboroto provocado por borrachos turbulentos a lo lejos, a pesar del toque de queda impuesto por los centinelas locales para no atraer a ningún Korba.

Corr observó que se abría una puerta, revelando la silueta de un hombre con una antorcha. Él lo conocía. — Bienvenido de nuevo, amo —, saludó con su voz profunda antes de tomar otro sorbo de su cerveza.

Alessandro puso su linterna en un soporte en una pared cercana y se acercó a la mesa donde estaba el felino. Con un sonido irritante, arrastró una silla por el suelo y se sentó con expresión seria, jadeando en busca de aire.

Corr lo notó exhausto y desaliñado.

— ¿Qué estás bebiendo? — Alessandro señaló la taza del felino.

— Cerveza de miel con menta. Es refrescante.

— Sírveme uno.

Corr asintió, colocando su taza sobre la mesa, luego agarró la jarra cercano y vertió la bebida en una de las cuatro tazas metálicas en una bandeja circular, entregándosela a Alessandro.

Bebió de su taza con desesperación y dejó escapar un suspiro de alivio.

Entonces, Alessandro golpeó la mesa, mostrándole un par de dedos. — ¡Dime dos cosas que no me hayas dicho, Corr! — exclamó exasperado. — ¿Dónde está Lady Fabehel?

Con sus ojos verdes y pupilas verticales, el fennisto lo observaba con fijación e inmutabilidad. Llevaba un tiempo esperando esa pregunta. En lugar de dar una respuesta, sacó un pequeño papiro de su atuendo azul oscuro y se lo presentó al otro lado de la mesa.

— ¡¿Qué diablos es esto?!

— Lady Fabehel me ha pedido que se lo diera antes de su partida.

Alessandro rechazó el papiro, pero Corr lo colocó sobre la mesa.

— ¡Dímelo!

— Desde hace algún tiempo, Lady Fabehel me había pedido ayuda, a la que inicialmente rechacé porque no me gusta involucrarme en asuntos privados. Ella no deseaba casarse con Lord Pan Din y tenía un conflicto en el corazón por tu culpa —, suspiró y bebió de nuevo de su taza. — Preguntó sobre los arankanos que vivían en Fenn y le dí recomendaciones sobre adónde podía ir.

— ¿Qué más?

— La ayudé a preparar su yegua, amo. Song —, enfatizó. — Me aseguré de que tuviera suficientes provisiones para su viaje y le di una carta de recomendación para que uno de mis conocidos pudiera recibirla.

Alessandro se quedó incrédulo y luego miró el papiro sobre la mesa.

— ¿Qué es lo segundo que deseas preguntar?

— ¿Cuál es la verdad sobre Cassandro? Sé que me estás ocultando algo.

Corr vació su taza, se levantó y se dirigió hacia la puerta. Pero antes de irse, se detuvo y respondió, de espaldas.

— Lady Larissa nunca aprobó la relación de Cassandro con la princesa Natahel. Como no pudo detenerlo en

Katalk, contrató a un vagrante que finalmente lo capturó y lo vendió como esclavo en las Minas de Tiunnff.

El felino abandonó el cuarto después de que sus palabras resonaran en Alessandro. Temblando, giró para ver el papiro y lo desenrolló, descubriendo una carta escrita por Fabehel.

Amo Alessandro,

Me duele. Debo advertir sobre mi abrupta elección, especialmente cuando mi corazón me dice muchas veces que esté cerca de ti, e incluso nuestra excepcional emperatriz me había sugerido seguir mis sentimientos y abrazar el amor. Pero no merezco tu amor por mis incertidumbres, y mi gente siempre ha sido mi prioridad desde mis cinco años.

La Gesha nos empujó a todos a dejar atrás nuestra querida patria recientemente devastada, lo que me puso en una situación única. El abandono de la princesa Natahel me obligó a confiar en mi querido Tin, mientras yo debía aprender las maneras de gobernar y sacrificar los placeres de niños.

Para beneficiar a mi pueblo, acepté la propuesta de matrimonio de Lord Pan Din para seguir apoyando a la colonia en la isla Garterrem. Incluso mi alma y mi cuerpo aún no habían sido entregados.

Nos hemos reunido. Inicialmente te desprecié, pero estando contigo aprendí a amar. Eres la única persona que me ha dado una sensación de seguridad y me ha mostrado bondad, a pesar de mi incapacidad para caminar, correr o bailar como lo hicimos esa trágica noche. Te agradezco que me hayas robado un beso, mi primer beso, y créeme, hubo muchas veces que quise besarte demasiado.

Una vez más, debo priorizar a mi gente sobre mí mismo. Esperaba graves consecuencias para los refugiados si negaba a Lord Pan Din y elegía a mi pueblo primero. Y deseaba buscar otros arankanos en Fenn. Comprendió mis razones para rechazarlo amablemente e incluso se comprometió a seguir financiando la ciudad de Garterrem. Desafortunadamente, tuve que sacrificarte.

Por favor, acepte mis disculpas por robar Song. Reconozco la importancia de la yegua para ti, pero ella también es un reflejo de quién eres y quiero recordarla para siempre. Perdóname por no amarte como deseabas. Lo entenderé si decides regresar con Marissa en algún momento. No me busques ni esperes, sigue adelante y ayuda en todo lo que puedas a la emperatriz, tu sobrina, que te necesitará mucho. Lakia y tú me recuerdan a Tin y a mí.

Aunque pueda sonar y escribir como una mujer madura, sigo siendo una chica de dieciséis años que experimenta emociones.

Saludos, Fabehel de las Mareas Rojas.

Desde su vagón, Juni inspeccionó visualmente las puertas, protegidas por gruesas pieles de waki. La gélida luna de No Sak iluminó la escena cuando la más pequeña No Ta roja emergió del horizonte. Mientras intentaba calentarse, vio cómo la recién nombrada Guardia Imperial mantenía una fuerte vigilancia sobre la guarnición y sus alrededores.

Los centinelas vigilantes tenían balistas gigantes sobre las gruesas paredes, listas para cualquier posible amenaza Korba.

Anteriormente, los místicos artenses se apoderaron de la guarnición mientras la emperatriz entraba a pie junto con su Corte de Doncellas. Los guardias metálicos pronto lo abandonaron para salvaguardar la inmensa plataforma en el valle de las afueras.

Los centinelas locales alejaron a la multitud después de las celebraciones y Juni vio cómo sucedió. El toque de queda impuso la norma de que sólo los militares podían salir hasta altas horas de la noche.

Juni sacó una pera de su ropa y volvió a mirar a la guarnición. Por la tarde, pudo ver a Nehel desde lejos para evitar la apretujada multitud, la misma Lakia con la que había desarrollado una estrecha amistad durante su viaje a Carretem junto al vagrante Kekten. Esperaba tener un encuentro directo con ella para confirmar si era la misma persona, temeroso.

Juni no estaba segura de cuál era el dormitorio de la emperatriz, pero supuso que se trataba de la prestigiosa habitación para funcionarios de alto rango. Ya había estado antes en Seled Post. Conocía bien la guarnición por sus anteriores visitas a este lugar como trovador con su padre.

Todo lo que tenía que hacer era entrar por su cuenta, asegurándose de permanecer fuera de la vista.

Juni se quitó las pieles y se puso una capa marrón áspera, el mismo atuendo que usó Lakia cuando desapareció en Carretem hasta su reaparición durante el torneo de justas. Juni saltó del carro, ignoró los charcos fríos que llenaban los agujeros irregulares en el suelo y corrió hacia la puerta, donde los vagrantes de servicio blandían sus espadas precavidos de un cambiaformas Korba.

— ¿Qué propósito te trae, muchacho? — preguntó un vagrante de armadura oxidada con desconfianza.

— ¿Es cierto lo que dicen de las mantis? — Juni fingió preguntar con insistencia. — ¿Es cierto que los rojos comen cabezas?

— ¡Deja de molestar! – preguntó el guardia, molesto. — ¡No tenemos tiempo para tonterías infantiles y obedece al toque de queda!

Otros vagrantes se unieron para oponerse a Juni, pidiéndole que saliera por la puerta.

El niño fingió estar herido y corrió con fuertes rabietas inventadas que desconcertaron a los guardias. En lugar de regresar a su vagón, tomó el camino hacia las murallas de la guarnición.

El vagrante quiso seguir a Juni, pero su compañero lo detuvo por el hombro.

— ¡Deja ir al chillón!

Pronto regresaron a sus deberes.

Aprovechando la oscuridad de la noche, Juni localizó una pequeña fisura en la pared donde se escondió y cesó su acto. Subió metiendo manos y pies en las grietas hasta llegar al final. Notó un espacio entre las balistas gigantes donde se encontraba, cauteloso de los centinelas berremetes que pudieran descubrirlo.

Se agachó y corrió rápidamente entre las balistas, evitando a los centinelas, hasta llegar a una torre fortificada con escaleras de caracol iluminadas con antorchas. Al final, se topó con un espacioso comedor sólo para militares y entró.

Pero alguien petrificó a Juni.

La presencia del niño atrajo a un hombre que constantemente dependía de un trapeador y un balde de agua sucia para limpiar el resistente piso de piedra, y lo miraba con sus ojos retorcidos y deformes. — ¡¿Qué estás haciendo aquí, idiota?! — se quejó el hombre gruñón. — ¡Esto es mío! ¡Tu lugar está en los establos!

Juni asintió, sorprendido y salió corriendo hacia el patio exterior.

Se detuvo y descubrió su objetivo previsto, un balcón. La habitación permanecía iluminada, lo que demostraba que la emperatriz aún no se había dormido.

Al estudiar los alrededores del balcón, Juni descubrió una pared escondida debajo de una densa enredadera. Su mirada recorrió a su alrededor, cauteloso ante la vigilancia de los centinelas desde arriba.

Agachándose, corrió apresuradamente por el patio, haciéndose visible sólo bajo la luz blanqueadora de No Sak, y luego silenciosamente se deslizó entre la enredadera para esconderse. Una vez más, no perdió tiempo en ascender hacia el destino deseado.

Dudó en el borde, temiendo que los guardias o los vagrantes lo notaran, decidido saltó a las balaustradas de piedra. En un instante, descubrió su incapacidad para alcanzarlo por completo, lo que lo obligó a depender de la barandilla para evitar resbalar, pero su agarre se aflojó lentamente hasta una caída segura.

Juni miró hacia abajo para reconocer la dureza mortal del suelo de piedra mientras su cuerpo colgaba. Miró hacia la recámara, convencido de que no lo había conseguido y que estaba dispuesto a morir o, en el peor de los casos, a lisiarse.

Mientras intentaba aguantar, notó que la emperatriz salía y le dio una mirada severa con las manos colocadas en su cintura.

Ella negó con desaprobación. — ¿Sabes que podrías haber entrado por la puerta? — ella lo regañó.

— ¡Por favor! ¡Ayúdame! — Juni jadeó y suplicó desesperadamente mientras él todavía resbalaba.

Nehel tomó sus manos de la barandilla, pero ella no tiró de él. En cambio, usó su poder para hacerlo flotar, levantándolo ligeramente, hasta que aterrizó a su lado. Incluso a salvo, ella todavía le tomó las manos por afecto.

Ella lo miró con cautivadores ojos color avellana y emitió una sonrisa.

Juni se olvidó de su aterrador incidente al notar que ella había cambiado. La encontró vestida con un atuendo blanco puro y con el cabello bellamente recogido, revelando su impecable rostro de niña, en contraste con su anterior apariencia juvenil mientras estaba disfrazada.

Su apariencia lo hipnotizó. Realmente parecía una emperatriz.

Juni no tenía palabras.

— Yo... Yo... —, tartamudeó, sin poder decir nada. Aun así, metió la mano en su ropa, sacó una pera y se la ofreció.

Ella volvió a sonreír, emocionada, y lo abrazó impulsivamente.

A pesar de estar sorprendido, él todavía la abrazó, pero con cierta vacilación.

Ella se separó de él, le arrebató la pera y entró alegremente al aposento.

— ¡Lakia!

— ¡Ven, Juni! — ella invitó desde adentro.

Al oírla, el niño la siguió obedientemente y entró en una habitación llena de una gran variedad de regalos. Cuando la encontró, ella se había sentado junto a una mesa circular que tenía una disposición peculiar: un gran cuenco lleno de una selección de frutas frescas, incluidas peras. Sin embargo, Nehel prefirió cortar y saborear el de Juni.

Parecía seria y apuntó con su cuchillo corto a Juni.

— Ahora mi nombre es Nehel —, aclaró, llevándose las rodajas a la boca. — ¡Pero sigo siendo la misma a pesar de mi cambio!

— ¿Oh? — Juni asintió, horrorizada, y la notó ocupada con la fruta y estudió la habitación atesorada. Sabía que al entrar en Seled Post, la multitud le había presentado muchos regalos y ella los aceptó amablemente con la ayuda de las doncellas. En un estado de fascinación, examinó una diversa selección de regalos, que iban desde opulentas copas de oro y bolsas repletas de monedas hasta armas de giefo que proporcionaban los ricos, así como humildes sacos de arroz y platos modestos proporcionados por agricultores empobrecidos. Se detuvo cuando encontró un gran tablero circular, un juego de damas en el suelo apoyado contra un gran saco de café Breken, y abrió una pequeña bolsa al lado que contenía piedras blancas y negras. Parecía familiar. Su padre se lo había contado, pero no recordaba nada.

— Esto es un Falte —, explicó Nehel, de pie a su lado. — Los habitantes de Molke solían jugarlo para aprender sobre las posturas en la vida. Y así es como el Hechicero Uskam me enseñó acerca de mi postura como emperatriz.

Él la miró fijamente mientras intentaba encontrar las palabras adecuadas en su mente.

— Mi padre me dijo que en el viejo mundo existían tres tipos de monarcas en los tiempos pasados —, recordó agachado, tocando el tablero con la punta de los dedos y adoptando un gesto más serio. — Los benévolos, los despreciables y los insípidos.

— ¿Por qué me lo cuentas? — preguntó ella, perpleja, aunque sintió algo en él.

Él se puso de pie y fijó su mirada en sus ojos.

— ¿Qué clase de monarca eres, señorita? — Extendió sus manos para mostrar su repentina riqueza a través de regalos esparcidos por el lugar, perdonando solo la cama con sábanas de seda. — Cuando te conocí aún sabiendo que eras una emperatriz, incluso estabas disfrazada. Una desafortunada nacida con la postura de ser una emperatriz temerosa de establecer el Jyistereerk. ¡Eras Lakia y no Nehel! ¡Una chica sencilla con un morral a la que le gustaban las peras!

Nehel sonrió serena, con brillo en los ojos.

— Lakia sigue siendo mi nombre de pila y lo llevaré siempre como me lo regaló mi madre élfica, pero Nehel es mi nombre real y así es como llevaré al Jyistereerk— , con cariño y sintiendo su interior, le tocó la mejilla. —

Sí, recibí estos regalos de las personas que me confiaron, pero te aseguro que ninguno es para mí. Pertenecen a mi soberanía y a todo su pueblo.

— ¡Un monarca debe unir al pueblo y evitar todas las distinciones, sin embargo, estás aceptando tales regalos de todos cuando te pones del lado de los menos afortunados! ¡No dejéis que la corrupción os lleve!

— Mis intenciones siempre son buenas, así que supongo que soy yo la benévola —, aseguró Nehel, evitando el tema. — No hay necesidad de preocuparse, Juni.

Juni cerró los ojos y asintió, dibujando una sonrisa.
— Pido disculpas, señorita —. Aunque los ligeros cambios de la emperatriz todavía le causaban malestar, permaneció en silencio al respecto y decidió no continuar con la conversación. — Ahora regresaré a mi vagón.

— ¡No lo harás! — ella se rió entre dientes. — Ya he pedido a algunos de mis vagrante que cuiden tu vagón, y mi doncella, Akhimeni, está en camino para llevarte a tu nuevo aposento.

— ¿Como lo hiciste?— preguntó, atónito.

— ¡¿Olvidaste quién soy yo?! — en tono sarcástico lo regañó con las manos, nuevamente, en su cintura.

Nehel se despertó de un sueño aterrador y se sentó en su cama, sin aliento. Mientras observaba su desordenada habitación, notó con asombro que las velas, que antes emitían una luz apagada, ahora brillaban con una luminosidad intensificada y rara.

Afectada por el miedo, experimentó una sensación de terror cuando alguien invadió su espacio. A pesar de su deseo de dejar escapar un grito desgarrador y llamar a sus guardias, inexplicablemente sintió una sensación de impotencia.

Descubrió a una mujer joven, probablemente una doncella, que tenía cabello plateado y vestía ropas blancas. Esta elegante mujer casakana estaba comiendo uvas del frutero con desdén, mientras examinaba los regalos que la rodeaban.

Excepto que ella no era una doncella.

— ¿Has venido a llevarme? — Nehel, temerosa pero firme, preguntó desde su cama.

La mujer se giró para ver a la emperatriz con sus vivos ojos rojos, todavía masticando las uvas. — Quiero llevarte, pero tu aura transmutada no me deja —, respondió la mujer con una dulce voz masculina muy reconocible. — Además, vine por otra razón.

— ¡Fracasarás, Ardek Korba! — afirmó mientras su miedo se disipaba un poco. — ¡¿Cuántos mundos más vas a seguir condenando?!

— ¿No lo entiendes, emperatriz? — El disfrazado Korba sonrió. — ¡La maldad de vuestro mundo nos convocó!

— ¡¿Quién te llamó?! — Nehel abandonó la cama para acercarse al Korba, pero manteniendo una cautelosa distancia.

— La sangre de Kasana...

Cerró los ojos y bajó la cara.

Él estaba en lo correcto.

— Sí, su sed de venganza contaminó su sangre, y cuando se filtró en la tierra, te convocó aquí.

— Así, en el momento de su ejecución, Ykarte también te dio la vida.

Con una presencia imponente, Nehel levantó el rostro y abrió los ojos color avellana. — En el preciso instante en que el *Ykarte* decapitó a Kasana, me concibió como una esencia viva, porque en la muerte clamó la vida.

Con una sonrisa, Ardek Korba se echó uvas a la boca sin dejar de parecer una mujer encantadora. — Yo soy la razón de tu existencia. ¿Eh? — Dijo con tono insultante.

— Es la verdad —, afirmó con seguridad. — La sangre contaminada de Kasana te convocó, y la *Ykarte* consideró necesario que yo fuera concebida para enfrentar y poner fin a tu avance.

— Emperatriz, ¿es por eso que me atacaste durante nuestro primer encuentro en la Selva Negra?

— Sí, y me equivoqué al seguir adelante con exceso de confianza. Lo sé ahora. Y esperaré el momento adecuado para enfrentarte. . .

— ¡Ahorra tus palabras y escúchame, emperatriz! — Exigió el Korba con cierto fastidio mientras se levantaba, interrumpiéndola. — Les daré otra oportunidad de servirme como ya les propuse. ¡O seguiremos intentando manchar tu sangre para servirnos!

— ¡Aún con tus amenazas, no me corromperás como lo has hecho con otros, y como me tentaste con toda esta abundancia! — Nehel afirmó con inquietud, mostrando los regalos con ambas manos, pero firme. — ¡Devolveré a este mundo el equilibrio que has alterado! ¡Es mi postura!

— Como quieras —, asintió Ardek Korba. — Te he propuesto y advertido, y otros enfrentarán las consecuencias de tu elección—.

Con un fascinante camuflaje de mujer, la criatura emergió al balcón, transformándose en un gigantesco dragón negro y, sin dudarlo, se dirigió hacia el No Ta rojo mientras el escalofriante No Sak se fundía en el horizonte.

El terror volvió a Nehel una vez más.

Con un suspiro y paso rápido, la emperatriz salió de la recámara y se encontró con dos vagrantes que custodiaban la puerta, quienes la saludaron con un firme saludo cuando entró al pasillo iluminado con antorchas. La presencia de Korba pasó completamente desapercibida para ellos, mostrando su falta de estado de alerta. — ¿Podría alguno de ustedes señalar las habitaciones de Juni?

— Esta, Divina Emperatriz —, uno de ellos señaló la puerta de al lado a la derecha.

La emperatriz expresó su gratitud y se dirigió a su destino previsto. Cruzó el umbral hacia las habitaciones privadas y cerró la puerta silenciosamente detrás de ella. En su búsqueda, se topó con tres cuartos adyacentes, que estaban abiertos y cada uno tenía una cama militar, pero ningún soldado ocupó ninguno de ellos esa noche.

Juni, completamente exhausto, dormía profundamente debajo de un montón de cálidas pieles de oso en la última cama junto a la ventana, todavía vestido con su vestimenta habitual. Mientras roncaba, su cabeza encontró un lugar de descanso en el colchón lleno de bultos y relleno de plumas.

La opulenta y atesorada habitación donde dormía Nehel no logró persuadir su indiferencia hacia el lugar actual o la cama. Todo lo que quería era sentirse segura y en paz. Buscando consuelo, se acurrucó junto a Juni en la cama, apretando su mano con fuerza y esperando poder dormir.

Juni despertó, sintiendo su mano temblorosa, sin apenas verla, todavía aletargado. — ¿Se encuentra bien, señorita?

— Es sólo. . . una pesadilla que tuve. . .— mintió, pero su rostro mostraba tristeza y miedo.

— Toma mi brazo, si lo deseas. . .— sugirió, volviendo a quedarse dormido.

En un gesto tierno, Nehel se aferró a su brazo y cerró los ojos.

No podía dormir, pero le vinieron recuerdos a la mente.

Sentía un profundo anhelo por su madre, Venka.

Tenía el deseo de ir con ella como solía hacerlo después de sus pesadillas, dormir y abrazarla para consuelo en la choza que llamaban hogar.

Añoraba su juventud en Molke.

Anhelaba ser una chica normal, no una emperatriz, por primera vez.

Ser Lakia otra vez.

Corr despertó a Alessandro al amanecer.

El felino lo descubrió en el mismo lugar del que había abandonado anoche tras revelar la noticia. Lo descubrió acostado y durmiendo sobre la mesa con la taza de café vacía. En su mano todavía sostenía el pequeño papiro de Fabehel.

A pesar de su desgana, tuvo que despertarlo.

Alessandro abrió lentamente los ojos, revelando un claro enrojecimiento por la falta de sueño y el exceso de cerveza. Intentó sentarse correctamente en la silla para arreglar su postura, pero terminó frotándose el cuello dolorido y mirando a Corr con resentimiento. — ¡¿Qué diablos quieres?! — el gritó.

— Sé que usted tiene cargas importantes, amo. Pero no deberían ser motivos para estar siempre consumiendo bebidas fermentadas, especialmente a una edad tan temprana. Debes considerar tener una vida más saludable.

— ¿Es por eso que viniste a decirme esa tontería?

— La Divina Emperatriz me había ordenado que te llevara a la fragua.

— ¿Para qué? ¿Está ella allí?

— Sí, ella te espera.

Empujando ruidosamente la silla, Alessandro abandonó el lugar, dejando atrás el papiro, y se dirigió al patio. Caminando rápidamente, se sacó el pañuelo blanco de la manga y lo arrojó al suelo.

Corr lo recuperó con entusiasmo y lo guardó en uno de los bolsillos de su elegante chaqueta.

El clima gélido exterior llamó la atención de ambos cuando el sol salió por el este.

Alessandro vestía la misma ropa campesina que le había prestado un centinela días atrás, sintiendo el frío en la piel, pero no le importaba.

La torre de la guarnición estaba a poca distancia de la fragua. Llegaron en poco tiempo.

Al entrar, descubrieron a tres hombres vigorosos forjando sus herramientas sobre yunques mientras un horno ardiendo iluminaba la escena. Los herreros transpiraban copiosamente y sus caras estaban manchadas de negro como el carbón.

Alessandro escaneó el área, pero al principio no había ninguna emperatriz a la vista. Sin embargo, pronto notó que se acercaba un niño modesto y desconocido, vestido con una camisa de lana color canela, un chaleco marrón, pantalones de cuero y sandalias. Reconoció a Nehel cuando ella se acercó.

Temporalmente, ella había dejado a un lado su túnica blanca.

La constante cacofonía de los mazos contra los yunques la molestaba mientras intentaba hablar. Ella se giró y gritó.

— ¡Tomen aire y coman algo, muchachos! — Nehel ordenó.

Los herreros hicieron una pausa, dejaron sus herramientas, saludaron con reverencias y se dirigieron a la corte.

— ¿Por qué me has llamado? — Agotado y frotándose el cuello, inquirió Alessandro.

Nehel llamó a alguien desde un rincón.

Jumeni apareció con un delantal de cuero que le llegaba hasta los pies y manchas negras cubrían su rostro. Ella se acercó con una gran espada en sus manos y se la presentó.

Alessandro, sintiéndose abrumado, examinó el arma y encontró placer en sus manos. Una distintiva estrella Akareen adornaba el pomo, mientras que el fuego del horno reflejaba un metal plateado único. La hoja era larga y notablemente afilada. A pesar de su composición de hierro, lo encontró liviano mientras lo movía con una mano. Notó una palabra grabada en las escrituras salteranas, *Borsen* , en la empuñadura.

— De vuelta en la villa, le pedí a Jumeni que fabricara una espada especial que sólo tú puedes usar —, explicó Nehel. — Con mis bendiciones, es liviano cuando se usa con una mano y pesado con ambas manos. Este es mi regalo para ti, tío.

— ¿Por qué yo?— preguntó con los ojos oscuros muy abiertos, todavía observando asombrado su mandoble. Primero lo probó con una mano y confirmó su pesadez mística mientras lo manejaba con ambas manos.

— Porque has perdido tus propias espadas —, respondió ella con un signo de ternura hacia él. — Deseaba que tengas algo que sea exclusivamente tuyo.

Agitando su arma en el aire, Alessandro no pudo contener su emoción.

— ¿Cómo hizo Jumeni la espada, Divina Emperatriz? — A Corr le desconcertó ver una hoja tan exquisita con gran precisión y detalle fabricada en tan solo unos días.

— Aunque no hable y su mente siga siendo infantil, su habilidad para crear artefactos únicos es extraordinaria —, respondió con una sonrisa modesta, señalando a Jumeni. — Ella será mi artífice y yo seré su encantadora.

— ¿Es eso lo que ustedes dos hicieron con el escudo que Ser Marissa sostenía en las justas? — inquirió el felino, curioso.

— Corr, no importa si lo hicieron —, respondió amablemente Alessandro, hizo una pausa con su arma y desvió su mirada hacia la emperatriz. — ¿Por qué decidiste regalármelo?

Nehel bajó el rostro, mostrando tristeza mientras cerraba los ojos.

— Te distancias constantemente porque siempre estás atormentado —, suplicó. — Si vas a distanciarte de mí, lo mínimo que puedes hacer es aceptar un regalo significativo de tu sobrina.

Alessandro, abrumado por el asombro y la emoción, soltó su nuevo mandoble y se arrodilló para abrazar a su sobrina, comprendiendo con repentino remordimiento las consecuencias de sus errores.

30

PLANICIES

Peken permaneció junto al gran estanque rodeado de
vastos pastos mientras asaba el pescado que había
capturado antes, utilizando un palo de madera de los escasos árboles cercanos. Disfrutando del aroma de su comida cocinada, dio pequeños bocados pero accidentalmente
se quemó la lengua y los labios. A toda prisa cogió la
cantimplora que había junto a su bolso mediano con sus
pertenencias para aliviarse la boca con zumo de uva. —
¡Malditamente caliente! — Volvió a comer, contento.

El mediodía era claro y agradable, un día irreal.

El elfo creyó que lo mejor para él y para todos los demás era regresar a Molke, por lo que se embarcó en un viaje en solitario. Pensó que había cumplido con su deber del Hechicero Uskam de escoltar a Lakia, aunque no hasta Salter como estaba previsto. Acompañó a Juni y Jumeni en su vagón, seguidos por Brisel. Una vez que estuvieron cerca de Seled Post y aseguraron su llegada segura, se despidió de ellos y se separó.

A pesar de la peste y del olor a muerte, la idea de volver a su choza de Molke en Akiaba le hacía feliz. Él también se infectó y tuvo la opción de morir o convertirse en Korbeen, ambos caminos conducían al mismo resultado.

Sin embargo, puso su mano sobre su pecho como una premonición indescriptible.

La repentina salida de los patos del estanque llamó su atención, dejándolo curioso sobre el motivo de su miedo.

Su rostro giró hacia la izquierda y la fría punta de una espada le rozó la mejilla. A pesar de estar paralizado, movió sus ojos amarillentos y vio a alguien que reconoció. — ¡Tenías que ser tú! — exclamó con inconformidad. — Ser Marissa Taskar.

Ella suspiró y envainó su espada. — ¿Qué estás comiendo, elfo?

Marissa cogió el palo con el pescado medio mordido y probó con deleite los fragmentos.

— ¿Cómo me encontraste? — él gimió, se levantó y descubrió la mantis detrás de ella. — ¡Ah! ¡Ese Brisel!

— ¡Sí! Él siguió tu olor —, respondió ella con comida en la boca.

Peken la observó poniéndose una armadura de hierro nueva. Aunque no era elaborado ni ostentoso, era un diseño simple y bien elaborado, con una pequeña estrella Akareen distintiva y grabada en su pecho izquierdo, que simbolizaba a la emperatriz y al Jyistereerk. — Ser, veo que tienes tu nueva armadura —, reconoció asintiendo y algo orgulloso, con los brazos cruzados. — Ahora eres una verdadera Caballera de la Emperatriz Lakia.

— Me temo, señor, que esa no es la respuesta correcta. Es la emperatriz Nehel —, Marissa arrojó el palo con los restos del pescado, molesta. — Ahora que lo recuerdo. ¿Por qué nos ocultaste la verdadera naturaleza de Lakia?

— ¿A qué aspecto de la naturaleza te refieres?

— ¡Ella es una semidiosa! ¡Lo sabías y nunca nos lo dijiste! Puede que hayas abandonado al hechicero Uskam y sus lecciones, ¡pero tenías que decírnoslo!

Peken se sentó junto a su bolso y habló con los ojos fijos en el suelo. — Antes de dirigirse al Reino de Aranka, la Hechicera Dalehel se reunió con Uskam y conmigo. Nos visitó en Akiaba.

Marissa se sentó en el suelo después de desabrocharse el cinturón con la funda, ansiosa por escucharlo. — Por favor, Peken, continua.

— Tenía habilidades extraordinarias que incluso superaban a las de Uskam —, asintió con expresivos ojos amarillos. — Mientras hablábamos en la cabaña, vio a Venka llevando agua a su casa y la señaló. Ella previó que criaría una divinidad.

— ¿Entonces sabías que Nehel, o Lakia, era la divinidad? — insistió con aprensión.

— ¿Alguien te dijo que el misticismo siempre es retorcido?

— ¡Muchas veces! ¡Yasstro! — puso los ojos en blanco. — ¡Dime!

— Muy bien. Cuando Uskam le prohibió a Venka, mi amiga de la infancia y mi querida con quien tenía la intención de tener un futuro, verme, ella se dio por vencida y se fue con un cazador prominente. . .

— ¡Esperad! ¿Por qué Uskam le prohibió verte? – interrumpió.

— Deberías saber mejor que todos los hombres y mujeres místicos tienen una vida de abstinencia. Por lo tanto, yo también me comprometí, pero eso no significaba que estuviera de acuerdo con la regla. Después de la fuga de Venka con el cazador, dejé la tutoría de Uskam con el corazón roto y me embarqué en un viaje de varios años. La esperanza de Uskam de que regresara a Molke para continuar con las lecciones fue en vano porque ya no deseaba más. Continuó enviándome palomas con actualizaciones y me enteré del embarazo de Venka, lo que me llevó a sospechar que la divinidad prometida vivía dentro de ella.

— ¿Dónde está el bebé de Venka?

— Lamentablemente, perdió a su bebé al nacer a causa de la peste, y su marido la culpó y la abandonó —, suspiró con tristeza. — El cazador no quería nada de Molke, ni siquiera su ropa, y se fue desnudo al Karekall, como símbolo de rechazo y vergüenza de su propio pueblo. Desde entonces no ha vuelto.

Marissa se sintió conmovida. Ella luchó por hablar, se secó una lágrima y tomó un sorbo de su cantimplora.

— Recibí noticias de su situación y regresé a Molke.
. . para encontrarla ida —, continuó Peken con tristeza.

— Ella no era la misma Venka que conocí, pero prometí estar cerca de ella. Mientras me establecí como comerciante de artículos foráneos en Akiaba, Uskam la llevó a las afueras para su protección.

— ¿Qué te llevó a descubrir que Nehel era la verdadera divinidad?

— No la descubrí todavía pero mis sospechas crecieron con el tiempo —, respondió el elfo con una mirada seria. — Visité a Venka y la encontré sosteniendo una muñeca de trapo hecha por Uskam y buscando consuelo en las sombras de su choza. Era lo mismo cada vez. Como no me llevaba bien con Uskam, decidí no visitarla por un tiempo. Me tomó un tiempo, pero finalmente visité Venka nuevamente. Para mi sorpresa, la encontré felizmente acunando en sus brazos a una niña casaraka, Lakia, mientras la alimentaba. La presencia de la niña me trajo recuerdos de las palabras de la Hechicera Dalehel que no pude llegar a aceptarlas. Me fui a Akiaba, prometiendo no encontrarme con ellos durante una década. Los que vinieron a mi cabaña fueron Uskam y Lakia después de todo ese tiempo.

— Lo sabías, ¿verdad?

— No tenía ningún deseo de saber. Pero finalmente estuve seguro de su divinidad cuando planeaste ejecutar a Lakia en la Selva Negra. Me di cuenta de que esas historias del mundo pasado eran reales.

Brisel siseó, asustado, llamando la atención.

Marissa no perdió tiempo en agarrar la espada que tenía en el suelo y posicionarse, observó a su mantis apuntando con su cabeza hacia la hierba alta cerca de los árboles.

Lentamente, Peken también sacó su espada corta.

Con cautela, Marissa avanzó hacia los escasos árboles, usando su espada para apuntar, y sus ojos marrones vieron a un hombre agazapado escondido en la hierba debido a la fuerte luz del sol. — ¡Quien esté allí, por favor párese con las manos en alto! – ordenó firmemente.

El hombre sospechoso se levantó poco a poco y reveló su rostro.

Con una amplia sonrisa que revelaba sus dientes blancos, Marissa abrió mucho los ojos y arrojó su espada.

— ¡Dessidere! — exclamó mientras corría a abrazarlo, incapaz de controlar sus emociones.

Después de rascarse la cabeza, Peken devolvió la espada a su funda.

Su repentina e inesperada reacción sorprendió al joven. Sin embargo, su firme abrazo y la dureza de su armadura le causaron dolor, lo que lo impulsó a pedir algo de espacio.

— ¡Mis disculpas, Dessidere! — Marissa retrocedió, preocupada. — ¿Te sientes bien?

— ¡Sí! ¡Estás preguntando después de que casi lo estrangulaste! – Dijo Peken con sarcasmo, con los brazos cruzados.

Lanzando una mirada exasperada al elfo, desvió su mirada hacia Dessidere, notándolo de una manera desconocida y más simple en comparación con su atuendo habitual de Casak.

— ¿Cómo me localizaste? ¿Qué te trae por aquí, tan lejos de Tyza?

— Estas personas se llaman a sí mismas. . . ¿vagrantes? Me hicieron saber la ruta para encontrarte después de mi decepción por no poder conocerte. Llegué a la guarnición cerca de las montañas. . .

— Sí, Seled Post.

— Me dibujaron un mapa para localizarte mientras una emperatriz viajaba a Arrasem. . . ¿Las Planicies? — Dessidere respondió, confundido, mientras contaba su historia. — De todos modos. . . tu madre, Lady Tasarissa, me había enviado a buscarte y también a escapar de ser decapitado. . .

— ¿Decapitado? ¿Por qué?

— Lord Orssandro intentó que me decapitaran la cabeza después de enterarse de mi oposición a él y su búsqueda de la *Ykarte*.

La mirada seria de Marissa cayó sobre Peken mientras reunía el coraje para revelarle la verdad a Dessidere, a pesar de su desgana. — Mi querido Dessidere. ¿No has oído la noticia? su voz tembló. — Orssandro cayó en batalla y, para empeorar las cosas, los Korbas lo capturaron. El Archimago Missar es ahora el Regente.

Dessidere se tomó un momento para procesar las palabras que había mencionado. Sacudió la cabeza y rompió a llorar.

— ¡No! ¡Mi señor no! Gritó con sorprendente tristeza.

Alessandro tuvo una nueva apariencia gracias a los sastres de la guarnición, que le confeccionaron nuevas ropas negras. Llevó su gran espada encantada en una funda única en su espalda y montó el caballo castaño de Nehel llamado Twist, el mismo caballo que Marissa usó en la justa de Carretem y que el capitán de Laimet le regaló a Lakia.

Corr lo acompañó en su semental dorado, Thunder.

En los paisajes llanos de Las Llanuras, ambos jinetes emprendieron sus viajes solitarios por el antiguo camino de piedra. Iban de camino al burgo de Arrasem, donde esperaban encontrarse con Nehel, su Corte de Doncellas, los Artensen y la Guardia Imperial. Allí hablarían sobre los planes para la procesión de coronación desde la ciudad flotante de Dri hasta la capital de Berrem Ri.

Alessandro, que sentía sed por el sol sofocante del mediodía, cogió una cantimplora de su silla y bebió agua. Más tarde intentó ofrecérselo a Corr, quien se negó. — ¿Cómo es posible que consumas muchas cervezas, pero no agua?—

— Como esclavo, podría sobrevivir principalmente sin agua, amo— , respondió el felino, mirando hacia adelante.

— Dime. ¿Cómo pudo Cassandro vivir en estas minas?

Corr detuvo a su semental y Alessandro se detuvo también. Sus felinos ojos verdes se fijaron en él. — Sudar y dormir en estas minas es difícil para un fennisto, así que puedes imaginar lo que es para un hombre como tú.

— Por favor, Corr. Dímelo, merezco saberlo.

Un sonido peculiar captó la atención del felino, haciendo que se concentrara en el árbol solitario en las cercanías.

Alessandro, con una mano, sacó con cuidado su mandoble de su funda y comenzó a trotar hacia el árbol con
Twist.

Sus ojos se abrieron con asombro.

Fabehel se escondió detrás. Apretadamente atada a
Song, la yegua, reveló que sus mejillas llenas de lágrimas
brillaban mientras miraba intensamente, sacudiendo la
cabeza y balanceando su larga trenza roja. — Créeme. .
. Lo intenté. . . Intenté alejarme. . . ¡Pero duele mucho!
– dijo entre sollozos, encontrando difícil hablar. —
¡Anhelo tus brazos!

Alessandro, todavía incrédulo, volvió a envainar su
espada y se acercó para abrazarla, ofreciéndole su hombro para que llorara mientras él la consolaba con suaves
caricias en su espalda.

Discretamente, Corr montó en su semental y devolvió el pañuelo que había arrojado Alessandro.

Alessandro usó el pañuelo para limpiarse la cara con
una sonrisa.

— Todo está bien. Estoy aquí ahora —, apaciguó
dulcemente.

Corr desmontó de Thunder y la ayudó a desatar sus
piernas de la silla. De esa manera, Alessandro podría
abrazarla por completo y ambos descenderían de Twist.

Rápidamente, la colocó en la hierba bajo la sombra
del árbol.

Corr respetuosamente apartó a los tres caballos y se
paró cerca del camino, dándole privacidad a la pareja.

Fabehel recuperó la compostura e intercambió una mirada tierna con Alessandro, sus ojos color avellana brillaban húmedos.

Alessandro rozó tiernamente sus mejillas sonrojadas con una pizca de incertidumbre acerca de abrazarla y acortó la distancia entre sus rostros.

Sus labios se tocaron. Finalmente podrían revelar sus amores en soledad e intimidad, sin interrupciones.

Ninguna Reunión o dragona los perturbaría nunca más.

Nehel volvió a mirar el panorama de Las Planicies y sonrió mientras derramaba algunas lágrimas.

Al notar su extraño gesto, Juni preguntó.

— ¿Qué pasó, señorita?

— Tío finalmente encontró a Lady Fabehel y Ser Marissa volvió a cruzarse con su amiga de la infancia. Yo lo hice posible y los siento.

— ¿Cómo?

— Tengo un fuerte deseo de proteger a mis seres queridos del sufrimiento, por eso he utilizado mis bendiciones para intervenir en sus vidas —, afirmó. — Después de todo, son mis dos pilares del Jyistereerk.

Aunque no aprobó sus acciones, entendió sus razones y miró hacia adelante.

Juni, a petición suya, la acompañó, mientras una corte compuesta por cientos de doncellas místicas de pie los rodeaba y realizaba diligentemente sus tareas habituales a bordo.

Nehel dejó Seled Post y se dirigió a la ciudad de Arrasem. En lugar de sentarse en el trono elevado, descansaba en la plataforma flotante, a la que la gente comúnmente se refería como el *Divino Buque Volador* . A pesar de ser emperatriz, se sentía incómoda sentada en un trono, cualquier trono.

Mientras la emperatriz se dirigía hacia el Ri en un gran viaje, sus centinelas de confianza la flanqueaban, los artenses, que escoltaban su barco tanto por delante como por detrás. Acompañada por una enorme multitud de cientos de miles de personas, la procesión creció más que muchos de los que abandonaron Seled Post y más se unieron a medida que la emperatriz pasaba por diferentes ciudades y burgos.

Una doncella se acercó a Juni y Nehel y les entregó vasos con agua. Le agradecieron antes de retirarse.

Juni admiró la vasta extensión de pastos altos y ondulantes conocida como Las Planicies. Había visitado estos lugares innumerables veces con su padre y Jumeni durante sus viajes en la carreta, pero ver la región desde lo alto de la plataforma era realmente magnífico.

— ¡Este panorama es realmente extraordinario, señorita! — dijo asombrado. — Las Planicies se destacan como una de mis partes favoritas.

— Las Planicies pertenecerán al Jyistereerk, Juni —, reveló con una sonrisa amable. — Bérrem estará dentro de mi imperio.

Una oleada de sorpresa se apoderó de Juni y se estremeció cuando las sospechas lo invadieron.

31

TRATADO

Alessandro, en completa soledad, montó a Song a toda velocidad por una vía construida directamente sobre la superficie del agua. En nombre de la emperatriz Nehel, se había embarcado en un arduo día de viaje desde Arrasem, en Las Planicies, para llegar a la ciudad flotante de Dri en un vasto lago en Los Bancos, una empresa que no estaba exactamente en línea con sus inclinaciones.

Como emperatriz, Nehel ocupaba una posición de autoridad que le exigía seguir sus órdenes, a pesar de que ella era su sobrina. Al jurar lealtad y comprometerse a brindar protección, servicio y devoción inquebrantable, ya había demostrado su compromiso.

A pesar de su oposición junto con otros, tenía que obedecer su orden.

Finalmente, sus ojos oscuros divisaron la ciudad en el horizonte, su aspecto brillante destacaba bajo el sol. A pesar de no haber estado nunca antes en una ciudad tan exótica, no podía tener la emoción de llegar a un lugar nuevo. Su rostro permaneció sombrío y su corazón se aceleró sin vacilar.

Tenía consigo un tratado, un tratado cuestionable.

Un documento para firmar con amargura. . . y miedo.

El burgo de Arrasem fue testigo de una ocasión de celebración trascendental cuando la emperatriz Nehel y su pueblo entraron. La procesión, que contó con cientos de miles de participantes, multiplicó por cuatro la población de la ciudad.

El *Divino Buque Volador*, junto con los artenses y la mayoría de las doncellas, se estacionaron en los límites.

La primera en llegar fue Nehel junto con su séquito de vagrantes, y fue la Dama de Ten, en representación del señorío de Las Planicies, quien tuvo el privilegio de ser quien la recibiera. A pesar de la generosa oferta de la dama de alojarla a ella y a sus acompañantes en su palacio, la emperatriz declinó amablemente la invitación.

Optando por una alternativa, la mayor Akhimeni, que desempeñaba el papel de superiora de la Corte de Doncellas, pidió consejo a los lugareños para encontrar alojamiento, y tuvieron la amabilidad de indicarle una gran posada cercana muy recomendada. Según la petición de Nehel, anticipándose a la reunión, reservó todo el lugar, incluso la taberna en el subsuelo. Durante algunos días, el *Wind & Grass Inn* fue la casa de la emperatriz.

Siempre que Nehel tenía que estar en público, siempre optaba por usar su túnica blanca. Sin embargo, después de su segundo encuentro con Ardek Korba, prefirió usar ropa de cuero en privado para seguir siendo Lakia. Así se presentó en la posada, una vez que limpió sus habitaciones privadas en el piso de arriba, antes de su encuentro con su gente.

Mientras Nehel descendía a la taberna, notó que Juni y Peken estaban enfrascados en una animada discusión.

El elfo la descubrió interrumpiendo su charla y se cruzó de brazos, mostrando un aire de cinismo con sus ojos amarillos. A pesar de todo, no pudo resistirse a sonreír cuando vio su apariencia con sus familiares prendas de cuero, que le recordaban sus viajes anteriores uno al lado del otro. Se dio cuenta de que ella se había trenzado cuidadosamente el cabello, pareciendo más una niña que un niño cuando estaba disfrazada.

— ¡Venir a verte no estaba en mis planes, muchacha! — exclamó el elfo asintiendo. — Pero creo que alguna picardía tuya provocó mi presencia aquí.

Nehel se rió entre dientes.

Peken, que una vez había sido discípulo de un hechicero, tenía un profundo conocimiento de las complejidades de la magia y, a partir de su experiencia de primera mano al viajar con la emperatriz, creía firmemente que había un motivo oculto detrás de que ella lo atrajera a Arrasem.

Se acercó al elfo y le pidió que se inclinara para poder decirle algo en su oreja larga y puntiaguda. — *Lakia ish ke Peken, Gakia tu Korbeen, Nehel resh es Yukia* —, susurró en molkano.

El rostro de Peken se transformó en una expresión sombría al darse cuenta de la curiosidad de Juni como testigo.

El rostro de Nehel se volvió severo. Ella conocía su inevitabilidad.

— Sí, Divina Emperatriz. . . —, respondió mientras salía del interior de la taberna.

Marissa se mostró y saludó poco después. — Nehel, acabamos de llegar hace unos momentos —, sacó a su compañero escondido detrás de una columna. — Este es mi amigo de la infancia, Dessidere, y Monitor. . . mi tío, el Regente Orssandro Vykar.

Temblando con una clara sensación de inseguridad, Dessidere mostró un gesto respetuoso. — Estoy encantada de estar en tu presencia, Divina Emperatriz.

— El placer es mío — Ella tomó su mano con una sonrisa para calmar sus nervios. — ¿Podrías ser mi Heraldo?

— Es. . . ¡un honor! — tartamudeó asombrado.

La atención de Nehel cambió cuando apareció Alessandro, trayendo a Corr con él. Con expresión de cansancio, sostenía a Fabehel firmemente en sus brazos.

Cuando la emperatriz se acercó, un cambio notable se produjo en su rostro: su sonrisa se desvaneció nuevamente y fue reemplazada por una expresión solemne. Se acercó, puso su cabeza a la de Fabehel y cerró suavemente los ojos para sentirla. — ¡Por favor no te vayas! — Nehel casi murmuró, suplicando. — Le insto a que se quede con nosotros, ya que tanto usted como yo dependemos el uno del otro. Mi madre desearía de todo corazón que su hermana pequeña siguiera asociada con quienes realmente se preocupan por ella.

Fabehel se limitó a asentir en respuesta.

— ¡Seré tu protector y te protegeré de cualquier adversidad que pueda surgir! — determinada, aseguró la emperatriz.

La propia Akhimeni se hizo cargo y asumió la responsabilidad de organizar la taberna. Al hacerlo, descubrió una gran mesa redonda en un rincón, que rápidamente trasladó al centro del lugar. Luego dispuso sillas a su alrededor y aseguró una iluminación adecuada mediante el uso de lámparas colgantes. Una vez que la emperatriz confirmó a todos los participantes requeridos, les solicitó que comenzaran la reunión.

Akhimeni también consideró que la silla proporcionada para la emperatriz era demasiado grande para ella.

Las doncellas habían encontrado una solución recuperando la única silla alta con brazos de la habitación del cuidador y añadiendo cojines adicionales para adaptarse a la altura de Nehel.

Las otras sillas no tenían brazos ni cojines.

Fue el primer encuentro oficial de la emperatriz con su gente que consideraba indispensable y urgente para el Jyistereerk, tras su ascensión. A pesar de no ser del todo preciso como se deseaba y contenía informalidades, realizaron la reunión lo más apresuradamente posible.

La emperatriz tenía algo que decir y actuar.

Alessandro tomó asiento a la derecha mientras Marissa ocupaba la izquierda, ambos como Pilares. Corr representaba a Fenn, al lado derecho junto a Selee, en representación de Salter. Peken hablaba en nombre de Molke y Dessidere en el papel de Heraldo. Fabehel, como representante de los arankanos en el exilio, junto con la vagrante Keleana, que ocupaba el cargo de mariscal de la Guardia Imperial. Completaron el grupo diverso incluyendo a Juni, designado provisionalmente para Bérrem, y a Akhimeni del Corte de las Doncellas.

— *¡El gremio!* — Nehel exclamó con emoción.

Keleana asintió y una sonrisa se formó en sus labios, algo poco común en ella. Había perdido un gremio, pero ganó otro.

Sentados uno cerca del otro, Kekten y Jumeni se encontraron en un rincón de la misma taberna, bebiendo refresco de zarzaparrilla en sus tazas.

Antes de la reunión, los Pilares habían entablado una discusión sobre la representación tanto de los casakanos como de los kasnasgos. Selee, que había establecido una fuerte comunicación mística con el Regente Archimago

Missar, enfatizó la lealtad prometida del Casak a la emperatriz. Desafortunadamente, revelaron su incapacidad para estar físicamente presentes y representarse a sí mismos, ya que sus tareas cruciales implicaban gestionar la devastación del dominio casakano y enfrentar a los Korbas.

A pesar de esto, Missar concedió a Alessandro el papel de voz provisional de Casak.

Kasnasgar decidió esperar hasta que llegar el momento adecuado.

Mientras los asistentes seleccionaban sus bebidas preferidas, la mayoría prefirió el vino, lo que motivó que las doncellas trajeran botellas acompañadas de copas de madera. También hubo excepciones notables en las preferencias de bebidas. Corr eligió cerveza, Peken, Juni y Fabehel optaron por leche de arroz, mientras que Nehel se destacó por consumir únicamente agua corriente.

La emperatriz hizo una señal para comenzar.

Nervioso y rápido, Dessidere le tendió un trozo de papiro que le había regalado el cuidador, junto con una pluma y tinta. Colocó el papiro sobre la superficie de la mesa, usando dos botellas de vino como pisapapeles para mantenerlo extendido y listo para escribir. Mientras le temblaban los dedos, Dessidere se preparó para redactar el primer personaje.

Cuando anunció el inicio de la reunión, el recién nombrado Heraldo tartamudeó. — En el día dieciocho del cuarto mes. . . en el Primer Año de. . . el *Tikl el Tercero de la Gesha . . .*

— Espera, muchacho —, interrumpió Selee, sonriendo.
— Los nuevos tiempos y las esperanzas han traído una

ola de cambios, alterando el rostro de Sánkaris en sólo dos meses desde la partida de la emperatriz de Molke. ¿Seguimos planeando utilizar ese terrible calendario que comenzó con la destrucción de Aranka?

— ¿Qué sugieres, archimago?

— ¡Tú eres el experto, por favor, aconseja! — Selee insistió.

Inseguro y callado, Dessidere miró a la emperatriz.

Con una sonrisa sutil y gentil en su rostro, Nehel asintió discretamente, como si ya supiera la respuesta.

Desvió su mirada hacia el papiro y luego habló una vez más, esta vez con confianza y sin rastro de vacilación. — ¡En el primer día del primer mes del primer año del *Tiklo Primero de Nehel* , comienzo oficialmente esta reunión!

— Año nuevo, tiklo nuevo, fe nueva —, aprobó el archimago.

— ¿Cuál es la razón por la que deseabas reunirnos a todos? — Peken preguntó, cruzándose de brazos.

Nehel cerró los ojos, permitiendo que una expresión sombría se apoderara de su rostro, antes de finalmente dar una respuesta. Posteriormente, dejó al descubierto sus ojos color avellana, mirando directamente a todos. — Me he callado durante tanto tiempo, por favor, les pido disculpas —, suspiró. — La condición de Bérrem es más grave de lo que imaginan.

— ¿Te importaría explicarnos? – sugirió Alessandro.

— ¿Recuerdas la *Fiesta de la Dragonesa* ? No fue un accidente, sino que se hizo a propósito.

De repente llenaron la taberna con una oleada de escalofriante sorpresa.

— Sí —, continuó respondiendo. — Dentro de la Reunión, hay un infiltrado que ha permitido a los Korbas mezclarse con el resto de la gente. Ya hizo un compromiso jurado de servir a Ardek, de ahí el motivo de su presencia.

— ¡Pan Din! — Fabehel exclamó decepcionado.

— Creo que fue Tom Lai. Después de todo, antes era un demonio –, aseguró Peken seguro de sí mismo.

— Es Lord Kong Rim —, asintió Nehel. — Prometió su lealtad a los Korbas para obtener mayor poder.

— Eso explica por qué supuestamente no pudo hacer nada contra la dragona— , afirmó Alessandro. — Pero todavía no me queda claro el motivo de su decisión de permitir tantas muertes.

— La dragona buscaba infectar a la mayor cantidad posible, pero su rabia no le permitió controlar sus ataques y terminó asesinando a las personas. Alguien la provocó —, Nehel bajó la cabeza. — Por eso estuve ausente después de mi enfrentamiento con Ardek Korba. Todavía no estaba preparada para enfrentarme a ella ni a Lord Kong.

— ¿Cómo se relaciona la *Fiesta de la Dragona* con la condición de Bérrem? —, Preguntó Corr.

— Para aumentar el número de Korbeens y expandir el Dominio Korba a este lado del Karekall —, respondió sombríamente. — A pesar de respetar constantemente sus fronteras durante cientos de tiklos, algo los ha motivado recientemente a destruir Aranka, desatar maldiciones sobre Molke, invadir Casak y expandir sus territorios hasta Bérrem.

— Y pronto Salter caerá —, afirmó Selee.

— Por eso has llegado a este mundo en este preciso momento, Divina Emperatriz —, afirmó Keleana. — ¡Han roto el equilibrio en Sánkaris!

— Y las mantis rojas son Korbeens.

— ¡Por las diosas! — Marissa exclamó, atónita. — ¡Estuve muy cerca de convertirme en uno de estos malditos!

— Considero necesario que tomemos medidas y retomemos Bérrem— , dijo Peken con seriedad.

— Sí, tienes razón —, asintió Nehel. — Antes de seguir adelante, me gustaría intentar algo: un tratado.

— ¿Qué tratado?— Alessandro preguntó sorprendido.

— ¡Solicitaré a la Reunión que me entregue a Bérrem!

Murmullos de asombro resonaron por toda la habitación. Dessidere cortó el ruido golpeando con fuerza la mesa con el fondo de una botella.

— ¡Que la Divina Emperatriz continúe! — Dessidere exigió estrictamente.

— Lo último que quiero es una guerra que trágicamente se cobraría la vida de inocentes. Pero si no conseguimos que Bérrem cumpla con el tratado, entonces comenzaré la *Deken Karsaker*, la Guerra de Reclamación.

— ¡No! — Alessandro no estuvo de acuerdo, consciente de que el conflicto duraría ochenta años, según afirma *Frelee Dee*. — ¡Viniste a restablecer el equilibrio, no a iniciar un conflicto!

— Sí, el equilibrio. ¡Ten en cuenta que nací emperatriz porque esta es mi postura! A pesar de mi apariencia tranquila, para estabilizar a Sánkaris si los Korbas buscan confrontación y malevolencia, ¡debo responder luchando contra ellos!

— ¡Consideremos diferentes alternativas en lugar de elegir entre una guerra o un tratado! — Alessandro intentó persuadirla.

— Tío, ¿no lo entiendes? – reveló con autoridad, serena.

— Son seres místicos viciosos que no entienden de humanidad ni de razón. Su anhelo más profundo es devorar el alma de cada persona que habita Sánkaris. Aunque sé que ya has negociado antes gracias a Lord Orssandro, en este caso involucrar a los Korbas es inútil.

— Ella tiene razón, amo —, la secundó Peken. — Son criaturas del abismo.

— Todavía no creo que sea importante reclamar Bérrem o iniciar las hostilidades —, insistió Alessandro con una sacudida negativa. — Nehel, quería compartir contigo lo que he aprendido sobre la situación en Casak. Lamentablemente, no podemos hacerles frente. El Jyistereerk apenas está comenzando y aún no está bien preparado.

— Aconseja entonces. ¿Qué otras opciones ofreces? – Selee insistió.

A pesar de sus mejores esfuerzos, Alessandro no encontró otra solución que no era clara para él. Con cara de vergüenza, terminó simplemente mirando a todos y encogiéndose de hombros.

La emperatriz suspiró. Aunque parecía tranquila, en el fondo experimentaba la inmensa presión de un monarca.

— Quiero concluir eso. . . ya sea por tratado o por conflicto, llegaré al Ri para la coronación —, informó Nehel. — A pesar de mi falta de atractivo para ser coronada, me siento obligado a hacerlo, ya que es un paso esencial hacia el restablecimiento del equilibrio.

El ambiente en la taberna se volvió tenso cuando todos los presentes, incluidas las doncellas y el cuidador, volvieron la mirada con expresiones de preocupación y miedo.

— Pongámoslo en votación. . . —, dijo Dessidere, tragando saliva. — Si está a favor del tratado, levante la mano.

Rápidamente, los partidarios levantaron la mano. Corr, Fabehel y Alessandro estaban en la oposición. Juni se abstuvo en la votación.

Por mayoría, el Gremio votó a favor del tratado.

— ¿Es porque sigues al amo Alessandro, Corr?— Preguntó Keleana, señalando la oposición del fennisto.

— No, es porque mi reino ya está involucrado en un conflicto para estar involucrado en otro —, respondió el felino. — Hay mucho sufrimiento en Fenn.

— ¿Y usted, Lady Fabehel? – Preguntó Selee.

— Si el tratado fracasa, una guerra complicará mi búsqueda de los arankanos que viven en el exilio.

Silencio.

Dessidere golpeó la mesa con la botella.

— ¡El Gremio ha respaldado el tratado, considerando que podría ocurrir un conflicto!

Lo que comenzó como una primera reunión esperanzadora del Gremio finalmente concluyó con una sensación de tristeza y preocupación.

Silencio de nuevo.

— Deseo que te hagas cargo del tratado, tío —, ordenó Nehel débilmente. — Tienes toda mi confianza.

La emperatriz llamó a una doncella para que la ayudara a descender de la silla y se fue, dejando atrás al resto del Gremio.

Después de la reunión, con la ayuda de Marissa y mediante una planificación meticulosa, utilizó los conocimientos adquiridos trabajando con Orssandro durante dos años durante sus vacaciones, después de cumplir catorce años, para escribir el tratado en un pequeño rollo de papel. La emperatriz revisó y firmó el pergamino.

Alessandro compró una jaula que albergaba doce palomas después de contactar con algunos criadores de Arrasem. Y a la mañana siguiente, se utilizó el primer pájaro rubí para incluir el tratado y se envió a la Reunión en el Dri desde la azotea de la posada.

Había pasado un día completo y todavía no había recibido respuesta.

Alessandro, cauteloso y con falsas expectativas sobre la Reunión por el carácter delicado del tratado, tomó la medida preventiva de hacer múltiples copias. Esperaba una falta de respuestas y se aseguró de que la emperatriz las firmara todas.

Cuando comenzó el segundo día, Fabehel lo vió en la azotea y Corr la llevó escaleras arriba. Observó a Alessandro lanzar la paloma.

No sólo tenía pan y queso, sino que también tenía jugo de uva para compartir con él. Tomando asiento en el suelo, consumieron su desayuno, asegurándose de colocar un paño debajo de ellos.

Todavía no había respuesta de la Reunión.

A la tercera mañana, Nehel subió a la azotea. Ella esperaba ansiosamente verlo enviar otra paloma.

— ¿Qué estás haciendo aquí, Nehel? — preguntó con seriedad, con el pájaro en las manos, sin prestarle atención.

— ¿Su visita está relacionada con verme realizar mis deberes?

— Yo. . . Sólo deseo estar con mi tío —, respondió con un atisbo de inquietud.

Él la escuchó y soltó la paloma.

La invitó a sentarse juntos y observar el burgo desde la azotea. Contemplaron la magnífica vista de la bulliciosa Arrasem y conversaron sobre el panorama, pero, curiosamente, nunca hablaron del tratado.

Pasó otro día sin respuesta.

A la cuarta mañana, Corr lo acompañó. Invirtieron tiempo en aprender más sobre sus vidas pasadas simplemente para tener algo de qué hablar y mantenerse ocupados. Se mostraron indiferentes a la ligera lluvia.

Como de costumbre, soltó otro pájaro.

Como siempre, no hubo respuesta durante un día completo.

A medida que se acercaba el quinto día, Alejandro hizo los preparativos preparando otra paloma. Mientras contemplaba las torres de la catedral en la parte norte de Arrasem, protegiéndose los ojos de los rayos cegadores del sol poniente en el este, de repente vio un pájaro volando, dirigiéndose hacia él.

Habiendo recibido la paloma, desató el pequeño rollo pegado a su pie. Lo leyó.

Lord Bin Kam era quien expresó su deseo de celebrar una reunión en Dri para discutir el tratado y explorar la opción de entregar Bérrem a la emperatriz, firmó el mensaje. Además, solicitó un encuentro personal con Nehel.

La noticia de recibir una respuesta de la Reunión supuso cierto alivio para Alejandro, pero la brevedad del mensaje y la facilidad del acuerdo despertaron sus sospechas.

Al ser informado de la respuesta de la Reunión, el Gremio recomendó encarecidamente a la emperatriz que confiara la organización del tratado únicamente a Alessandro, debido a preocupaciones sobre su seguridad.

Después de aceptar, envió a Alessandro a Dri, acompañado por un pequeño grupo de miembros de la Guardia Imperial, específicamente vagrantes.

Tenía el documento oficial del tratado, debidamente visado por la emperatriz, a la espera de la firma de cualquiera de los miembros de la Reunión.

Con gran prisa, Alessandro partió rápidamente para cumplir su tarea, reunirse con los señores y llevar a Bérrem ante la emperatriz.

Sin embargo, no confiaba en Lord Kong Rim. La mera idea de encontrarlo junto a los otros señores causaba mucho miedo.

Alessandro se detuvo en el camino construido sobre el agua, justo frente a las puertas de la ciudad flotante conocida como Dri, y se detuvo rápidamente. Los centinelas simplemente lo miraron sin reacción discernible.

Había ordenado a los vagrantes que esperaran antes, dejándolos atrás a medio camino, ya que creía que sería más útil para él ir solo.

Su corazón latía con fuerza en su pecho, una combinación de miedo y aprensión corría por sus venas, mientras arriesgaba su vida para evaluar las reacciones desconocidas de la Reunión hacia el tratado. La respuesta le produjo malos sentimientos.

Finalmente, después de un buen tiempo, las puertas se abrieron, dándole acceso a una magnífica ciudad construida sobre el agua.

Alessandro ordenó a Song que entrara y trotó a un ritmo lento, mientras observaba las miradas sospechosas de los centinelas con ballestas mientras cruzaba la puerta. Nadie se molestó en acercarse a él ni mostrarle la dirección que debía tomar, entendiendo que tenía que encontrar la Reunión por su cuenta. Mientras se dirigía a la ciudad por la avenida principal, que estaba flanqueada por casas abandonadas edificadas en terrenos construidos sobre el agua, no pudo evitar notar el inquietante vacío de toda la ciudad, lo que le hacía imposible preguntar direcciones.

Desde su yegua notó una enorme torre de monolito que se alzaba a lo lejos al final de la avenida y, sin dudarlo, decidió que ese sería su destino final. También vio la inmensidad de la ciudad.

Manteniendo su cautela, reveló el mandoble que había estado guardando a su espalda. La ausencia de señales de vida en la ciudad fantasma le inspiró una grave falta de confianza.

Le tomó un tiempo, pero finalmente llegó al torreón. Las puertas del monolito estaban abiertas y, al igual que la ciudad, estaba vacía.

Ni siquiera guardias.

Alessandro no mostró signos de flaqueza mientras sostenía su espada y montaba en la espalda de Song. Sus ojos oscuros e intensos escanearon meticulosamente los alrededores en busca de amenazas potenciales que representaran un peligro, sin intención de ingresar a la fortaleza.

Sorprendido por un ruido, volvió su atención a las puertas. Escuchó el ruido de pasos arrastrados.

Con su bastón en mano, Lord Kong Rim salió de entre las puertas y se detuvo en las escaleras, sin mostrar signos de bajar. Su elegante ropa escarlata era un distintivo de su apariencia habitual.

— ¿Dónde están los demás, señor? — Desde la distancia, Alessandro, con total desconfianza, preguntó mientras agarraba con fuerza la gran espada.

— Soy sólo yo, amo —, respondió con un gesto sospechoso. — ¡Ahora yo soy la Reunión!

Al escucharlo, Alessandro se tomó una cantidad significativa de tiempo para procesar y comprender las palabras.

— ¡¿Qué les has hecho?! – cuestionó, con autoridad y alarma al mismo tiempo. — ¿Dónde está la gente en el Dri?

— ¿Ves el sol? — Señaló al horizonte. — ¿Puedes decirme qué hora es?

— Ya casi está anocheciendo. ¡¿Por qué lo preguntas?! ¿Por qué no has respondido a mis preguntas?

Con visible cansancio, Lord Rim se acomodó con cuidado en el primer escalón, tomando un descanso y suspirando. – Yo solía ser un mago. Sé que eres consciente de esto. Lamentablemente, el santuario no me brindó la realización que había imaginado, por eso tomé la decisión de renunciar, dedicarme a la política y ser parte de la Reunión, y cumplí esa ambición, pero no me bastó.

— ¿Qué estabas buscando?

— Poder absoluto sobre Bérrem, amo. Sabía que la Reunión no me lo permitiría — el señor asintió. — Con la destrucción de Aranka y el devastador estado de Casak, Bérrem asume el manto del reino más poderoso de Sánkaris, fortalecido por la vasta riqueza que fluye desde Fenn. Y sólo uno pudo darme lo que deseé durante todos estos años.

— Ardek. . . — Alessandro murmuró desconcertado. — ¿No podrías rechazarlo y seguir a la emperatriz? Ella le habría ayudado a perseguir sus sueños, señor.

— ¿Para qué? ¿Para que pueda tener control total sobre el reino? – él emitió una sonrisa y se rió entre dientes. — ¿Lo sabe, amo? Una vez que Lord Bin Kam recibió todos los pergaminos que le habías enviado, los ignoró. Sin embargo, al enterarse de la deliberada y oculta incursión de Korba en Bérrem, aceptó ciegamente el tratado y ofreció todo el dominio a la emperatriz.

— ¡Responda a mi consulta! ¡¿Donde están los otros?! – preguntó acaloradamente.

— Era necesario para mí hacer un sacrificio sustancial por el bien del dominio. Todavía poseo el poder de la magia dentro de mí y deliberadamente causé un accidente. Trágicamente, el fuego se extendió rápidamente por toda la Villa Jarrdine, provocando la pérdida de todos los señores que estaban dentro.

Alessandro se quedó incrédulo al escuchar lo que acababa de decir, lo que hizo que sus ojos se abrieran de más.

Usando su bastón, Lord Rim dirigió su mirada hacia el sol mientras descendía en el horizonte.

— Ya casi está anocheciendo —, asintió con otra sonrisa. — Los centinelas que habéis visto apostados en las puertas no son seres ordinarios, sino cambiaformas. Son Korbas que esperan pacientemente el anochecer para convocar a todos los Korbeens, los ahora benditos antiguos habitantes de Dri.

Alessandro se estremeció de pánico. — ¡¿Qué has hecho, idiota?!

— Corre si puedes, amo —, dijo Lord Rim con siniestra serenidad. — ¡Corre! ¡Porque la atención se centra en la emperatriz! ¡Tan pronto como el sol se oculte detrás del horizonte, ya estarán en camino a Arrasem!

Alarmado y asustado, comprendiendo plenamente la gravedad de la situación, Alessandro ordenó urgentemente a Song que regresara lo más rápido que pudiera a Arrasem.

Mientras atravesaba las puertas después de cruzar la ciudad desierta, continuó sosteniendo la espada con fuerza mientras presenciaba la transformación gradual de los centinelas en dragones amenazadores. A pesar de esto, permaneció decidido a seguir corriendo sin interrupción, sin molestarse en mirar atrás y ver el sorprendente cambio en Korbas.

A medida que el sol se desvanecía gradualmente, revelando el surgimiento de la cortina nocturna en el cielo, adornada con la presencia de tres lunas—No Ta, No Sak y No Nunn—, Alessandro tenía su angustiada atención únicamente en Nehel.

El documento que contenía el tratado inesperadamente salió volando de su ropa y descendió con gracia sobre la superficie del agua, quedando completamente húmedo.

Y así comenzó la *Deken Karsaker*.

32

HORDAS

Marissa examinó a su compañero felino mientras él disfrutaba de su bebida, maravillándose de su capacidad para consumir grandes cantidades de cerveza sin emborracharse, ya que Corr parecía estar bastante encantado con el momento y él también reconoció la afición de la caballera por el vino tinto.

Ambos se sentaron cómodamente en una mesa.

— ¿Realmente saboreas tu bebida, ser? — Con su habitual voz profunda, preguntó.

— Sí, encuentro placer bebiéndolo, como tú lo haces con tu cerveza —, respondió ella asintiendo. — ¿Lo intentaste siquiera?

— Los fennistos tenemos una alta tolerancia a la cerveza y otros refrescos, pero el vino nos arde en la garganta.

Ella se puso de pie, con los ojos muy abiertos por la sorpresa ante su inesperada respuesta. La vista de los cientos de doncellas congregadas fuera de la posada desvió su atención del interior de la taberna. Ella los vio claramente a través de la ventana y notó que cada uno de ellos sostenía una antorcha, proyectando un brillo radiante que atravesaba la oscuridad de la noche, lo que resultó en un estado de desconcierto e indecisión entre los miembros de la Guardia Imperial que patrullaban *Wind & Grass.*

Las doncellas parecían extrañamente hipnotizadas.

— Algo está sucediendo. . . — Marissa se levantó de su silla murmurando para atraer la atención de Corr. — ¡Nos encontramos rodeados de doncell!

Con una sensación de alarma, Corr se acercó a la ventana.

— ¡Por favor convoca al Gremio!—

Nehel, vestida de cuero y con una expresión seria, los sorprendió cuando voltearon.

— Divina Emperatriz —, Corr tenía su preocupación. — ¿Podrías contarnos su significado?

— Los Korbas se están acercando, avanzando hacia nosotros como una tormenta de viento —, asintió sombríamente. — ¡No podemos demorarnos más! ¡Debemos llegar al Ri y comenzar con mi coronación antes de que sea demasiado tarde!

Después de comprender la situación, Corr no perdió el tiempo y, a toda prisa, se dirigió a los pisos superiores en busca de los miembros del Gremio.

— ¡Toma a Brisel y rescata a mi tío rápidamente, Ser Marissa! — Nehel la instó. — ¡Está en grave peligro ya que tiene la intención de venir aquí seguido por esos dragones!

Asustada, Marissa dio su consentimiento al mandato. Una repentina inquietud se apoderó de ella mientras colocaba su espada envainada en su cintura. — ¿Dónde nos encontraremos.

— Únete a nosotros en el palacio de Ri.

A toda prisa, la caballera abandonó el lugar.

Con atenta observación, Nehel presenció la partida de su caballera, primero por la puerta y luego por la ventana. Notó lo rápido que recuperó la mantis de los establos y la montó sobre su lomo, alejándose a gran velocidad.

Nehel estaba de pie, tensa, con la mirada fija en la mesa desolada, donde una taza de cerveza, llena hasta la mitad, estaba junto a una copa llena de vino, junto a una botella casi vacía. Al darse cuenta de la copa de madera, la tomó con cuidado y se tomó un momento para admirar el vino que contenía. Tomó unos sorbos, solo para encontrarse con un sabor amargo en la lengua, lo que finalmente la hizo decidir no seguir consumiéndolo y lo volvió a colocar sobre la mesa con repudio.

Cuando se giró, Corr estaba detrás, con Fabehel en sus brazos y el resto del Gremio con él.

— ¡Es imperativo que partamos rápidamente y lleguemos al Ri sin demoras! ¡Los Korbas vienen por nosotros!

— ¡Estamos dispuestos a luchar contra ellos, incluso si eso significa sacrificar nuestras vidas! — Afirmó la mariscal Keleana.

— ¡Te insto a que no luches contra ellos por mi bien, ya que inevitablemente encontrarás una muerte segura! — Nehel exigió con autoridad. — Su atención debería centrarse en salvar las vidas de todos esos miles que han confiado en mí.

— Sí, Divina Emperatriz —, asintió Keleana con vacilación. — ¿Los llevamos de regreso a Seled Post?

— Incluso tú lo intentas. La multitud me seguirá sin importar a dónde vaya o si pierden la vida. Tienen una fe ciega en mí que nunca pedí ni deseé — ella miró a Selee. — Archimago, te lo imploro. Tengo noticias de que posees la capacidad de transportarnos a todos al Ri en un instante. ¿Es posible que esto suceda?

Selee, sintiéndose sorprendido y preocupado, respondió con un gesto dudoso, evadiendo su sonrisa habitual. — Si bien está dentro de mis capacidades lograr esto, requeriría el esfuerzo combinado de cientos de personas para poder traer a miles de personas al Ri.

— ¡Esta es la razón principal por la que mis doncellas están aquí! — Nehel respondió, señalando la ventana. — ¿Te has olvidado de ellos?

— Divina Emperatriz, no lo he olvidado. Creo que no es una buena idea utilizarlos.

— Sé que prohibimos hablar de asuntos importantes según nuestras reglas. ¿Pero podrías hacer una excepción esta vez, Divina Emperatriz? la superior de la Corte de Doncellas suplicó con calma en su intervención.

— Puedes hablar, Akhimeni.

La criada mayor se dirigió a Selee con una actitud seria.
— Desde nuestros inicios, hemos dedicado nuestra vida al servicio de Nehel. Desde el preciso momento en que la espada tocó el cuello de Kasana, y reconocimos su existencia, innumerables sirvientas se habían sacrificado en reclusión por cientos de tiklos, y lamentablemente muchas nunca presenciaron nuestra preciosa joya. Nuestra generación, esta generación, tuvo la suerte de ver y servir la Promesa —, habló con devoción. — ¡Por la Divina Emperatriz, participemos en sus hazañas mágicas según se considere necesario!

— Muy bien. . . —, el archimago finalmente sonrió. — ¡Si la Divina Emperatriz lo aprueba, que así sea!

— ¡Sí! — Más tarde, Nehel miró a Akhimeni. — Permite que las doncellas ayuden a Selee, pero quiero que traigas mi vara y te quedes a mi lado siempre.

La doncella y Selee estuvieron de acuerdo y se fueron juntos.

Juni, observándola con creciente preocupación, respiró hondo y se acercó, pero la gravedad de la situación y el ambiente tenso impidieron cualquier intento de ofrecerle consuelo. Una sensación de confusión lo abrumaba, incapaz de comprender su situación.

Siguiendo la petición de Fabehel, Corr la colocó en una silla junto a la mesa en la que solía beber. Notó los labios temblorosos de la emperatriz y extendió la mano para tomar sus manos. — Querida, ¿qué te pasa?

— Yo. . . tengo miedo. . . —, reaccionó Nehel con los ojos color avellana muy abiertos.

Preocupada, Keleana sacudió la cabeza y salió al encuentro de sus vagrantes ante la mirada de Peken, quien estaba apoyado en una columna con los brazos cruzados.

Con expresión sombría y temblando, Nehel miró al elfo. — ¿Los sientes? ¿Los Korbas?

— No los siento, muchacha. Pero puede que los sienta más tarde —. Esa fue la respuesta que dio mientras se tocaba el pecho para tranquilizarla.

Nehel se dio cuenta claramente de lo que le esperaba pronto, pero se lo guardó para sí misma.

Con la ayuda del No Sak blanqueado, Marissa distinguió el camino que tenía por delante en medio de la oscuridad de la noche. Era la única de las tres lunas que contribuía a iluminar el panorama, pero la luz era débil, dejando todo envuelto en sombras y una tenue oscuridad. Debido a la velocidad excepcional de Brisel, no llevaba ningún tipo de linterna que le hubiera proporcionado visibilidad hacia adelante.

A pesar de enfrentar desafíos, encontró el camino recto de Arrasem a Dri, lo que la llevó a creer que se reuniría con Alessandro en un período relativamente corto.

El golpe del viento helado contra su rostro y el casi sangrar de sus labios secos por morderlos con desesperación no le importaban. Aunque él amaba a otra chica, ella no podía aceptar perderlo, ya que él no solo fue su mejor amigo sino también su futuro compañero de vida, con quien tenía planes de casarse.

Sus sentimientos todavía estaban a flor de piel y no aceptaba el hecho de que ya lo había perdido. Admitió que sin Alessandro su vida sería vacía y sin alma.

En el camino, sus lágrimas volaban con el viento.

A la edad de ocho años, Alessandro se sentía confundido, desatendido y abrumado por el miedo.

Lady Tasarissa no comprendía cómo había encontrado consuelo en una joven llamada Marissa, su hija.

Era la mañana siguiente al Gesha.

A pesar de conocerlo desde que ambos tenían cuatro años, no fue hasta años después cuando la Gesha prácticamente los unió. Ambos se conocieron cuando Lady Tasarissa y Larissa Eskar, recientemente elegida Regente, se hicieron amigas.

Antes, Marissa tenía a Dessidere y Alessandro tenía a Cassandro.

Mientras se acercaba a su destino en Brisel, miró los enjambres de oscuridad total que envolvían las estrellas distantes. Estas formas estaban en constante estado de transformación, y ella sabía bien que no eran simplemente nubes, sino siniestras hordas de Korbas disfrazadas de sombras.

Invadido por el pánico, Brisel dejó escapar un silbido y disminuyó gradualmente su velocidad.

— ¡Ahora no, Brisel! — suplicó desesperada. — ¡Busca su olor y encuéntralo! ¡No desaparezcas ahora!

Dudando al principio, pero en respuesta a su súplica, la mantis recuperó su velocidad y siguió siseando de miedo.

Por otra parte, la velocidad descendió hasta que se detuvo en algún lugar.

El olor a moho sugería que se encontraban en algún lugar profundo del interior, con la carretera sobre el agua.

Silencio.

Marissa observó cómo las hordas crecían y amenazaban más rápido.

Oyó acercarse un caballo.

Ella sacó su espada.

Desmontó de Brisel.

Y preparada para lo peor.

En una parada repentina, la yegua Song se detuvo y dejó escapar un relincho de sorpresa, esquivándola por poco con los cascos.

Alessandro controló la yegua, sorprendido al encontrar a Marissa en el camino. — ¡¿Qué estás haciendo aquí?! ¡Estos malditos flagelos están detrás de mí! – En estado de sorpresa, gritó y luego desmontó de su caballo para poder verla más de cerca en la suave oscuridad.

Con terror en su corazón, ella constantemente miraba hacia atrás para notar las hordas que se acercaban.

— ¡Vámonos a toda prisa! ¡Monta conmigo en Brisel!

— ¡Espera! ¡¿Qué va a pasar con Song?!

Su rostro reveló tristeza mientras sacudía la cabeza. — Lo siento de verdad. No hay nada que podamos hacer —, respondió disculpándose. — ¡No puedo salvarlos a los dos!

El dolor descendió sobre Alejandro y comprendió. Instintivamente extendió la mano para acariciar la cabeza de Song y le plantó suavemente un beso. — Mi profundo agradecimiento por todas las cosas que has hecho por mí.

Gracias por ser mi compañera constante —, susurró con cariño.

La yegua relinchó suavemente.

Con lágrimas en los ojos, montó detrás de Marissa en Brisel.

— Si tan solo Fabehel tuviera la compañía de Song en vez de una muerte segura. . .

En medio de suaves sollozos, Marissa fijó su mirada en Song, su mente inundada de recuerdos de los momentos inolvidables que compartió con su querido semental, Fantasma.

Vieron a Song la última vez. La yegua parecía tranquila y pacífica, mostrando una sensación de tranquilidad, ya que era consciente de su destino y lo esperaba pacientemente.

Alessandro abrazó a Marissa con fuerza y hundió su rostro afligido en la comodidad de su espalda.

— Brisel. . . Llévanos lejos. . .

Atento a los alrededores, la mantis respondió apresuradamente iniciando su rápido movimiento hacia el Ri por el oeste, sorteando con éxito las malévolas hordas de Korbas que atravesaban la zona.

En el frente del *Divino Buque Volador*, Selee sostenía el Bastón del Hechicero molkano en sus manos mientras escaneaba meticulosamente el camino por delante, usando el poder de su esfera. Su rostro adquirió una expresión seria a medida que gradualmente se daba cuenta de los obstáculos que se avecinaban. — No creo que podamos pasar —, afirmó, después de recorrer muchas veces el camino con magia. — Hordas de Korbas están por delante.

— ¡Debe haber una manera de pasar! — Dijo Nehel desesperada, mientras se apoyaba en su vara alta, vestida con la túnica blanca y su capa.

— Divina Emperatriz, no fallaremos en nuestro deber —, aseguró Akhimeni, detrás.

— ¿Está segura? — Selee preguntó con duda.

— Todo lo que necesita hacer es darnos instrucciones sobre lo que se debe hacer y con placer le brindaremos toda la ayuda que pueda necesitar.

— ¿Podrás traer a toda la gente con nosotros? — Nehel insistió, insegura.

— ¡Todos! — El archimago asintió con una sonrisa. — A excepción de los artenses que luchan contra los Korbas, los supervivientes se unirán a nosotros en el Ri.

Una vez más, Selee se giró y usó el bastón para escanear los alrededores.

— Si puedo preguntar, Divina Emperatriz. Una vez que lleguemos al palacio, ¿sabes quién será quien te coronará? – preguntó la doncella mayor.

— Los monarcas de Bérrem son quienes me darán sus bendiciones una vez que me siente en su trono —, respondió Nehel con seriedad. — Sus voces me han hablado desde el más allá, transmitiéndome repetidamente sus deseos de que yo gobierne este dominio.

Con un estremecimiento de miedo, Akhimeni hizo un descubrimiento sorprendente: la emperatriz podía comunicarse con los muertos.

En una aparición repentina, Juni se acercó a Nehel y la sobresaltó con un susurro en su oído. Le pidió que lo acompañara.

Fabehel no ocultó su preocupación mientras Peken la ataba al pie del alto trono. No se trataba sólo de asegurar su comodidad y prepararla para el transporte, con Jumeni a su lado, sino de los continuos temblores y la profusa transpiración del elfo.

Tomándose su tiempo, Nehel se acercó a él y observó que se apretaba persistentemente el pecho, demostrando que estaba experimentando un dolor considerable. Mientras negaba con la cabeza, no podía aceptar la razón detrás de su sufrimiento, algo de lo que era muy consciente.

Jumeni miró al elfo en silencio.

— ¿Estás bien, Peken? — Durante los preparativos, Fabehel compartió sus preocupaciones con mientras él la ayudaba, usando las almohadas que había colocado para asegurar un asiento cómodo tanto para ella como para Jumeni.

— No hay necesidad de preocuparse. . . — Peken, sin aliento, respondió mientras garantizaba su seguridad.

Juni notó a Nehel y, por su expresión, comprendió la gravedad del estado de Peken. Consciente de sus habilidades únicas, reconoció la validez de su preocupación.

Distraído por los sonidos metálicos provenientes de los artenses, Nehel notó su repentino avance hacia las llanuras, continuando adelante hasta que desaparecieron en medio de la noche oscura. También reconoció la impresionante capacidad de Keleana y su grupo de vagrantes para reunir una gran multitud detrás del buque, mientras mostraban su miedo en anticipación de las hordas que se acercaban, aún invisibles.

Corr estaba entre la multitud, montado en Thunder con Dessidere sentado detrás, ambos compartiendo la silla.

Con una velocidad excepcional, las doncellas formaron una cadena rodeando tanto al buque como a la multitud. En lugar de tomarse de la mano, crearon distancia entre ellos al separarse.

En un repentino estallido de dolor, Peken se agarró el pecho y se desplomó en el suelo, lo que provocó que Juni corriera hacia él en estado de alarma. Mientras tanto, Fabehel, atada, intentaba calmarlo tocándole suavemente la cabeza.

Nehel, aunque carecía del poder de curar, todavía deseaba ayudarlo. Sin embargo, Selee la llamó.

— ¡Debemos irnos ahora, Divina Emperatriz!

Se acercó al archimago y, de mala gana, confió a Peken al cuidado de otros.

— ¿Estás listo? — preguntó con seriedad.

— Sí, el buque se transportará a la plaza, justo en frente del palacio, para que puedas reclamar el trono rápidamente antes de que lleguen los Korbas.

El débil sonido de los dragones causó un sobresalto entre todos. Las hordas estaban cerca.

— ¡Hazlo ahora! – ordenó con aprensión.

El dolor insoportable hizo que Peken gritara sin control en el suelo. Fabehel, agarrándolo por los brazos, tuvo que someterlo mientras estaba sujeto a la base del alto trono, y Juni, que corrió el riesgo de no estar bien sujeta, también ayudó en el esfuerzo de sujetarle las piernas.

Selee, usando ambas manos, levantó el Bastón del Hechicero, provocando que se emitiera una poderosa oleada de relámpagos blancos. La energía se extendió, afectando a todas las doncellas y abarcando tanto al recipiente como a la multitud. El suelo debajo tembló con tal intensidad que parecía como si el mismo Sánkaris temblara, mientras un espeso velo de oscuridad cubría la noche, haciendo que las tres lunas que alguna vez fueron visibles desaparecieran de la vista.

En una maniobra inesperada, el *Divino Buque Volador* despegó rápidamente y desapareció en las profundidades de un túnel oscuro, lo que provocó que Nehel perdiera el equilibrio y se estrellara contra el suelo. Tenía una mezcla de emociones y habilidades místicas que la traían a un estado de trance indescriptible. A pesar de su condición, aún recuperó la conciencia y agarró la parte inferior de la túnica azul de Selee.

El archimago permanecía en completa quietud, como una estatua, con el bastón en alto sobre su cabeza.

Peken emitió gritos insoportables. A pesar del fuerte viento, Fabehel y Juni se mantuvieron firmes para controlarlo.

Con miedo, Jumeni instintivamente se aferró a un pie del alto trono.

En medio del oscuro túnel, todos escucharon los aterradores chillidos de los Korbas. Cada grito se sintió como un cuchillo penetrante, directo al corazón de la emperatriz.

Inevitablemente, Nehel y los Korbas estaban vinculados, dado que ambos compartían la sangre derramada de Kasana por la *Ykarte* .

Mientras Nehel estaba en trance, imágenes de Venka, Natahel y Dalehel cruzaron por su mente.

Surgieron ráfagas de luces brillantes que cegaron a todos en el túnel, extendiéndose desde el barco hasta la multitud a la deriva.

Brillo intenso.

Nehel abrió los ojos y se sorprendió al encontrarse en el suelo con su vara a su lado. Estaba consciente pero luchaba por recuperar el aliento.

Su mirada se posó fuera del enorme palacio circular, que parecía haber resistido la prueba del tiempo, pareciendo ahora más antiguo que arcaico, bañado por la luz de la primera luz del sol. Las gigantescas puertas de madera se abrieron por una extraña razón.

Habían llegado al Ri.

En lugar de entrar al palacio, Nehel volvió la mirada y descubrió una escena sombría. En una postura angustiosa, Juni se había arrodillado junto al cuerpo de Peken, mientras Fabehel luchaba por liberarse de las ataduras para poder ir hacia el elfo. Nehel corrió a su lado y encontró a Peken agonizando pero consciente de su destino, pero no podía tomar ninguna acción.

Fabehel se arrastró hasta el lado de Juni y se unió al trágico momento.

El elfo descubrió sus ojos amarillos y habló frágilmente.

— Muchacha. . . dame tu bendición para poder ir a la Gakia. . .

— ¡Me aseguraré de ello, Peken! — prometió entre sollozos mientras sus lágrimas caían. — ¡Te reunirás con Venka!

El elfo sonrió levemente y cerró los ojos.

Nehel colocó su mano sobre su pecho, cubierto por su ropa, y se tomó un momento para sentir los latidos de su corazón y su respiración constante, hasta que cesaron.

Peken, comerciante, viajero y discípulo de Uskam, había muerto.

Nehel, al igual que Juni, sollozó.

Fabehel y Jumeni observaron en silencio con gestos tristes.

Una sombra cubrió a la emperatriz, y ella se levantó para ver con sus ojos húmedos. — ¡Toma tu vara y corre hacia el trono! ¡Los Korbas siguen viniendo! – Selee la apresuró. — ¡Ya habrá tiempo para llorarlo!

Nehel giró la cabeza para observar cómo el cielo se iba oscureciendo. El nuevo día se estaba transformando en la noche oscura. Ella asintió y, con determinación, corrió a recoger su vara. Luego saltó del buque.

El archimago usó magia flotante para frenar su caída y aterrizar en el suelo. Como una pluma descendiendo.

La visión de las hordas de dragones que se acercaban era intimidante y abrumadora.

Siguió corriendo mientras el día se convertía en oscuridad y entró apresuradamente al palacio.

Por fin, estaba en camino a su postura.

33
CORONACION

La emperatriz Nehel cruzó el pasillo apresuradamente, sus ojos vieron el área circular expansiva, donde se detuvo a medio camino para reflexionar sobre el entorno casi oscuro. La luz se estaba desvaneciendo, pero todavía había suficiente visibilidad para que ella pudiera observar los miles de pedestales que sostenían estatuas grises que representaban a los monarcas de Berrem que habían gobernado el reino durante más de dos mil tiklos.

Escuchó un chillido y, aterrada, siguió su camino.

A medida que se acercaba constantemente a su destino previsto, descubrió un antiguo trono colocado sobre una plataforma. El asiento de piedra, que era bastante grande, presentaba una gran cantidad de grabados que lo ocupaban en su totalidad.

Los chillidos se hicieron más fuertes.

Con determinación, corrió y subió las escaleras que conducían a la plataforma dentro de ese vasto y desolado espacio. Y dio los primeros pasos hacia su trono.

Mientras Nehel sostenía su vara, no pudo evitar notar cierta atmósfera que rodeaba el área.

Con toda su furia, el dragón negro gigante entró, rompiendo por completo las robustas puertas gigantes en innumerables pedazos, y dejó escapar un rugido atronador que resonó por todas partes.

La emperatriz cerró los ojos aterrorizada.

Ella sabía quién era él.

Ardek Korba con toda su rabia.

De alguna manera, el dragón había ganado más poder y Nehel sabía que no podía enfrentarlo. El poder que ella poseía no lo derrotaría.

El monstruo gigante dio los pasos haciendo temblar el suelo, avanzando con terror hacia la plataforma.

El suspenso creció mientras Nehel reflexionaba sobre su futuro, preguntándose si moriría o se transformaría en una Korbeen.

El pánico se apoderó de ella.

El viento soplaba dentro.

— Ven aquí con nosotros, pequeña —, dijo con dulzura una voz femenina. — ¡No tengas miedo y adopta tu postura!

Nehel abrió sus ojos color avellana.

Una imagen la saludó cuando se encontró con la figura fantasmal de una mujer. Con una presencia magnífica, apareció como una reina de una época pasada mientras extendía su mano con gracia.

— No temas, y ven a sentarte en mi trono.

Nehel asintió y dejó que la guiara hacia el trono.

Al ocupar su lugar en el asiento, se desarrolló un fenómeno extraordinario: se materializó una inmensa multitud de monarcas espectrales, formando un espectáculo cautivador a su alrededor. Cada fantasma extendió sus manos hacia la emperatriz, otorgándole sus bendiciones.

Ardek Korba se detuvo de repente, incapaz de continuar porque no podía subir a la plataforma. Una barrera invisible, un campo místico, impedía su avance y no podía avanzar.

Al recibir una ceremonia de coronación poco convencional por parte de los monarcas fallecidos de Bérrem, podría lograr el propósito de su postura.

El equilibrio.

Y el Korba lo sabía.

Abrumada por una increíble oleada de poder en su interior, miró fijamente al dragón, emanando un aura de autoridad eminente mientras agarraba su vara con la estrella Akareen.

Inesperadamente, el poder de la emperatriz Nehel superó al de Ardek en un giro repentino de los acontecimientos. En un instante, su fuerza creció.

— Sabes bien que ahora no podemos tener un conflicto entre nosotros —, ella dejó claro.

El aspecto de dragón del Korba sufrió una transformación, reduciéndose de tamaño hasta transformarse en el inmaculado anciano de aspecto arankano.

Sus ojos, normalmente azules en la forma humana, se enrojecieron cuando asintió.

— Muy bien, emperatriz —, respondió con una sonrisa. — Eres ingenua y pequeña, pero te volviste poderosa en poco tiempo. No eras nadie, pero en dos meses lograste construir tu Jyistereerk.

— ¡Vuelve a tu dominio! – ella demandó con rigor.

— Nos iremos, pero seremos más fuertes cuando hayas crecido lo suficiente. Este equilibrio tuyo significa una guerra larga, y te lo garantizo.

— He creado el *Deken Karsaker* por ese motivo. Y también te aseguro que el Jyistereerk será más fuerte para enfrentarte.

Ardek Korba asintió y se transformó en un cachorro negro volador, que desapareció mientras se alejaba volando.

Nehel suspiró cuando la luz del sol entró a raudales por la entrada abierta, dándose cuenta de la retirada de las hordas.

Los monarcas espectrales desaparecieron ante sus ojos.

Excepto uno. Un rey se paró frente a ella y asintió en señal de respeto y admiración.

Nehel respondió lo mismo desde su trono.

Era el rey Vihen de Aranka, su abuelo, que apareció junto a los monarcas berremetes.

El desapareció.

La emperatriz estuvo sola en su trono, pero no por mucho tiempo.

Una inmensa multitud entró en el palacio.

Los vagrantes que cumplían con sus deberes como Guardia Imperial tomaron el control del antiguo palacio, enfocándose principalmente en proteger a la emperatriz en la plataforma. El aspecto del palacio asombró a la multitud que se encontraba en su interior, ya que había permanecido cerrado desde el fin de las monarquías. Cientos de miles de personas eran una mezcla de visitantes que seguían a la emperatriz y lugareños que la recibían.

La multitud era tan grande que incluso la mitad de ellos tuvo que quedarse afuera.

Keleana y Kekten asumieron sus posiciones a los lados del trono.

Con preocupación, Alessandro y Marissa navegaron entre la multitud en Brisel y llegaron a la plataforma. Una vez allí, desmontaron y se acercaron a la emperatriz sentada.

— He fallado, Divina Emperatriz —, habló Alessandro con tristeza. — No hay ningún tratado. . .

— Lo sé, tío —, respondió ella con compostura. — Y no es culpa de nadie.

Corr y Dessidere hicieron su presencia en la plataforma, seguidos por Juni y su hermana, Jumeni.

Selee fue lel último, llevando el Bastón del Hechicero.

En cuestión de momentos, una multitud de doncellas, incluida Akhimeni, formaron un círculo alrededor de la multitud que se había reunido dentro del palacio.

Acercándose a Dessidere, el archimago le susurró al oído.

Con un movimiento de cabeza, el Heraldo se posicionó al frente de la plataforma, asegurándose de que su presencia fuera visible para todos. Después de pedirle a un anciano de la multitud un bastón, que luego usó para golpear el suelo.

— ¡En el séptimo día del primer mes del primer año del *Tiklo Primero de Nehel!* ¡Es un honor presentarles a todos ustedes, la Divina Emperatriz Nehel del Jyistereerk!

— *¡Nehel Hikis!* — al unísono, todas las doncellas respondieron en voz alta desde sus lugares. La multitud quedó asombrada ante los saludos y reverencias.

— *¡Nehel Jyistereerk* ! — continuó Dessidere con voz firme.

— *¡Nehel Hikis!*

— ¡Joya Divina!

— *¡Nehel Hikis!*

— ¡Divina Emperatriz de Sánkaris!

— *¡Nehel Hikis!*

— ¡Reina de Bérrem!

— *¡Nehel Hikis!*

— ¡Reina de Aranka!

— *¡Nehel Hikis!*

— ¡Líder mística de los Kannestes!

— *¡Nehel Hikis!*

— ¡Alta Hechicera de Salter!

— *¡Nehel Hikis!*

— ¡Os imploramos que dejéis hablar a la Divina Emperatriz! — concluyó Dessidere.

La multitud estalló en aplausos y gritos de alegría.

Todos en la plataforma se fijaron en Nehel mientras todos esperaban ansiosamente su respuesta.

A pesar de su incomodidad, la emperatriz entendió que pronunciar un discurso era una de sus responsabilidades como emperatriz recién coronada, ya que su postura aún no se había fortalecido completamente a pesar de su reciente encuentro con Ardek.

Con su vara en mano, se levantó y avanzó unos pasos, examinando la multitud silenciosa y expectante.

— Soy sólo una niña pequeña con todo el peso de un imperio —, empezó, vacilante al principio. — Se ha restablecido el equilibrio tan esperado. Sin embargo, las consecuencias de esta restauración serán soportadas, ya que tendremos que afrontar una gran guerra en Sánkaris. Aún no he terminado mi tarea y los Korbas todavía están al otro lado del Karekall. Es mi deber garantizar este equilibrio y oponerme a todo mal que pueda volver a desequilibrar nuestro mundo.

Todas las personas, sin excepción, quedaron asombradas por sus palabras, ya que su notable sabiduría dejó una impresión duradera, a pesar de que era joven.

— Hago una promesa solemne de que mis generaciones futuras y yo preservaremos el equilibrio y les devolveremos a un curado Sánkaris hasta que los Korbas dejen de existir.

Ella concluyó y regresó a su trono.

Nuevamente, la multitud estalló en aplausos y gritos de alegría, creando una atmósfera vibrante.

Pero Nehel y el resto del Gremio no estaban contentos.

Fue sólo el comienzo, el mismísimo comienzo.

Hubo víctimas.

Y una inquietud por el futuro bajo el *Deken Karsaker*.

REPERCUSIONES

Los restos sin vida de Peken estaban sobre una pila de madera mientras el Gremio observaba, silencioso y sombrío. Sus manos estaban en el cofre que una vez fue afectado y envenenado por la maldad, y lo vistió con ropas de cuero nuevas junto con su espada y su bolsa de pertenencias. Con suaves murmullos, Selee se acercó lentamente al cuerpo sin vida y usó sus poderes mágicos para encenderlo en llamas.

El humo se elevó rápidamente hacia los cielos, simbolizando su última despedida al elfo.

Nehel y Juni observaron juntos, tomados de la mano, compartiendo su tristeza mientras se despedían de él.

Marissa, mientras se arrodillaba, presentó sus respetos al difunto colocando su espada contra el suelo. Sus lágrimas dibujaron sus mejillas negras mientras Alessandro le tocaba los hombros para darle consuelo.

— Su muerte era segura, de todos modos —. Alessandro susurró con prudencia. — De una forma u otra, moriría a causa de su sangre contaminada.

Corr colocó a Fabehel, que estaba sentada en su silla de ruedas recién hecha, delante de él y le brindó compañía.

Selee, Akhimeni y Jumeni estaban juntos en un pequeño grupo, presentando sus respetos en el funeral.

El centinela se vio arrojado al suelo con un zumbido agudo y ensordecedor y un destello escarlata, mientras la mantis roja se abalanzaba sobre su cabeza con sus mandíbulas alargadas, batiendo simultáneamente sus alas en un movimiento rápido. Las espinas de la criatura lo agarraron por los hombros. Superando su miedo, valientemente usó sus manos para alejar a la criatura, a pesar de que poseía una fuerza inmensa.

Al final, la capitulación del centinela permitió que la feroz mantis roja lo ejecutara.

Una vez que la criatura completó su acto mortal, dirigió su atención a Torret Post, ya en Bérrem.

El monstruo, junto con un enjambre masivo, voló a gran velocidad, iniciando su ataque.

Con su habitual ropa informal de cuero, Nehel recogió papiros de un escritorio que estaba repleto de diversos objetos, mientras los rayos del sol se filtraban a través de la ventana, proporcionando amplia iluminación a la habitación que ocupaba. Le llamó la atención un documento con una petición especial.

— Esa es una solicitud de la Nación Breken para unirse al Jyistereerk —, aclaró Alessandro, señalando el papiro que tenía sentado a su lado. — Padre Orssandro, en sus enseñanzas, enfatizó la necesidad de actuar con cautela al tratar con solicitudes de reinos divisibles .

— Al igual que Fenn. Realmente lo siento por Corr —, lo miró con simpatía. — Me has aconsejado que tenga paciencia en ese asunto, tío. Pero tengo la urgencia de aliviar sus sufrimientos.

Él asintió con una ligera sonrisa.

Por mucho que lo intentara, Nehel no podía lograr comodidad. Para trabajar a la altura del escritorio, necesitaba la ayuda de dos gruesos cojines sobre una silla grande.

Situada en un rincón de la misma habitación, Fabehel disfrutaba de un libro mientras estaba sentada en una extraordinaria creación creada por Jumeni y bendecida por la propia emperatriz, una nueva silla de ruedas que le permitía maniobrar en cualquier dirección con autonomía.

Su propósito al estar allí era estar más cerca de Alessandro, el hombre que buscaba su afecto.

Alessandro necesitaba un breve respiro en su trabajo. Se levantó de su asiento y se dirigió hacia la ventana. Una vez allí, se sirvió una copa de vino en una mesa pequeña y bebió con placer. A través del cristal, sus ojos oscuros observaron cómo Marissa convenció a Juni para participar en una pelea falsa usando espadas de madera.

Juni había expresado su fuerte aspiración de convertirse en un caballero al servicio de la emperatriz, y Marissa se ofreció con entusiasmo a instruirlo en el arte de la espada.

— ¡No lo entiendo, tío! — Nehel interrumpió a Alessandro, mostrándole un papiro específico. — Dice algo sobre una máquina de vapor inventada por algún ingeniero. ¿Qué es un ingeniero?

Él estuvo de acuerdo con un movimiento de cabeza y se reunió con ella y le dió su ayuda continua.

Cuando el archimago Missar se acercó a su cama, Carlissa giró la cabeza para mirarlo. A través de los cristales de sus gruesas gafas redondas, ella lo miró.

El Regente suspiró, jadeando en busca de aire, como recientemente subió las escaleras. — ¡El comandante Kartak está actualmente en camino y llegará pronto! ¿Cuál es el mensaje que deseas dar?

— Dado que la Divina Emperatriz ha establecido con éxito su Jyistereerk, necesito ir con ella —, habló con serenidad. — A pesar de esto, me abstendré de entregarme a la emperatriz hasta que ella alcance la edad adecuada.

— ¿Te estás ofreciendo como la misma arma que solías ser?

— Le daré un hogar y una patria, que es lo que necesita.

El Archimago Missar, mientras adoptaba una postura pensativa y asentía, seguía siendo incapaz de comprender el significado detrás de las palabras *del Ykarte* .

Continuará en el Palacio de la Emperatriz.

SAN LUIS POTOSÍ, MÉXICO 1994

E sta historia fue producto de una metamorfosis. Hoy tengo 51 años cuando terminé *El Viaje de la Emperatriz* .

Inicialmente planeado, comenzó como una idea vaga de una de las muchas ocurrencias de escribir en el género de ciencia ficción. A los trece años me enamoré de Crónicas Marcianas de Ray Bradbury, y fue entonces cuando comenzó también mi pasión por el inglés, el español y la ciencia ficción.

Incluso a los 22 años, todavía me quedaba mucho por aprender.

Marte me hipnotizó y atrajo, y todavía lo hace. Las obras de Robert A. Heinlein, Isaac Asimov, Julio Verne y HG Wells ejercieron una fuerza inspiradora en mí mientras practicaba mi inglés.

Además, escritores como Pío Baroja, Gabriel García Márquez, Octavio Paz, Juan Rulfo y Carlos Fuentes, me brindaron una temprana inspiración en la literatura española, especialmente en autores latinoamericanos. Yo era un fanático del *Realismo Mágico* .

Después de muchos cuentos, novelas cortas y borradores que hice como pasatiempo, emprendí un audaz esfuerzo literario. Me sentí como si estuviera lanzando una moneda al aire, sin estar seguro del tema de mi libro ni de su dirección.

Durante ese período, estuve de vacaciones de verano. A diferencia de las universidades estadounidenses, mi facultad de Economía estaba cerrada, lo que provocó una espera de tres meses para reanudar las clases. Tenía amigos, pero estaban ocupados con largas vacaciones o trabajando en trabajos temporales, como yo cuando trabajaba en un salón de billar.

De todos modos, tuve mucho tiempo.

A pesar de la existencia de Internet, no era tan avanzado ni accesible como lo es hoy, por lo que conseguir este servicio era complicado y costoso. Todo eso, sólo por Internet lento a través de acceso telefónico y una línea telefónica. El dolor de cabeza vino al esperar más de veinte minutos para descargar una simple imagen JPG, con el miedo añadido a la desconexión.

Los teléfonos móviles se ganaron el sobrenombre de *ladrillos* debido a su tamaño voluminoso, su imposibilidad de caber en los bolsillos y su funcionalidad limitada para realizar llamadas.

Además de mis escritos, solía coleccionar cómics, jugar Nintendo y Atari, disfrutar del fútbol y el béisbol, ir al cine, ver telenovelas y otros programas de televisión diversos. Esa era mi vida sin preocupaciones en aquel entonces.

Sin embargo, tuve mucho tiempo.

¡Los fabulosos años 90!

La *Guerra de las Galaxias original* tuvo un gran impacto en mí cuando mi madre me regaló una caja de la trilogía remasterizada en VHS. A pesar de ello, no, no soy un fanático incondicional de GG y nunca lo he sido, aunque es posible que tenga algún sable de luz en algún lugar de la casa.

Me atrajo la idea de escribir una historia de Space Opera sólo para experimentar y disfrutar con mi escritura. Aquí fue cuando nació en mi mente la chispa de la historia de mi vida. Y aunque lo planeé como un pasatiempo, no esperaba hacer una serie completa a partir de ello.

Quería contar la historia de un imperio, pero benévolo, no malvado. Un soberano de mundos (o planetas) bajo un solo monarca. Recordé a la Emperatriz infantil de *La Historia Sin Fin* y reflexioné sobre hacer una versión diferente para ser la emperatriz de todos los mundos. La emperatriz que hice, o más bien rehice, nació en la Tierra pero fue abducida cuando era niña por los Korbas, un tipo de criaturas extraterrestres. Se convirtió en gobernante de un imperio a la tierna edad de diez años. He aquí por qué mi historia actual comenzó con diez años.

Mi construcción mundial se hizo en diez hojas de papel tamaño carta, unidas por trozos de cinta adhesiva, y colocadas en la pared de mi habitación. Mi propio *Frelee Dee* .

No, no hay sables de luz ni Jedis en mi historia, ni Sebastian ni Falkor. A partir de dos historias quería hacer algo diferente.

Si pudiera llamarlo *original*. ¡Je!

Como mencioné anteriormente, antiguamente era una cosa de ocupar el tiempo libre que tenía. Fue divertido jugar e incluir elementos de otros medios.

Continué agregando personajes de la Tierra, a la que llamé a nuestro planeta *Casak*, incluidos Alejandro (Alessandro), Marissa y Fabiola (Fabehel). Corr, Brisel, Selee, Uskam y Kasana fueron los nombres designados para los extraterrestres.

Hice un primer borrador. Pasaron los años y pasó a un segundo borrador. En veinte años hice seis borradores.

Había generado suficientes elementos para una narrativa cohesiva y constructora del mundo. Sin embargo, había algo que no encajaba del todo en la historia. De hecho, muchas cosas no coincidían.

La historia carecía de carácter, acción y profundidad emocional, lo cual resultaba vergonzoso. Era como cocinar una comida deliciosa sin sal ni pimienta en un aburrido plato de papel.

Cuando me mudé a mi nuevo hogar, me di cuenta de que había muchas tareas y responsabilidades que necesitaba abordar para establecer un orden y estabilidad en mi vida. Como resultado, experimenté una transformación significativa desde el soltero despreocupado e independiente que era en la universidad. Me casé y ahora tengo tres hijos.

Fueron necesarios unos diez años de pausa en la escritura.

Sin embargo, la historia todavía me molestaba. No estaba contento con la forma en que estaba. No podía entender por qué estaba tan apegado a ello.

Mi medio hermano, a quien conocí veinticinco años de su vida después, jugó un papel crucial al presentarme el mundo de la fantasía, particularmente *El Señor de los Anillos*. Su fascinación por las historias de Tolkien me llevó a explorar las obras de varios autores, sumergirme en innumerables libros e incluso aventurarme en los reinos de *World of WarCraft* —los libros— y *Juego de Tronos* . Mi intención era disfrutar de las historias, ya que creía firmemente que la fantasía no se adaptaba a mis gustos escritos.

Durante una discusión sobre fantasía con un amigo, la relacioné con mi novela de ópera espacial y, para mi sorpresa, vi dónde salió mal.

¡Lo escribí en el género equivocado!

Así que aquí tienes el resultado: *El Viaje de la Emperatriz* .

AGRADECIMIENTOS

Sólo hay una persona que leyó los seis borradores y le debo todo mi agradecimiento porque siempre me levantó el ánimo, creyendo en mi don de crear mundos inimaginables. Ella era mi fan número uno y mi madre, ahora en el cielo, siempre me animaba porque siempre disfrutaba mis historias. Nunca lo olvidaré. Estoy seguro de que todavía lo hace desde allá arriba.

La calidez y el amor que emana de mi familia han ayudado a despertar nuevamente mi creatividad para esta narrativa, acompañada de una inspiración.

A su manera, mi querida esposa apoyó mis esfuerzos.

A mis tres hijos también me vieron escribiendo un cuento. Especialmente mi hija que esperaó ansiosamente leer mi libro.

Además, al principal culpable que me introdujo a la fantasía, mi medio hermano. Si no fuera por él, nunca habría escrito esta historia.

Y a todas las personas que creyeron en mí y trabajaron junto a mí.

A todos ellos mi más profundo agradecimiento.